**Prelude**:

Wir gleiten ins Licht auf der Woge der Zeit -
Unendliches Licht – bei sich ganz allein.
Am Anfang der Zeit war unendliches Licht.
Unvorstellbares Licht war bei sich.

## 1. Ferien

Was für eine Lust ist es zu leben, dachte Arundelle, während die heftigen Böen ihr langes dunkelblondes Haar zausten und an dem Mantel zerrten, als wollten sie ihn ihr vom Leib reißen. Der Griff des eisigen Windes ließ sie sich auf eine eigene und ganz merkwürdige Weise leicht fühlen. Ihr war es, als bräuchte sie nur noch die Arme ausbreiten, schon flöge sie, der Erdenschwere entronnen, davon. Hinaus in die Welt, die noch immer voller Geheimnisse steckte. - Terra incognita, das unbekannte Land, war noch immer da. Doch es verbarg sich nicht länger hinter fernen Meeren. Heute lockten weit größere Wunder und Schätze ganz anderer Art in den Tiefen des Seins und den Weiten des Alls.

Von seinem erhöhten Standort überblickte das kaum fünfzehnjährige Mädchen die wild umtosten Gestade der Südseite einer kleinen Insel namens Weisheitszahn. Von Weitem sah man haushohe Wellenberge heranrollen und an der steil aufragenden Felskrone, welche die Insel säumte, schäumend zerbrechen.

Die sprühende Luft nahm einem hier oben noch bisweilen den Atem, wiewohl sie doch Sinne und Geist beschwingte. Arundelle schaute, Zustimmung heischend, mit lachenden Augen, die fast die nämliche Farbe wie das tosende graue Wasser hatten, zu den beiden Jungen in ihrer Begleitung hinüber.

Tibor Khan hieß der Kleinere, und auch er strahlte nur so voller Leben und innerlicher Herzlichkeit. Die pechschwarzen Zöpfe beiderseits seines breitflächigen Gesichts flatterten im Sturmwind. Man konnte ihn sich so recht auf dem Rücken eines der halbwilden mongolischen Steppenponys seiner Heimat vorstellen. – ‚Freiheit und

Weite lässt er dich spüren wie kaum einer', schien es dem Mädchen, das sich nun zu ihm wandte.

Billy-Joe Karora war mit Sechzehn Jahren der Älteste im Bunde. Er vermochte den Überschwang seiner Freunde nicht recht zu teilen. Ihn schauderte ob der Eishand aus dem polaren Süden, die da nach ihnen griff. Seine dunkelbraune Haut an Oberkörper und Beinen schimmerte, wo sie bloß lag, bläulich. Dennoch wollte er die Freunde nicht verlassen, sondern zog sich seinen morschen Umhang enger um die Schultern.

Billy-Joe war viel zu leicht bekleidet. Während seine Begleiter in Wettermänteln steckten, trug er unter dem Umhang kaum mehr als den kleinen Schurz, wie er es gewohnt war, denn er kehrte eben erst von einem kurzen Besuch seiner Heimat - dem roten Buschland von New-South-Wales - zurück.

Arundelle und Tibor, die ihn vom Helikopter abholten, hatten einige Zeit warten müssen. Wegen der Sturmböen war die Landung erst nach zwei Fehlversuchen geglückt.

„Nun aber schnell ins Warme“, befahl Arundelle, als sie gewahr wurde, in welcher Verfassung Billy-Joe sich befand. Die Abholer nahmen ihren bebenden Freund in die Mitte und die drei machten, dass sie in den flachen Schuppen kamen, der auf der Insel als Hangar und Abfertigungshalle diente.

Es war Osterferienzeit. Auf der Südhalbkugel der Erde bedeutete das, dass sich der Sommer endgültig verabschiedete. Viele der Schüler der Zwischenschule weilten bereits bei ihren Familien daheim.

Die Zwischenschule galt manchen - wo nicht als eine geheime, so doch als eine geheimnisvolle Einrichtung, die sich die abgelegene Insel Weisheitszahn aus gutem Grund zum Aufenthalt gewählt hatte.

Flo und Cori Hase, Arundelles beste Freundinnen, waren von ihren Eltern sogar in Sydney abgeholt worden. Hases planten ein vergnügliches Ostern in Oberägypten, wo Professor Heinrich Hase, der Vater der Schwestern, eine archäologische Ausgrabung leitete.

Überglücklich war vor allem Vasantha Hase darüber, ihre geliebten Mädchen wieder in die Arme schließen zu dürfen. Nach Mutterart nannte sie die Beiden weiter ungekürzt Florinna und Corinia, wie sie es nun einmal gewohnt war. Sie konnte und wollte sich an die modischen Koseformen, wie sie sich in der neuen Schule einzubürgern schienen, nicht gewöhnen.

Nun, da die Trennung vollzogen war, griff der Trennungsschmerz so manche Nacht in ihre Seele. Er mischte sich als Stachel der Trauer ungebührlich in ihr sonst glückliches Leben an der Seite ihres Mannes, dem die Nähe seiner Frau ausgezeichnet bekam.

Die Wochen und Monate voller Aufregung und Gefahren auf Weisheitszahn lagen bereits weit genug zurück. Die Freundschaft mit dem Meervolk schien von Dauer. Die Vertreibung der Miserioren konnte als vollständig und gelungen bezeichnet werden.

Der Friede regierte mit Zauberhand und läuterte die Verhältnisse der Insel. Nichts spürte man mehr von mimosenhafter Überempfindlichkeit, herausforderndem Missverstehen oder gar neidvoller Feindseligkeit. Die glättende Hand der Liebe strich über aufbrausende Gemüter und lockerte Selbstgerechtigkeit und Starrsinn, öffnete verbohrte Sinne und verstockte Gemüter.

Malicius Marduk war mit seinen höllischen Heerscharen ins Zwischenreich abgedrängt worden, so hoffte man jedenfalls. Sicher konnte gleichwohl niemand je sein. Wie leicht fand sich ein Krisenherd auf dieser Welt, der die Miserioren und allen voran, Malicius Marduk, einlud, ihr grausames Spiel von neuem zu beginnen? Immer auf der Jagd nach verlorenen Seelen zog sie Krieg und zwischenmenschlicher Hader an wie der Zucker die Fliegen.

Selten genug gelang es, sie beizeiten abzudrängen. Allzu oft behielten sie die Oberhand und zogen eine breite Spur der Verwüstung nach sich. Die Menschen glaubten ihren Einflüsterungen nur zu gerne und wachten erst auf, wenn es zu spät war, und sie in Chaos, Leid und Tod versanken.

Adrian Humperdijk, der stellvertretende Direktor der Zwischenschule, war in seiner Eigenschaft als Conversior ins junge, demokratische Parlament des unterseeischen Australis gewählt worden. Was ihm Gelegenheit bot, die Entwicklung dort unauffällig zu beobachten und gegebenenfalls zu beeinflussen, stand ihm doch ein äußerst fachkundiger Beraterstab hier auf Weisheitszahn zur Verfügung, der seinesgleichen suchte. Nicht nur seine Frau, Marsha Wiggles-Humperdijk, zugleich Direktorin der Zwischenschule, stand ihm mit Sachverstand und viel Erfahrung zur Seite. Es gab da noch die mächtige Professorin Penelope M'gamba und selbstverständlich Familie Schlauberger – Arundelles alte Freunde noch aus der Zeit in Deutschland.

Vor allen anderen bewährte sich die Frau Professorin Grisella, Freifrau von Griselgreif zu Greifenklau-Schlauberger, die Schwägerin von Professor Scholasticus Schlauberger, in ihrer Beraterrolle bewährt. Auf ihren Rat konnte Adrian, der in politischen Belangen selbst nicht völlig unerfahren war, sich unbedingt verlassen.

Auch den kleinen und größeren Ungerechtigkeiten, die sich im Schulbetrieb eingeschlichen hatten, kam die neue Zeit entgegen. Für die benachteiligten Minderheiten wurden brauchbare Lösungen gesucht und gefunden. Sie hatten ihren Ursprung in den Erfahrungen der letzten Monate. Wie so oft, erwies sich eine Sache, welche bereits großen Nutzen brachte, auch an anderer Stelle als hilfreich. So diente nun die gemeinsame Liebesstrategie, mit der die Miserioren vertrieben worden waren, dazu, die Lern-Blockaden der Sublimatioren und Conversioren zu lockern.

Die neue Methode war im Konflikt mit dem Meervolk als weibliches Werk entwickelt worden. Denn während die Männer sich zum Verteidigungskrieg rüsteten, entwarfen die Professorinnen zusammen mit ihren eifrigsten Schülerinnen eine ganz andere Strategie gegen die Angreifer aus dem Meer.

In einer gemeinsamen Zangenbewegung von Somnioren und Animatioren wurden seinerzeit die von den Miserioren besessenen Seelen gereinigt und meist auch gerettet. Die Befallenen verloren ihre Kriegslüsternheit unter dem segensreichen Einfluss. Sie streckten alsbald ihre Waffen. Einer nach dem anderen waren die Seesoldaten so umgefallen, bis am Ende nur noch Malicius Marduk, in seiner Verkleidung als Legionärssergeant, zusammen mit versprengten Resten seiner Landarmee, übrig blieb.

Fernab, auf der entlegenen Teufelsinsel, beendete Malicius Marduk erst einmal seine irdischen Umtriebe. Er riss dabei den armen Walter mit sich in den Tod. Die schrecklichen Bilder des grausigen Todeskampfes würden sich aus Arundelles Erinnerung wohl niemals wieder streichen lassen.

Wie eine Furie war das riesige Känguru über den verdutzten Legionär hergefallen, dem es sterbend gelang, Walter das Bajonett ins Herz zu stoßen.

*

Wegen der schreienden Ungerechtigkeit hatte es schon seit längerem in der Schülerschaft rumort: Spätestens seit bekannt war, wie leicht die Somnioren ihr Lernpensum schafften, indem sie sich zu fernen Orten und Menschen träumten, um deren Sprachen zu erlernen oder was immer sie sonst interessierte. – Sie bemächtigten sich einer Sprache auf diese Weise nicht selten in wenigen Wochen.

Auch die Animatioren taten sich leicht, denn sie vermochten ihre Seelen auf Reisen zu schicken und besaßen damit ebenfalls große Vorteile. Selbst wenn das, was die Seelen für wichtig erachteten, nicht immer ganz die Zustimmung des wachen Verstandes fand. (Seelen sind nun einmal romantische, gefühlsbetonte und ein wenig gedankenlose Schatten, die ihre wichtigsten Impulse aus dem Jenseits erhalten.)

Sublimatioren konnten sich zwar auch in die Luft erheben, ihre Reichweite aber war doch sehr begrenzt. Und leider lag die Insel

Weisheitszahn fernab. Sie war ringsum vom weiten Ozean umspült. Größere Inseln oder der Kontinent lagen meilenweit entfernt. So kam es, dass sie von ihrer Fähigkeit nicht allzu viel hatten, jedenfalls nicht, wenn es ums Kennenlernen fremder Kulturen ging.

Am meisten fühlten sich aber die Conversioren benachteiligt. Denn ihre Fähigkeit, sich zu verwandeln, nützte ihnen beim Lernen am wenigsten, klagten sie – möglicherweise zu Unrecht.

Deshalb also waren die Professorinnen auf die Idee gekommen, ihre erfolgreiche Strategie aus dem Krieg in den Dienst des Schulunterrichts zu stellen.

Was zu der Umpolung einer verirrten Seele nützt, müsste als Lernhilfe ebenfalls zu gebrauchen sein – so die Überlegung.

Außerdem wäre es für die Mehrheit eine sehr gute Übung. Denn auch die Fähigkeit zu einträchtigem Handeln galt es dringend zu erwerben. Soviel war allen klar geworden in den verrückten Zeiten der Miserioren-Invasion.

Paarweise wurden ausgesuchte Somnioren und Animatioren mit den Benachteiligten zusammen gebracht. Die Somnioren mischten sich nachts in die Träume ihrer Schützlinge. Sie luden sie zu fernen Zielen ein und zeigten vielleicht schon einmal, was sie erwartete. Während die Animatioren gleichzeitig ihre Seelen aussandten, um die Seelen ihrer Schützlinge von Angst zu befreien und aus dem sicheren Hafen des Leibes zu führen. Dies gelang, indem sie ihnen ein wenig vom eigenen Fernweh abgaben.

Zu dritt machte man sich dann, wenn alles gut ging, auf Seelentraumreise. Die Reisen wurden, so sie denn erst einmal gelangen, alsbald ausgedehnt und in der Manier der Somnioren und Animatioren dazu genutzt, Dinge leicht und schnell – gleichsam wie im Fluge - aufzuschnappen. Was man im Traum erfuhr, bildete eine Gedächtnisspur, die bei Tage nachvollzogen und angewendet werden musste, um sich bleibend zu festigen.

Arundelle hatte sich Li Mei als Partnerin gesucht. Gemeinsam kümmerten sie sich um Tika. Billy-Joes Zwillingsschwester wirkte jetzt, nachdem Billy-Joe als Conversior die Seiten gewechselt hatte, noch ein wenig verlorener als zuvor, auch wenn Billy-Joe sich in menschlicher Gestalt um so rührender um sie bemühte. Es schien offensichtlich nicht das Gleiche zu sein.

Nach den üblichen Anfangsschwierigkeiten gelang den dreien inzwischen so allerlei. Tika sprach bereits fließend polynesisch. Außerdem hatte sie sich einen Überblick über die geologische Struktur der Erde verschafft und sie begriff das System der Planeten und Trabanten im Sonnensystem. Und das alles in weniger als zwei Monaten, die seit dem Ende der Feindseligkeiten verstrichen waren.

Nicht alle Dreierteams waren so erfolgreich. Eins aber konnte schon jetzt festgestellt werden: Die Kluft zwischen den beiden großen und den beiden kleinen Gruppen verringerte sich mit jedem Tag, den das neue Lernprogramm Geltung hatte.

Die Benachteiligung der Tutoren, die ja während ihrer Hilfeleistung für sich selbst weniger taten, wurde durch den gemeinsamen Nutzen mehr als ausgeglichen. Zumal die Überzahl an Somnioren und Animatioren es erlaubte, die Tutorenpaare von Zeit zu Zeit auszutauschen.

Inzwischen war Li Mei allerdings mit ihrer Zwillingsschwester Li Chang in die Ferien gefahren. „Die Zeit der Kirschblüte ist die schönste Zeit in Korea, jedenfalls dort, wo wir leben", ließ sie ihre beiden Freundinnen aus dem Tutorenprogramm entschuldigend wissen, als sie sich verabschiedete.

Tika fiel schon bald wieder in ihre Vereinsamung zurück, da es Arundelle nicht gelang, für Li Mei Ersatz zu finden. Tika vermisste die Traumreisen zu dritt womöglich mehr als den monatlichen Ausflug auf die Insel der Conversioren. Der hatte seit Billy-Joes Veränderung, für sie ohnehin an Reiz verloren. Mit einem Känguru konnte sie nichts anfangen.

Conversioren taten sich mit dem Urlaubmachen schwer. Wem es nicht gelang, seinen Zyklus auch einmal zu überbrücken, dem blieb meist nichts anderes übrig, als alle Ferienpläne fallen zu lassen.

*

Der erwachende Vollmond war denn auch für Billy-Joe der Grund seiner Rückkehr aus New-South-Wales gewesen. Abgesehen davon reichten ihm die Tage beim Familienclan, den er nun doch mit etwas anderen Augen sah.

Blutsbande, das wusste er inzwischen, hielten ihn nicht, allenfalls gemütvolle Erinnerungen. Aber seine vielen kleinen ‚Geschwister' freuten sich riesig, ihn zu sehen. Sie sonnten sich stolz im Glanz des berühmten Bruders, dem es gelungen war, die engen Grenzen des Ghettos zu durchdringen.

*

Arundelle zog es vor, die Insel Weisheitszahn nicht zu verlassen. Tibor ging es ebenso. Beide hatten ein gespanntes Verhältnis zu ihren Eltern, wenngleich es bei Tibor womöglich um etwas anderes ging. In einem stimmten sie jedenfalls überein: Letztlich weigerten sich beide, den Erwartungen ihrer Eltern zu entsprechen und das gab in beiden Fällen den Ausschlag.

„Moschus Mogoleia wäre für meinen Vater der Rechte", erklärte Tibor, als sie sich über ihre Eltern austauschten. „Ich bin zu weich – war ich schon immer. Noch nicht mal so sehr körperlich, da kann ich ganz gut mithalten. Aber wo 's um die Tiere geht, da bricht mir das Herz. Du glaubst gar nicht, was die manchmal erdulden müssen. Die Steppe ist ungemein hart – in jeder Hinsicht. Und als ein angehender Fürst der Steppe muss man natürlich immer noch eins drauf setzen. Das ist man in unserer Familie dem Urahn Tschingis Khan nun einmal schuldig."

„Verstehe, und du weigerst dich, da mitzumachen. Klingt mir ziemlich vertraut. Auch bei uns geht 's letztlich um die Lebensart", stimmte Arundelle versonnen zu.

*

Billy-Joe stieg noch an seinem Ankunftstag ins Boot der Conversioren, zusammen mit Tika und den anderen. Pooty war mit von der Partie, auch wenn ihm keine Verwandlung vergönnt war. Er freute sich auf den Besuch seines großen weisen Freundes, der ihm ehedem Vater und Mutter zugleich gewesen war, und den er nun für drei lange Wochen des Monats schmerzlich vermisste. Denn Walter kehrte ja nur in der verwandelten Gestalt Billy-Joes zu ihm zurück.

Um so mehr freute er sich nun auf ein Wiedersehen. Billy-Joe teilte die Vorfreude in gleichem Maße. Walter war ihm in jeder Beziehung genehm, denn er bereitete ihm keine Kopfschmerzen. Unter denen er früher so sehr litt. Auch sonst belastete ihn der weise, alte Philosoph in keiner Weise. Im Gegenteil – er fand so manchen guten Rat bei ihm. Er erfuhr Dinge, von denen er nicht einmal geträumt hatte. Manche Zusammenschau - von der Größe und Weisheit des unendlichen Alls, seine Beschaffenheit und seine Zwecke und Ziele, - wurde ihm auf unvergleichlich erhellende Art nahe gebracht.

So war seine Zeit in Walters Gestalt eine echte Bereicherung, von der er zehrte und die ihn – gleichsam in Riesenkängurusätzen – auf seinem Lebensweg voran brachte. Allmählich deutete sich ihm die Richtung bereits an, die ihn später einmal bis zu den Churingas der Zukunft führen sollte, deren Schamane er dann womöglich sein würde. Eine Aussicht, die um so weiter ins Unwirkliche entrückte, je mehr ihn die Gegenwart fesselte.

*

Da sich nur wenige Schüler und vor allem kaum Lehrer getrauten, in den turbulenten Tagen um Weihnachten herum in die Ferien zu fahren, bestand jetzt zu Ostern ein großer Nachholbedarf.

Auch Familie Schlauberger war mit Kind und Kegel gen Norden unterwegs. Intelleetus, Grisellas aufgeweckter Sprössling, bekäme endlich Gelegenheit, alte Freundschaften aufzufrischen. Nicht nur er hatte sein Heimweh nie ganz überwinden können, auch Tante Dorrie litt, und kaum besser erging es seinem Papa.

Grisella und Scholasticus verbanden die Reise geschickt mit alten Verpflichtungen in ihren angestammten Universitäten, wo sie noch immer Doktoranden betreuten.

So ein Inselleben in der Südsee besaß zweifellos seinen Reiz. Dennoch waren die Ehehälften der beiden Professoren insgesamt noch immer nicht vollständig überzeugt. Vielleicht, wenn die Dinge von Anfang an weniger schief gegangen, mehr Harmonie und die verheißene Liebe aufgeschienen wären...

Unglücklicherweise waren sie in eine wirre Zeit des Umbruchs geraten. Ein Umstand, der möglicherweise sogar etwas mit Grisellas Auftauchen zu tun hatte und an dem auch Scholasticus nicht unbeteiligt war. Doch dies war kaum mehr als Mutmaßung. Niemand würde öffentlich darüber spekulieren, schon gar nicht im nachhinein, wo sich nun alles zum Guten zu wenden schien.

So kam es, dass auch von den Lehrern, außer den Direktoren und Peter Adams, Scholasticus Schlaubergers Assistent, niemand auf Weisheitszahn geblieben war. Und nun war auch Adrian wieder auf seiner Unterwassermission, um seinen Sitz im Parlament von Australis wahrzunehmen.

Peter Adams ging immer noch am Stock. Malicius Marduk hatte ihm in Kanada in seiner Wut nämlich beide Beine gebrochen, ging das Gerücht. Adams selbst freilich meinte, er sei nichts weiter als unglücklich gestürzt. Doch die Umstände des Sturzes, das gab auch er unumwunden zu, waren mehr als seltsam gewesen: Beim Einsteigen in seinen Wagen war dieser grundlos ins Rollen gekommen. Adams hatte sich in seinem Gurt verheddert, war mitgeschleift worden und war mit beiden Beinen unter die Hinterräder gekommen. Dass er überhaupt überlebt hatte, war dem Eingreifen beherzter Passanten zu verdanken gewesen.

„Wie kann sich die Handbremse lösen?“ - fragten sich und einander die Autoexperten, deren es doch einige vor allem unter der männlichen Inseljugend - gab: „Und der Gang muss schließlich auch rausgesprungen sein.“ –

„Nicht bei der Automatik.“ –

„Wenn die auf Parken steht, blockieren die Räder wie bei jedem anderen Auto!“ –

„Da bin ich nicht so sicher...“ -

Jedenfalls hatte der merkwürdige Unfall für einiges Aufsehen gesorgt, und erregte die Gemüter auch jetzt noch, wo er doch bereits über ein halbes Jahr zurücklag.

Arundelles Theorie sah ganz anders aus: Danach hatte sich Malicius Marduk an Peter Adams dafür gerächt, dass dieser ihm widerstand und sich nicht zu seinem willfährigen Gastgeber hergab, sondern den Angriff erfolgreich abwehrte.

„Das gelingt nur jemandem wie dem guten Peter", meinte Scholasticus stets versonnen. Er hielt große Stücke auf Peter Adams, hielt ihn aber gleichzeitig für wenig fantasievoll, wenn er auch keinerlei Zweifel an seiner Intelligenz oder an seiner wissenschaftlichen Befähigung gelten ließ.

„Vielleicht ein Fünkchen mehr von diesem unerklärlichen Gespür für die Zwischentöne da draußen... andererseits, wer weiß, wie's ihm dann ergangen wäre... ist schon besser so: lieber zwei gebrochene Beine, als ein gebrochenes Herz."

Scholasticus seufzte stets tief auf, wann immer die Rede auf Walter und die unglückselige Verkettung der Umstände kam, die letztlich zu dessen Tod führten. Hatte es wirklich an Walters mangelnder Widerstandskraft gelegen, dass er von Malicius Marduk vereinnahmt werden konnte? Darauf würde man nun wohl niemals mehr eine Antwort erhalten.

## 2. Verspätete Rückkehr

Peter Adams humpelte gerade durch die verwaisten Gänge der Zwischenschule, als er auf Arundelle und Tibor traf. Auch sie waren wie er auf dem Weg zum Direktionsflügel, denn auch die Küche hatte zu gemacht und so übernahm es die fürsorgliche Direktorin, selbst für die wenigen Verbliebenen zu kochen.

„Obwohl kochen nicht meine starke Seite ist", betonte sie. „Aber irgendwer muss sich doch um euch kümmern."

Da Karfreitag war, erwartete niemand ein Küchenwunder. „Es wird Fisch geben", mutmaßte Tibor, der inzwischen mit christlichen Gepflogenheiten vertraut war. Bereitwillig öffnete er sich dem herzensguten Gottessohn. Er schien ihm bisweilen seinem eigenen Wesen näher als die verwirrenden Naturgeister seines Volkes, die nicht selten mehr Angst machten, als dass sie halfen.

Arundelle hatte ihn im Traum erst kürzlich zu einem Ausflug in die Geschichte nach Judäa mitgenommen, wo sie sich unauffällig unter die Massen mischten, die der Bergpredigt lauschten.

Joschele überzeugte ihn voll und ganz, auch wenn ihn das Wunder der Speisung nicht sonderlich beeindruckte. Darauf kam es seiner Meinung nach nicht an. „Das echte Wunder ist immer noch die

Nächstenliebe“, meinte er „vor allem, wo sie glaubhaft rüberkommt wie bei ihm. Da muss einer erst mal drauf kommen...“

So hatte er gleich ein passendes Thema bei Tisch, an dem nun neben Peter Adams als Letzter Moschus Mogoleia Platz nahm. Ihn erwarte da draußen niemand, ließ er sich vernehmen.

Kaum zehn Verbliebene versammelten sich um Marshas klobigen Verandatisch. Ein Sturm war dabei sein Wüten einzustellen. Die Sonne brach durch die zerreißenden Wolkenballen, die gemächlich gen Nord entwichen. Oder drehten sie schon nach Osten ab, war der Wind bereits umgesprungen? Jedenfalls versprach der Nachmittag schön zu werden, schön und mild, wie es sich für die Südsee eigentlich gehörte und wovon man selten genug enttäuscht wurde.

Schauer und Böen entluden sich heftig und wild, dafür aber äußerst selten. Meist im Herbst, der vergleichsweise stürmischen regenreichen Zeit. Hier auf der Südhalbkugel galt es sich umzugewöhnen. Ostern fiel in den Herbst, Weihnachten in den Hochsommer und das gute alte Erntedankfest lag im Frühjahr, wenn gesät wurde.

Es gab wie erwartet Fisch zu essen, dazu Kartoffeln und Salat und zum Nachtisch selbstgebackenen Kuchen. Leider war der Fisch groß und dick. Die Direktorin hatte ihn, wie sie betonte, zwei Stunden lang gegrillt. „Kann sein, dass der Grill bisschen kurz ist, außerdem hab ich wohl zu weit aufgedreht. Ich sagte es bereits, eine Köchin bin ich nicht“, erklärte sie mit aufforderndem Blick.

Alle langten denn auch herzhaft zu und verzogen keine Miene, als sie sich die halbrohen Fischstücke mit der verkohlten Außenhaut in die Münder schoben und vorsichtig kauten.

Dem Salat fehlte die Würze. Hier hatte die tapfere Köchin Essig und Öl vergessen. Dafür gab es am Brot nichts auszusetzen und auch das Wasser schmeckte wie immer.

Sobald Billy-Joe wieder zurück war, würde sie eine Grillparty geben, beschloss Arundelle. Auf Billy-Joes Kochkünste konnte man sich verlassen.

Vielleicht kämen die Conversioren sogar noch heute? - Der Mond stand jedenfalls auf der Kippe. Nicht zuletzt deshalb war Marsha wohl ein wenig nervös und unkonzentriert verfahren.

Die Abwesenheit ihres Mannes brachte sie womöglich weniger Durcheinander als der runde, volle Mond, dem auch sie auf ihre Weise verfiel.

Die Gespräche über Nächstenliebe und die Versöhnung von Gegensätzen an denen sogar Mogoleia Gefallen zu finden schien, drängten die profanen Dinge des Leibes ein wenig in den Hintergrund.

Marsha, die sich auf Ethik besser verstand als auf 's Kochen, gab einen kurzen Abriss über die verschiedensten Auferstehungsmythen, ließ aber keinen Zweifel an - im christlichen Denken gelungener Vollendung.

Bei Kaffee und Kuchen später traten wieder mehr irdische Genüsse in den Vordergrund. Als die Sublimatioren, gar ein Tänzchen zur Verdauung vorschlugen, kam eine ganz unangemessene Fröhlichkeit auf. In drei kleinen Kreisen zu dritt oder viert wirbelten die Gäste alsbald über den Rasen. Mitunter gelang gar ein größerer Satz, und es konnte geschehen, dass sich für kurz statt der Leiber grüne Wirbel zeigten, die freilich nur zu schnell wieder zerfielen.

Auch Moschus Mogoleia wirbelte mit, zwar tonlos und ohne eine Miene zu verziehen, gleichwohl gekonnt, wie Arundelle, die sich neugierig in seinen Kreis drängte, bemerkte.

Patagonia und Tuzla, die beiden Sublimatiorinnen aus Patagonien, hatten ebenfalls beschlossen, Ostern auf der Insel zu bleiben. - Arundelle nahm sich vor, sich gelegentlich auch mit ihnen über ihre wahren Gründe auszutauschen. Sandor Khan, der vierte im Bund der Sublimatioren, wollte Tibor nicht im Stich lassen. Auch wenn er dessen familiäre Probleme nicht teilte, und auch nicht recht verstand.

„Wir sind die freien Geister der Winde", jauchzte Tibor, als die vier Verschworenen zu einer Ehrenrunde ansetzten. Ihr Dekan akzeptierte. Überhaupt war Moschus Mogoleia ein anderer geworden, jedenfalls bemühte er sich redlich, fand Arundelle, die zweifellos seine schärfste Kritikerin war.

Mogoleia gesellte sich, während seine Schützlinge eindrucksvoll durch die Luft wirbelten, zu Adams, dem seine Beine nicht erlaubten, an den wilden Tänzen teilzuhaben.

Peter Adams war gegenüber Moschus Mogoleia völlig unvoreingenommen. Er wunderte sich ein wenig über die kritische Haltung, welche die anderen gegen ihn einnahmen.

Adams missbilligte geheimen Groll. Seine kanadische Offenheit ließ ihn darin europäische Hinterhältigkeit vermuten, die er, wo immer sie ihm begegnete, schonungslos ans Licht zerrte. Vielleicht steckte hier sogar das Geheimnis seines Erfolges gegenüber Malicius Marduk.

Mogoleia und Adams waren bald ins Gespräch vertieft. Arundelle sprach unterdessen mit Marsha über 's Kochen, weil beiden nichts besseres in den Sinn kam, erwarteten sie doch die Rückkehrer von der Conversioreninsel. Beide wollten sich davon voreinander freilich nichts anmerken lassen. Marsha glaubte sich wegen ihrer ungebührlichen Aufregung als Direktorin um ihre Würde gebracht, und Arundelle wollte sich über ihre Gefühlsverwirrung nicht klar werden müssen. Peter Adams hätte guten Grund gehabt, hier auf die Barrikaden zu gehen.

Da auch Arundelle vom Kochen wenig hielt und nicht viel auf die Beine stellte, sie vielmehr alsbald davon zu schwärmen begann, wie Billy-Joe mit einfachsten Mitteln am Kochtopf zu zaubern verstand, lüftete auch Marsha ein wenig von dem Schleier und bekannte die Kochkünste ihres Gatten, kaum weniger begeistert.

Als sie sich endlich ertappten, begannen die so ungleichen Frauen herzhaft zu lachen. Marsha zog Arundelle an sich. „Wird Zeit, dass wir erwachsen werden, stimmt 's?" - flüsterte sie dieser ins Ohr und zwickte ihr liebevoll in die Wange.

Arundelle nickte errötend und schüttelte gleichzeitig den Kopf. „Hab's wirklich nicht eilig damit, - wirklich nicht...", bekräftigte sie. Und meinte, was sie sagte. Die Direktorin ließ es damit bewenden, auch wenn sie dem altklugen Mädchen nicht recht glaubte. Vielleicht hatte das eine mit dem andern wirklich nicht viel zu tun?

Die Aufwertung als Dekan der Sublimatioren bekam Moschus Mogoleia ausnehmend gut. Sein harsches Wesen fiel von ihm ab wie die Kruste einer sich häutenden Echse und wollte nicht wieder nachwachsen. Auch seine Ansichten veränderten sich. Zumindest insoweit als er sich mit drastischen Formulierungen zurückhielt.

So hatte Peter Adams wenig an ihm bemängeln. Außerdem mieden sie heikle Themen. Peter Adams strahlte seine freiheitliche Gesinnung wie eine Sonne aus und niemandem schien es geraten, in seiner Gegenwart auf engstirnigen Standpunkten zu beharren.

Bald vertiefte sich Moschus Mogoleia ins Philosophieren über die Kunst der Sublimation. Peter Adams bewährte sich als ein ausgezeichneter Zuhörer. Seine kurzen Einwürfe und aufmunternden Blicke regten sein Gegenüber zu immer weitschweifigeren und tiefsinnigeren Betrachtungen an.

Am späten Nachmittage spuckte das kleine Boot eine Ladung sich räkelnder, übermüdeter Conversioren aus, die meisten glücklich, aber in sich gekehrt. Manche schauten indes verloren drein, als wüssten sie nicht recht, was sie mit dem Traum anfangen sollten, der sie nun freigab.

Adrian Humperdijk schoss als Vorletzter der Conversioren und aus eigener Kraft aus den Fluten, denn er hatte das Boot verpasst, und so war ihm nichts anderes übrig geblieben, als diesem nachzuschwimmen.

Diejenigen der Wächter hatten gedrängt, die noch in einen verspäteten Osterurlaub aufbrechen wollten. Immerhin lag das Fest selbst ja noch vor ihnen. Von den sich Wandelnden konnte niemand

Einwände äußern. Jeder war mit sich nur allzu beschäftigt gewesen. So hatte das Boot dann ohne den stellvertretenden Direktor abgelegt.

Zerschrammt und erschöpfte und um Luft schnappend, krabbelte Adrian einige Minuten nach der Landung des Bootes ans Ufer. Draußen ging noch immer eine heftige Dünung und die Wellen brachen sich an den Untiefen der vorgelagerten Korallenbänke und an den aufragenden Felsmauern, so dass er nur mit Mühe zum schmalen Durchlass der Einmündung fand.

Marsha war empört und nachträglich besorgt. Sie nahm sich vor, bei Gelegenheit mit den Wächtern ein ernstes Wort zu reden.

Adrian hatte wirklich Glück gehabt. Seine Rückverwandlung hatte ihn während des Schwimmens ereilt. Da der Prozess doch einige Minuten in Anspruch nimmt und vor allem der Konzentration und Ruhe bedarf, wäre der arme Mann beinahe ertrunken, als er sich auf den Grund hatte sinken lassen. Außerdem mussten die letzten fünf- oder sechshundert Meter dann, nachdem es ihm gelungen war, sich an die Oberfläche hinauf zu kämpfen, schwimmend über Wasser zurückgelegt werden.

Jeder, der schon einmal versucht hat, über Wellenberge und durch Wellentäler eine solch weite Strecke schwimmend zurückzulegen und dabei auch noch die Richtung zu halten, weiß, wovon die Rede ist.

Nur der starken Erinnerung an sein amphibisches, anderes Wesen verdankte er die Rettung.

Was war geschehen? In all den Jahren war ihm dergleichen nie passiert. Freilich, die Arbeit im Parlament fraß ihn auf. Denn kaum dass er in Australis ankam, sah er sich sogleich von Anträgen und Terminen überschüttet. Er hatte in knapp vier Tagen soviel zu leisten, wie andere Abgeordnete im ganzen Monat. Das war einfach nicht zu schaffen.

Dennoch fand sich hier nicht der Grund für seine Verspätung. Er war keineswegs zu spät aufgebrochen, hatte auch nicht getrödelt oder sich verschwommen. Seiner Berechnung nach hatte er vielmehr gut in der Zeit gelegen.

Wieso also war er zu spät dran gewesen? - Die Wächter waren sich keiner Schuld bewusst. Es stimmte, einige hatten gedrängt, weil sie den Helikopter nach Sydney kriegen mussten und der flog nur bei Tage, auch wenn der Flugplan nicht völlig starr war. Wegen des Wetters hatte es in den letzten Tagen ohnehin Probleme gegeben.

Die Wächter hatten gleichwohl noch eine halbe Stunde draufgegeben. Auch nachdem noch der letzte Conversior aus seiner Haut gefahren war und alle sich bereits in ihrer Menschengestalt in dem Boot räkelten, oder sich noch die schmerzenden Beine vertraten.

Hatte seine innere Uhr etwa Schaden genommen? - Wäre kein Wunder bei all der Hektik, dachte Adrian und glaubte dennoch nicht recht daran.

Erst einmal war er froh, es geschafft zu haben. Er ließ sich dankbar von seiner Frau in die Arme nehmen und zu Tisch geleiten, wo er im Bademantel sitzend, heißen Kaffee schlürfte und von dem Kuchen aß, der noch übrig war. Ausnahmsweise genoss er die Sonnenstrahlen, die ihn wohlig erwärmten, auch wenn er die Augen vor ihnen verschließen musste und um seine starke Sonnenbrille bat.

Etwas stimmte nicht mit dem Zeitablauf. Lag es am Mond? Oder wurde er einfach nur alt und langsam? Unten im Meer sah man den Mond zwar nicht, aber Ebbe und Flut wogten mit berechneter Verzögerung sekundengenau analog zum Erdtrabenten und bildeten die Grundlage der Zeitmessung beim Meervolk. Hatte sich etwa der Verzögerungsfaktor geändert? – Unsinn, denn wenn schon – hier handelte es sich allenfalls um Sekunden!

Ärgerlich versuchte Adrian, die bohrenden Gedanken zum Schweigen zu bringen, um sich dem sorglosen Treiben im Garten zu überlassen. Denn die Jugend vergaß den Zwischenfall nur allzu bald und tobte ausgelassen umeinander. Die Sublimatioren erhoben sich zu immer neuen Tänzen und luden sogar die Ängstlichsten noch dazu ein, bis auch diese sich überwanden.

Alsbald steckte auch ihn die Ausgelassenheit an. Und als seine Frau ihn übermütig in einen der Kreise zog, und er die Kraft in den Beinen spürte, die durch die Berührung mit den anderen um ein vielfaches gesteigert schien, da gab auch er sich ganz dem Glück des Augenblicks hin.

## 3. Penelope M'gambas Osterausflug

Diesmal wollte Penelope die Tage wirklich nutzen. Die Gelegenheit war günstig. Sie hatte Urlaub genommen, hatte in Sydney einen Flug nach Kapstadt gebucht und war zur äußersten Spitze des afrikanischen Kontinents gereist. In Kapstadt lebten Freunde von ihr, bei denen sie unterkam und die Bescheid wussten. Vorsichtig freilich müsste sie dennoch sein. So ein Greif war ja kein harmloser Fink - einer von der Sorte, die es überall auf der Welt gibt. Er war die größte nur vorstellbare organische Flugmaschine, die selbst den riesigen Adler wie ein Küken wirken lässt.

Wenn sich ein solch gewaltiger Vogel, womöglich auch noch in seiner Fabelgestalt, irgendwo blicken ließ, dann erregte das ungeheures Aufsehen. Garantiert stand darüber etwas am nächsten Tag in der Zeitung. Schnell war da von Außerirdischen die Rede oder auch von urzeitlichen Drachen und Flugsauriern aus dem fernen Lande „Nirgendwo“.

Aufsehen also war tunlichst zu vermeiden. Und dies gelang am besten dadurch, dass man als Greif unsichtbar blieb.

Penelope M'gamba hatte sich etwas Unaufschiebbares vorgenommen... das heißt, verschoben hatte sie ihr Vorhaben schon öfters. Eigentlich schob sie es schon das ganze Jahr über vor sich her. Jedenfalls seit September letzten Jahres, als das Semester in der Zwischenschule angegangen war. Sie ließ sich auf die neue Aufgabe ein, die ihr neben viel Freude auch so manche Widrigkeit bescherte. Nicht zuletzt brachte sie den ganzen Ärger um die Invasion mit sich, und all die schrecklichen Folgen. Da war es nicht immer einfach gewesen, einen klaren Kopf und die gewohnte gelassene Übersicht, die ihr, so fand sie, als Greif auch zustand, zu behalten.

Die Seele hatte das Terrain, um das es ging, freilich bereits erkundet, denn es zog sie immer wieder in die alte Heimat zu den angestammten Fabelwesen und in die Geisterwelt des schwarzen Afrikas, wo sich Penelope M'gamba unwiderruflich daheim fühlte.

Nur - auf Seelen war kein rechter Verlass. Ihre Eindrücke ließen nicht selten zu wünschen übrig und so oft sich die Seele auch ins südliche Afrika begab, das Problem, um das es Penelope M'gamba ging, vermochte ihre Seele nicht zu erfassen. Für dergleichen schienen Seelen nun einmal nicht geschaffen.

Ja, hätte Penelope sich, wie die verehrte Kollegin Wiggles, träumend an ihren Zielort machen können, aber eben dies vermochte sie nicht. Jeder stieß nun einmal an seine Grenzen, wie bedauerlich dies auch mitunter sein mochte. Hier fand sich die ihre. Es half nichts, sie musste es riskieren, musste mit eigenen Augen sehen, mit eigenen Sinnen in diese Welt eintauchen.

Theoretisch glaubte sie das Problem hinreichend angegangen zu sein. Nun galt es, den Beweis anzutreten, zu beweisen, dass die aufgestellten Hypothesen der Kritik standhielten. Das würde nicht einfach sein.

Was, wenn die Messung ungenau ausfiele? Gab es denn das objektive Maß, dessen es bedurfte? Würden Klima oder Witterung womöglich unzulässige Störfaktoren bilden?

Mit wachsender Ungeduld verfolgte sie die Mondphasen. Alles war bereit. Sie hatte sich gut vorbereitet. Im Gepäck führte sie ihr gesamtes Material mit sich. Sie war es wieder und wieder durchgegangen, hatte sich mit Kollegen ausgetauscht, auch mit solchen, die ihrem Fachgebiet kritisch gegenüberstanden. Es war zu keinem stichhaltigen Einwand gekommen. Wer sich erst einmal in die Sache hineinlas, der musste, ob willig oder widerwillig, erst einmal zustimmen.

„Dem Stand der wissenschaftlichen Diskussion durchaus angemessen...“ – „Gut fundiert...“ – „in sich schlüssig...“ – „Wenn ’s die Empirie denn verträgt, dann soll ’s mir recht sein...“

Solches oder Ähnliches ließen die Kollegen verlauten. Und doch war Penelope M’gambas Beweisführung, so stichhaltig und abgerundet sie auch erscheinen mochte, vorgeschoben – wenigstens ein Stück weit.

Wonach sie wirklich suchte, und weshalb sie diese gefahrvolle Expedition wirklich unternahm, das mochte sie sich selbst kaum eingestehen. Denn wer davon erführe, der würde sich mit Sicherheit von ihr abwenden – jedenfalls, wenn er ein Kollege war.

Andere brächen womöglich in schallendes Gelächter aus – immerhin war Penelope M’gamba, auch wenn sie noch so kräftig, und vor Gesundheit strotzend daherkam, inzwischen in die Jahre gekommen. In diesem Alter machte man sich mit solch einer Anwandlung ohne Zweifel lächerlich, schon gar als Frau. Und so ungerecht Penelope dies auch empfand, so verhielt es sich doch so, und es war nicht an ihr, die Dinge grundsätzlich zu verändern. Vielleicht wollte sie dies auch gar nicht. Allenfalls für sich beanspruchte sie eine Ausnahme, was sie, und da kam nun wieder ihr umfangreiches wissenschaftliches Material ins Spiel, mit dem sie unterwegs war, durchaus zu begründen wusste.

Wer wie sie mit zweierlei Maß messen wollte, der musste selbst mit zweierlei Maß gemessen werden, denn der stand gewissermaßen über den Dingen. Für den galten die ehernen Grundregeln des menschlichen Zusammenlebens auf dieser Erde nun einmal nicht uneingeschränkt und unumwunden.

Penelope M’gamba sprach über ihre Einstellung nicht einmal mit den aufgeschlossenen neuen Kollegen aus der Zwischenschule, die ja nun wirklich allerhand vertrugen und die so leicht nichts umhaute. Wieso eigentlich hatte sie nichts verlauten lassen? Womöglich hätte sie Unterstützung erhalten? Vielleicht hätte sie sich manchen Umweg erspart, wäre schon viel früher bereit gewesen, hätte sich ihrem Schicksal gestellt, statt immer wieder Ausflüchte zu suchen und Gründe für ihr Zaudern zu finden.

Die Würfel waren gefallen. Penelope M'gamba saß im Flugzeug. Unaufhaltsam kam sie ihrem Ziel näher. In wenigen Stunden würde sie in Kapstadt landen. Dort würde sie sich zwei Tage vom Flug erholen, bis sich der Vollmond ganz rundete. Sie hatte alles berücksichtigt, auch die Tatsache, dass die Mondphasen in Kapstadt sich zu denen auf Weisheitszahn etwas verschoben.

Ihr Herz wummerte bei dem Gedanken an das, was dann folgen würde. Besonders der Start barg eine Fülle von Unvorhersehbarkeiten. Sie müsste sich einen völlig menschenleeren Ort dafür suchen. Sie hoffte auf ihre Freunde, die sie, so weit als nötig, einzuweihen gedachte, wenn sie ihnen auch die letzten Geheimnisse nicht zu offenbaren wagte. Für den letzten einsamen Schritt müsste sie sich eben irgendeine Begründung einfallen lassen. Immerhin wussten die bereits in groben Zügen, was sie vorhatte, und ihre Briefe waren diesbezüglich durchaus ermutigend.

„Das Kap ist eine einsame, menschenleere Gegend, wenn man nur weit genug hinausfährt und das letzte Stück dann gar zu Fuß macht, wenn der Landrover die Felsen nicht mehr packt. Da draußen lebt garantiert keiner. Dahin verirren sich höchstens mal ein paar Touristen". Vor eben diesen graute es Penelope denn auch. Touristen waren nun einmal so ziemlich das neugierigste Volk auf Erden. Die waren sozusagen von Berufs wegen neugierig.

Den Start eines Greifen würden die sich nicht entgehen lassen. So ausgerüstet wie die waren, konnte man durchaus damit rechnen, scharf gestochene Fotos von sich in allen Zeitschriften dieser Erde wiederzufinden oder gar ganze Amateurfilme mit Titeln wie - ‚Der Flug des letzten Urvogels', oder - ‚Die Wiederkehr von Dinotopia'. Man konnte sich die Folgen solcher Schlagzeilen nur zu gut ausmalen.

Einmal in der Luft, wäre sie erst einmal sicher. Falls alles gut ging, - keine Verfolger, kein Aufsehen, aber auch kein Sturm, jedenfalls kein gar zu heftiger, - (durchaus nicht selbstverständlich am Kap der Guten Hoffnung oder war es das Kap Horn?) – Alles hatte sie ganz offensichtlich keineswegs erwogen, nun wusste sie doch tatsächlich nicht mehr, welches Kap an der Südspitze von Afrika lag. Auf den Namen kam es freilich nicht an. Wichtig war, dass die Gegend sich eignete und vor allem, dass ihr Zielgebiet innerhalb ihrer Reichweite lag.

Wenn sie also erst einmal glücklich in der Luft war, dann galt es, Höhe zu gewinnen, viel Höhe, mehr, als sie sich vorzustellen wagte. Sie müsste hinauf in die Zone der eisigen Westwinddrift – mit südlichem Einschlag in dieser Jahreszeit – jedenfalls meist.

Und wenn ihr auch dies gelang, wenn sie nicht erfröre, nicht mit vereisten Schwingen abstürzte, nicht mit einem der Flugzeuge kollidierte – immerhin wäre es Nacht – sie brauchte die Nacht, das Tageslicht musste sie meiden.

Die Kraft des vollen runden Mondes allein konnte ihr dort in der verlorenen Eiswüste helfen, wo die Luft kaum atembar, selbst für Greifen viel zu dünn und eisig war. Ja, und dann müsste sie noch immer... Sie mochte gar nicht daran denken, was sie sich dann abzuverlangen hatte...

„Verkauf das Fell des Bären nicht, eh du ihn erlegt hast“, rief sie sich selbst zur Ordnung. Doch ihr Gedankengang wollte sich nicht abwürgen lassen:

Die Krönung der Widrigkeiten kam zum Schluss. Würde sie dann noch Kraft genug besitzen? Musste sie den Rückweg nicht auch noch einkalkulieren? Höchsten zwei Tage, länger dürfte sie die Suche nicht ausdehnen. Ob die ihren Berechnungen wirklich Genüge taten?

Sie wusste ohnehin das Ergebnis. Theoretisch war ihr dieser Teil der Aufgabe völlig klar. Im Grunde wandte sie nur die Versuchsanordnung jenes Experimentes an, das inzwischen so bekannt war, dass seine Formel sogar die T-Shirts der Teenies rund um den Globus zierte, auch wenn diese deren Bedeutung wohl nur selten kannten.

Die Vorschau auf all das Eis ließ sie schaudern, oder war sie eingenickt und schreckte empor? War das, woran sie dachte, geeignet, ihr Blut dennoch in Wallung zu bringen? Selbst noch dort oben – ja, gerade dort oben? Denn dort fand sich das wirkliche Element eines Greifs, eines hungrigen, eines sehnenden Greifs, wie sie einer sein würde.

Noch niemals je seinesgleichen begegnet zu sein, immer allein, immer auf sich gestellt – auch wenn die Einsamkeit von begrenzter Dauer war, trübte ihre sonst so glückliche Erinnerung. Ihr fehlte der Kontrast.

Zwar liebt der Greif die eisigen einsamen Höhen, ist sich dort selbst genug und verlangt nichts weiter vom Dasein. Doch hin und wieder ergreift ihn doch auch Sehnsucht nach seinesgleichen, nach Nähe oder auch nach einer anderen Leidenschaft als jener der Eiseshöhe.

„Im Kontrast nur genießen wir ganz“, murmelte die Frau im Halbschlaf, während sie sich in die Kissen drückte, so dass die Halterung des Sitzes bedrohlich knackte. Eine Stewardess eilte besorgt herbei, beugte sich herab, flüsterte, um die anderen schlafenden Passagiere nicht zu wecken, auf sie ein.

„Schlecht geträumt“, murmelte Penelope M’gamba zurück und wandte den Kopf. Die Stewardess ging zögernd, nur halb überzeugt, auf ihre Position zurück. - Ein unruhiger, anstrengender Nachtflug. Wetter schlecht, Maschine überbucht, eben Osterverkehr...

Die Stewardess sah auf die Uhr. Zwei Stunden noch bis zur Landung. Es würde Zeit für den Frühstückshappen. Vielleicht war der Kapitän gnädig und verbat den Ausschank von heißem Kaffee, wegen der vielen Luftlöcher heute.

*

Der Mond rundete sich nun auch für Penelope M'gamba. Bis jetzt war alles planmäßig verlaufen. Die Freunde kümmerten sich rührend, und ihre Freude bei der Begrüßung am Flughafen, war ehrlich. Penelope fühlte sich nicht als Last. Die zwei Tage, die sie auf den Mond warten musste, waren eingeplant und verstrichen im Nu. Es gab viel zu erzählen.

Vor allem die geheimnisvolle Insel Weisheitszahn erregte die Gemüter. Die Kinder ihrer Gastgeber, aufgeweckte Jungen in Alter von sechs und zehn Jahren, wollten nicht locker lassen bis Tante Lopee sich endlich bequemte und ordentliche Koordinaten herausrückte.

Sie gaben tatsächlich einen Punkt im tiefen Blau des Stillen Ozeans an. Freilich war dort weit und breit keine Insel verzeichnet. „Die Insel Weisheitszahn ist viel zu klein, außerdem ist sie geheim, niemand weiß von ihr...“.

Die Jungen waren nicht überzeugt, ob dort wirklich eine Insel zu finden war.

„Hauptsache, sie sind zufrieden und haben was, das sie als Geheimnis hüten und natürlich nur zu bald an ihre Freunde verraten können“, meinte die Mutter der beiden. Penelope ließ sie wissen, dass mit ihren Angaben kein Schaden anzurichten war.

Der Abend senkte sich herab. Wenige Wolkenfetzen eilten vor dem runden Vollmond über den leeren Himmel. Der Wind pfiff ordentlich, als der Landrover Richtung Nord davon brauste und Penelope auf ihren ausdrücklichen Wunsch hin allein zurück ließ. Niemand durfte dabei sein und Zeuge werden, wie sie sich verwandelte. Auch ihre beste Freundin nicht. „Ist ganz unmöglich“, murmelte Penelope nur immer wieder und schüttelte verlegen den Kopf, wenn jemand mit diesem Wunsch an sie herantrat.

Nicht einmal die Conversioren der Insel konnten ihre Verwandlung richtig bezeugen, da sie sich stets von einem entlegenen Punkt aus in die Lüfte erhob. Sie nahm eben einen Sonderstatus unter den Conversioren ein.

Auch jetzt war Penelope mit ihrem Standort noch nicht zufrieden. Besorgt blickte sie hinauf zum Himmel und lauschte gleichzeitig in sich hinein. Das leise Ziehen wurde mit jeder Minute stärker. Sie war zwar in der Lage, es zu kontrollieren, jedenfalls bis zu einem gewissen Punkt, darüber hinaus aber könnte auch sie nicht gehen. Irgendwann nahm auch für sie die Natur ihren Lauf.

So eilte sie der nächst gelegenen Felsklippe zu und hoffte, diese noch vor der Verwandlung zu erreichen. Sie spähte besorgt um sich, ob jemand in der Nähe war. - Ohnehin wäre es nun zu spät. Der Prozess der Conversion setzte ein. Unaufhaltsam verwandelte sie sich in den Fabelvogel Greif. Dieser erhob sich wenige Minuten später als schwarzer Schatten in den windgepeitschten Himmel. Er gewann mit schweren Flügelschlägen schnell an Höhe, wurde rasch kleiner und war bald nur noch eine winzige Silhouette vor der runden silbernen Mondscheibe, der er entgegen flog. Es sah so aus, als sei der Mond das Ziel des nächtlichen Fluges.

## 4. Adrian Humperdijks Zeitproblem

Am liebsten hätte Marsha Wiggles-Humperdijk allen Wächtern den Urlaub zur Strafe gestrichen. Rein rechtlich nach den Schulstatuten war sie dazu durchaus berechtigt, ja ihre Befugnisse gingen noch weiter. Ein Entlassungsgrund lag zweifellos vor. Die Aufgabenstellung der Wächter war diesbezüglich völlig eindeutig. Ihnen oblag nun einmal das Wohl und Wehe der Conversioren – aller Conversioren, die sich auf die Reise machten. Da gab es keine Ausnahme - schon gar nicht nach den schrecklichen Vorfällen in der jüngsten Vergangenheit.

Inzwischen wollte den Job freilich keiner mehr machen. Die Sublimatioren, die ursprünglich mit dieser Aufgabe betraut wurden, gab es schon lange nicht mehr. Sie hatten einer nach dem andern aufgegeben. Außerdem fehlte es an Nachwuchs. Die Anforderungen waren hoch, der Dienst eintönig, dabei aber ganz offensichtlich gefährlich. Hatte es nicht sogar Tote und Verletzte gegeben?

Ausgerechnet die Wächter auf der Conversioren-Insel hatten die Grausamkeit des Krieges in voller Härte zu spüren bekommen. Einige wurden sogar getötet.

So sah sich die Direktorin in der Zwickmühle. Einerseits durfte sie mit Fug und Recht verlangen, dass die Wächter ihren Aufgaben gewissenhaft nachkamen. Andererseits kannte sie die

Eigenmächtigkeit ihres Mannes und die besondere Situation auf der Insel. Es kam oft mehr auf das richtige Fingerspitzengefühl an, als auf beharrliches Aussitzen von Regeln und Statuten.

Adrian war mit seinen großartigen Gesten vermutlich selber Schuld an seinem Malheur. „Rüber zur Hauptinsel, ist doch überhaupt keine Entfernung. So was schaffe ich doch mit links...“, ließ er die Wächter mehr als einmal wissen, die sich solche Sätze natürlich merkten. Deshalb hatte sich von ihnen auch keiner vorstellen können, dass ihm diesmal auf den letzten Metern die Luft ausging. Zumal Adrian der einzige dem Wasser angepasste Conversior war.

Cori zeigte, ebenso wie Intelleetus, zwar eine gewisse Neigung hin zum nassen Element, Begabung aber konnte diese schwache Anlage in beiden Fällen noch nicht genannt werden. Da müsste sich wohl noch einiges zuvor abklären und heraus kristallisieren.

Kurz und gut, es blieb für die Wächter bei einer lauen Abmahnung seitens der Direktorin. Adrian nahm auch dieser noch die Spitze, indem er seinen verzweifelten Kampf auf Leben und Tod in der Brandung vor der schmalen Hafeneinfahrt inzwischen großspurig als Lappalie abtat.

Die Wächter enteilten freudig in den wohlverdienten Urlaub und auf der Insel Weisheitszahn wäre endlich der österliche Frieden eingekehrt. – Wenn nur Penelope M'gamba nicht verschwunden wäre!

Ausgerechnet Penelope M'gamba war von ihrer Reise nicht zurückgekehrt, erfuhr Marsha in einem besorgten Telefonanruf ihrer südafrikanischen Freunde, bei denen sie eigentlich Ostern verbringen wollte. - „Hierher ist sie auch nicht zurück, nein, sicher nicht, die Strecke ist viel zu weit...“

Diese Nachricht ließ die Wogen der Besorgnis erneut hochschlagen. Zumal Marsha halbwegs in Penelopes Unternehmen eingeweiht war. Ihr gegenüber machte diese immerhin einige Andeutungen. - Andeutungen, die nun, da Penelope verschwunden zu sein schien, die nämliche Sorge, (welche zuvor ihrem Mann gegolten hatte, um ein Vielfaches verstärkt), zur geplagten Direktorin zurück brachte.

Für Marsha bestand kein Zweifel, etwas musste schief gegangen sein. – die Direktorin konnte nicht anders, als sich die schrecklichsten Unfälle auszumalen. Was konnte in den eisigen Höhen nicht alles geschehen?

Penelope selbst hatte lange gezögert. Zu lange vielleicht? Hätte sich der Sommer nicht viel besser für ein solches Unternehmen geeignet? Da freilich war keine Zeit gewesen. Sie hätte ein ganzes Jahr warten müssen, aber das wollte die gestresste Professorin nicht, an der so vielerlei hing.

„Am Kap stürmt es fast immer, so ist es da nun mal – wir Greife lieben die Stürme und die brausenden Wogen und lachen den eiskalten Winden ins raue Angesicht.“ –

„Ja, schon, aber müssen es ausgerechnet die wildesten Herbststürme am Kap der Guten Hoffnung sein? Du warst da doch noch nie. Wenn du deiner Sache wenigstens sicher wärst... letztlich fliegst du nur auf Verdacht, das muss dir klar sein...“

Alle Vorhaltungen und Einwände waren buchstäblich in den Wind gesprochen, Marsha hatte es aufgegeben. Nun war der Schlamassel da. Es half nichts, Penelope brauchte Hilfe. Mit ihrem Wissen konnte Marsha nun nicht hinter dem Berg halten. Adrian war der gleichen Meinung, dem sie sich als ersten anvertraute.

„Großer Inselrat - ist das Beste. Ich bin sicher, Arundelle weiß Rat, versiert wie sie ist in solchen Dingen“, meinte Adrian. Und seine Frau ergriff die nächste Gelegenheit zu einem Gespräch am Mittagstisch, denn viel größer konnte der Inselrat gar nicht werden, wo alle in Urlaub waren.

Viel wusste sie eigentlich nicht, bemerkte Marsha, als sie versuchte, über Penelopes Absichten zu sprechen. Schon der Versuch einer ungefähren Ortsbestimmung scheiterte. Das Gebiet, in welchem sich Penelope möglicherweise aufhielt, umfasste doch eine vergleichsweise riesige Fläche – letztlich den gesamten Südzipfel des afrikanischen Kontinents und das umgebende Meer bis in die Antarktis.

„Penelopes eigentlicher Plan sieht etwas anderes vor, als nur die Überprüfung von gesammelten Daten und Fakten. Dieses Motiv ist eher vorgeschoben. In Wirklichkeit ist Penelope auf der Suche nach einem Gefährten.

Seit sie von dem Gerücht erfuhr, ein Riesenvogel sei in den südlichen Zonen gesichtet worden, hat sie keine Ruhe mehr. Und nun hat sie sich auf den Weg gemacht.

Angeblich sollen die letzten Greife irgendwo dort draußen hausen. Vielleicht auch auf geheimen Inseln – jedenfalls irgendwo dort...“, die Direktorin machte eine vage Geste in Richtung Süden. Sie hatte eigens eine Seekarte entrollt, über die sich die Anwesenden nun beugten.

„Außerdem ist sie dann noch einer ganz andern Sache auf der Spur, mehr was Wissenschaftliches, glaub ich, sei angeblich nicht so wichtig. Bei Penelope aber weiß man nie. Die ist ja nicht erst seit Gestern auf der Welt, wegen der Einsamkeit und all dem, wieso ausgerechnet jetzt? Letztlich bin ich mir also überhaupt nicht schlüssig. Was, wenn die andere Sache in Wirklichkeit wichtiger ist?

Wenn dem so wäre, dann könnte ich noch viel weniger über ihren Aufenthaltsort sagen..."

Die Direktorin schaute hilflos in die Runde. Zwar wusste sie um die Fähigkeiten der Anwesenden, nicht zuletzt um ihre eigene. Wenn es ihnen doch nur gelänge, Kontakt aufzunehmen! Sie selbst hatte es wieder und wieder versucht. Jede Nacht irrte sie - seit diesem verstörenden Anruf - im Traum vergeblich ums Kap. Wäre wenigstens einer der Animatioren anwesend, vielleicht gelänge ja der Kontakt von Seele zu Seele. Penelope M'gamba war immerhin die Dekanin der Animatioren. Von diesen waren jedoch leider alle ausgeflogen.

„Was können wir nur tun? Es muss doch irgend etwas geben, was wir tun können!" - fasste die besorgte Direktorin ihre Andeutungen zusammen.

Arundelle merkte auf. Selbstverständlich gab es da etwas, welche Frage? Beinahe empört schüttelte sie den Kopf, ob soviel Ignoranz. Stand alles in ihrer Akte. Außerdem war sie bereits mehrmals mit dem Bogen unterwegs gewesen. Weshalb tat die Direktorin dann so, als wüsste sie davon nichts? Oder getraute Marsha sich nur nicht, sie zu bitten?

Arundelle blickte zu Billy-Joe hinüber, der gerade mit Tibor tuschelte. Hatten die soeben den gleichen Gedanken wie sie?

„Mit dem Zauberbogen dürfte es nicht so schwer sein, die fragliche Gegend zu erkunden", sagte sie möglichst beiläufig in die Runde hinein. „Wir könnten es wenigstens mal versuchen", setzte sie abschwächend hinzu.

Wenn die Direktorin nämlich bereits mehrfach vergebens Traumreisen ins fragliche Gebiet unternommen hatte, dann war Penelope M'gamba womöglich wirklich unauffindbar.

*

Pooty, der neue Hüter des Zaubersteins, wohnte seit dem tragischen Ende seines großen Freundes in Billy-Joes Medizintasche. Das war insofern praktisch, als Billy-Joe gehalten war, diese ständig mit sich zu führen.

Zwar musste Pooty sich zunächst an den strengen Geruch gewöhnen, der darin herrschte. Und auch die unheimliche Gesellschaft all der geheimen Gegenstände, die Billy-Joe in seiner Kindheit und Jugend für wichtig erachtet und deshalb gesammelt hatte, waren gewöhnungsbedürftig.

Inzwischen aber war das kleine Possum dort doch zusammen mit seinem leuchtenden Stein heimisch geworden, zumal der Zauberstein für den kleinen Mann viel zu schwer zu tragen war, jedenfalls für ständig. So war Billy-Joe faktisch zum Träger des Steins geworden, ohne jedoch über ihn zu verfügen.

Möglicherweise wollte der Zauberstein verhindern, dass Pooty sich überflüssig vorkam, was leicht hätte geschehen können. Immerhin wohnte Walter in seiner überhöhten und geläuterten Form in Billy-Joe. Was hätte da näher gelegen, als diesem auch die Macht über den magischen Stein zu übertragen?

Billy-Joe und Pooty waren damit von Arundelles Zauberbogen unabhängig, ja, dem magischen Stein war es sogar möglich, mehr Passagiere als der Zauberbogen mitzunehmen. Beide standen sie diesbezüglich in heftiger Konkurrenz. Und die nahm bisweilen groteske Formen an und war womöglich gelegentlich ein wenig kontraproduktiv, wenn sie auch letztlich am gleichen Strang zogen.

*

Mit dem ausdrücklichen Segen der erleichterten Schulleitung der Zwischenschule machte sich die kleine Expedition also auf den Weg nach Südafrika ans Kap der Guten Hoffnung. Der Name selbst war ein wegweisendes Omen, wie Arundelle hoffte.

Die größere Gruppe mit Pooty, Billy-Joe und Tibor formierte sich bereits, als Arundelle mit ihrem Bogen zurückkehrte, den sie erst hatte holen müssen. Zum Mittagessen bei Marsha auf der Veranda, hätte sie ihn schlecht mitbringen können, obwohl sie auch dies am liebsten getan hätte.

Sie trennte sich höchst ungern von ihrem Bogen und fühlte sich beinahe ein wenig nackt ohne den Druck seiner Sehne über der Schulter.

Leider gab es viele Bereiche, zumal hier in der Zwischenschule, wo Waffen absolut verboten waren. Alle Beteuerungen, bei dem Zauberbogen handle es sich um keine Waffe im eigentlichen Sinn, halfen da nichts. Zu viele schmiedeten an den Statuten und Schulregel und unterwarfen sich ihnen buchstabengetreu. Da konnten Ausnahmen nun einmal nicht geduldet werden.

Arundelle sah dies im Prinzip durchaus ein. Sogar ihr Bogen stimmte dem zu. Sein Dasein im dunklen Schrank aber verursachte ihm, wie er Arundelle gelegentlich wissen ließ, doch mehr Schwierigkeiten, als er nach außen hin zeigte.

Er hatte in seinen düstersten Stunden sogar erwogen, sich einen neuen Besitzer zu suchen. Damit hätte er das unwürdige Schattendasein beendet, zu dem er sich verurteilt sah, seit Arundelle diese – für sie so vorteilhafte und prächtige – Schule besuchte.

Nun aber ging es hinaus ins Abenteuer. Alle düsteren Gedanken waren wie fortgeblasen. Munter verständigten sich die beiden Magier über Koordinaten und Zielberechnung.

Als es zur Bestimmung der Flugroute kam, drohte freilich bereits wieder Streit. Der Bogen argumentierte, dass man für solch eine lächerlich geringe Distanz nun wirklich keine Stratosphärendimension in Anspruch zu nehmen habe. Der Zauberstein indes verteidigte diese Dimension. Er begründete sie damit, dass man sich hier im südlichen Pazifik im Bereich der Australienroute des Luftverkehrs befinde. Er verspüre keine Lust, sich von so einem stinkenden Monster Luft und Laune verderben zu lassen, von der Gefährdung der Passagiere ganz abgesehen.

Der Bogen fand das Argument an den Haaren herbei gezogen. Es handle sich hier um einen Wahrscheinlichkeitsfaktor von eins zu zehn Millionen. Er zieh den Stein der Hysterie und Paranoia, was der wiederum für allzu starken Tobak befand.

Gleichwohl stimmte das Argument gegen die Stratosphärendimension, wie er blitzschnell überprüfte, so dass er sich zu einem lässigen: „Getrennt marschieren, vereint siegen“, herabnötigte und sich jeder mit den ihm Anvertrauten auf den Weg machte.

Zeitlich, das wussten beide, ginge es um den Bruchteil von Sekunden. Die Route spielte mithin im Grunde überhaupt keine Rolle. Wichtig war lediglich der Zielort und den würden beide Millimeter genau anpeilen und treffen.

Ein Moment der Verzögerung wäre da höchstens von Vorteil. Wie leicht könnte es sonst passieren, dass man sich versehentlich gegenseitig auf dem Kopf herumtrampelte.

Arundelle hätte es da leichter, die träte einen schnellen Schritt zur Seite, was sie auch tat, als das Stratosphärengeschoss niederging. – Eindrucksvoll, wie eine Sternschnuppe oder ein Meteoriteneinschlag. Ein Glück, dass es keine Zuschauer gab.

Ob auch der Bogen derart leuchtend mit ihr herunter gekommen war?

Das düstere Kap empfing sie gebührend. Eine Welle von Frostkristallen schüttete sich über sie aus. Der Sturm ergriff sie, zauste im Haar. Der eisige Frost fuhr ihnen sogleich in Mark und Bein. Für wahr ein unwirtlicher Ort!

Ratlos schaute die kleine Gruppe um sich. Wo sollte man ansetzen? Ja, wonach suchten sie eigentlich? Ob Mensch, ob Vogel, in dieser Ödnis bliebe beides gleichermaßen verborgen. Grauer Fels und grauer Himmel, graiße Schleier aus gefrorenem Gischt. Vom Meer umspült der nackte Fels, zerklüftet, zerrissen, durch und durch gewühlt von Sturm und Brandung in vielen Millionen von Jahren. Und dabei doch standhaft und stets fest geblieben - eine wehrhafte Spitze am Ende der Welt!

## 5. Gefangen

Der Zauber des vollen Mondes umfing den gewaltigen Greif. Und je höher er stieg, um so sicherer fühlte er sich. Unter den Schwingen drückten die geballten Luftmassen, ließen ihn sich federleicht dünken. Da konnten die Winde noch so wild wehen. Es kam nur auf Geschicklichkeit und Haltung an, zumal erst einmal kein Ziel ins Auge gefasst war, dazu war es viel zu früh. Höhe war das einzige Ziel. Höhe und Weite. Hoch hinaus über die Wolken führte der Weg, hinauf in die sternklare Nacht, dem vollen silbernen Mond entgegen.

Nachdem die Zone der Wolken erst einmal durchstoßen war, trübte kein Schleier die silberne Klarheit. Unter sich der wogende Teppich, silberweiß und strahlend im Silberschein des Mondes, beinahe taghell – mondnachthell!

Kräftige Muskelschwünge sorgten für die nötige Wärme in dieser eisigen Helle. Das plusternde Gefieder schirmte und schützte und nur, wo es dem fürwitzigen Windspiel gelang, sich für kurz ins flauschige Gewühl einzusenken, traf der Eisstrahl des Frostes mit Todeshand für kurz auf warmes durchblutetes Fleisch. Warnend und gemahnend, nicht übermütig zu werden, die Lust an der Weite nicht gänzlich freizugeben, um von ihr nicht völlig überwältigt zu werden.

Klarheit und Übersicht sind die beiden Eigenschaften, die vor allem anderen, das Dasein des Greifen bestimmen. Und doch war da dieser neue unbekannte Antrieb. Ein Sehnen von unerhörter Eigenart, das so zuvor nicht aufgetreten war. – Niemals, jedenfalls konnte Penelope sich nicht erinnern. Doch es ging jetzt nicht um erinnern. Greifen machen sich nun einmal kein Langzeitgedächtnis. Sie leben dem Augenblick und der Eingebung des Augenblicks. Sie tauschen Blicke und reagieren blitzschnell, gedankenschnell um genau zu sein. Wenn es denn zutrifft, dass Gedanken dem Blitz an Geschwindigkeit überlegen sind, was zweifellos der Fall ist. Sie sind sogar schneller als das Licht.

Ein Greif reagiert gedankenschnell, bewegt sich jedoch kaum schallschnell – ein Widerspruch, der Penelope nicht nur in Greifengestalt zu schaffen machte. Die Seele hatte es da einfacher.

Was war gewesen? Wie war sie hierher gelangt? Wieso bestürmte sie mit übergroßer Macht nie gekanntes Weh? - War es denn Weh?

Die holprige Fahrt hinaus zum Fels, die letzten Meter über steinigen Grund – kriechend gleichsam, welch bemitleidenswerte Fortbewegungsart! Eben Menschenart – Zweibeiner, und dann noch bei Nacht in Sturm und Wildnis. – da fällt der Mensch mehr, als er läuft.

Die Zeit drängt, die Minuten ticken, der Mond treibt und zieht und zeigt den Weg und zeigt das Ziel. Die Wandlung kommt endlich über sie, von der sie weiß, und der sie entgegenfiebert, so eisig die Nacht auch ist.

Dann die ersten befreienden Streiche. Arme, die nicht länger nur Arme sind, Beine, die nicht länger die Erdenlast zu tragen haben! Wärme durchbricht die Haut überall, sprießt, wächst, drückt und treibt sie. Die Sprünge werden weit und weiter. Wind greift und hebt und drückt und drängt und wird zum schwingenden Kissen, das bei aller Flüchtigkeit doch Sicherheit gewährt.

Auch im Kopf ändert sich so manches, auch hier allmählich, wenn auch mit Sprüngen durchsetzt, vergleichbar denen, die nun ganz aussetzen, denn das Land bleibt klein und verspielt zurück, während der Weg ins Weite führt und der Jubel die Fliehende kürt.

Aus dem Mond tritt ein zweiter Schatten hervor. Wer träumt da? Der Schatten wird zur Gewissheit. Alle Fragen verfliegen im Wind. Das brausende Element verweht die Zweifel. Das Auge traut sich nicht, das eine erst und dann das zweite, beide sehen, beide nehmen wahr, was nicht wahrnehmbar sein kann. Ein Spiegelbild. - Es wird ein Spiegel sein. Hier, wo die glänzende Mondscheibe so nah ist.

Wie weiß doch der Mond auf die Schwingen fällt! Penelope wundert sich, kennt sie etwa ihre Farbe nicht? Es muss das Mondlicht sein. Heute ist eine besondere Nacht und auch der Ort ist besonders, da fällt das Licht nun einmal anders als es sonst fällt, hier anders als da, von wo sie kommt - obgleich...

Ist der Mond nicht immer so weiß? Die Erinnerung will sich nicht einstellen. ‚Lebe den Augenblick'. Der Lebensimpuls fließt durch den Leib - vom Kopf bis in die letzte Schwanzfeder hinab. Er spreizt sich im weiten Gefieder – ‚lebe den Augenblick – jetzt ist die Zeit, nütze die Stunde, den Tag und die Zeit: carpe diem. Nütze das Hier und das Jetzt. Sei ganz da, wo du bist, sei da und du selbst im Augenblick – dann ist es recht, so soll es sein.'

Die Silberschwingen werden übermächtig, der Leib schält sich womöglich noch gleißender aus dem Halbdämmer der mondhellen Nacht in Nähern... Vorsicht jetzt, dein Spiegel fällt herab. Instinktiv bremsen, wildes, aufgeregtes Flattern, das ohne Wirkung bleibt, das sich nicht spiegeln will. Der gleißende Spiegelschatten schwebt ruhig, rüttelt nicht, gleitet, jetzt eine Spur höher, jetzt über dir, jetzt...

Die Zeit selbst steht nun still. Die Schwingenpaare schweben. Sie tun es im Gleichklang pulsierender Herzen. Unermessliches, das sich im Augenblick erfüllt. Die Zeit verschlingt die Ewigkeit.

Ohne Weg und Ziel gleiten die beschwingten Schatten dahin, solange die silberne Scheibe des Mondes ihnen leuchtet, die mit dem Sonnenaufgang versinkt.

Die ersten Strahlen stechen noch nicht, wecken erst unangenehme Gefühle. Noch ist die Sonne matt, zumal mit ihr der Stratosphärendunst des Tages aufersteht, der die klare Nacht besiegt. Nun wird es wirklich Zeit.

Wie zwei Steine fallen die Greife aus schwindelnder Höhe hinab, dorthin, wo noch die Dunkelheit herrscht, durchstoßen die schützenden Wolkenbänke, tauchen ein in die Luftwirbel darunter. Zielstrebig führt der Helle seine Gefährtin über die aufspritzenden Fluten des Meeres. Penelope weiß, dass er sie versteht, dass er weiß, was sie nun braucht, um den Tag zu überstehen.

Eine Insel, rau und felsig, kaum mehr als ein langgestreckter Bergkegel in der wildschäumenden Flut, bietet doch festen Halt und Grund. In einer der gewaltigen Nischen, die Wind und Wellen ins harte Gestein gegerbt haben, finden die Beiden Schutz und Zuflucht vor Tageslicht und Sturmgebraus. Sie schmiegen sich aneinander, plustern das wärmende Gefieder. Die Lider werden schwer, kaum dass die Körper zur Ruhe kommen und ehe noch die ersten bleichen Morgenstrahlen des Tagesgestirns die Wolkenlücken durchstoßen, sind sie in Schlaf und Traum versunken. Sie durchmessen noch einmal die Spanne der Nacht, begreifen vielleicht erst jetzt, was ihnen geschah. Ein Gefährte fand sich in dieser leeren öden Welt, wo der Greif zum Fabeltier wurde, dem man eine seltsame Zwitternatur andichtete, während sein Lebensraum verloren ging.

Drei selbstvergessene Tage folgen. Am vierten und letzten erst, versucht Penelope sich aus der Verzauberung zu lösen. Vergebens. Ihre Aufgabe wiegt schwer doch nicht schwer genug. Süße Sorglosigkeit umarmt sie, so dass sie sogar auf den Heimweg vergisst – hier im fremden Terrain, wo die Uhren anders gehen.

Sie fühlt den Fehler, ehe er sie ereilt, doch es ist zu spät. Als der Mond sich zum letzten Mal neigt, ist sie Gefangene der schmalen Insel, die sie erstmals bewusst erlebt. Sie hat den Rückweg verpasst, hätte ihn womöglich nicht gefunden, nicht ohne Hilfe, doch die hätte sie nicht erhalten, merkt sie nun.

Die Verwandlung wird zur bösen Überraschung. Der Gefährte hat sie verlassen. Ist er heimgekehrt ins eisige Heim, das seinem weißen Gefieder entspricht? Der Traum ist vorüber. Nicht allein die Geister scheiden sich, so muss Penelope bemerken, die sich in letzter Not auf das Riff zu retten vermag.

Wo der Gefährte herkommt, weiß sie nicht. Im Augenblick hat sie weder Muße noch Zeit darüber nachzusinnen. Das wird sie die kommenden Tage und Stunden beschäftigen, die sie auf dem Fels in der Brandung zubringen wird. Sie ahnt es bereits, fühlt es in ihrem Herzen: da ist ein Geheimnis um ihren Gefährten und diese Insel, nicht nur in ihr, die sie vergebens die Urgründe des Herzens zu durchforschen sich anschickt. Sie weiß, sie selbst birgt ein Geheimnis. Etwas ist da, das sie nicht an sich heranlassen möchte, das nicht die Oberfläche des Bewusstseins durchdringen darf.

Ist das Liebe? Penelope zweifelt. Sie hatte sich bisher unter Liebe etwas anderes vorgestellt. Sicher – nicht weniger überwältigend, nicht weniger erfüllend, aber doch anders. Da waren Anteile in ihr, die sie nicht zu berühren wagte, etwas war da, dessen sie sich schämte und vor dem ihr gar graute.

Der Weiße entband Bereiche, mit denen sie sich nicht auseinander setzen mochte. Penelope versuchte, diese Wesensart auf die Greifennatur zu schieben, aber sie wusste schon jetzt, das ihr dies nicht gelingen würde.

Gewaltsam schob sie die überflutenden Regungen, die sich überstürzenden Gedanken beiseite. ‚Wo finde ich Wasser, wie ernähre ich mich?' Das waren die Fragen, die sie den nächsten Monat über beschäftigen würden. ‚Auf dem Gott verlassenen kleinen Eiland dürfte es kaum eine Quelle geben. Hier wächst kein Baum und kein Strauch, kaum mehr als spärliche Algen überziehen die Steine, wo das Meer sie umspült.'

Eine erste Erkundung bestätigt die schlimmsten Befürchtungen. Zur Inselmitte hin, einer abweisenden zackigen Felskrone, bedeckt weißer Vogelkot, ätzend und überriechend, den Fels.

Weit kommt sie nicht. Senkrecht hängt über ihr die abweisende Wand. Geborgenheit erhofft sie sich von der schützenden Spalte, in der sie die vier vergangenen Tage verbrachte. Doch sie kann diese nicht wiederfinden.

Um wie viel weniger einladend ist die Insel jetzt, da sie des Gefährten und ihres wärmenden Gefieders beraubt ist.

Penelope verbringt den Tag damit, von den Steinen das spärliche Grün zu kratzen, um es in der Sonne zu trocknen. Aus Algenbändern flicht und webt sie sich einen Umhang, der ihre Blöße notdürftig bedeckt.

Der Regen der letzten Tage und Nächte hat kleine Tümpel zurück gelassen, aus denen sie ihren Durst stillt. Wenn auch dieses Wasser keineswegs rein ist, so ist es doch wenigstens trinkbar. In Felsspalten nisten kleine Krebse, Muscheln und Austern, nicht besonders wohlschmeckend aber doch essbar.

Immer wieder überfallen sie die Gedanken und Erinnerungen, während sie ruhelos umherstreift. Tagsüber bricht die Sonne mitunter durch die Wolken. Für Minuten kommt sie dann zur Ruhe. Sie überlässt sich wohlig der Wärme, während hinter den geschlossenen Lidern die Bilder der vergangenen Nächte aufleuchten, die sie noch immer nicht fassen kann, und wohl niemals ganz wird fassen können.

Ihre Aufgabe hat sie nicht erfüllt. Schlimmer noch – sie ist ihr gleichsam abhanden gekommen, ist im Nebel des Fühlens untergegangen.

Sie hatte einen Gefährten gewonnen. Aber hat sie ihn gewonnen? War er nicht ebenfalls sang- und klanglos verschwunden, wie die Aufgabe, die sie aus den Augen verlor?

Die Sehnsucht beflügelte sie. Wohin war der Weiße entschwunden? Vage glaubt sie sich zu erinnern. Sie war mit sich selbst bereits allzu beschäftigt gewesen. Die aufgehende Sonne hatte all ihre Kräfte gebunden. Die Verwandlung durfte sie im Flug nicht überraschen. War es dem Weißen wie ihr ergangen? Hatte auch er sich selbst retten müssen?

Dies würde einiges erklären. Erst jetzt bemerkte sie, dass sie noch nicht einmal einen Namen für den Gefährten der Nacht besaß. Sie nannte ihn ‚den Weißen'. – ‚Le Blanc', so nannte sie ihn, jetzt, wo er verschwunden und einzig in ihrem Gedächtnis gegenwärtig war.

Immer wieder durchlebte sie zeitlose Augenblicke. Diese unbeschreiblichen Momente des flüchtigen Glücks, die doch so schnell vergehen, wäre darin das Abbild der Ewigkeit nicht enthalten - jenes Paradox der Liebe, das auch sie nun fühlte. Ein ewiges, unergründliches Geheimnis, dem alle Kreatur unterworfen ist.

Auf seltsame Weise hatte sie sich dennoch ihrer Aufgabe genähert, wenn auch ganz anders, als sie es sich vorgehabt hatte. Sie war damit nicht weit gekommen, hatte nicht mehr als einen ersten Eindruck von dem bekommen, um was es ging. Dennoch – der Einblick war von einer unvergleichlichen Tiefe, schien es ihr nun, verhieß eine Dimension, die sie hier nicht gesucht hatte. Alles war doch ganz anders, als erwartet. Statt nüchterne Messung – nun also dies!

Das Wunder der Liebe als erste Antwort auf die Frage nach dem Grund der Zeit. War es das, was sie gesucht hatte? Hatte sie tief im Innern immer schon diese Verbindung erahnt? Wie sonst wäre sie auf diese - anscheinend so abwegige - Herausforderung gestoßen?

Penelope bereute nichts. Auch auf die Gefahr hin, hier elend zugrunde zu gehen. Was sie erlebt hatte, war den Preis wert. Sie wusste, über diesen Zenit könnte sich das Erdenleben nicht hinaus heben. Sie hatte Grenzen durchbrochen, von denen selbst ihre Seele nie zu träumen vermochte.

Sie erwog, ihre Seele auf die Reise zur Insel Weisheitszahn zu schicken. Dort sorgte man sich bestimmt schon. Doch sie verwarf diesen Gedanken schnell wieder. Sie konnte sich keine Experimente mehr leisten. Leib und Seele hielten ohnehin nur locker zusammen. Kälte und Entbehrungen hinterließen deutliche Spuren. Das Band, welches die beiden Seiten des Erdenlebens umschlang, war zum Zerreißen gespannt. Nur unter Aufbietung aller Willenskraft vermochte die geschwächte Frau sich am Leben zu erhalten. In ihrer Lage wäre eine Seelenwanderung tödlich. Die Seele würde, hätte sie den Körper erst einmal verlassen, niemals wieder zu ihm zurückfinden.

Penelope M'gamba wäre keine erfahrene Professorin gewesen, wenn sie die Zeichen des körperlichen Schwächezustands anders gedeutet hätte. Sie konnte sich in ihrer Lage einen solchen Ausflug nicht leisten.

So blieb ihr nur die Hoffnung, dass sich alsbald ein Suchtrupp aus der Zwischenschule nach ihr auf den Weg machen würde. Sie verfluchte ihre Nachlässigkeit, keine geheimen Spuren vereinbart und gelegt zu haben. In ihrem Bemühen, ihr Unternehmen so geheim wie möglich zu halten, hatte sie Spuren sogar verwischt. Dennoch hoffte sie auf Hilfe.

Einen ganzen Monat, das wusste sie, würde sie nicht durchstehen. Spätestens bei der Verwandlung würde sie zusammenbrechen. Die Tage und Wochen, die vor ihr lagen, schienen ihr ohnehin unendlich lang. Sie war nun kaum zwei Tage hier und führte bereits Selbstgespräche, während sie ihrer monotonen Beschäftigung nachging.

Die Suche nach Wasserlöchern gestaltete sich immer schwieriger, denn es hatte, seit sie auf der Insel angekommen war, nicht mehr geregnet. Sicher verdurstete sie zuerst, überlegte sie und grinste sarkastisch in sich hinein.

In der Hoffnung auf kostbares Nass umkletterte sie gerade eine steile Felsnase, hinter der sie noch nicht war. Sie strauchelte, fing sich aber gerade noch. Um ein Haar wäre sie abgestürzt.

„Oder ich breche mir zuvor den Hals", knurrte sie außer Atem, als sie den Vorsprung bezwang. Sie ließ sich erschöpft auf den Rücken sinken und wartete darauf, dass ihr Atem wieder ruhiger wurde und der Schmerz in den Handflächen nachließ, die sie sich beim Klammern an den rauen Fels aufgerissen hatte.

Als sie endlich den Kopf wandte und in die jenseitige Senke blickte, glaubte sie zu träumen. Was sie sah, verstieß gegen alle Regeln der Vernunft. Schaute sie etwa bereits in das Paradies und war dem Erdenlos, ohne es zu bemerken, entrückt?

Eine saftige grüne Senke überwucherte den Talkessel. Sanfte warme Lüfte wehten heran und umschmeichelten ihr Gesicht. Nur eine niedrig hängende Wolkendecke, die das Gesicht der Sonne verfinsterte, passte nicht recht in die Idylle.

Dort unten war es bestimmt um gut fünf bis zehn Grad wärmer, schätzte die Professorin. Ehe sie sich noch ganz von ihrem Staunen erholte, prasselte ein heftiger Regenschauer nieder. So schnell sie konnte, flüchtete sie in den nächstbesten Unterschlupf. Sie schlüpfte in eine Felsspalte, die sie vor den heftigen Fluten, die sich aus der Himmelsschleuse ergossen, halbwegs schützte. Inzwischen war sie allerdings nass bis auf die Haut.

Trotz der milderen Temperaturen hier empfand sie den Regen als äußerst unangenehm. Das Wasser brannte auf der Haut. Es floss nicht ab, sondern setzte sich fest und gerann zu juckendem Schorf, der sich nur mit Mühe abkratzen ließ, zumal sie nicht Hände genug besaß, überall dort zu kratzen, wo es Not tat. Immer schwerer wurde es ihr, sich zu bewegen. Müdigkeit kam über sie.

## 6. Retter in Not

Der Bogen war schneller. Nicht viel, aber immerhin. Von Gefahr habe er nichts bemerkt, ließ er den Zauberstein wissen, der wegen der möglichen Gefährdung auf seinem Umweg bestanden hatte und der nun mit einer knappen Sekunde Verzögerung ebenfalls am sturmumtosten Kap der Guten Hoffnung landete.

Ihr Zielgebiet lag abseits. Weit und breit ließ sich keine Menschenseele blicken. Ohne Baum und Strauch erstreckte sich die Einöde und floss mit dem Grau von Himmel und Meer in eins, dort, wo die begrenzte Sicht im Dunstkreis endete.

Die See ließ sich vor allem hören. Immer dann, wenn der Sturm für Sekunden den Atem anhielt, strich ihr abgründiges Stöhnen und Brüllen über Land.

Rat, was nun zu tun sei, wussten Stein und Bogen freilich beide nicht. Wo also sollte der kleine Trupp ansetzen? Gab es Spuren? Hatte Penelope, wenn sie denn hier gewesen war, Zeichen zurück gelassen?

Arundelle war sicher, dass die weise Frau auf keinen Fall spurlos verschwunden war, dazu war sie zu erfahren. Schon gar nicht auf einer solch heiklen Mission voller Unwägbarkeiten.

Billy-Joe und auch Tibor teilte ihre Ansicht. Und da sich beide ausgezeichnet aufs Fährtenlesen verstanden, begannen sie sogleich, kreisförmig um die Landestelle herum zu suchen, statt sich in den albernen Streit zwischen Bogen und Stein ziehen zu lassen.

Arundelle schulterte ihren verärgerten Bogen und schloss sich Tibor an, während Pooty, als neuer Hüter des Zaubersteins, mit diesem in Billy-Joes Medizintasche kroch, wo er vergeblich versuchte, den verärgerten Stein zu beruhigen.

Die beiden Fährtenleser strebten in entgegengesetzter Richtung auseinander. Ein kräftiger Pfiff sollte den andern Trupp benachrichtigen, sollte sich denn eine Spur von Penelope M'gamba finden oder auch von einem großen Greif, was wahrscheinlich auf das Gleiche hinauslief.

Die Fährtenleser zogen Kreis um Kreis wie Planeten oder Monde, wenn auch ihr Radius von Mal zu Mal weiter wurde. Dabei achteten sie sorgsam darauf, keine Lücken entstehen zu lassen. Natürlich konnten sie dennoch etwas übersehen. Doch beide waren fast sicher, dass ihnen kein Fehler unterlief.

Nach einigen Stunden der vergeblichen Suche, als sie sich aneinander wieder einmal auf Rufweite näherten, beschlossen sie, für diesen Tag die Suche abzubrechen. Das Tageslicht wurde immer schwächer. Außerdem setzte ein heftiger Regen ein.

Dank der zauberischen Fähigkeiten des australischen Zaubersteins gestaltete sich die Übernachtung vergleichsweise komfortabel. Der Stein umhüllte die kleine Gesellschaft mit der durchsichtigen Hülle, welche auch bei Weltraummissionen eingesetzt wurde. Es war darin zwar eng. Dafür aber angenehm warm und trocken.

Der Zauberbogen wies auf seine Fähigkeit hin, Flughemden hervor zu bringen. Da diese bei der Gelegenheit jedoch völlig den Zweck verfehlten, schließlich ging es nicht darum, das All zu durchqueren, sondern die kalte Nacht auf einer unwirtlichen Landzunge zu verbringen, wirkte sein Einwurf fast prahlerisch.

Arundelle schämte sich für ihren Bogen und sogar Billy-Joe schüttelte missbilligend den Kopf. Die Streitereien der beiden Zauberer gingen allen mächtig auf die Nerven.

Arundelle kramte in dem unsichtbaren Köcher nach etwas Essbarem. Wasser hatten sie genug. Der Regen dachte nicht daran aufzuhören, sondern prasselte auf die durchsichtige Haut ihres provisorischen Zeltdachs.

Sie fand einige Wunderkekse, die bewirkten, dass das Hungergefühl nach wenigen Bissen verschwand, was nicht zuletzt an dem äußerst befremdlichen Geschmack liegen mochte.

Die Kekse stammten wohl noch aus Laptopia. Doch der Bogen beruhigte Arundelle. Er selbst habe die Kekse hergestellt, versicherte er. Sie seien fast so gut wie Manna. In der Tat wurde niemandem wirklich schlecht.

Als sich die Nacht nieder senkte, sanken auch die Gefährten in den Schlaf. Die Anstrengungen des Tages forderten ihren Tribut. Außerdem wollten die Somnioren ein wenig experimentieren. Würde es ihnen gelingen, im Traum den Aufenthaltsort der vermissten Professorin aufzuspüren?

Hier vor Ort jedenfalls glaubten sie eher daran, einige von deren Schwingungen zu ergreifen, als daheim im warmen Bett. Der felsige Grund sollte gleichsam als Leiter dienen, durch den sie sich mit Penelope M'gamba verbunden wähnten. Immer vorausgesetzt, sie befand sich noch in der Region.

Niemand von ihnen ahnte im entferntesten, welche Entfernungen Greife zurücklegen können. - Mit aller Kraft mühten sich die Somnioren, Penelope M'gamba in ihren Träumen aufzuspüren. Doch so sehr sie sich auch anstrengten, es war ihnen kein Erfolg beschieden. Irgendwo da draußen endete die Traumwelt. Es war ihnen, als stießen sie an eine unsichtbare Mauer. Weder Arundelle noch Billy-Joe erinnerten sich an ein vergleichbares Phänomen.

Träumend durcheilten sie die trostlose Wüstenei des umstürmten Kaps, das seinen Namen „gute Hoffnung" vergebens führte. Ihre Hoffnungen jedenfalls erfüllten sich nicht. Wohin sie ihre Traumreise auch führte, was auch immer für Bilder sie beschworen, es gelang ihnen wenig mehr, als in den eigenen Erinnerungen zu kramen.

Dort freilich entdeckten sie die weltgewandte, herzensgute Professorin. Sei es in der für sie so typischen Landestracht oder gar als entfliehender Greif – ein Bild, das der Professorin nicht recht war und das sie nur allzu gerne unterdrückte. Dennoch war ein ganzer ‚Erkenne-dich-selbst' Grundkurs einmal Zeuge ihrer überstürzten Verwandlung geworden. Ein Umstand, den sie nur allzu gerne dem Vergessen und Verdrängen überlassen hätte.

Sogar einander trafen die Träumenden wie sie so rastlos umher schweiften, sich in die Höhe schraubten, um einen größeren Überblick zu erhalten, was indes wenig brachte. Denn die Sicht war miserabel, weil Nebel sogar die Traumwelt heimsuchte.

Es war, als streiften sie um das unsichtbare Ende der Welt, als stießen sie gegen einen unsichtbaren Rand, der ihre Bewegungen wie von selbst umlenkte und sie nach den Seiten oder in die Höhe abdrängte.

War es ein Wunder, dass sich ihnen der Gedanke an Malicius Marduk förmlich aufdrängte? Besonders Arundelle fühlte sich von der Erinnerung an ihn gleich einer fixen Idee magisch angezogen. Im Traum bereits konnte sie fühlen, wie diese Wahnvorstellung sich in ihr fest setzte. Vergessen geglaubte Konfrontationen drängte hervor. Mal glaubte sie in die tausend Gesichter des Unholds zu blicken, die sie jedes auf seine Weise verhöhnten. Dann wieder kämpfte sie an allen Fronten gleichzeitig, etwa mit den gierig nach ihr leckenden Flammen, oder dem - schwarzen Spinnen gleichenden - Fluss, der lähmende Schwärze in ihre Seele schwemmte.

Die Alpträume überwältigten sie unkontrollierbar. Sie fühlte sich hin und her geworfen, verlor jeden Kontakt mit ihrer angestammten Welt, verstrickte sich immer tiefer in die ausweglosen Wirrnisse. Statt Umstände zu bemeistern, wie ihr dies zumeist doch gelang, fühlte sie, wie sie immer tiefer versank, sich und ihren Glauben verlor. Arundelle fühlte, wie die eigenen Kräfte schwanden. Sie wichen einer unheimlichen Macht, die bedingungslose Unterwerfung forderte.

Was geschah mit ihr? Geschah dies wirklich ihr? - Bevor Arundelle sich schlüssig werden konnte, fühlte sie sich unsanft aus dem Schlaf gerissen. Tibor rüttelte schon seit geraumer Weile an dem ächzenden Mädchen. Er machte sich Sorgen um ihren Zustand. Außerdem dämmerte draußen der Tag. Auch Billy-Joe stöhnte und ächzte im Traum, warf sich hin und her.

Es war Pooty, der sich vergebens um diesen bemühte. Als Arundelle sich endlich aufsetzte und verstört um sich blickte, kam Tibor dem kleinen Freund zu Hilfe. Gemeinsam gelang ihnen, was Pooty allein nicht vermochte.

Die beiden Somnioren wirkten ausgesprochen verstört. Nicht einmal miteinander tauschten sie sich aus. Apathisch hingen sie ihren schweren Gedanken nach. Und so war es an Tibor, den zweiten Tag der Suchaktion zu planen.

Weiter im Kreis umherzuirren, brachte wohl nicht viel. Sie wussten ja nicht, ob sie auch nur annähernd an der Stelle von Penelope M'gambas Abflugs- oder Landeplatz suchten. Sie waren mehr oder weniger aufs Geratewohl hier gelandet. Sicherlich entsprach der Zielort in etwa den Plänen, welche die Professorin mit der Schulleiterin abgesprochen hatte. Gleichwohl waren dabei keineswegs geographische Details festgehalten worden. Niemand hatte damit gerechnet, wie wichtig diese einmal sein würden.

Zum Frühstück reichte Pooty noch einmal die Kekse herum, deren befremdlicher Geschmack inzwischen niemanden mehr störte. Fürsorglich hatte er einige Becher in den Regen hinausgestellt, die er nun hereinholte. Er zitterte. Draußen schien es sehr kalt zu sein. Dünne Eiskristalle schwammen auf den Bechern.

Gemütlich würde es draußen nicht. Um keine Zeit zu verlieren, schlüpften die Reisenden in die Flughemden des Zauberbogens, die dieser mit Genugtuung gerne anbot. Ihre absolute Dämmung garantierte innere Wärme für jeden, der sie trug. Dabei waren diese Flughemden federleicht und behinderten die Bewegungen kaum, was sich schon bald als äußerst vorteilhaft erweisen sollte.

Nur mühsam erwachten Arundelle und Billy-Joe aus ihrer Apathie. Dachten die etwa ans Aufgeben? Tibor wollte davon nichts wissen. Sein Schlaf war - im Gegensatz zum Alpdrücken der beiden Somnioren - erquickend und erholsam gewesen.

„Ich denke, wir erkunden die Gegend, jetzt, wo der Tag uns wieder hat“, schlug Pooty vor. Er blickte Billy-Joe auffordernd an, während er sich bereits mit dem Zauberstein beschäftigte, dem dieser Vorschlag genehm zu sein schien.

Flugs ließ er denn auch seine Weltraumblase, unter der das Suchkommando genächtigt hatte, einrollen und verschwinden. Pooty machte sich bereit.

Allmählich gewann der Tag auch Arundelle zurück und drängte die schweren schwarzen Wolken von Düsternis und Bedrohung in ihrem Gemüt beiseite. Tibor hatte den Zauberbogen bereits geschultert und stand bereit. „Mag das gnädige Fräulein wohl mit mir ein Tänzchen wagen?“ - fragte er und verbeugte sich artig vor seiner ernsten Freundin, die sich darüber ein klägliches Lächeln abrang.

Alsbald sauste ein grüner Wirbel durch die graue Düsternis des umstürmten Kaps. Tibor fand, dass seine Methode womöglich die genaueste war, bei der man am meisten von dem wahrnehmen konnte, was unten geschah. Außerdem war er ein Meister des Windes.

„So ein echter Flug hat den Vorteil, dass man sich näher am Puls der Wirklichkeit befindet“, meinte Tibor. „Wir sehen von oben herab wie die Adler. Gute Augen helfen dabei schon. Der Vorteil liegt auf der Hand.“

Arundelle verstand erst nicht recht, was er meinte. Allenfalls die Sache mit der Geschwindigkeit leuchtete ihr ein. Mit Zauberbogen und Zauberstein bewegte man sich unversehens gedankenschnell und dabei sah man natürlich nichts. Andererseits konnte man dort, wohin man gelangte, durchaus genau und sicherlich ebenso gut sehen.

Tibor und Arundelle machten sich also auf, nach Sublimatiorenart aus der Luft im tiefen Gleitflug die nähere

Umgebung der mutmaßlichen Abflugsstelle ihrer verschollenen Professorin noch einmal zu erkunden.

Ein durchaus realistisches Verfahren. Zumal das Wetter zusehends aufklarte und der Nebel weiter hinaus aufs offene Meer zog. Die Sicht war schon erstaunlich, fand Arundelle, die allmählich begriff, was Tibor meinte.

Bei dem klaren, fast wolkenfreien Himmel wirkte das Land unter ihnen womöglich noch abweisender als zuvor, wo es gleichsam in Watte gepackt gewesen war.

Arundelle also hatte keine Einwände gegen diese Art der Erkundung, sondern vertraute sich ganz dem eifrigen Freund an, der sie nun ununterbrochen auf die unscheinbarsten Nebensächlichkeiten aufmerksam machte. Sein Eifer überzeugte Arundelle. Diesen scharfen Augen schien keine Fliege zu entgehen.

Wenn da unten eine Spur von Penelope M'gamba war, dann würden sie die finden. Dessen war sie beinahe so sicher wie Tibor, der vor Selbstbewusstsein nur so strotzte, jetzt, wo er die Schwäche der bewunderten Freundin fühlte, die seines besonderen Schutzes bedurfte.

Die frische kalte Luft, durch die sie wirbelten, bewirkte, dass Arundelles Kopf sich allmählich von der Last des Alpdrucks der Nacht befreite. Auch sie begann nun nach Spuren der Vermissten zu suchen.

Eine Feder vielleicht, eine Haarlocke, ein Fetzen Tuch, ein Bündel Kleider gar? Eine dieser vielen bunten Haarspangen, eine Perle aus dem Ohrgehänge? Oder hatte die Frau dergleichen vorsorglich in Sicherheit gebracht?

Vielleicht war sie nicht allein gewesen bei ihrer Verwandlung und dem folgenden Abflug, und ihre Helfer bewahrten ihre Habseligkeiten an einem sicheren Ort auf?

Und wenn sie nun nach den Helfern fahndeten? Das wäre jedenfalls ein anderer Ansatz, als hier draußen immerfort über dem kahlen Gestein zu kreisen.

Sie versuchte zunächst, Billy-Joe zu erreichen, um ihn an ihren Gedanken Anteil nehmen zu lassen. Doch vergeblich. Auf telepathischem Wege ging gar nichts, da herrschte absolute Funkstille. Arundelle fühlte sich einmal mehr gleichsam in Watte gebettet. Und ihr Gefühl gemahnte sie an den nächtlichen Traum, als dieser am düstersten war.

Wohin nur war das andere Gespann entschwunden? Das Kap und der windgepeitschte graue Fels und all das aufgewühlte Wasser dort unten wurden immer unheimlicher. Sie beriet sich nochmals mit Tibor, dessen Seelenfriede keineswegs verwirrt war, dem aber auch nichts weiter dazu einfiel. Vielleicht wäre es klug, den Zauberbogen hinzu zu ziehen, meinte er schließlich. Dieser meldete sich auch sogleich. Denn Tibor trug ihn ja über der Schulter. Er jedenfalls war telepathisch ganz offensichtlich noch ansprechbar.

Es bestätigte sich, was Arundelle schon im Traum zu spüren bekommen hatte. Irgendwo da draußen schloss sie eine Barriere vom weiteren Vordringen aus.

Was, wenn Penelope M'gamba nun hinter dieser Barriere gefangen saß? Was, wenn Billy-Joe und Pooty, dank der Hilfe des Zaubersteins, nun ebenfalls hinter dieser Grenze fest steckten?

Dem Zauberbogen leuchteten Arundelles Gedanken sofort ein. Bestätigten sie doch die ziemlich geringe Meinung, die er zur Zeit von dem australischen Wunderstein hatte.

In eine solch plumpe Falle zu tappen, sähe dem ähnlich, ließ es seine Meisterin wissen.

Nun war guter Rat teuer. Sie konnten ihre Freunde nicht ihrem Schicksal überlassen. Was also blieb ihnen anderes übrig, als ihnen zu folgen? Was könnten sie besseres tun? Aber riskierten sie dann nicht, ebenfalls gefangen zu werden?

„Ob es wohl möglich ist, sich dieser ominösen, unsichtbaren Mauer wenigstens zu nähern?“ - wollte Arundelle von ihrem Bogen wissen.

„Erst einmal müssten wir runter“, mischte sich nun auch Tibor in den Gedankenaustausch. Arundelle überließ ihm die ganze Dreharbeit. Über ihren Gedanken hatte sie völlig vergessen, dass sie gerade durch die Luft schwebten.

Unter ihnen brodelten die Brecher gefährlich nahe, so dass das Spritzwasser mitunter bis zu ihnen herauf geschleudert wurde. - Tibor hatte völlig recht. Mit vereinten Kräften bemühten sie sich, Land zu gewinnen.

Doch der heftig auffrischende Wind drückte sie mit Macht aufs offene Meer hinaus. Es schien fast, als wollte jemand verhindern, dass sie das rettende Ufer erreichten.

Hier, inmitten des äußerst empfindlichen Drehmoments, den Zauberbogen einzuschalten war äußerst riskant. Es hätte bedeutet, von der Drehkraft des Sublimatioren auf die magische Fliehkraft des Zauberbogens zu wechseln. Das war äußerst riskant, ja, wie sich sogleich zeigte, ganz und gar unmöglich.

Der Bogen signalisierte auf Arundelles Ansinnen, dass mit mehr als mit einer gewissen Hilfestellung von seiner Seite nicht zu rechnen sei. Dies lag in der Natur der Sache. „Manche Dinge gehen nun mal nicht gleichzeitig“, erklärte er kleinlaut, als Arundelle heftig wurde, denn die Angst krallte sich mit kalter Eishand in ihr sonst so tapferes Herz.

Tibor rackerte und schaffte, dass ihm der Schweiß in hellen Strömen über Stirn und Wangen rann. Doch je mehr er sich anstrengte, um so heftiger drehte der Wind auf und jeden Meter, den er gut machte, verlor er in der nächsten Bö sogleich wieder.

Auch als Arundelle endlich begriff, wie Tibor vergeblich um ihr Leben rang, und die in ihr noch ziemlich latent schlummernden Kräfte der Sublimatioren entfaltete, (die noch niemals wirklich gefordert worden waren), half das nicht mehr viel.

Tibor registrierte ihre Hilfe zwar mit Dankbarkeit und ließ um keinen Deut nach, soweit es seine schwindenden Kräfte noch erlaubten. Lange, das wusste er, würde er nicht mehr durchhalten können. Beide würden entweder wie zwei Steine ins Meer plumsen, - eine grausige Vorstellung bei den Temperaturen, die dort herrschten, – oder sie ließen dem Wind den Sieg und trieben mit ihm davon, wohin auch immer er wollte. Dafür, so hoffte Tibor, reichten die eigenen Kräfte auch in seinem Zustand noch gerade so hin.

Der Bogen über seiner Schulter ließ ihn wissen, wie sehr er Anteil nahm. Von der aufgezeigten Alternative, so erfuhr Tibor von ihm, schien auch ihm die zweite geeigneter, in der Lage, in der sie sich befanden. Darin läge immerhin eine gewisse Chance zu überleben. Selbst auf die Gefahr hin, sich in der grauen Einöde zu verirren und den Kontakt mit dem festen Land zu verlieren.

Im Grunde war die gegebene Alternative keine wirkliche, das sah auch Arundelle bald ein, deren rohe Kräfte sich als wenig hilfreich erwiesen. Immerhin reichten sie zu einem Gleitwirbel im Bann des launischen Windes. Sie mussten nur darauf achten, auf dem Polster der Luft zu treiben, und sich nicht von Fallböen ergreifen zu lassen, sondern stets weiter an Höhe zu gewinnen. Denn je höher sie sich über den Meeresspiegel erhoben, um so sicherer trugen sie die wogenden Luftmassen.

Immer schneller ging die rasante Fahrt auf dem Luftkissen dahin. Weder Arundelle noch Tibor mühten sich um Stabilität. Wie von selbst glitten sie ihres Weges.

Inzwischen war der atemlose Tibor wieder etwas zur Ruhe gekommen. Der Bogen signalisierte keine besonderen Gefahren. Und wenn es auch recht kalt war hier oben im Wind, empfanden die Sucher doch so etwas wie Gelassenheit. Nach den Momenten der Verzweiflung und Todesangst, die über sie gekommen waren, als sie sich der Gefahr inne wurden, in der sie schwebten.

Ob auch Billy-Joe samt Zauberstein und Pooty auf ähnliche Art in die Falle geraten waren? Denn in einer Falle saßen sie, daran zweifelten sie keinen Augenblick. Sie hatten die tödliche Gefahr zu spät bemerkt. Eben noch über festem Land, hatten sie sich unversehens, um wenige Meter versetzt, über den Brechern der Brandung befunden. Wo sie dem plötzlich einsetzenden, ablandigen Wind dann nicht zu widerstehen vermochten.

Tibor und Arundelle hingen ihren Gedanken nach, während der Wind sie entführte. Ohne weitere Umstände überließen sie sich seiner Urkraft. Sie sahen ein, dass er stärker als sie war.

Woher der Wind seine Kraft bezog, konnte Arundelle nur vermuten. Sie dachte natürlich sogleich an Malicius Marduk. War sie mit ihren Freundinnen nicht schon einmal bei einem Sublimatiorentanz auf die See hinaus getrieben worden, wo sie dann kläglich abgestürzt, untergegangen und nur dank glücklicher Umstände gerettet worden waren?

Die Ursache dieses Unfalls war bis heute nicht restlos geklärt. Auch wenn Moschus Mogoleia ihnen bodenlosen Leichtsinn unterstellt und die Jugendlichen selbst für den Vorfall verantwortlich gemacht hatte.

Als sei die Szene des Absturzes gegenwärtig, so glaubte Arundelle auch jetzt wieder eine Stimme an ihrem Ohr zu hören.

Eine hämische, voll der Bosheit triefende Stimme. Sie hatte diese Stimme Moschus Mogoleia zugeordnet, was womöglich ein Irrtum war. Denn wenn es die seine nicht war, dann gehörte sie zweifellos ihrem alten Feind Malicius Marduk. Dessen ‚tausend Gesichter' gewiss durch die Fähigkeit zur Stimmenimitation ergänzt wurde.

Arundelle schreckte aus ihren Gedanken empor. Die Stimme verwehte. Sie konnte nun nicht mehr sagen, ob sie real gewesen war. Etwas hatte sich verändert - ganz plötzlich. Auch Tibors Rücken spannte sich, sie konnte die harten zähen Muskelstränge des drahtigen Jungen am eigenen Rücken spüren.

Denn noch immer kreiselten sie nach Sublimatiorenart sacht im Wind und hielten dazu ihre Ellbogen ineinander gehakt - Rücken an Rücken. So bekam man eine viel bessere Übersicht als bei dem üblichen ‚Tanz mit dem Wind', bei dem man einander die Arme auf die Schultern legte, und die Gesichter sich einander zuwandten.

Was war geschehen? Lag es am Wind? In der Tat, der Wind flaute ab. Doch da war noch etwas. Was war anders als noch den Augenblick davor? Die Natur hielt gleichsam den Atem an. Arundelle war es, als fiele sie. Fielen sie? - Tibor verneinte. Er besaß ein sichereres Gespür für Höhenunterschiede. Sie hielten ihre Höhe. Daran konnte es nicht liegen. Was aber dann?

Arundelle fiel noch immer, wurde das Gefühl, ins Bodenlose zu stürzen, nicht los. Oder lag es an der plötzlichen Stille? Der Teppich des heulenden, brausenden Windes fehlte. War es das? - Sicher, so musste es sein. Sie fielen in die Stille, das war es.

Arundelle lauschte in die knisternde Stille hinein, als erwarte sie von ihr die Antwort, als würde die sich ihr sogleich erklären. Was freilich nicht zu erwarten war. Weshalb sollte die Stille sich dafür, dass sie still war, rechtfertigen? Zumal jetzt, da Arundelle so angestrengt lauschte. Sie schaute ungläubig um sich. Dann verstärkte sie den Druck auf Tibors Ellbogen, um diesem zu signalisieren, ebenfalls in die unheimliche Stille hinein zu lauschen. Denn darin war etwas, das dort nicht hineingehörte.

Man konnte es nicht eigentlich als Geräusch bezeichnen, obwohl es sich ohne Zweifel von der Stille unterschied. Ein aus der Stille knisterndes Gewirr eines unentwirrbaren Knäuels von ‚Nicht-Geräuschen', - verhaltenes Raunen oder vielstimmiges Wispern vielleicht - vertraut und fremd zugleich. Wo hatte sie so etwas schon einmal erlebt? - Sie war viel zu angespannt, um Tibor oder auch nur den Zauberbogen einzuschalten. Ihre Konzentration erlaubte keinerlei Störung.

## 7. Die Insel des steinernen Riesen

Pooty war sich seiner neuen Rolle inne. Und wenn so ein Start ihn auch stets ein wenig wehmütig machte, denn er dachte dabei doch unweigerlich an seinen Freund Walter, so fühlte er dennoch den Stolz über die neue Aufgabe. Hätte ihm zu Walters Lebzeiten jemand gesagt, dass er einmal Bewahrer und Hüter des Zaubersteins würde, er hätte ihn für verrückt erklärt.

Nun aber war es so. Der Zauberstein war in sein Eigentum übergegangen. Er hatte die persönliche Beziehung zu ihm geknüpft. - Zugleich trug Pooty schwer an der neuen Würde. Sie war ihm durchaus auch Last.

Billy-Joe überließ sich für diesmal vertrauensvoll seiner Führung. Der Zauberstein machte zwar Vorschläge, was die Reiseroute, das Zielgebiet und die Umstände der Reise betraf, entscheiden aber musste nun Pooty, was ihn, wie sich denken lässt, oftmals überforderte.

Er hatte seine Rolle bisher immer anders verstanden. Entscheidungen waren nie seine Sache gewesen. Er war dabei, wenn es galt, Gefahren ins Auge zu blicken, aber das Abwägen und Kalkulieren überließ er lieber anderen, nicht zuletzt eben Walter, der diese Aufgabe zu seiner völligen Zufriedenheit wahrgenommen hatte.

Auch diesmal war er versucht, die Verantwortung an Billy-Joe weiterzugeben. Doch der zuckte nur die Schultern. Er wisse nicht, wie man mit dem Stein reise, kenne die Vorgaben nicht und wolle sich damit auch nicht belasten. Er habe genug mit seinen eigenen Sorgen zu tun, meinte er, als der ihn in die Entscheidungsprozesse hineinziehen wollte.

„Du arbeitest die Route aus. Ihr werdet das schon richtig machen. Worauf es ankommt, weißt du ja. Wir suchen unsere verschwundene Lehrerin. Mehr weiß ich auch nicht. Keiner von uns weiß mehr. Irgendwo da draußen muss sie stecken. Immerhin ist sie zum Kap der Guten Hoffnung aufgebrochen, um dort ihre Experimente durchzuführen. Doch das ist nun ja vorbei. Sie ist beinahe eine Woche überfällig und dürfte sich längst wieder in ihre menschliche Gestalt zurückverwandelt haben... – wenn nicht..."

Billy-Joe brach bedeutungsvoll und unheilschwanger ab, weder er noch die Gefährten mochte sich ausmalen, was sonst noch geschehen sein konnte. - Sie brauchten Gewissheit, soviel stand fest.

Der Zauberstein unterbreitete Pooty eine Reihe von Vorschlägen, wie er zu verfahren gedenke. Und da Pooty nicht zugeben wollte, dass ihn die umständlichen Ausführungen des Steins überforderten, stimmte er nach einer guten Weile nachdenklichen Schweigens, in der er freilich alles andere als nachgedachte, mit ernsthafter Miene zu.

Billy-Joe schloss sich ihnen im Vertrauen auf die Fähigkeiten der Beiden an, und die Gruppe machte sich auf den Weg. Sie verschwand von einer zur andern Sekunde.

Pooty hatte dem Zauberstein bei seiner Planung nicht folgen können. Die Koordinaten, die der Stein angegeben hatte, befanden sich dicht unter dem antarktischen Kontinent. Eine dampfende Stelle inmitten der unermesslich weiten und weißen Landschaft. Wo nur das schwarze Wasser der schweren See mitunter durchbrach, wenn es dieser gelang, sich zwischen die dicht an dicht schwimmenden Eisfelder und Schollen zu pressen.

Sie waren weit über das vorstellbare Zielgebiet hinausgeschossen. Als Billy-Joe all das Packeis gewahr wurde, und daraus schloss, wo sie sich befanden, schüttelte er nur den Kopf. Wie sollte ein Vogel (und sei es der schnellste) eine solche Strecke in vier Tagen zurücklegen? Was hatte Pooty und sein Zauberstein sich nur gedacht?

Der antarktische Kontinent, der dort unten schimmerte, war bestimmt seine achthundert bis tausend Meilen von der Südspitze Afrikas entfernt. Gleichwohl signalisierte der Zauberstein, dass sie angekommen waren. Seinen Berechnungen nach befanden sie sich direkt über dem Aufenthaltsort der verschollenen Professorin.

Er habe das doch lang und breit erklärt. Pooty sei einverstanden gewesen, da habe er gedacht, alles sei abgesprochen und verstanden worden. Er könne gerne noch einmal seine Überlegungen wiederholen. Wenngleich es nun ein wenig spät dazu sei, fühle er doch eine gewaltige Macht, die von dort unten ausgehe und der zu wiederstehen ihm nicht möglich sei.

„Wir werden wohl oder übel da runter müssen“, erklärte er dem verdutzten Billy-Joe und dem zerknirschten Pooty.

Beide wussten nicht, wie ihnen geschah, als sie sich plötzlich von Dampf umgeben sahen, während sie gemächlich zu Boden schwebten, um nach wenigen Augenblicken inmitten eines grünen Talkessels zu landen.

Für die Breitengrade war es erstaunlich mild, fanden sie, was ihnen selbstredend angenehm auffiel, noch ehe sie recht in dem grünen saftigen Gras standen, das den Talkessel - soweit das Auge reichte - überzog. Nach ihrem sturmumtosten Aufenthalt auf dem feuchten, klammen Fels, wo die Temperatur kaum mehr als fünf Grad Celsius betragen haben mochte, war das angenehme, fast sommerliche Klima hier eine echte Überraschung.

Neugierig machte Billy-Joe sich alsbald zu Fuß auf den Weg. Pooty samt Zauberstein befanden sich wieder in seiner Medizintasche und kommentierten von dort aus seine Schritte. Offensichtlich herrschte mal wieder Zwietracht und so beschloss Billy-Joe, sich nicht weiter um die Zankereien zu kümmern.

Ohne Umschweife strebte er dem Rand des weiten Tales zu. Ein auffälliger Spitzkegel weckte seine Neugierde. Und da es sonst nichts Auffälliges zu sehen gab, wollte er ihn zunächst einmal untersuchen. Außerdem hoffe er, von dort auf der erhöhten Umrandung des Tals einen besseren Überblick zu bekommen, womöglich verbarg sich hinter dem fast kreisrunden Horizont etwas von Interesse.

Während er also munter und weit ausschritt, erlaubte ihm die Muße über das seltsame Phänomen, den das Klima hier darstellte, nachzugrübeln. Wie konnte es sein, dass inmitten von Schnee und Eis sich eine solche Oase der Fruchtbarkeit verbarg? Wo kam die angenehme Temperatur her? Denn dass die grüne Vegetation auf das Klima zurückzuführen war, stand für ihn außer Zweifel. Vielleicht konnte er die Quelle dieser wärmenden Energie erkunden.

An die Professorin dachte er zunächst überhaupt nicht. Doch nun fiel sie ihm wieder ein. Sollte Penelope M'gamba Kenntnis von der zweifellos geheimen Insel besessen haben? Wollte sie ihrerseits hinter das Geheimnis der wärmenden Energie kommen?

Was hatte sie dann aber am Kap der Guten Hoffnung verloren gehabt? Wäre nur der Zauberstein ein wenig verständlicher. Pooty tat ihm direkt leid, dass er sich nun ständig mit diesem herumzuschlagen hatte. Seit Walters besänftigender Einfluss nicht mehr spürbar war, machte auch der Stein eine Veränderung zum Negativen durch.

Tief in seinem Innern fand Billy-Joe die Antwort freilich. Walter war nicht fort, sondern immer mit dabei, genau wie er selbst. Denn er selbst war nun ein Schlüssel zu so mancherlei Geheimnissen. Sollte er selbst nicht auch seine eigene Rolle neu überdenken, statt sich aus allem rauszuhalten und Pooty, der ganz offensichtlich überfordert war, mit seiner Bürde als Bewahrer des Zaubersteins alleine zu lassen?

Spätestens jetzt wäre eine gute Gelegenheit, sich einzumischen, den Zauberstein aus seiner Reserve zu locken und sich mit ihm zu verständigen.

Was wusste der magische Stein? Verbarg er ihnen etwas? Kannte er das Geheimnis dieses magischen Ortes? Denn dass Magie im Spiel war, daran zweifelte Billy-Joe nicht, zu merkwürdig waren die Umstände, die sie auf die Insel führten.

Vielleicht steckte Absicht dahinter, vielleicht hingen sie wie die Marionetten an unsichtbaren Fäden, die ganz wo anders gezogen wurden? Wieso hatte er sich eigentlich nicht für ihr Zielgebiet interessiert? Was war denn stattdessen so wichtig gewesen? Welches Problem stand denn zur Lösung an, wenn nicht dieses?

Auf einmal wusste er nicht mehr, weshalb er sich von Pooty und seinen Fragen abgewendet hatte. War da die Magie schon im Spiel gewesen?

Billy-Joe erreichte den Kegel. Das Tal erstreckte sich relativ flach bis zu dem Rand, der sich gleich einer Zackenkrone erhob. Aus dieser Krone ragte der Kegel vielleicht noch einmal um zwei, drei Meter heraus. Seine Wände stiegen beinahe senkrecht empor. Sie waren sehr glatt, wirkten beinahe wie von Menschenhand poliert. Dennoch war es Billy-Joe kaum möglich, die Wand zu berühren, denn seine Füße fanden keinen Halt in dem Saum üppiger Grasbüschel, welche den Kraterrand hinaufwuchsen.

Billy-Joe zweifelte nicht länger. – Hier handelte es sich um einen Krater. Und er befand sich innerhalb des Vulkans, der im Laufe der Jahrtausende zugeschüttet und in der Folge dann von Gras und allerlei Kräutern und Gesträuch überwuchert worden war, dank der Resthitze aus seinem Innern.

Damit fand sich auch die Erklärung für den polierten Kegel an dessen Fuß er stand. Magma war hier zu einer Säule erstarrt und aus irgendeinem Grund in der auffälligen Gestalt stehen geblieben und erkaltet. Nicht Menschen hatten den Stein poliert, sondern der flüssige Strom aus der Tiefe war hier erstarrt und zu der seltsamen Form geronnen.

Wie ein Riese wirkte der Monolith nun auf ihn, ja, zeigte sich hoch über ihm nicht etwas wie ein Gesicht? Thronte da nicht ein Kopf voll wilder nun gebändigter Zotteln auf breiten Schultern? Wurden die Arme nicht seitwärts an den in stummer Qual verrenkten Körper gepresst?

Die menschliche Gestalt ließ sich freilich mehr erahnen, als dass davon viel sichtbar wurde. Dennoch, Billy-Joe war fast sicher – er stand nicht am Fuß eines stummen Steinkegels ohne besondere Bedeutung. Er spürte es deutlich, hier verbarg sich mehr.

Ihn schauderte. Die Vorstellung, dass ein Mensch, unter der glasierten Oberfläche steckte, machte ihm Angst. Welch grauenhaftes Schicksal! Im Tod versteinert, erstarrt hinter einem zentimeterdicken Panzer aus milchiger Glasur.

Billy-Joe starrte voll des ungläubigen Entsetzens nun auf die sich ihm bietende Stelle in Augenhöhe. Es mussten die Füße sein, die sich im Saum des üppigen Grasgürtels verloren, als seien es grüne Pantoffeln.

Durch die glasige Schicht glaubte der entsetzte Junge gar blutige Haut an zerschundenen Knöcheln auszumachen. Die Knöchel ragten aus Wadenlangen schlappen Hosenbeinen, die den Rest der Beine und des Körpers verhüllten. Wer auch immer hier stand, es handelte sich um einen Riesen, ohne Frage.

Billy-Joe trat einige Schritte zurück und versuchte, ins Gesicht der Statue zu schauen. Doch außer einem Wust von verklebten Barthaaren, die über die gewölbte Brust hinausstanden, sah er nicht viel davon. Immerhin war nun kein Zweifel mehr möglich. Vor ihm stand die Gestalt eines Menschen von beachtlicher Länge. Und er war mit einem glasigen Überzug aus hartem Stein versehen, war gleichsam im Leben oder vielmehr im Tode erstarrt.

Vielleicht hatte ihn ein Guss aus heißer Magma im Schlaf überrascht, überlegte Billy-Joe. Doch dann verwarf er den Gedanken. Wer schlief schon im Stehen? Gleichwohl war er überrascht worden. Wer ließ sich schon bei klarem Verstand und vollen Sinnen versteinern?

Was auch immer dazu geführt hatte, ohne ein gewisses Überraschungsmoment wäre es wohl nicht dazu gekommen, nicht in der vorgefundenen Haltung. Gleich einem steinernen Wächter blickte der Riese über das Tal – aufrecht und erhobenen Hauptes; und so war er von dem glühenden Lavastrom überrascht worden, gleichsam aus heiterem Himmel, nichtsahnend und ohne Vorwarnung. Anders konnte es sich nicht zugetragen haben.

War es nicht viel wahrscheinlicher, dass sich jemand vor einer Gefahr von oben duckt? Nur wer völlig unvorbereitet ist, bleibt derart aufrecht stehen.

Billy-Joe schüttelte sich erneut, blickte nach oben, von wo das Grauen hernieder geregnet sein musste und zog unwillkürlich den Kopf ein.

Welch unheimlicher Ort. Natürlich war nichts zu sehen. Sein Blick verlor sich im niedrigen Dunst, der über der Insel lag und strandete allzu bald im Nebel.

Im Zwielicht, das hier herrschte, konnte man Entfernungen schlecht abschätzen. Viel Licht drang nicht durch den Wolkenschleier. Die Sonnenscheibe sähe man hier unten wohl kaum jemals, dazu war der aufsteigende Dunst zu stark. Dafür dürfte es häufig regnen, überlegte der Junge und wie zum Beweis begann es zu tröpfeln. Der leichte Regen verdichtete sich alsbald. Doch nach kaum zehn Minuten hörte der Schauer auf.

Billy-Joe war unter den ersten lauen Tropfen zusammengezuckt. Waren das schon Vorboten des nahenden Unheils? Eilig schaute er sich nach einem Unterstand um und schlüpfte unter einen Felsvorsprung. Was, wenn aus solche einem Guss das Unheil niedergegangen war?

Pooty meldete sich, aufgeschreckt durch das Prasseln der Tropfen auf den Deckel der Medizintasche, die um Billy-Joes Hals hing. Billy-Joe beschloss, den kleinen Mann nicht zu beunruhigen, ihm nichts von der schrecklichen Gefahr zu sagen, die über ihnen hing wie das Schwert des Damokles.

Ob sich hinter dem gezackten Kamm des Kraterrandes wohl ein besserer Unterstand fand? Hier jedenfalls hielt ihn nichts mehr. Kaum ließ der Schauer nach, als er auch schon sein Glück versuchte.

Im regennassen Gras rutschte er mehrmals aus. Doch er ließ sich nicht entmutigen. So steil der Aufstieg auch war. Und nachdem er erst einmal die feuchte Grasnarbe überwunden hatte, fanden seine gelenkigen Zehen und Finger selbst in den kleinsten Fugen halt. Millimeterbreite Vorsprünge reichten ihm, um sich darauf festzuhalten.

So kletterte er die steil aufragende Felswand empor. Er zog er sich auf eine schmale Felskante, gerade breit genug, sich darauf zu stellen. Der Himmel über ihm, vielmehr die Dunstwolke, die ihn ersetzte und die bereits hier im ersten Bodenkontakt festsaß, erschwerte die Sicht erheblich. Undeutlich verschwamm der düstere Fels mit dem Grau der Wolken. Statt weiter ins Ungewisse zu klettern, versucht er nun auf dem Band entlang zu balancieren. Und obwohl der Fels scharf und mitunter äußerst glitschig war, gelang ihm dies zunächst ganz gut.

Auf der rechten Seite lag das Tal - nicht besonders tief, so an die fünf, sechs Meter unter ihm. Auf der anderen Seite konnte er sich an der Felswand entlang tasten, was ihm ein wenig Halt gab.

Was wollte er hier? Statt oben entlang zu turnen, könnte er ebenso gut wieder in dem Talgrund laufen. Dort war es wesentlich bequemer. Er beschloss, die nächste günstige Gelegenheit zu nutzen und in einem gewaltigen Satz ins grüne Wiesengras zu springen.

Seine Furcht vor dem himmlischen Feuerguss war wohl unbegründet gewesen. Nichts deutete auf vulkanisches Beben hin. Die Erde bebte nicht. Und nirgends zeigte sich glühende Lava oder pfeifende Schlote, die ihre todbringende Ladung in den Himmel spucken wollten.

Wie lange der versteinerte Riese hier wohl schon stand? Ob er ihm von hier oben aus ins Gesicht schauen konnte? Da er Teil des Randes war und darin wie ein steinerner Wächter aufragte, kam er ihm auf dem Grat wesentlich näher. Die Säule, als die er den Riesen von seinem unsicheren Stand aus erkannte, stand ihm ohnehin im Weg. Er hätte Mühe, sich um die Figur herumzuwinden.

Hastig schob er sich näher. Ihm war, als verstärke der Dunst sich und so nah er dem Gesicht nun auch kam, wurden die Züge doch kaum deutlicher. Bis auf die Nasenspitze und die winzigen verkniffenen Äugelchen steckte der Kopf unter einem Wust von Haupt- und Barthaar. Die Glasur tat ein übriges.

Nun ja, was hatte er erwartet? Etwa ein bekanntes Gesicht? So viele Riesen gab es in seiner Bekanntschaft nun einmal nicht. Um genau zu sein überhaupt keine.

Über die Größe hatte er sich von unten her getäuscht. Denn als er der Figur nun fast in Augenhöhe gegenüber stand, schien sie ihm kaum um die Hälfte größer als er selbst. Allenfalls zwei einhalb Meter war der Mensch groß. Immer noch eine beachtliche Statur, wenn auch beinahe im Bereich der menschlichen Natur.

So gut er konnte, versuchte Billy-Joe, seine Körpergröße im Vergleich zu messen. Dabei drehte er sich, reckte und streckte sich, hielt sich eine Hand über den Kopf, um zu fühlen, bis wohin er dem Riesen ging.

Er war einen Moment lang unachtsam gewesen, oder verschob sich hinter ihm der Fels? Trat er in eine Lücke, hatte er einen Spalt übersehen? Statt nach vorn, ins Tal hinunter, stürzte Billy-Joe rücklings in eine Spalte und sauste kopfüber eine glasierte Rutsche hinunter, die beinahe senkrecht in die Tiefe führte. Jeden Moment glaubte er, mit dem Kopf am unteren Ende aufzuprallen.

Er schob schützend die Arme vors Gesicht. Doch da war kein Aufprall. Die wilde Fahrt nahm kein Ende. Noch immer stürzte er, mehr als er rutschte, in fast senkrechtem Fall in die Tiefe. Er spürte die Hitze der Reibung auf dem Stein oder erwärmte sich bereits der Grund in dieser Tiefe? Immerhin befand er sich auf einem dampfenden Vulkankegel inmitten des Eismeeres.

Allmählich wurde die Rutschbahn flacher. Die Fahrt verlangsamte sich erst unmerklich, dann doch recht deutlich, auch wenn die Hitze begann unerträglich zu werden. Er war bestimmt bereits voller Brandblasen an Armen und Beinen, dort, wo kein Stoff seine Haut bedeckte. Seine Hose hatte zuvor schon besonders an den Knien arg gelitten. Nun ging sie vollends drauf.

Billy-Joe versuchte, so gut es ging, sich zu drehen und zu wenden und nach immer neuen, relativ kühlen Stellen seines Körpers zu suchen. Dies lenkte ihn immerhin ab. Statt sich das schreckliche Ende dieser Rutschpartie auszumalen, sehnte er es herbei.

Er verlor jedes Zeitgefühl. Und so vermochte er nicht zu sagen, wie tief er gelangt war, als er sich am Grund einer weiten Höhle wiederfand, in welche die Rutschbahn endlich mündete.

Mattes Licht glomm rötlich im Hintergrund. Es war heiß hier unten, unerträglich heiß. Das Stehen auf der Stelle bereitete Mühe, zumal mit bloßen, wunden Füßen. Was ihn veranlasste, auf den Lichtschein zuzulaufen, der sich als Widerschein einer höllischen Glut entpuppte, die in einer Spalte waberte. Er war nun also dem glühenden Magma ganz nah. Hier fand sich die Wärmequelle, mit der die Insel beheizt wurde.

Die Hitze stieg aus dem Spalt auf und erschwerte das Atmen. Billy-Joe zog sich soweit er konnte in die entgegengesetzte Richtung zurück. Er fand schließlich das Ende der Rutsche wieder, auf der er gekommen war.

Vergeblich versuchte er, einen Lichtschein von oben zu erhaschen. Einzig ein leiser Luftzug bewies ihm, dass hier eine Verbindung zur Oberfläche bestand.

In Gedanken tastete er nach dem Medizinbeutel um den Hals. Wie es Pooty drinnen wohl ergangen war - hoffentlich hatte er ihn nicht zu sehr gedrückt bei dem Versuch, seine Haut zu schützen.

Die Tasche war weg! Das nicht auch noch! Ohne den Zauberstein war er verloren. Die Hitze würde schnell dafür sorgen, dass seine Körperflüssigkeit verdunstete. Er würde buchstäblich austrocknen – verdorren wie eine Topfpflanze, die man zu gießen vergaß.

## 8. Hilfe in letzter Sekunde

Bei Billy-Joes Sturz in die Tiefe verlor er seine heilige Tasche mit dem kostbaren Inhalt. Sie flog in hohem Bogen durch die Luft und verhakte sich an einer Felsspitze. Pooty verlor bei dem Aufprall für einen Augenblick die Besinnung, während der Beutel bedrohlich hin und her schwang. Der Tragegurt hielt. Die Tasche pendelte aus, Pooty gewann sein Bewusstsein wieder und lugte alsbald vorsichtig unter dem Deckel hervor.

Als er bemerkte, in welch einer unsicheren Lage er sich befand, rutschte er vorsichtig mit vor Schreck gesträubtem Rückenfell erst einmal wieder in den Beutel zurück. Die nackte Angst sprang ihn an und verhinderte, dass er einen klaren Gedanken fasste.

Er atmete, wie es ihn sein weiser Freund einst lehrte. Er atmete die Furcht aus sich heraus und allmählich, Zug um Zug, überwand er sich. Was war geschehen? Billy-Joe war abgestürzt, soviel stand fest. Die Tasche hatte er im Fallen verloren. Sie war ihm von den Schultern gestreift worden.

Vorsichtig tastete Pooty nach den Gegenständen in der Tasche, die ihm mittlerweile vertraut waren: Dingoklaue und Kräuterbusch, blanker Knochen und Perlenband, - höchstseltsame Funde und Erbstücke, deren Bedeutung Billy-Joe auch vor Freunden geheim hielt.

Pooty tastete vergebens nach dem Zauberstein. Die anderen Dinge interessierten ihn nicht. Ihm wäre es sogar lieber, sie wären nicht in dem Beutel gewesen. Ihr intensiver Geruch störte doch sehr. Außerdem benötigte er Platz für sich und den Zauberstein.

Pooty war die Enge zwar gewöhnt, dennoch musste er sie früher in Walters Bauchtasche nicht mit derlei Unrat teilen, allenfalls mit dem Zauberstein und eben den konnte er jetzt nicht finden.

Das nicht auch noch! Was sollte nun werden? Er, an der Spitze eines Felsens hängend, Billy-Joe mit zerschmetterten Gliedern am Grund einer Schlucht. Das war das Ende. Ihre Mission war gründlich gescheitert. Was hatte der verdammte Stein auch auf diese Insel hinunter gemusst? Jetzt war er weg. Pooty heulte laut auf vor Verzweiflung und Wut.

Seine Erschütterung tat dem Gurt nicht gut. Die Tasche schwankte erneut und rutschte um einige Zentimeter an dem Felszacken herab. Sie baumelte frei über dem gähnenden Abgrund, konnte Pooty bemerken, als er nach einer Weile bangen Wartens wieder einen Blick hinaus riskierte. Ein Windstoß genügte, und er würde Billy-Joe ins Verderben folgen.

Noch einmal machte Pooty sich auf die Suche. Er wollte nicht glauben, dass er den Stein verloren hatte. Und tatsächlich: Im letzten Winkel unter allerlei obskurem Unrat steckte der Zauberstein doch noch.

Wie klein der sich machte! Nichts mehr von leuchtender Aura und pulsierendem Kern. Vielleicht sah der Stein endlich ein, was er ihnen eingebrockt hatte. Nun sollte er gefälligst helfen.

„Wie wär's zunächst mal mit einem Seil? Und einen Schutzanzug hätte ich auch gern. Außerdem eine Wasserflasche, was zu Essen, einen Erste Hilfe Rettungskasten." Pooty zählte auf, was ihm gerade einfiel. Der Stein kam kaum nach beim Besorgen:

„Am besten, du kletterst erst mal raus und setzt dich auf den Grat, da ist ein kleiner Absatz, dahin kriegst du dein Zeug."

„Genau, einen festen Stand hätte ich auch gern", fuhr Pooty ungerührt fort. „Natürlich brauchen wir einen todsicheren Haken, möglichst gleich eingeschlagen, aber nicht in dem Riesen..." - der Stein merkte, wie empört Pooty war. Für Erklärungen war die Zeit nicht. Zu gerne hätte er sich gerechtfertigt.

Er tat, wie ihm geheißen wurde, und Pooty begann sogleich, sich mit all seinen Utensilien in das Loch abzuseilen, das sich unter ihm auftat und in dem sein großer Freund verschwunden war. Wenn dieser noch lebte, dann war Eile geboten. Aus der Tiefe wallte heiße Glut herauf. Kein Mensch könnte es dort drinnen lange aushalten.

Über den Rückweg machte Pooty sich keine Gedanken. Doch wer sollte ihn emporziehen? Der Zauberstein vermochte zwar viel, aber ob er sich auch als eine Seilwinde betätigen konnte, stand dahin. Pooty war eben noch nicht allzu vertraut mit seinem neuen ständigen Begleiter, zumal der seine Zeit gern mit Streitereien vergeudete, die nicht dazu geeignet waren, seine besten Seiten kennen zu lernen.

Doch für dieses Mal überwand sich der magische Stein selbst. Gedankenschnell, wie es seine Art war, vereinte er sich mit seinem schärfsten Rivalen, dem Zauberbogen. Und sein Einfluss trug Tibor und Arundelle über die unsichtbare Barriere hinaus, die das Inselgebiet von dem Rest der Welt abschottete.

Ohne diese Barriere wäre die Insel längst kein Geheimnis mehr, vielmehr eine weitere Sensation für die so eifrig um neue Ziele bemühte Tourismusindustrie.

Pooty nämlich hatte durchaus vergebens nach dem Stein gesucht. Denn der war tatsächlich in eben dem Augenblick aus der Tasche gewischt, da diese durch die Luft flog. Dass er an der Felszacke hängen blieb, geschah nicht ganz unbeeinflusst von der Magie des Steines.

In einer sensationellen Doppelrettung gelang es so dem Zauberstein, die hilflos über der kochenden See trudelnden Sublimatioren vor dem Absturz zu bewahren und gleichzeitig für Billy-Joe Hilfe herbeizuholen.

Sicher landeten Arundelle und Tibor dank der Führung des Zaubersteins und unter Mithilfe des Zauberbogens auf dem schmalen Grat neben der Tasche, in welcher sich der um sein Leben bangende Pooty nun nicht länger befand. Denn der überwand sich todesmutig und war ja auf dem Weg nach unten zu Billy-Joe. Der Zauberstein bedeutete den Ankömmlingen, keine Zeit zu verlieren.

Als sie das gespannte Seil sahen, dachten sie sich ihren Teil und begannen, nach Kräften daran zu ziehen. Da hörten sie auch schon die matte Stimme ihres kleinen Freundes, der mit äußerster Mühe an dem Seil herauf geklettert kam.

Pootys Freude kannte keine Grenzen, als er Arundelle um den Hals fallen konnte. Allein ihre Stimme zu hören, sei ihm wie Sphärenmusik aus dem Paradies, bekannte er und kuschelte sich in deren Kniekehle.

Eifrig berichtete er, während Tibor und Arundelle weiter nach Kräften hievten, von seiner Erkundung unten am Grund der Felskluft. Für Billy-Joe sah es nicht gut aus. Immerhin war es ihm gelungen, dem Ohnmächtigen das Seilende um die Brust zu knoten. Danach war er selbst so schnell wie möglich an dem Seil wieder nach oben geklettert – ein gehöriges Stück Arbeit in der Gluthitze.

Hand über Hand hievten Tibor und Arundelle den zerschundenen Körper ihres halbtoten Freundes aus der wabernden Glut. Keine Sekunde zu früh erreichte Billy-Joe die Oberfläche. Es wäre mit ihm unweigerlich aus gewesen. Dies war wirklich Rettung in letzter Sekunde.

Von dem schmalen Grat auf die andere Seite ins Tal hinunter zu gelangen, gestaltete sich vergleichsweise einfach. Sie hatten ja nun das Seil und so ließen sie zunächst Billy-Joe hinab. Pooty folgte, während Arundelle und Tibor es sich nicht nehmen ließen, als Sublimatiorenwirbel hinabzuschweben. Wozu besaß man seine Kräfte, dachten sie und freuten sich ihrer Kunst.

Billy-Joe kam alsbald zu Kräften. Kaum füllte reine Luft seine Lungen, da schlug er auch schon die Augen auf. Es dauerte keine fünf

Minuten, bis er die Benommenheit von sich schüttelte wie ein Hund das Wasser aus dem Fell nach dem Bad.

Aus dem unsichtbaren Köcher des Zauberbogens holte Arundelle ein linderndes Gel, das sie Billy-Joe behutsam auf die vielen Wunden und Brandblasen strich.

„Wie's aussieht, sitzen wir hier fest", erklärte Billy-Joe während dieser Behandlung. Und dann zeigte er den beiden Neuankömmlingen, was er entdeckt hatte. Der steinerne Wächter stand ungerührt an seinem Platz, den Blick in die Ferne gerichtet, ganz so wie Billy-Joe ihn vorgefunden hatte.

Er habe sich so seine Gedanken über den Riesen gemacht, fuhr Billy-Joe fort. Doch Arundelle fiel selbstverständlich sofort eine ganz andere Version als die seine ein, noch während er von seinen Überlegungen berichtete.

„Erinnerst du dich nicht an die Versteinerungen, die uns in Laptopias Unterwelt ereilten?" – Billy-Joe ging ein Licht auf.

„Siehst du! Wir sind nicht von einem Lavastrom überschüttet worden (damit nämlich hatte sich Billy-Joe den Zustand erklärt, in dem sich der Riese befand.) Uns versteinerte das Wasser. Der Regen aus den verseuchten Wolken war schuld an der Verbreitung des Versteinerungs-Virus. Ohne das Serum stünden wir da jetzt noch wie die Salzsäulen rum."

„Wo sind wir hier überhaupt?" - mischte sich nun auch Tibor ein, der von den vergangenen Abenteuern der Freunde nichts wusste. Pooty sprang eilfertig ein und sprudelte ziemlich unverständliches Zeug hervor. Er wollte alles auf einmal erklären und verwirrte nicht nur den armen Tibor, sondern auch sich selbst damit. So war es an Arundelle, den Sachverhalt darzulegen. Doch auch sie musste bemerken, wie unübersichtlich die Zusammenhänge doch waren, um die es sich dabei handelte.

Da hing wirklich eins am andern und hinter allem stand, wie eine neuerliche Gebirgskette, die in Sicht kommt, Malicius Marduk.

„Letztlich hing in Laptopia alles mit der verlorenen Zeit zusammen. Der verseuchte Regen war gleichsam ein Begleitumstand."

„Auch wenn sich am Ende herausstellte, dass die Laptopfabriken mit dem Zeitverlust nur sehr wenig zu tun hatten", warf Billy-Joe nachdenklich ein.

„Komisch, dass uns das gerade hier wieder alles einfällt", stimmte Arundelle zu.

„Das ist doch kein Wunder", warf Tibor ein und deutete auf den versteinerten Riesen.

„Bei der Laptop-Produktion fiel als unerwünschte Nebenwirkung Elektronensmog an, der sich in dichten Wolken über Laptopia sammelte. Die Wolken sind so dick, dass man drauf sitzen kann. Die tragen einen wie ein Himmelskissen..."

„Ja, und vielleicht ist es hier jetzt so ähnlich", warf erneut Tibor ein. - „Und der Regen verstreute die Versteinerungsviren?" - fragte Tibor nach, der zwar wenig von dem verstand, was da vor ihm ausgebreitet wurde, soviel aber glaubte bereits mitgekriegt zu haben.

„Richtig", nickte Arundelle.

„Den Rest könnt ihr mir ein anderes Mal erzählen. Ich denke, wir sollten uns um die Gegenwart kümmern."

Tatsächlich hatte Arundelle einige merkwürdige Körnchen auf Billy-Joes Haut entdeckt.

„Warst du etwa auch im Regen?" - fragte sie besorgt.

Billy-Joe nickte. „Hat tatsächlich kurz geregnet. Aber dann bin ich auch schon ins Loch gefallen."

„Hast offensichtlich nicht viel Regen abgekriegt!" Arundelle sah sich bestätigt, auch Pooty begriff. „Da ist dann der Riese ja auch bloß versteinert und man kann ihn wieder zum Leben erwecken. Wisst ihr noch, wie wir damals das Serum aus dieser geheimen Tresorhalle geklaut haben? Das war was. – Ach, Walter, Walter, du fehlst mir so sehr..." Tränen traten dem kleinen Possum in die Augen.

Arundelle wollte ihn deshalb nicht berichtigen, denn sie erinnerte die Sache doch ein wenig anders. Aber darauf kam es jetzt nicht an. Tatsache war, dass das Serum geholfen hatte. Man musste die versteinerten Geschöpfe damit impfen, was wiederum nicht ganz einfach war, denn durch den Stein kam man mit der Nadel nicht ohne weiteres hindurch.

„Bei den Pferden haben wir es geübt. Man sucht sich eine geeignete Stelle, wo die Steinschicht schön dünn ist, und dann reibt man eine Weile, bis der Stein ein bisschen aufweicht. Und dann - Zack - hinein mit der Spritze – so haben wir das damals gemacht..."

„Ja, und dann bist du mit der ganzen Herde über die Sternenbrücke nach Australien ab..."

„Flo und ich, ganz recht. Da wussten wir noch nicht, dass wir uns den Virus genauso einhandeln konnten... – wurden bald eines Besseren belehrt!"

„Ob die noch von dem Serum haben?" - überlegte Arundelle laut. Ihr Entschluss stand fest, sie würde es gleich herausfinden. Wurde ohnehin Zeit, sich in Laptopia sehen zu lassen. Sie schaute zu Billy-Joe hinüber und grinste auffordernd.

Der nickte zurück. Die brennenden Glieder waren vergessen. Endlich wieder einmal so wie früher...

Tibors Augen blitzten auf. Man sah ihm an, was er wollte. Doch der Bogen ließ sich nicht beirren: „Nur die zwei. Für mehr reicht es diesmal nicht.“ - meinte er zu seinem Konkurrenten.

Pooty beförderte den Zauberstein deswegen sogleich an die Oberfläche, damit er auch ja mitbekam, worum es ging. Der Grund, weshalb nicht alle zugleich das Zeitfenster passieren durften, erklärte der Bogen, lag in der verfluchten Barriere, welche die Insel umspannte. Sie war so gut wie lückenlos.

Es komme nun darauf an, exakt den Spalt zwischen den Zeitintervallen zu finden. „Rein sind wir doch auch. Ich kehre den Vorgang also um. Muss man sich in etwa vorstellen wie einen rückwärts laufenden Film. Wir kommen genau an dem Punkt des Eintritts wieder heraus. Statt mit Tibor nun eben mit Billy-Joe. Das schaffen wir schon... - ab da wird's dann allerdings wirklich schwierig. Statt zurück zu dem Tanz über der kochenden See, muss ich euch nach oben bringen. Zu bedenken gilt es freilich auch, das ewige Gesetz der Zeit nicht zu verletzten, - ist mir schon klar, deshalb werde ich...“

„Bevor wir uns auf den Weg machen, möchte ich euch aber doch kurz aus dem Tunnel berichten, vielmehr aus der Höhle an dessen Fuß“, warf Billy-Joe ein. „Das ist vielleicht wichtig. Wir sollten uns darüber verständigen, bevor wir den Versuch wagen, das Serum zu holen.“

Nicht nur er, sondern auch die anderen konnten den Ausführungen des Zauberbogens ohnehin nicht mehr folgen. Sie fürchteten bereits wieder einen neuen Streit mit dem Zauberstein, der nämlich begann vor Aufregung schon wieder in allen Farben zu pulsieren. Ein sicheres Zeichen für einen baldigen Ausbruch seines Zorns. Wie es schien, hatte er allerlei Einwände vorzubringen.

Und während Billy-Joe seinen Freunden von seinen Erlebnissen berichtete, verloren sich Zauberstein und Zauberbogen, wie erwartet und befürchtet, in einer abgehobenen Debatte über den wahren Charakter der Magie, über das Wesen der nächsten Dimension und über die Gesetze der jenseitigen Welt.

## 9. Festgefahren

Billy-Joe hatte vor Hitze und Atemnot zwar nicht viel von dem mitbekommen, was um ihn her geschah. Die Lichtverhältnisse waren alles andere als gut gewesen. Die einzige Lichtquelle war eine Lavaspalte, in der kochendes Magma brodelte.

Trotz des Lärms glaubte er eine äußerst wichtige Entdeckung gemacht zu haben. „Kurz, bevor mir die Sinne schwanden, war mir, als hörte ich die Stimme unserer Lehrerin."

„Bestimmt war das eine Halluzination. Du wolltest sie immerhin finden, und wenn man etwas ganz fest will und dann auch noch dabei ist, die Besinnung zu verlieren, hört man schnell was, das gar nicht da ist", gab Tibor zu bedenken.

Billy-Joe zuckte die Achseln. „Kann sein, kann womöglich sein. Was aber, wenn ich mich nun nicht getäuscht habe?"

„Dann müssen wir da noch mal runter. Diesmal mit der richtigen Ausrüstung. Schutzanzug, Atemgerät und so weiter, am besten so ausgerüstet wie für einen Weltraumausflug. Da ist man gegen alle nur vorstellbaren Gefahren gewappnet", rief Arundelle unternehmungslustig.

„Und das Serum?" - wollte Tibor wissen.

„Das Serum muss warten", unterstützte Billy-Joe Arundelles Vorschlag.

„Das Wichtigste zuerst. Immerhin sind wir aus diesem Grunde hier. Penelope M'gamba kann da unten genauso wenig überleben wie Billy-Joe", gab Arundelle Tibor zu bedenken.

„Ganz recht, Gefahr im Verzug, Eile ist geboten. Und sei's nur deshalb, um rauszufinden, dass du dich geirrt hast...", stimmte Tibor zu.

„Ich weiß, was ich gehört habe", Billy-Joe ärgerte sich ein wenig.

„Dann hat der Zauberstein also doch recht gehabt. Und ich habe ihn in Gedanken verflucht", warf Pooty ein. Er klang ein wenig schuldbewusst.

„Nun mal nicht so vorschnell. Noch wissen wir gar nichts." - Tibor blieb skeptisch. Aus seiner Heimat kannte er die Streiche der Dämonen und Geister, welche die Menschen gerne zum Narren hielten. Doch er erklärte sich sofort bereit, Arundelle zu begleiten.

„Billy-Joe, du setzt deine Brandblasen besser nicht schon wieder der Hitze aus. So ein Raumanzug scheuert ganz schön, gerade, wenn man ihn unter Bedingungen der Schwerkraft trägt, das weißt du selbst am besten."

Billy-Joe sah ein, dass Arundelle recht hatte. Einfach war es nicht, da wieder runter zu kommen. Auch dann nicht, wenn man gut gerüstet war.

Noch einmal schilderte er eindringlich, was einen unten erwartete. „Hütet euch vor der Feuerspalte", rief er mahnend, als

Arundelle und Tibor sich bereits anschickten, samt ihren mannigfachen Gerätschaften in die Grube zu fahren. Der Einfachheit halber würden sie ebenfalls herunterrutschen, beschlossen sie.

Im Abstand von vielleicht einer halben Minute sausten die beiden in den Untergrund. Tibor voran, das ließ er sich nicht nehmen. Arundelle folgte nicht ganz freiwillig. „Die Klügere gibt nach“, hatte sie unwirsch gemurmelt. Streit konnte sie jetzt nicht gebrauchen.

Schlimm genug, dass der Zauberbogen und der Zauberstein sie so schmählich im Stich ließen, die noch immer in ihre Auseinandersetzung über den wahren Charakter der verschiedenen Welten verstrickt waren.

Die enorme Reibung und auch die Zunahme der Hitze aus dem Erdinneren konnte den beiden Reisenden nichts anhaben. Vorsorglich schoben sie sich rutschhemmende Sitzpolster unter, damit die Anzüge nicht beschädigt wurden.

Denn wenn diese auch aus reißfestem Material bestanden, waren sie doch für eine solche Strapaze nicht vorgesehen. So kam es, dass die Rutschpartie, die zuvor Billy-Joe äußerst heftige Qualen verursachte, beinahe zu einem Spaß wurde. Dieser endete freilich allzu bald, kaum dass die Sohle erreicht war, wo unheimlich das innere Feuer der Erde in seinen Spalten glühte.

Zunächst galt es, sich umzuschauen. Unbeholfen wankten die beiden aufgeblasenen Weltraummännchen in der vergleichsweise geräumigen Höhle umher, die allerdings überall gleich aussah, weshalb sie es alsbald sein ließen.

Grauer Stein, wohin ihr Auge und das Licht der starken Scheinwerfer auch reichte. Nur den Hintergrund, wo das Feuer glühte, wollten sie näherer Begutachtung unterziehen, was in den sperrigen Anzügen jedoch kaum möglich war.

Wohl oder übel musste einer von ihnen sein Kühlsystem abschalten. Denn dadurch wurde man beweglicher, weil die isolierende Luftschicht verschwand. Dafür begann man aber sogleich entsetzlich zu schwitzen. - Sich in den Spalt hinunterzulassen, wäre deshalb ganz unmöglich.

Leider hatten sie nicht bedacht, dass es ihnen in den Anzügen ebenfalls unmöglich war, Stimmen oder andere Geräusche um sie herum in der natürlichen Weise zu hören. Sie besaßen zwar ein kompliziertes Verständigungssystem, doch darum ging es ihnen nicht. Sie wollten schließlich die Stimme von Penelope M'gamba hören, von der Billy-Joe berichtet hatte.

Abwechselnd nahmen sie also den Integralhelm vom Kopf, um ins Nichts hinaus zu lauschen. Dabei überfiel sie die Hitze freilich mit solcher Macht, dass sie schon nach wenigen Sekunden den Helm hastig wieder überstülpten und die Kühlung im Inneren des Anzugs auf Maximum schalteten.

Sie wechselten sich deshalb ab, damit der Geschützte dem anderen im Notfalle helfen konnte.

Mit der Zeit vermochten sie den Lauschangriff bis zu einer Minute auszudehnen. Doch so sehr sie sich auch abmühten, die Stimme von Penelope M'gamba wollte nicht ertönen. Hatte Billy-Joe sich doch etwas eingebildet? - Möglicherweise. Der war dieser Hitze nicht nur für eine Minute, sondern vielleicht für mehr als eine halbe Stunde ausgesetzt gewesen. Ein Wunder war, dass er überhaupt überlebte.

Sie lauschten gezielt in den lodernden Spalt, stellten sich in jede Ecke, in die Mitte der Höhle, vor den Schlot, den sie herunter gesaust waren, ja sie probierten es sogar mit dem Ohr am Boden. Alles vergebens, ihre Lehrerin ließ nichts von sich hören. Hier unten war sie nicht – zum Glück. Denn ihre Chancen, hier heil herauszukommen, standen mehr als schlecht. Es sei, ein besonderer Zauber schützte sie, was man bei ihr freilich nie wissen konnte. Die Professorin war eine mächtige Person.

Unverrichteter Dinge ließen die Höhlenforscher sich schließlich nach oben ziehen. Eine Seilwinde erleichterte Billy-Joe die Arbeit. Zauberstein und Zauberbogen hatten diese in einer gemeinsamen Anstrengung gleichsam aus dem Nichts herbeigezaubert. – Als sie schließlich doch noch zu so etwas wie einer gütlichen Übereinkunft wegen des Charakters der Parallelwelten und den Beschränkungen der Zeitgebundenheit gelangt waren.

Danach sah es so aus, dass sich allen Kreaturen die Unendlichkeit und das All gemäß der ihnen gegebenen Wahrnehmung offenbarten. Eine, wenn man so will, vergleichsweise selbstverständliche Erkenntnis, befanden die Abenteurer, als sie vom Ergebnis der Auseinandersetzung erfuhren. Sie hatten sich eigentlich eine blumigere, mithin magische Auskunft versprochen - was weniger verständlich und viel geheimnisvoller hätte klingen müssen.

Penelope M'gamba blieb verschwunden. Billy-Joe war immer noch nicht zu überzeugen, sondern beharrte darauf, sich nicht getäuscht zu haben. Immerhin seien auch seine Erfahrungen mit Magie und Trance nicht ganz ohne.

Sein ganzes früheres Leben habe er praktisch nichts anderes gemacht, als sich von solch einer Trance in die nächste zu versetzen, meinte er. Und selbst wenn das ein wenig übertrieben war, so steckte darin doch ein guter Teil Wahrheit. Billy-Joe konnte mit Hilfe eines Wimpernschlages seiner ausdrucksvollen Augen von einem Augenblick zum nächsten, die Wirklichkeit überwinden und in verborgene Sphären tauchen. Er selbst merkte dies oft noch nicht einmal immer rechtzeitig. Dafür aber seine Umwelt, die dadurch nicht selten durcheinander kam.

Wenn er also darauf beharrte, eine wirkliche Stimme gehört zu haben, dann hieß dies, dass die Stimme auf irgend eine Weise gegenwärtig war. Daran zweifelte man besser nicht. Gleichwohl konnte es sich bei dieser Wahrnehmung um eine verschobene Wahrnehmung handeln, gleichsam um eine Einblendung aus anderen Sphären, die nicht schon deshalb unwirklicher waren, weil sie sich mit der Wirklichkeit nicht berührten. Allerdings bedeutete dies etwas für die Zugänglichkeit. Zu Fuß oder mit den üblichen Verkehrsmitteln gelangte man in diese Bereiche jedenfalls nicht.

Zauberbogen und Zauberstein wurden beauftragt, sich über den Zugang zu dem Aufenthaltsort der verschollenen Professorin Gedanken zu machen, deren Stimme Billy-Joe gleichsam hautnah vernommen hatte. Inzwischen erinnerte er sich auch an ihre Worte, schon deshalb, weil diese in einer ihm unverständlichen Sprache gesprochen worden waren.

„Wird ihre Muttersprache gewesen sein“, mutmaßte Arundelle. „In der höchsten Not drängt es einen, auf frühe Sprachmuster zurückzugreifen.“

Niemand hatte einen Einwand. „Könntest du denn wenigstens lautmalerisch wiederholen, was du vernommen hast?“ - wollte Arundelle wissen und dachte an ihren alten Läppi, der inzwischen einen Ehrenplatz im Museum für Laptop-Geschichte einnahm. Da sie ohnehin vorhatten, Laptopia aufzusuchen, könnten sie Läppi dort auch gleich mal besuchen.

„Inzwischen ist sein Übersetzungsmodul bestimmt auf alle gängigen Sprachen dieser Welt angewachsen. Damals beherrschte er immerhin bereits vier oder gar sechs Sprachen, ich erinnere mich nicht mehr.“

Arundelle bezog sich auf ihr erstes Abenteuer in Laptopia, wohin sie sich auf ihrer Flucht vor dem bösen Lehrer Schwertfeger verirrte. Sie war damals wegen der Misshandlung ihres Laptops – eben jenes Läppi - verhaftet worden. Ohne das Eingreifen von General Armelos wäre es ihr im Gewahrsam der aufgebrachten Roboterpolizisten schlecht ergangen, die in Läppi einen Leidensgenossen erkannten.

Billy-Joe zuckte die Achseln, so recht wusste er nicht, ob es ihm gelingen würde, die Worte der Professorin zu wiederholen. „Will’s jedenfalls versuchen“, meinte er, zumal dies ein weiterer Grund dafür war, mit auf die Reise ins ferne Laptopia zu gehen. Vielleicht war es am besten, sie würden alle vier versuchen, aus dem Bannkreis der geheimnisvollen Barriere zu kommen, überlegten sie und stellten damit ihre beiden Streithähne vor eine neue Herausforderung. Hatte der Zauberbogen doch vorgehabt, ein vergangenes Zeitintervall aufzusuchen.

Auf dem Umweg über eine Parallelwelt wollte er aus dem Gefängnis gelangen, das die Insel darstellte. Der Zauberstein hingegen schlug eine viel kämpferischere Alternative vor, als nun auch er aufgefordert wurde, sich einen Weg nach Laptopia zu überlegen. Er war in dieser Beziehung keineswegs ganz unerfahren. Er hatte sogar ganze Schiffsladungen voller schnatternder Studierenden in einem finsteren Fass dorthin befördert. Eine Idee, auf die er zusammen mit Walter gekommen war. Sie diente zum einen der Verschleierung der Zeitreise, zum andern trug sie der Flugangst der Professorin Grisella von Griselgreif Rechnung.

Letztlich war man zwar gescheitert, was die Geheimhaltung der Zeitreise anging, Erfahrung aber ließ sich der Zauberstein deshalb nicht absprechen. Sein Argument war, einzig der Verrat durch Malicius Marduk habe ihn seinerzeit dilettantisch aussehen lassen.

„So schlimm ist's doch gar nicht gewesen", versuchte Arundelle abzuwiegeln, als der Zauberstein die alte Geschichte aufwärmte. Sie befürchtete einen neuerlichen zeitraubenden Disput. Der Stein schien ihre Gedanken zu lesen, denn er rief erbost: „Mein Gott, liebes Kind – Zeit, was ist denn Zeit? Zeit spielt doch überhaupt keine Rolle..."

Die Menschen stellten sich mitunter furchtbar begriffsstutzig an, sogar die, von denen man einiges erwarten durfte. Hatte denn noch immer niemand begriffen, dass ihr Gefängnis der Zeitverschiebung geschuldet war, genauer, dass sie am Grund der Zeit festgehalten wurden? Von dem kämen sie nur dann wieder los, wenn sie ihn durchschauten. Und zwar alle, einschließlich des sogenannten Zauberbogens. Der war in seiner himmelschreienden Begriffsstutzigkeit womöglich noch anstrengender als die immerhin gutwilligen Menschkinder.

Der konnte schrauben und drehen, soviel er wollte, sich von Intervall zu Intervall tasten. Sie saßen fest und keine Macht der Welt konnte daran etwas ändern. Sie saßen so fest, wie der versteinerte Riese.

## 10. Eine schreckliche Entdeckung

Keinen Streit, bitte! Nicht schon wieder. Das hatten wir doch schon. Dann teilen wir uns in Gottes Namen eben wieder. Obwohl wir gerade erst zusammen gefunden haben..."

Arundelle schaute sehr böse, als sie dies sagte und schnappte ihren Bogen. Pooty griff nach dem Zauberstein. „Probieren geht über studieren“, meinte er und sah Billy-Joe Beifall heischend an, damit der sich zu ihm gesellte.

Billy-Joe konnte ihm seinen Wunsch nicht abschlagen, auch wenn er wollte. Nach Laptopia wäre er lieber mit Arundelle gereist. Andererseits besaß Tibor so gut wie keine Weltraumerfahrung und auf Pooty war in manchen Situationen kein Verlass. Der hatte die Nerven nicht, selbst wenn er voll des guten Willens war.

Billy-Joe erinnerte sich an Pootys grauenhaftes Erlebnis, als der inmitten eines Zeitsprungs verloren ging. Hätte er ihn nicht zufällig aufgesammelt, dann schwebte das Possum dort draußen nun als winziger Meteorit durch die Ewigkeit.

Eigentlich wollte der Zauberstein zunächst darauf bestehen, die theoretische Debatte so lange fortzuführen, bis auch der letzte verstand, was es mit dem Grund der Zeit auf sich hatte. Deshalb zierte er sich zunächst, ordnete sich dann aber doch der Mehrheit unter, wenn auch mit großen Vorbehalten. Im Grunde war er sicher, dass der Plan des Zauberbogens, sich über eines der Zeitintervalle davonzustehlen, zum Scheitern verurteilt war.

„Werden ja sehen, wer recht hat. Ausloten, nichts anderes hilft, den Grund der Zeit ausloten“, grummelte er und machte doch alles fertig zum Zeitsprung. Beide Gruppen verabredeten, sich auf den Zinnen des Prinzenpalastes von Laptopia wieder zu treffen. Von dort, wo man sich mit General Armelos oder vielleicht sogar mit dem Prinzregenten zu treffen beabsichtigte. Dann wäre der Weg zu den geheimen Labors nicht weit, wo, so hoffte Arundelle, das Serum noch immer lagerte.

Und selbst wenn dies nun nicht mehr der Fall war, stand doch zu hoffen, dass es dort noch Wissenschaftler gab, die es herzustellen verstanden.

Zu guter Letzt, wenn alle Stricke rissen, stünden die Einrichtungen von Professor Schlauberger an dessen alten Fachbereich zur Verfügung. Dort waren damals Proben des Serums eingelagert worden. Und zu der Annahme, diese waren entsorgt worden, bestand eigentlich kein Anlass. Es sei denn, Malicius Marduk, der in den Fachbereichen umhergegeistert war, hatte seine Hand auch hier im Spiel gehabt.

Da die Zeit sich in Laptopia inzwischen weitgehend normalisiert hatte, und die Jahre nicht mehr im Eiltempo verstrichen, war die nahe Vergangenheit dort hoffentlich noch nicht völlig untergegangen.

Sie brauchten das Serum unbedingt. Die Vorstellung, den Riesen zum Leben zu erwecken, ihn nach den Umständen seiner

Versteinerung zu befragen und vielleicht hinter das Geheimnis der seltsamen Insel zu gelangen, beflügelte die Vorstellung aller.

Bestimmt erführen sie, was geschehen war. Niemand zweifelte mehr ernstlich daran, auch Frau M'gamba im Zuge der Ermittlungen zu finden. Der Riese war hoffentlich ein Meilenstein auch auf diesem Weg.

Der Start erfolgte. Doch das war auch schon alles. Billy-Joe fand sich mit Pooty bereits wieder am Ausgangsort. Sie standen eine Weile verdattert im Gras neben dem versteinerten Riesen und rieben sich die Köpfe. Trotz Schutzhelm und Flughaut waren sie gegen die unsichtbare Barriere gedonnert, welche die Insel allenthalben umgab.

Beide fühlten sich reichlich benommen und wussten nicht, wie ihnen geschah. Der Zauberstein gab sich einsilbig. Offensichtlich war auch er ein wenig benommen. „Ich hab's ja gesagt", murmelte er eins ums andere Mal. „So geht das nicht!"

Billy-Joe aber glaubte zu wissen, dass es der Bogen geschafft hatte. Und je mehr Zeit verstrich, um so sicherer wurde er seiner Sache. Als sich dann aber der Abend nieder senkte und es noch immer keine Spur von den Reisenden gab, da kam er allmählich ins Grübeln.

Pooty erinnerte sich an sein eigenes schreckliches Abenteuer und malte sich aus, wie Arundelle und Tibor hilflos durch den Weltraum trudelten.

Doch sie konnten von hier unten aus nichts tun, rein gar nichts. Ihnen selbst war ja nicht einmal der Austritt aus dem Bannkreis der Insel gelungen. So nutzten sie, nachdem sie sich von ihren Strapazen halbwegs erholt hatten, die letzten Stunden des Tages und der hereinbrechenden Nacht, um wenigstens den Spuren der verschollenen Professorin nachzugehen. Billy-Joe nämlich glaubte sich nun an genaueres zu erinnern – Richtung und Beschaffenheit der Stimme schienen ihm inzwischen eindeutig. Er war fast sicher - diese war aus dem Schacht gekommen. Irgendwo auf halbem Wege musste es eine Abzweigung geben.

Das Gerät stand noch immer bereit. Auch die Raumanzüge lagen noch herum, die Arundelle und Tibor angehabt hatten. – Für ihre neuerliche Mission versorgte sie der Zauberbogen mit seinem eigenen Zeug. –

So war Billy-Joe einigermaßen geschützt, auch wenn der Anzug, den er probierte, zu klein für ihn war. – Dafür war der andere Pooty um einiges zu groß. „So gleicht sich alles irgendwie aus", kicherte der, als sie sich Hand über Hand die schmale Röhre hinabließen.

Draußen brach die Dunkelheit herein. Aber das machte nichts, denn in dem Schacht war es ohnehin dunkel. Die starken Leuchten an den Helmen gaben genügend Licht. Sie untersuchten jede Spalte und schauten hinter jeden Felsvorsprung auf ihrem Weg nach unten. Sie arbeiteten sorgfältig und ließen sich Zeit. Niemand drängte sie. Die Hitze war erträglich, auch wenn sie, je tiefer sie gelangten, zunahm. Billy-Joe spürte sie an den Beinen und Armen, die aus dem Anzug hervorschauten. Wenigstens bereitete das Atmen keine Probleme.

Sie fanden erstaunlich viele Ausbuchtungen und mitunter glaubten sie schon, auf eine abzweigende Höhle gestoßen zu sein, die aber dann hinter dem ersten Knick endete, ohne dass sie eine Spur von Penelope M'gamba entdeckten.

Sie waren auf diese Weise wohl zwanzig Meter in die Tiefe gelangt, also noch nicht sehr weit, als Pooty plötzlich aufschrie. Billy-Joe dachte schon, das Seil sei gerissen und Pooty sei abgestürzt.

Rasch ließ er sich zu dem Possum hinunter. Er fand Pooty in einer unauffälligen Seitentasche, die er wahrscheinlich übersehen hätte, denn sie verbarg sich hinter einem Überhang. Trotz des starken Scheinwerfers an seinem Helm konnte Billy-Joe den aufgeregten kleinen Kerl zunächst nirgends entdecken. Nur dessen Stimme war unüberhörbar, die ihn dirigierte. Bis er schließlich um die Felsnase kroch, hinter der sich die Spalte verbarg. Am Eingang hockte Pooty und fuchtelte wild mit den Armen, als Billy-Joe ihn endlich gefunden hatte.

„Hier entlang, ja, ist ziemlich schmal. Vielleicht seitlich?"

Vorsichtig schob Billy-Joe sich um die scharfe Kante, die Pootys Aufenthaltsort vor seinen Augen verbarg und schwang sich mit Hilfe des Knies in die Mulde.

„Hier drüben, sieh doch", rief Pooty aufgeregt. „Ist das nicht schrecklich?"

Billy-Joe rappelte sich auf und versuchte, sich aufzurichten, was sich bei der Deckenhöhe allerdings verbat. Zum Glück trug er seinen Helm. Es tat einen gehörigen Knall, als er mit der Felswand über sich zusammenstieß.

Pooty merkte von der niedrigen Decke natürlich nichts bei seiner Körpergröße. Er hüpfte eilig vor dem nun ein wenig benommenen Jungen her. Er winkte ihm, wies ihn zur rückwärtigen Wand der flachen Auswaschung im harten Fels. Auch hier überall blank poliert - die Oberfläche -, als habe ein übereifriger Hausdiener sich jahrzehntelang mit Putztuch und Politur abgemüht.

Billy-Joes Scheinwerfer fiel, als er die bezeichnete Stelle gefunden hatte und vor der Wand stand, auf das verzerrte Gesicht von Penelope M'gamba. Es war alles andere als lebensecht, aber unverkennbar die Professorin.

Ihre Konturen glänzten ebenfalls, denn sie befand sich unter der spiegelglatten Glasur, war gleichsam eingeschmolzen in den Untergrund. Gleich einem Relief stand sie mit dem Rücken zur Wand, den Mund zu einem lautlosen Schrei geöffnet, die weit aufgerissenen Augen ließen das Weiße erkennen. Namenloses Entsetzen stand in ihnen. Die Finger verkrallten sich im Schmerz – kurz, die ganze Frau war ein einziges Bild des Grauens.

Die verschollene Professorin war gefunden. Doch um welchen Preis! Lebte sie noch? Oder hatte sie ihr Leben mit diesem zu Stein gewordenen letzten Schrei ausgehaucht? Der Stein war hart und wirkte mitnichten, als habe er sich soeben erst verfestigt.

Pooty hämmerte wie wahnsinnig gegen die undurchdringliche Glasur. Auch er schien zu glauben, dass die Frau in ihrem Gefängnis noch lebte. Doch müsste sie nicht ersticken? War sie nicht längst erstickt? Der Stein des Reliefs wirkte völlig undurchlässig, sah aus wie geschmolzenes Glas und fühlte sich an wie eine jener kostbaren Jadefiguren aus Humperdijks chinesischer Sammlung, von der die Studierenden nur dem Hörensagen nach wussten, außer weniger Auserwählter, zu denen Billy-Joe – aus was für Gründen auch immer – gehörte.

Pootys Überlegung war nicht so verkehrt. Wenn es ihnen gelänge, die gläserne Wand zu durchschlagen, dann strömte wenigstens Luft dahinter. Wieweit die dann geeignet war, die arme Frau am Leben zu erhalten, stand auf einem anderen Blatt.

Wäre nur Arundelle hier, am besten gleich mit dem Serum!

„Pooty, gib es auf, entweder ist es eh zu spät, oder..." was er meinte, war klar. Möglicherweise gab es eine andere Art der Lebenserhaltung von der sie hier draußen nichts bemerkten. Unter einer solch dichten Decke erstickte ein Lebewesen in Minuten, soviel stand fest. Und selbst wenn Frau M'gamba erst seit Stunden eingeschlossen war, jetzt müsste sie auf jeden Fall tot sein.

Wann hatte Billy-Joe die Stimme vernommen? – Eben - das war Stunden her! Und seitdem nichts mehr! Wie es aussah, gab es wenig Hoffnung. Sie konnten nichts tun. Ein letzter Blick noch, dann kletterte Billy-Joe nach oben. Dort hoffte er mehr zu erreichen. Es machte keinen Sinn, auf den stahlharten Stein einzuschlagen.

Pooty folgte widerwillig. Er glaubte, die Kraft des Jungen würde - im Gegensatz zu der seinen - ausreichen, um ein Loch in den Panzer zu schlagen. Er wusste nicht, wie hoffnungslos er Billy-Joes Möglichkeiten überschätzte.

Sie mussten ans Serum kommen, nun erst recht. Von Tibor und Arundelle mit dem Zauberbogen war oben weit und breit nichts zu sehen. „Pooty, setzt dich mit dem magischen Stein auseinander, erklär ihm die Sache und weise darauf hin, dass es nun um Leben und Tod geht. Wir brauchen das verfluchte Serum, am besten noch gestern, so wie's aussieht."

Billy-Joe wusste gar nicht, wie recht er damit hatte. Nicht allein die verehrte Professorin war in Stein geschmolzen, in gewissem Sinne schien die ganze Insel dem Lauf der Zeit entrückt. Es war, als habe ein Zauber die Zeit gerinnen lassen und zu einer gläsernen, undurchdringlichen Hülle verdichtet, der keine Macht dieser Welt beikommen konnte.

Pootys Stolz war gefordert. Schon einmal hatte er den Einbruch in die geheimen Labors von Laptopia gewagt. Wieder stand das Leben einer Menschenfreundin auf dem Spiel.

Wie Walter nun fehlte... - aufseufzend machte sich das tapfere Possum daran, dem Zauberstein die Sache zu erklären. Behutsam und überlegt schilderte er, was bislang geschehen war und was nun zu geschehen hatte.

Der Zauberstein lauschte geduldig. Ein gutes Zeichen, so schien es Pooty, denn eigentlich erklärte er dem Stein ja nichts neues. Abgesehen von der Tatsache, dass die verschollene Professorin endlich gefunden war und aller Wahrscheinlichkeit mit Hilfe des geheimnisvollen Serums aus Laptopia gerettet werden konnte.

Was Pooty nicht wusste, was er jedenfalls nicht in seine Überlegung mit einbezog, und was er sicherlich auch dann nicht darin einbezogen hätte, wenn er sich dessen inne gewesen wäre, fand sich in dem riesigen Problem, das dieses vermaledeite erste Naturgesetz der diesseitigen Welt auferlegte.

Vergangenheit durfte unter keinen Umständen verändert werden. Gerade dann nicht, wenn Mittel und Kräfte eingesetzt wurden, die der Zukunft angehörten. Ein Umstand, dem nicht immer Rechnung getragen wurde und der selten genug die Überlegungen von Forschern in diesem Grenzbereich bestimmte.

Andererseits fand sich in dem Phänomen, das Pooty ansprach, auch dann, wenn es diesem nicht bewusst war, selbst bereits eine Verletzung des Gesetzes. War es unter diesen Umständen also nicht doch gerechtfertigt, die einmal erfolgte Verletzung durch eine neuerliche gleichsam ungeschehen zu machen?

Mit solch schweren Problemen schlug sich der Zauberstein herum, während Pooty auf ihn einredete. Eine Insel im Meer der Zeit, auf der die Zeit angehalten wurde und eine Barriere des Stillstandes bildete, war, nach dem Dafürhalten des Zaubersteins Dafür, in der Gegenwart unzulässig.

Dergleichen entbehrte eines vergleichbaren Falles in dem fortlaufenden Kontinuum der Zeit, das den Lauf der Welt nun einmal bestimmt. Eine solche Beeinflussung musste mithin von außerhalb, musste aus Sphären stammen, die jenseits dieser Welt angesiedelt waren.

Eine solche Intervention verletzte womöglich die ehernen Gesetze des Universums in einer unstatthaften und viel weiter gehenden Weise. Verglichen damit stellte die Regulierung des entstandenen Schadens, auch wenn sie sich ebenfalls jenseitiger Mittel bediente, vielleicht eine lässliche Verletzung dar. Eine Verletzung mithin, die von der obersten Aufsichtsbehörde geduldet werden würde. Auch dann, wenn es zu einer Verhandlung vor dem intergalaktischen großen Konzil käme.

Im Zweifelsfall musste er es darauf ankommen lassen, überlegte der magische Stein und fühlte sich ganz flau dabei. Er riskierte seine Lizenz, das war ihm schon klar. Wenn er seine Zulassung als Zauberstein verlöre, dann wäre es mit der Zauberei vorbei.

Seine Lizenz stand ohnehin auf tönernen Füßen. Mit der fortschreitenden Zeit verschwanden nämlich diese Lizenzen. Sie versickerten wie Wasser in der Wüste, seit sich die Menschen immer weniger mit Magie befassten. Sie sorgten sich immer weniger um die besonderen Möglichkeiten im Zwielicht zwischen Traum und Tag.

Ein magischer Stein war also gleichsam ein Auslaufmodell. Er riskierte von der Bildfläche ganz zu verschwinden. Deshalb konnte er sich keine Fehler mehr leisten und musste genau überlegen, was er tat, und wozu er seine Kräfte einsetzte.

## 11. Im Labyrinth der Zeit

Das Glück war Arundelle und Tibor nicht hold. Es verhielt sich, wie der Stein befürchtet hatte. Der Zauberbogen verirrte sich heillos im Labyrinth der Zeit. Und statt aus dem Gefängnis frei zu kommen, das die Insel hermetisch nach allen Seiten hin abriegelte, führte er sich und seine Begleiter immer tiefer in eine fremde Dimension jenseits aller menschlichen Vorstellungskraft.

Hätte er nicht – wie Ariadne – so etwas wie einen Faden am Ausgangsort befestigt, an dem er sich zurücktasten konnte, sie hätten keine Chance gehabt, je wieder an der Oberfläche der Wirklichkeit aufzutauchen.

Es war, als schauten sie in lauter Spiegel, aus denen ihnen ihre eigenen Konterfeie entgegenblickten. Tausende von Bildern aller nur denkbaren Lebenslagen tauchten vor ihnen auf. Einem bunten Fächer gleich breitete sich ihr vergangenes und womöglich auch ihr künftiges Leben vor ihnen aus.

Arundelle und Tibor erkannten sich selbst nicht wieder. Sei es, dass sie vergessen hatten, wie es in ihrer eigenen Vergangenheit zugegangen war. Sei es aber auch, dass sie von der Zukunft noch nicht einmal etwas ahnen konnten.

Manche Bilder waren mit unbeschreiblicher Scheu behaftet. Sie mussten die Augen abwenden. Sie getrauten sich nicht hinzusehen und wurden doch dazu gezwungen. Denn ob sie nun die Augen schlossen oder nicht, die Bilder ließen sich nicht bannen, sie waren überall und umhüllten sie wie eine zweite Haut - irgendwie gehörten die Bilder ja auch zu ihnen.

Wenigstens sahen sie vom andern nicht alles, was dieser über sich erfuhr. Das hätte noch gefehlt! So war jeder mit sich beschäftigt und versank in diesem Strudel der Zeitlosigkeit, der das eisige Labyrinth hier oben beherrschte.

Über der Insel erstreckte sich nämlich wie zu deren Schutz ein lichtklarer Panzer aus purem Eis, oder handelte es sich ebenfalls um erstarrtes glasklares Magma?

„Der Panzer besteht aus geronnener Zeit“, glaubte der Zauberbogen zu wissen. Er drängte zum Aufbruch. Die Menschenkinder ahnten nicht einmal, was ihnen widerfuhr. Da sie jedes Gefühl für die Zeit verloren, merkten sie nicht, was außerhalb ihres Gefängnisses passierte.

Die Aufgabe, sich an dem silbernen Faden der Zeitspule, die der Bogen vorsorglich an der Statue des Riesen eingehakt hatte, rückwärts zu hangeln, gestaltete sich schwieriger, als er es sich vorgestellt hatte.

Jedes einzelne der Bilder zerrte und klammerte sich an die Entschwindenden, als wollten sie diese nicht wieder loslassen. Besonders von den verbotenen Bildern ging eine starke Kraft aus. Sie lockten mit verführerischem Versprechen und gaukelten ungeahnte Freuden, welche die Neugierde auf eine harte Probe stellten.

Ohne die Macht des Zauberbogens, der sich aufs äußerste anstrengen musste, und immer wieder und sei's Millimeterweise dafür sorgte, dass man in Bewegung blieb, wäre vermutlich gar nichts passiert. Und das wäre das schlimmste von allem gewesen. Weder Tibor noch Arundelle bemerkten, dass sie selbst sich in einer ganz ähnlichen Lage befanden wie der versteinerte Riese, auch wenn ihr Gefängnis zeitlich so versetzt war, dass Billy-Joe und Pooty sie nicht sehen konnten. Sie befanden sich gleichsam in einer Parallelwelt.

Noch kämpften sie, vielmehr kämpfte der Bogen um sie und zugleich auch mit ihnen. Ihm wurden keine Bilder vorgegaukelt, vermutlich, weil er immun geworden war gegen die Verlockungen der Zeit. – So geschah ihm als Folge eines überlangen Lebens, in dem letztlich alles hinter ihm lag. Er kannte alles. Er war auf alles gefasst. Er rechnete mit allem und einzig in kleinlichen Zänkereien verspürte er noch eine Ahnung des vergangenen Kitzels, der das Leben einst so unvergleichlich reizvoll gemacht hatte - wie er die Kinder beneidete!

Der Rückkehr gestaltete sich mithin nicht einfach. Der Zauberbogen überschlug grob, wie lange sie brauchen würden, wenn sie in dem Tempo weiter machten und staunte.

Arundelle und Tibor aber waren mit sich beziehungsweise ihren vielfältigen Abbildern beschäftigt. Sie schienen seine Hinweise und Erklärungen nicht einmal zur Kenntnis zu nehmen.

Da war schon bald nicht mehr von Minuten und Sekunden die Rede, sondern von Stunden und Tagen...

„Alles in allem mindestens neunzig Stunden, ich veranschlage dabei circa dreißig Sekunden pro Einstellung, grob gerechnet“, erläuterte der Zauberbogen seine Berechnung. „Und das nur, wenn wir nun endlich voran machen – das sind bis jetzt schon immerhin fast vier Tage, ist euch klar, was das heißt? Ich denke, es eilt mit dem Serum? Außerdem, was soll Billy-Joe von euch denken?“

Der Zauberbogen redete mit Engelszungen auf die beiden ein.

Da er sicher war, dass auch der Zauberstein keinen Weg aus der Barriere herausgefunden hatte, ging er davon aus, dass Billy-Joe mit Pooty längst wieder festen Boden unter den Füßen hatte. Sicherlich war der magische Stein erst gar nicht in Versuchung geraten, ins Labyrinth der Zeitbarriere einzutauchen.

Sein Scheitern ärgerte den Bogen zwar, doch es erschütterte ihn nicht. Irgendwie hatte er schon damit gerechnet. Hätte er sonst den Faden gespannt? Eigentlich hatte er es dem eingebildeten Zauberstein nur zeigen wollen.

Wegen der Zeitintervalle nämlich war er sich keineswegs so sicher gewesen, wie er getan hatte. Er wusste natürlich, wie leicht man sich hier verrechnete und als Folge womöglich zwischen die Spalten der Ewigkeit rutschte, wo man dann mit wenig Aussicht auf Rettung womöglich für immer und ewig umherirrte.

Als sie nach Tagen schließlich zurück auf die Oberfläche der Insel kehrten, fehlte von Billy-Joe und Pooty ebenso jede Spur wie von dem Zauberstein.

Tibor untersuchte sorgfältig das Terrain. Als fähiger Fährtenleser bemerkte er alsbald, dass während ihrer Abwesenheit an dem Tunnel gearbeitet worden war. Man hatte sich nicht die Mühe gemacht, Spuren zu beseitigen.

Was war geschehen? Wohin waren Billy-Joe und Pooty samt ihrem Zauberstein verschwunden? Die Spuren deuteten auf einen überhasteten Aufbruch.

## 12. Wundersame Rettung

Billy-Joe und Pooty drängten beim Zauberstein auf einen neuerlichen Ausbruchsversuch. Sie hatten diesmal wahrhaftig einen ungleich triftigeren Grund.

Der Zauberstein sah dies ein, und beschloss daher, seine letzten Reserven zu mobilisieren und ein hohes Risiko einzugehen, selbst wenn es ihn seine Zulassung kosten sollte. Hier trat ein höheres Recht in Kraft und da war keine Zeit zu verlieren. Er war gezwungen, eigenmächtig handeln. –

„Ist es nicht häufig so, dass wir in den schwierigsten Umständen allein auf uns gestellt sind und Entscheidungen treffen müssen, deren Tragweite unabsehbar ist?“ - sinnierte er vor sich hin, während er einen neuerlichen Versuch vorbereitete, die Barriere der geronnenen Zeit zu überwinden. Oder sollte er mit Hilfe seiner Freunde hier an Ort und Stelle eine andere Möglichkeit in Betracht ziehen? Letztlich handelte es sich bei allem, was sie versuchten, um fragwürdige Vorgänge.

Was sie auch taten, es kam dabei nicht zuletzt auf die Einhaltung der Naturgesetze an. In dem Serum, das sie sich beschaffen wollten, wurde Antimaterie gelöst, mit deren Kraft die geronnene Zeit wieder verflüssigt wurde, soviel glaubte der Zauberstein schon verstanden zu haben. Für gewöhnlich fraßen sich Materie und Antimaterie wechselseitig auf. Ganz anders dort, wo die Zeit selber sich verfestigte. Wo immer dies geschah, wurde das Raum-Zeit-Kontinuum gestört und verlangte umgehend nach Reparatur.

Jeder, der ein solches Leck entdeckte und fähig war zu begreifen, was es bedeutete, war gehalten, Sofortmaßnahmen einzuleiten. Selbstverständlich musste umgehend auch ein Schadensbericht angefertigt und in doppelter Ausführung dem Büro des Advisors des kaiserlichen Konzils übermittelt werden.

Insofern ein solcher Schaden höchst wahrscheinlich vorlag - der Zauberbogen war sich noch immer nicht ganz sicher – wären seine besonderen Maßnahmen mithin gerechtfertigt. Seine Lizenz wäre demnach nicht in Gefahr, auch dann nicht, wenn er die völlig unorthodoxen Maßnahmen ergriff, zu denen er sich nun entschließen musste.

Das fragliche Serum gehörte ins übernächste Jahrhundert, hatte, wie es aussah, hier jetzt nichts verloren, und doch musste es angewendet werden. Anders war dem Leck, das sich an dieser Stelle des Universums auftat, nicht beizukommen.

Die Dinge zu belassen, wie sie waren, gestatteten ihm die Statuten für Magie und Zauberei nicht. In diesen war genau festgelegt, wann eine Rettungsaktion durchgeführt und wann sie abgebrochen werden musste.

So sah er sich auf einmal zwischen zwei Stühlen. Wenn er den Statuten folgte, dann verletzte er das universale Erste Naturgesetz, dem zufolge die Vergangenheit mit Hilfe zukünftiger Gegebenheiten nicht verändert werden durfte. Andererseits wäre es mit der Welt, so wie sie war, alsbald zu Ende, ohne sein Einschreiten.

Zukunft also gäbe es dann im eigentlichen Sinne nicht mehr. So ein Leck würde sich im Nu verbreitern und sich der gesamten Zeit bemächtigen. Zeit würde wie Wasser entströmen. Sie würde alsbald gerinnen und sich als undurchdringlicher Mantel um die Erde und in der Folge um das ganze Sonnensystem legen, ohne dass der Prozess damit freilich abgeschlossen war.

Erst wenn alle Zeit endgültig vernichtet sein würde, kehrte wieder Ruhe ein – eine unvorstellbare Ruhe allerdings, die mit dem, was den Irdischen als Ruhe zugänglich war, nicht das Entfernteste zu tun hatte.

Das logische Dilemma des Zaubersteins lag nun darin, dass er um die Zukunft wusste. Daraus musste er den einzig logischen Schluss ziehen, dass seine Intervention stattgefunden hatte. Weil ja sonst die Zukunft nicht mehr möglich wäre.

Und wenn er sich täuschte? – was, wenn er die Zeichen falsch deutete? Es war wirklich zum verrückt werden. Trotzdem, er brauchte einen Entschluss. Und zwar sofort.

Er schalt sich feige und kleinmütig. Was bedeutete seine lächerliche Lizenz schon, angesichts der Größe der Gefahr? Musste er nicht alles daran setzen, die Welt und die Lebewesen zu erhalten und zwar so, wie sie waren, mit ihrem Leben und ihrem Sterben?

Vielleicht war so ein Dasein als gewöhnlicher Stein gar nicht so schlecht? Er dachte an das Leben, das er führen müsste ohne seine Zauberlizenz. – Ach was, darum ging es überhaupt nicht. Niemand wollte ihm die Lizenz entziehen. Solange er in bester Absicht handelte und nach bestem Wissen und Gewissen entschied, bewegte er sich auf sicherem Boden.

Umgekehrt riskierte er womöglich viel mehr. Was, wenn er nun nicht eingriffe? Was, wenn durch seine Schuld und sein Versäumnis das Leck unbemerkt bliebe und immer weiter um sich griffe? Konnte er sich über die Zukunft nicht ebenso täuschen, wie er sich möglicherweise über die Art der Bedrohung täuschte?

Er grübelte hin und her, bedachte alle Schritte noch einmal und führte sich die Möglichkeiten vor Augen und die drohenden Konsequenzen, die ihnen innewohnten. Schließlich hatte er die rettende Idee, die ihm womöglich aus seinem Dilemma befreien würde. Sie mussten sich das Serum selbst herstellen, statt es aus der Zukunft einzufliegen – das wäre die Lösung.

In dem Serum wurde Antimaterie gelöst, mit deren Kraft die geronnene Zeit wieder verflüssigt wurde. Der Zauberstein musste hier und jetzt die Erfindung des Anti-Materie-Serums gegen Versteinerungen aller Art zur Erfindung ausschreiben.

Er durfte dabei selbstverständlich nur die zulässige Hilfestellung geben, vielleicht die Richtung andeuten, in die man forschen musste und das eine oder andere Gerät, welches es in der Gegenwart bereits gab, heranschaffen. Alles war erlaubt, solange es nur der Gegenwart angehörte.

Waren die Freunde hier auf der Insel zu einer solchen Erfindung fähig? Denn auf Hilfe von außen zu hoffen schien aussichtslos. Die Barriere verhinderte jeden Ausbruchsversuch.

Erst einmal mussten seine Schutzbefohlenen allerdings auf die Idee kommen, ja, überhaupt erst einmal wieder zusammenkommen, was sich als echte Herausforderung erweisen sollte.

Tibor und Arundelle mit ihrem Zauberbogen verfehlten die Gegenwart nämlich um den Bruchteil einer Sekunde. Und das einzig wegen des langen Aufenthalts im Land der Illusionen, wie der Bogen das Spiegelkabinett verächtlich nannte, das Tibor und Arundelle gleichwohl so maßlos faszinierte.

Der Faden, welcher vorsorglich am Kopf des Riesen befestigt worden war, hatte sich offensichtlich gelöst oder war versehentlich von den Tunnelwerkern beim Eindringen in den Tunnel zerrissen worden. Jedenfalls hangelte sich der Bogen die letzten Meter durch das Nichts. Das lose Ende wenigstens flatterte noch innerhalb der Barriere. Doch das war auch schon alles.

Der Unfall hatte zur Folge, dass Arundelle und Tibor ihre Freunde, die sich gerade mit dem Zauberstein auseinander setzten, bei ihrer Rückkehr nicht antrafen. Sie waren zwar da, aber nicht exakt auf die Sekunde genau. Sie liefen wie Schatten hinter einander drein, liefen, ohne sich zu erreichen.

In Billy-Joe wurde eben in dem Augenblick ihrer Ankunft eine – wie ihm schien - geniale Idee geboren. Er war sofort Feuer und Flamme. Auch als der Zauberstein ihm mitteilte, dass aus der Reise nach Laptopia mit an Sicherheit grenzender Wahrscheinlichkeit nichts werden könnte, schüchterte ihn dies nicht ein.

„Wir werden das Serum selbst erfinden. Ich habe auch schon eine Idee, denn ich glaube zu wissen, woraus es besteht. Lass nur erst Arundelle zurück sein“, rief er mit ein wenig aufgesetzter Fröhlichkeit, wie Pooty fand. Obwohl dem gefiel, dass Billy-Joe nicht resignierte, nun, da der magische Stein das endgültige Aus für ihren Start in den Weltraum verkündete.

Auf Tibor und Arundelle allerdings warteten sie vergeblich. „Die werden doch nicht auch irgendwo versteinert herumstehen?“ - mutmaßte Pooty. Denn die Freunde blieben ja füreinander unsichtbar. Auch wenn sie alsbald begannen, einander zu spüren und einander zu ahnen, obwohl sie sich nicht sehen konnten.

Arundelle und Tibor lagen eine entscheidende zehntel Sekunde vorn, was den Vorteil hatte, dass sie viel direkter ihre Gedanken nach rückwärts wenden konnten, als dies anders herum möglich war.

Der Zauberstein weihte den Zauberbogen, dem er auf einer höheren Ebenen begegnen konnte, in seine Pläne und Absichten ein. Er versicherte sich der Unterstützung des Bogens, der sogleich mit vollem Eifer dabei war. Erfindungen waren nicht nur nach seinem, sondern vor allem nach Arundelles Geschmack.

Das Dilemma, das den Zauberstein so heftig beschäftigt hatte, war schnell vermittelt. Die Versuchsanordnung schälte sich alsbald heraus, von der Billy-Joe in Gestalt jenes Geistesblitzes getroffen worden war. Ein Geistesblitz, der scheinbar aus dem Nichts über ihn kam.

Der Weg zu der unglückseligen Professorin war ebenfalls schnell gewiesen. Zu offensichtlich war dieser bereitet, da bedurfte es kaum der Einflüsterung. (Abgesehen davon, dass der Zugang zur Zukunft, selbst wenn es sich um eine so kleine Zukunft handelte, ungleich schwerer gefunden werden konnte als der Weg in die Vergangenheit.)

Trotz dieser ein wenig spitzfindigen Details begriffen auch Arundelle und Tibor schnell, was die Stunde geschlagen hatte. Spätestens dann, als auch sie endlich vor der versteinerten Professorin standen. Das Gerät zum geordneten Einstieg in die Waberlohe stand ja bereit.

An Ausbruch war nicht zu denken, begriffen auch sie. Das helfende Serum war in weite Ferne gerückt, unerreichbar hinter einer tückischen Barriere, so süß die Bilder auch waren, die dem Wanderer im Labyrinth zwischen den Zeiten auch gegaukelt wurden.

Wie von selbst also fanden auch diese schlauen Köpfchen zur Idee, das Serum selber zu erfinden. Mit vereinten Kräften wiesen Zauberbogen und magischer Stein den getrennten Weg.

Zunächst musste das Problem denkerisch durchdrungen werden. Das war, wie fast stets, die wesentliche Hürde.

Alle großen Erfindungen oder doch die meisten – Ausnahmen gibt es immer - wurden zunächst durchdacht und dann erst in die Tat umgesetzt.

Ist es vielleicht immer so, dass die Menschen erst einmal von einer Sache Wind bekommen müssen, bevor sie daran gehen, Wege zu suchen, sich ihrer zu bemächtigen?

Die versteinerte Professorin konnte in dem vorliegenden Falle mithin als der letzte, entscheidende Anstoß verstanden werden, der die Erfindung des Anti-Materie-Serums auf den Weg brachte.

Während Billy-Joe, was die denkerische Seite anging, weitgehend auf sich gestellt war, bildeten Arundelle und Tibor bald ein eingeschworenes Team, das sich gut ergänzte und zu Höchstleistungen anstachelte. So waren sie ihren Freunden nicht nur zeitlich um eine zehntel Sekunde voraus, sondern alsbald auch schöpferisch.

Unter freiem Himmel entstand aus dem Nichts ein Labor voller Phiolen und Apparate. Alles, was aus dem magischen Fundus des Zauberbogens und des Zaubersteins herausgeholt werden konnte, wurde bemüht.

Um genau zu sein, es entstanden zwei Versuchslabors – zeitlich um eine zehntel Sekunde getrennt. Zauberbogen und Zauberstein statteten ihre jeweilige Seite nach besten Kräften mit allem aus, was die moderne Wissenschaft zu bieten hatte. Die Anregung musste dabei freilich von den Forschern ausgehen, was zur Folge hatte, dass sich alsbald Unterschiede bemerkbar machten. Zumal, als es daran ging, die Überlegungen in die Tat umzusetzen.

Am schwierigsten gestaltete sich der Bau eines Teilchenkäschers. Nicht nur, weil Antimaterieteilchen äußerst rar sind. – Immer handelt es sich bei ihnen um schnell zerfallende Irrläufer, die es kurz vor dem Bruchteil der Sekunde zu fangen gilt, in welchem sie sich mit einem Materieteilchen wechselseitig vernichten. Ein solches Verhalten stellte ein riesiges, fast nicht zu lösendes Problem dar.

Woraus konnte ein solcher Käscher bestehen? Jedwede Materie würde mit Naturnotwendigkeit reagieren, es ging gar nicht anders. Also schied Materie in ihrer materiellen Form schon einmal aus.

Doch wie stand es mit der anderen Erscheinungsweise der Materie? Gab es denn überhaupt eine solche? Materie war und blieb nun einmal die Grundlage allen diesseitigen Seins, daran ging kein Weg vorbei.

Bislang ging man in der Physik immer davon aus, dass es sich bei der Materie um spezifische, den jeweiligen Stoffen zuordenbare Teilchen handelt. Je weiter es jedoch gelang, diese Teilchen in immer kleinere Teilchen aufzuspalten, um so weniger ließ sich die Annahme, es handle sich letztlich immer noch um Teilchen, aufrecht erhalten.

Die kühne Hypothese, Materie sei nichts anderes als eine besondere Erscheinungsform der Energie, war alsbald in aller Munde – wenn auch nur in den einschlägigen Kreisen. Man stellte sich das Verhältnis zwischen diesen beiden Zuständen ähnlich vor, wie das Verhältnis von Wasser und Eis. Wobei das Wasser für die Energie und das Eis für die Materie stand. Der Unterschied zwischen beidem wurde letztlich auch hier zum Unterschied der Temperatur.

Wollte man nun bestimmte Teilchen – wie zum Beispiel die Anti-Materie-Teilchen - einfangen, dann musste man sie dazu bringen, in einer umgewandelten Materielösung, das heißt in reiner Energie, zu schwimmen. Denn dort waren sie isoliert und konnten nicht im Kampf mit den Materie-Teilchen verschwinden.

(Materie-Teilchen sind in Energieform ja bereits verschwunden!)

Der nächste Schritt, Anti-Materie zu einer Suppe zu binden, folgte mithin aus dem ersten notwendig.

Die Suche nach der geeigneten Lösung verschlang nicht weniger Mühe, und es bedurfte kaum geringeren Aufwands.

Tag und Nacht experimentierten und rätselten die Freunde auf zwei Ebenen. Was auch immer herauskam, es wurde so gut man es vermochte, an das andere Team weiter vermittelt. Schließlich wollte hier niemand über den anderen triumphieren, sondern es kam einzig auf den gemeinsamen Erfolg an.

Heraus kam am Ende nach vielen Fehlversuchen und Irrtümern eine Art Blitzableiter oder besser Blitzanzieher, denn das Gerät sollte ja die ungeheuren Energien, die sich in Gewittern entluden, anziehen und bündeln.

Nur für kurze Zeit und unter extremen Umständen nämlich schien es möglich, die „Anti-Materie-Suppe“ aufzukochen. Wenn es gelang, die bei der elektrischen Entladung freigesetzte Energie für einige Sekunden zu halten, dann konnte man davon ausgehen, dass sich in dieser, für Anti-Materie-Teilchen vergleichsweise langen Zeit, genügend Anti-Materie-Teilchen verfingen. Es galt dann nur noch, den Fluss dieser Suppe geeignet zu lenken und zu hoffen, dass genügend Anti-Materie-Teilchen darin enthalten waren.

Das so gewonnene Serum musste man dem Patienten alsdann irgendwie injizieren. Eine, wie sich denken lässt, nicht ganz ungefährliche Angelegenheit. Die Versteinerten wurden zu diesem Zweck mit dem Blitzanzieher auf das raffinierteste verkabelt.

Dennoch blieb ein Restrisiko. Niemand konnte vorhersagen, was wirklich geschehen würde. Einem Stromstoß von mehreren tausend Megavolt ausgesetzt zu werden, konnte genauso gut tödlich sein.

Außerdem wusste niemand, wie die Anti-Materie-Teilchen in großen Mengen auf die organische Materie im menschlichen Körper reagieren würden. Um nun das Risiko so gering wie möglich zu halten, baute Billy-Joe in seinen Blitzanzieher einen starken Filter ein, der die Professorin zunächst abschirmte, so dass der volle Stromfluss erst einmal den Riesen träfe.

Je, nachdem, wie dieser reagierte, sollte dann der Apparat, den Arundelle und Tibor konstruierten, Frau M'gamba wieder erwecken oder eben gar nicht mehr eingesetzt werden, wenn etwas mit dem Riesen schief ging.

Lange hatten Arundelle und Tibor über den damit verbundenen ethischen Fragen gerungen. Schließlich aber war ihnen doch keine andere Lösung eingefallen. Es gab sie schlicht nicht!

Und dann hieß es warten... Warten und weiter warten bis endlich ein heftiges Gewitter über der Insel Halt machte, um sich mit Blitz und Donner auf das Heftigste zu entladen.

Die Spannung stieg im wahrsten Sinne des Wortes. Die Urkraft der Natur ließ sich nun einmal nicht wirklich bändigen, das wussten alle. Ihre Apparate waren nichts weiter als Tand von Menschenhand. Doch mehr hatten sie nicht zu bieten. Das Wenige musste genügen, und seinen Zweck erfüllen.

Wie viel einfacher war die Serumspritze in Laptopia doch gewesen! Ein wenig reiben, ein gekonntes Pieksen - und alles war vorbei. Bis die Wissenschaft soweit war, Energiesuppe mit den darin schwimmenden Anti-Materie-Teilchen kontrolliert aufzubewahren, würden wohl noch gut hundert Jahre ins Land gehen.

Nun gut, die Nebenwirkungen, die dem Vermögen einher gehen würden, waren beträchtlich, das wusste Arundelle aus eigener Erfahrung. Denn der Elektronensmog verfinsterte den Himmel von Laptopia für eine Dekade des allgemeinen Niedergangs, der nur unter Aufbietung aller menschlichen Kräfte wieder gebannt werden konnte.

Arbeitete sie hier dieser Entwicklung etwa zu? Es sah ganz so aus. Und doch – sie konnte nicht anders. Was sie und die Freunde taten, musste getan werden. Die Bruchstelle, die hier auf der Insel seinen Ursprung hatte - wie sie von Zauberbogen erfuhr –, das Leck im Raum-Zeit-Kontinuum, war nicht ihre Erfindung. Insofern befanden sie sich auf der richtigen Seite.

Das Serum diente, wenn auch indirekt, ganz klar der Bekämpfung des Lecks und seiner Langzeitwirkung auf das organische Leben, daran bestand kein Zweifel.

Ein heftiger Blitz schreckte Arundelle aus ihren Überlegungen. Das Gewitter war heran. Tibors Hände rasten über die Tastatur des provisorischen Schaltpultes, als er genau im richtigen Moment die Weichen stellte.

Ein Lebenszeichen vom Riesen brachte die Entscheidung: Auf dem Monitor gegenüber der Felswand, in der Frau M'gamba gefangen saß, tat sich etwas.

Bevor Arundelle noch hinschauen konnte, tauchte, wie aus einem Nebel, plötzlich Billy-Joe auf. Er saß Tibor vor seinem Schaltpult quasi auf dem Schoß. - Die Zeit hatte sich synchronisiert – die Freunde waren wieder vereint.

Gemeinsam halfen sie der ächzenden Professorin aus dem Tunnel. Die war noch ganz steif von der langen Erstarrung. Auch wenn dies nicht unbedingt der Grund dafür war, dass sie Mühe hatte, an dem dünnen Seil an die Oberfläche zu klimmen.

Vorsorglich waren alle leitenden Teile, also auch die bequeme Leiter, beseitigt worden, damit es nicht zu einer unkontrollierten Entladung von Energie in dem Tunnel kam. Am Ende wäre dadurch noch ein Vulkanausbruch angeregt worden.

Die Forscher hatten wirklich an alles gedacht. Und ihre Umsicht wurde auf das Schönste belohnt. Die Freude, die beim Auftauchen der Professorin ausbrach, lässt sich kaum beschreiben.

Alle lagen sich in den Armen, bejubelten und beglückwünschten sich zur wunderbaren Rettung. Sogar die verfeindeten Magier sprangen über ihre Schatten und freuten sich aufrichtig darüber, einander auch auf dieser streitbaren Ebene wieder zu treffen. –

Der Zauberstein hatte Oberwasser, denn er hatte sich mit Billy-Joe und Pooty in der Normalzeit befunden. Während Tibor, Arundelle und ihr Zauberbogen in einem falschen Intervall der Zeit steckten geblieben und einen Tick neben der Spur gelandet waren.

So hatte der Blitzeinschlag also noch mehr bereinigt. Doch was war mit dem Riesen? In der Aufregung hatte niemand an ihn gedacht. Und da stapfte er auch schon heran. Ein plötzlicher Schauer prasselte nieder. Noch immer blitzte und donnerte es unmittelbar über der Insel. Und Tibor machte, dass er seine elektrischen Gerätschaften abschaltete. Sie hatten ihren Zweck erfüllt.

Im Prinzip gelang ihnen nun, Anti-Materie-Teilchen einzufangen und zielgerichtet weiterzuleiten. Das war schon etwas.

Allein am Regen konnte die Versteinerung nicht gelegen haben, soviel stand angesichts des heftigen Schauers, der soeben niederging, fest. Der Riese tanzte unbeholfen im niederprasselnden Nass. Er lachte und schrie vor Vergnügen, freute sich wie ein Kind über die wiedergewonnene Freiheit.

Penelope M'gamba ließ sich nicht lange bitten und folgte seinem auffordernden Winken alsbald. Ihr fröhliches Lachen ergriff nun alle anderen, die es ihr nachtaten.

Selbstvergessen tanzten alle im verklingenden Regenschauer, während Blitze zuckten und Donner krachten. Sogar der Zauberbogen wagte mit dem Zauberstein einen magischen Reigen. Die gezackte Felskrone des Kraterrandes bot halbwegs Schutz vor den himmlischen Entladungen.

Die Kondensatoren, Spulen und Antennen des Anti-Materie-Käschers waren eingefahren und auf Erdniveau gebracht. Billy-Joe ging Tibor dabei tatkräftig zur Hand.

Noch während des Tanzes nahm die Temperatur ab. Mit der Insel ging eine Veränderung vor, wie die Abenteurer nur allzu bald bemerken sollten. Im Überschwang ihrer Gefühle beachteten sie die Zeichen zunächst nicht.

Penelope und der Riese hielten einander eng umschlungen, während sie über den Grund zu schweben schienen. Leichfüßig, beinahe wie Sublimatioren tanzten sie zu unhörbaren Sphärenklängen, die sich einem jeden nach seinem Vermögen offenbarten. Die ihren schienen vom Gleichklang bestimmt, denn Harmonie lenkte ihre Bewegungen und Tanzfiguren, so, als sei dies das Selbstverständlichste auf der Welt.

Ihr Tanz drückte viel mehr als Freude aus. Die wieder gewonnene Freiheit wurde durch ein noch höheres Glück bereichert. So schwang sich das Paar hin und her, drehte und drehte sich im nicht enden wollenden Regen. Dessen steter Fluss ging nun nieder. Der Donner verhallte in der Ferne. Und die Blitze stachen kaum mehr über den Horizont herauf.

Erst als die Tropfen gefroren und Schneekristalle sich auf der grünen Weite festzusetzen begannen, merkten die Tanzenden auf. Und der Zauberstein bedeutete dem Zauberbogen, dass der Weg nun frei war.

Zunächst würde man wohl am besten zur Zwischenschule zurückkehren, um sich erst einmal neu zu orientieren. Statt hier im Freien einen Schnupfen zu riskieren, verabredete man sich zum gemütlichen Plausch daheim.

Sorgfältig wurden die Koordinaten der verzauberten Insel notiert. Penelope M'gamba wollte diese unter allen Umständen wiederfinden. „Das lässt sich in zwei, drei Worten nicht erklären", meinte sie auf Arundelles fragenden Blick hin. Diese nickte verständnisvoll.

„Zinfandor nehmen wir selbstverständlich mit, wenn er einverstanden ist", ergänzte sie und blickte liebevoll zu dem haarigen Gesicht auf, aus dem nur die rote Nase hervorstand, das sonst aber hinter einem schwarzen Gestrüpp verborgen lag.

## 13. Das Leck

Dagegen hatte niemand etwas einzuwenden. Die Reisegruppen wurden neu eingeteilt und machten sich alsbald auf den Weg. Sie erlebten jedoch eine herbe Enttäuschung.

Statt daheim auf der Insel Weisheitszahn zu landen, irrten die magischen Transporte eine Weile im Kreise. Es wollte sich noch immer kein Schlupfloch finden. Die Barriere rund um die Insel war keineswegs in sich zusammen gebrochen, wie man angenommen hatte.

Im Gegenteil. Zu allem Überfluss grollte nun auch der Vulkan, vermutlich von der starken Blitzentladung aufgeweckt und spuckte Geysire und Staubwölkchen aus verborgenen Spalten.

Wenn sie nicht machten, dass sie aus der Schusslinie kamen, dann würden sie doch noch von einem Lavastrom ereilt – und diesmal alle zusammen und dann gab es nichts mehr, was sie hätte retten können.

Eile also war geboten. Zinfandor erinnerte sich an das Wrack eines Bootes, das vor der Küste auf den Klippen lag. Eigentlich müsste es noch da sein, meinte er, während er die Gruppe anführte, die in aller Hast aus der Gefahrenzone strebte. Bald ließen sie den Rand des Kraters hinter sich und kletterten nun in den von Seevögeln bewohnten Klippen der Küste herum. „Ah, voilà, es ist noch da", rief Zinfandor aus.

Das Wrack war tatsächlich ein Wrack. Es sah böse aus. Den Rumpf zierte ein riesiges Leck und die harten Brecher hatte ihn hoch auf die Klippen geschoben, so dass wenig Aussicht bestand, das Boot von dort flott zu machen. Immer vorausgesetzt, das Leck ließ sich abdichten.

„Erst einmal versuchen wir es mit einem Lecksegel“, schlug Zinfandor fachmännisch vor. Offensichtlich hatten sie in ihm nicht nur einen gewaltigen Kerl mit Bärenkräften, sondern auch einen Seemann von echtem Schrot und Korn vor sich.

Eile war geboten. Heftige Erdstöße erschütterten die Insel. Immer neue Spalten taten sich auf und schleuderten grauen Staub in den Himmel oder ließen dampfende Fontänen hervorzischen.

Das Zelt, in dem der Rettungstrupp am Kap der Guten Hoffnung genächtigt hatte, tat noch einmal gute Dienste. Sein reißfestes Material war absolut wasserdicht und ließ sich notdürftig an die Planken über dem Leck heften.

Gemeinsam schoben Billy-Joe, Tibor und Zinfandor das Boot nun von dem Fels hinunter, wobei dessen gewaltige Kraft voll zur Geltung kam. Die Frauen saßen bereits an Bord. Was sie an Habseligkeiten besaßen, verstauten sie in der erstaunlich intakten Kajüte, die sogar einen kleinen Vorrat an Konserven barg, wie sie beim flüchtigen Blick in die Schränke feststellten.

Kaum zu Wasser, fasste sogleich die wogende Flut nach dem gebrechlichen Fahrzeug und drohte, es zurück auf die Felsen zu schleudern. So schnell sie konnten, zogen sich die Männer an Bord.

Zinfandor Leblanc ergriff das Ruder, Billy-Joe fasste die Schoten und Tibor hisste das Segel am Mast, der zum Glück noch fest und solide stand.

Der Wind fiel mit plötzlicher Urgewalt in das schlagende Tuch. Durch das Boot ging ein Ruck und dann schoss es auch schon hinaus durch die brechende Brandung und durchschnitt die Wellenkämme auf scharfem Kiel.

Dieser stetige Wind aus Südwest sollte sich als ihre Rettung erweisen. Für ihn konnte es keine Barriere geben. Er trotzte den magischen Kräften, vor denen sogar Zauberstein und Zauberbogen versagten. Er selbst nämlich wurde von einer höheren Magie gesteuert, wenn es denn Magie ist, welche die Drehung der Erde um die eigene Achse veranlasst. Ein täglich wiederkehrendes Wunder nämlich erfüllt sich in der Drehung des Planeten.

Zinfandor Leblanc erwies sich als fähiger Seemann. Ohne viele Worte erklärte er seinen Gefährten, weshalb die Rückkehr zum nächstgelegenen Festland so gut wie unmöglich war – jedenfalls mit der Kraft des Windes. Nach seinen Berechnungen befanden sie sich weniger als dreihundert Meilen vom Festland entfernt. Für ein Motorschiff eine Kleinigkeit, die auch bei schwerer See in einem Tag zu bewältigen gewesen wäre.

Die Yacht verfügte zwar über einen kleinen Motor, doch die Tanks mit dem Treibstoff waren bei der Havarie ausgelaufen. Sie waren also auf die Kraft des Windes angewiesen.

Zinfandor Leblanc wies auf den weiten Ozean hinaus, der sich gen Osten erstreckte und nickte: „Das ist unser Weg!“ Wenn sie vor dem Wind herliefen, könnten sie spielend täglich weit über die Hälfte der Entfernung zum Festland zurücklegen.

Australien war mit ein wenig Glück in zwei, drei Wochen zu erreichen. Vorausgesetzt das Boot nahm nicht zuviel Wasser, das Lecksegel hielt und das Wetter war gnädig – durchaus keine Selbstverständlichkeit zu der Jahreszeit in diesen Breiten.

Hart am Wind könnte man allenfalls versuchen, Madagaskar anzulaufen. Doch dies wäre wegen des Lecksegels nicht zu empfehlen. Außerdem besäße hier kaum jemand die nötige Seemannschaft für die Kunst dieser Segelart. Für einen allein wäre ein solcher Törn freilich nicht zu schaffen. Ohnehin würde man wohl an Madagaskar vorbei steuern. Das leidige Rückkreuzen wäre dann unumgängliche Pflicht – gleichwohl wahrscheinlich ganz unmöglich.

„Ist praktisch nicht zu machen“, erläuterte Penelope M’gamba die schwer verständliche Ausdrucksweise ihres Liebsten. „Pas possible“, bekräftige der mit einem Schulterzucken und hämmerte mit der kräftigen Faust auf die Karte. „Zurück geht nischt, non, non!“

Lag es nun an ihrem Kurs? Denn niemand machte Einwände. Alle stellten sich auf eine etwas längere Seereise ein. Die unsichtbare Barriere, welche all ihren kunstvollen Ausbruchsversuchen widerstanden hatte, hielt sie auch in der Nacht nicht auf. Nach den Berechnungen ihres Kapitäns hatten sie wenigstens zweihundert Seemeilen hinter sich gebracht und noch immer stießen sie auf kein imaginäres Hindernis.

Die Fahrt verlief ohne Zwischenfälle, wenn man von dem ewigen Pumpen einmal absah, das ihre Kräfte verzehrte und alle an Bord an den Rand der Erschöpfung brachte. Solange sie solche Fahrt machten, war an eine Verbesserung der Lage nicht zu denken.

Am Morgen des zweiten Tages auf See entdeckte der übermüdete Leblanc am Horizont eine Insel. Die Barriere schien nun endgültig überwunden, niemand dachte mehr an sie. Ohnehin war keiner zu einem klaren Gedanken mehr fähig. Wer nicht um das Leben aller pumpte, der hing erschöpft in todähnlichem Schlaf in einer der beiden Kojen.

Leblanc beschloss ohne weiteres, die Insel anzulaufen. Womöglich gelang ihnen dort, das Lecksegel fest mit dem Rumpf zu verbinden und die Nahtstellen gründlich zu kalfatern. Die See hatte sich weitgehend beruhigt und glitt in langer Dünung unter dem Kiel dahin.

Der stetige achterliche Wind drückte den Bug tief ins azurblaue Nass, so dass das Leckwasser in hellen Strömen durch die Ränder des Lecksegels drückte. Auch mit weniger Segelpress machte man schnelle Fahrt, was einerseits gut war, andererseits aber den Wasserdruck erhöhte. Auf die Fock hatte man ohnehin verzichtet und das Großsegel wies bereits Reffs auf.

„Pumpt, pumpt, wenn euch das Leben lieb ist“, keuchte Pooty, der immer wieder in den Rumpf hinabtauchte, um den Wasserstand zu prüfen. Billy-Joe und Arundelle an den Pumpenschwengeln verdoppelten ihre Anstrengungen. Das Wasser sprudelte in schäumendem Bogen außenbords.

Inzwischen war man auf halbstündige Ablösungen herab gekommen, was womöglich noch Kräfte zehrender war. Andererseits ertrug die Arbeit niemand länger als dreißig Minuten. Jeder Muskel tat weh und die Handflächen wiesen zum wenigen Blasen, wo nicht gar blutige Abschürfungen auf.

Die Insel erwies sich glücklicherweise als zugänglich. Sanft rollte die Dünung an den flachen Strand. Mit Hilfe der Gezeiten sollte es gelingen, das Boot auf Grund zu setzen und nach der Reparatur wieder flott zu bekommen. Immer vorausgesetzt, es kam kein Sturm auf.

Was an Holz und Nägeln entbehrlich war, wurde, kaum dass das Schiff Grund berührte und sich sanft auf die Seite legte, aus den Aufbauten entfernt. Zinfandor Leblanc erwies sich als geschickter Schiffszimmermann. Mit wenigen Schlägen trieb er die breitköpfigen Nägel ins Holz, die zuvor mit Mühe aus der Verschalung und Verkleidung der Innenkabine gezogen worden waren. Er verfertigte damit einen soliden Rahmen um das Lecksegel.

Die anderen Besatzungsmitglieder gingen bereits daran, Teer und Stoffstreifen aufzukochen, um die so entstandene Paste in die Nähte der Fugen zu streichen. Das Lecksegel hatte sich bereits als äußerst widerstandfähig erwiesen. Leblanc tat nun ein Übriges, indem er die geborstenen Spanten im Innern verband und damit für die dem Rumpf gemäße Wölbung und zusätzliche Stabilität sorgte.

Gerne hätte er mehr geschafft, und auch die Planken selbst noch gefestigt. Doch die zurückrollende Flut ließ sich nicht aufhalten. Das Boot richtete sich Zentimeter um Zentimeter auf. Wasser überspülte die kaum gehärteten Teerstreifen, die, vernagelt wie sie waren, eigentlich halten sollten.

Nach wenigen Stunden konnte die Fahrt fortgesetzt werden. Pooty und Billy-Joe hatte es sich als eingespieltes Team nicht nehmen lassen, schnell noch einen Sack voller Kokosnüsse zu ernten. Das Einzige an Nahrung, was sich auf der schmalen Insel, die kaum zwei Meter aus dem Meer aufragte, finden ließ. Pooty kletterte behände die schlanken Bäume hinauf und warf die Nüsse nach unten, die Billy-Joe nur noch einzusammeln brauchte.

Beinahe wäre ihnen der Rückweg abgeschnitten worden. Im eisigen Wasser schwimmend erreichten sie das Boot, als dieses bereits den Bug in den Wind drehte, um in einer ersten heftigen Kränkung hart am Wind aus dem flachen Gewässer auszukreuzen.

Das Segelmanöver erwies sich als erfolgreicher Test für die gelungene Reparatur. Pooty meldete keinen Wassereinbruch, obwohl sich das Boot in ganzer Breite auf die geflickte Seite legte, und das Wasser bedrohlich hinter der dünnen Folie gurgelte.

Der Kapitän ließ nun auch das Focksegel setzen und das Großsegel in voller Breite aufheißen. Auf den Spinnacker glaubte er verzichten zu können. Zumal dessen Bedienung seine Besatzung überfordert hätte.

Noch einmal ließ er sich von den erfahrenen Weltraumforschern die Reißfestigkeit des Materials ihres Lecksegels bestätigen. „Absolut reiß-, stoß- und druckfest“, hob Arundelle auf Penelopes besorgte Anfrage hervor.

Inzwischen verstand diese das seltsame - (von allerlei Dialekten und Idiomen durchsetzte), kreolisch Zinfandors ein wenig, zumal sie des Französischen in Grundzügen mächtig war.

Tibor tat sich als Seemann hervor, interessierte sich für alles, griff gern einmal nach dem Ruder und beugte sich bei jeder Gelegenheit über die Seekarte, die ihren Kurs anzeigte.

„Der Kompass schlägt der Pinne entgegengesetzt aus“, erklärte er Billy-Joe voller Eifer, als Zinfandor ihm die Morgenwache überließ, um sich auch einmal auszustrecken. Er beanspruchte dazu den größten Teil der kleinen Kajüte. Das hatte zur Folge, dass sich die Passagiere beim Rudergänger auf der schmalen Ducht zusammen drängten. Als Einziger hatte Leblanc zum Schlafen seit gut drei Tagen noch überhaupt keine Gelegenheit gehabt.

Die Somnioren freilich fanden endlich wieder zu ihrer Lieblingsbeschäftigung. Gleichwohl zeigten sie sich enttäuscht. Die Insel Weisheitszahn, die sie im Traum ansteuerten, verbarg sich ihnen unter einer milchigen undurchdringlichen Glocke.

Penelope bestätigte alsbald ihre Erfahrung. Auch ihr misslang ein Durchdringen zu verwandten Seelen. „Es ist, als hielte uns die Barriere noch immer fest, auch wenn wir meinen, entkommen zu sein“, sagte sie düster.

Tibor und Billy-Joe waren, wie sie meinten, mit wichtigeren Dingen beschäftigt: „Kurs Ostsüdostdreiviertelost – kann man auch in Gradzahlen ausdrücken. Aber ich finde Zinfandors Ausdrucksweise irgendwie romantischer“, erklärte Tibor und deutete auf die Kompassnadel, die leise in ihrem Gehäuse zitterte, doch keinen Millimeter von der angesagten Richtung abwich.

Die Wanten pfiffen. Die Luft war zwar kalt in der steifen Brise von achteraus, gleichwohl wärmten die Strahlen der Sonne, die vom leergefegten Himmel herunter strahlte. Die schnelle Fahrt tat ein übriges, dem rauen Wind ein wenig von seiner Schärfe zu nehmen. Wenn die Berechnungen stimmten, dann lag Australien bald querab an Steuerbord. Die Insulaner von Weisheitszahn staunten nicht schlecht, als ihnen Leblanc nach kurzem Schlaf die Position erklärte.

„Die Westküste anlaufen, bringt nisch viel, mon Dieu“, gab er zu bedenken. „Nischts als Wüste, Sand und Solitude – kaum Menschen da leben. Boot jetzt bon!“

Penelope M’gamba ließ sich die Position der Insel Weisheitszahn, die sie im Kopf hatte, auf der Karte zeigen und die Berechnungen erklären, die der eifrige Skipper sogleich anstellte. Darauf also wollte Zinfandor hinaus.

„Eine Woche, une semaine, n’est-ce pas?“ - meinte er mit einem Schulterzucken, das die Angelegenheit als Kinderspiel erscheinen ließ. Obwohl da doch eine recht breite Lücke klaffte. „Sieht kaum weniger weit aus, als das, was wir hinter uns haben, finde ich.“ Nochmaliges Schulterzucken: „...fait riens!“

Die Professorin überlegte nicht lange. Sie stellte sich vor, wie sie durch den ganzen Kontinent reisen müssten. All die unangenehmen Fragen, die es zu beantworten gab. Zinfandor Leblanc besaß vermutlich nicht einmal einen Pass und die Jugendlichen hatten ebenfalls ihre Papiere nicht bei sich.

Schon wegen der Formalitäten empfahl sich der Seeweg. Ja, auch ihre eigenen Reiseunterlagen steckten in dem Kleiderbündel, irgendwo am Kap der Guten Hoffnung.

Die Yacht wirkte inzwischen doch recht seetüchtig. Mit dem Wetter hatten sie bislang ebenfalls Glück gehabt. Freilich besaßen sie kein Radio, konnten also nichts über die Außenwelt erfahren. An Land hätten sie wenigstens mal zu Hause anrufen können. Die machten sich in der Schule doch bestimmt große Sorgen. Und nachdem nun klar war, dass man auf den geheimen Wegen nicht durchkam. –

Sie waren hier draußen ganz auf sich gestellt, nicht zuletzt auf ihre eigenen Wetterbeobachtungen.

Die Jugendlichen erwärmten sich rasch für die Idee, den Segeltörn zu verlängern und aus eigener Kraft die Insel Weisheitszahn anzusteuern. Die Strapazen des Aufbruchs waren überwunden. Drei Tage beschaulichen Segelns bei strahlendem Sonnenschein wirkten Wunder.

Die wunden Hände begannen zu vernarben und die schmerzenden Rücken waren vergessen. Einzig die Frage nach Trinkwasser und Proviant konnte den Übermut ein wenig dämpfen, denn da sah es nicht gut aus.

„Werden uns eben einschränken müssen"...

„Vielleicht regnet es bald"...

Im Windschatten des Kontinents erwärmten sich die Luftmassen merklich. Außerdem flaute der Wind ab. Schon in der Nacht, als alle schliefen, bemerkte Zinfandor Leblanc den Wetterumschwung. Am Morgen machten sie jedoch noch immer genug Fahrt. Zumal, als der erfahrene Skipper das Boot anluvte, um den raumen Wind von See abzugreifen, und weniger dicht unter Land zu segeln. Die Dünung rollte nun auch wieder in der gewohnten Stärke. Ja mitunter kräuselten sich die ersten Schaumkronen an den Spitzen der Wellenkämme. Doch das Boot pflügte elegant durch sie hindurch oder aber oben ritt es sie aus. Je nach der Länge und Neigung der wiegenden Wogen und des seemännischen Vermögens des Rudergängers.

Gegen Mittag, als alles noch in Ordnung schien, übernahm Tibor eifrig das Ruder. Zinfandor legte sich wieder für ein paar Stunden aufs Ohr. Es war ein Wunder, mit wie wenig Schlaf dieser Mensch auskam. Penelope M'gamba glaubte ohnehin bereits, sich um seine Gesundheit sorgen zu müssen.

Wenigstens achtete sie darauf, dass Zinfandor eine tüchtige Mahlzeit bekam. Der ungeschlachte Riese schaufelte denn auch die Ration dreier Tage in sich hinein, bevor er leise kauend einschlief, und sein Kopf in die blitzblankgeleerte Schüssel sank.

„So ein großer Mann braucht eben ein bisschen mehr", flüsterte Penelope kleinlaut. Arundelle dachte an die eiserne Ration im Köcher des Zauberbogens und winkte ab.

„Wir kommen schon klar, keine Bange", sagte sie achselzuckend. Niemand schien sich an dem Hunger ihres tüchtigen Kapitäns zu stören. Ihm hatten sie es immerhin zu verdanken, dass sie soweit gekommen waren. Ohne ihn wären sie in der weiten Wasserwüste längst verloren gegangen.

Tibor wollte erst nicht wahrhaben, wie wenig ihm das Wetter gefiel. Noch war zwar keine Wolke am Himmel zu sehen, doch die jäh heranschießenden Böen, unterbrochen von seltsamen Flauten, bedeuteten nichts Gutes. Gerade als er den Skipper wecken lassen wollte, tauchte dessen Löwenhaupt aus dem Niedergang empor. Er spürte den Wetterumschwung ebenfalls.

Ein kurzer Blick in den Himmel schien zu genügen - ein weiterer zu dem kaum mehr sichtbaren Küstenstreifen an Steuerbord folgte. Murmelnd beugte Zinfandor sich über die Seekarte. Man sah ihm die fieberhaften Überlegungen förmlich an.

Fragende, ängstliche Blicke der Passagiere taten ein übriges. Nur Tibor hielt eisern Kurs, soweit ihm dies in dem launigen Wind möglich war. Die Böen nahmen an Stärke von Minute zu Minute zu. Außerdem änderten sie ihre Richtung. Vom stetigen Südwest konnte längst keine Rede mehr sein. Vorsorglich ließ Tibor die Geitaue bemannen und wartete auf den Befehl zum Segelbergen. Zumindest das Großsegel, das heftig schlug, sobald der Wind die Richtung änderte, erwies sich als hinderlich. Ohne es ließe sich der Kurs vielleicht halten. Denn die Fock war eindeutig beweglicher. Mit ihr allein bliebe man halbwegs manövrierfähig.

Sollten sie versuchen, Land zu gewinnen? Dafür sprach einiges, dagegen jedoch auch. Was, wenn sie es vor dem Sturm nicht schafften? Sollten sie stattdessen nicht besser hier draußen den Sturm abreiten, einen Treibanker auswerfen und das Beste hoffen?

Eine schwarze Wand zog nun mit atemberaubender Geschwindigkeit von Norden heran. Der klare weite Horizont verdunkelte sich von einem Augenblick zum nächsten. Es bliebe keine Wahl. Eile war geboten. Zinfandor und Billy-Joe durchwühlten das Kabelgatt unter der Ducht und legten die Ankertrosse bereit. Statt des Ankers aber befestigten sie allerlei schwimmfähiges Zeug wie Reservesegel und die Grätings, die sie fest verschnürten, um sie dann mit der Ankertrosse zu verschäkeln.

Ihr Leben hing von dem Wert ihrer Arbeit ab. Bald hinge es buchstäblich an einem, wenn auch nicht seidenen, so doch vergleichsweise dünnen Faden. Denn der Treibanker wäre bald alles, was sie in Wind und Wogen stabil halten sollte.

Wie immer, wenn warme, den Subtropen entstammende Luft mit kalter aus der polaren Zone zusammenprallt, brauten sich furchtbare Naturgewalten von unvorstellbaren Dimensionen auf.

War es doch ein Fehler gewesen, den Kontinent im Norden zu passieren? Hätten sie nicht besser die Südroute genommen? Nun war es zu solchen Überlegungen zu spät. Die wärmeren Zonen hatten Zinfandor verlockt. Den Passagieren hatte er die mitunter frostigen Nächte ersparen wollen. Stattdessen drohten sie nun zwischen den widerstreitenden Wetterlagen zerrieben zu werden.

Mit ein wenig mehr Glück, ein, zwei Tagen früher, wären sie unbehelligt geblieben. Aber mit so etwas musste ein erfahrener Seemann nun einmal rechnen, zumal im Herbst.

Der Treibanker wurde ausgebracht. Die Passagiere saßen unter Deck. Rettungsgerät, soweit es denn vorhanden war, stand bereit. Einige Schwimmwesten und was Arundelle als Ersatz hervorzuzaubern vermochte, wurden angelegt. Im flackernden Licht der heftigen Blitzentladungen hinter dem Horizont, welche das schwindende Tageslicht durchzuckten, versuchten die Verängstigten, die Gebrauchsanleitung des aufblasbaren Rettungsfloßes zu studieren. Es harrte ihrer an Deck auf dem Kajütdach, wohl verzurrt in einer weißen Tonne.

Wenn es zum Äußersten kommt, - doch daran mochte jetzt niemand denken. Wäre es ihnen wirklich ein Leichtes, sich mit ihren Partnern aus dem Staub zu machen?

Sowohl der Zauberstein als auch der Zauberbogen fühlten sich zwar zu einem neuerlichen Ausbruchsversuch im Stande: „Nach menschlichem Ermessen müsste ein Transfer eigentlich gelingen", ließ der Bogen Arundelle auf Anfrage wissen. „Zumindest in der gewohnten Konstellation." Die Professorin stelle vermutlich kein Problem dar.

Zinfandor Leblanc hingegen sprengte die Dimensionen ganz entschieden. Es sei nicht eigentlich die reine Körpermasse, jedenfalls nicht allein. Etwas, worüber sowohl der Zauberbogen als auch der Zauberstein die Auskunft verweigerte, verhindere dessen Transport, bestätigte Pooty. Zauberstein und Zauberbogen waren ausnahmsweise einer Meinung.

Also schwiegen die vier Nothelfer stille, auch wenn sie sich unter einander verständigten. Sie beschlossen, die Professorin nicht einzuweihen, da sie deren Reaktion zu kennen glaubten.

Arundelle verteilte das Manna aus dem Köcher des Zauberbogens, wie sie die harten, seltsam schmeckenden Kekse inzwischen nannten. Dazu tranken sie in Erwartung heftiger Regenfälle, sorglos ihre letzten Wasservorräte, um wenigstens gestärkt den Herausforderungen ins Auge zu sehen.

Die Arbeiten waren verrichtet, alle wussten, was sie zu tun hatten. Tibor hielt sich bereit, das Ruder vom Skipper zu übernehmen. Penelope M'gamba zeichnete für die Bedienung des Rettungsfloßes verantwortlich. Billy-Joe wies Arundelle in den Gebrauch der Schoten ein, die er mit einigem Geschick zu bedienen gelernt hatte. Nur für Pooty ließ sich keine seemännische Aufgabe finden. Er bestimmte sich selbst zum Koordinator und Meldegänger, außerdem könnte er den Rumpf auf Wassereinbruch prüfen.

Einstweilen freilich lugte er mit großen, ängstlichen Augen aus Billy-Joes Medizintasche und zuckte bei jedem Donnerschlag des schnell heranziehenden Unwetters in sich zusammen. Es wurde Zeit, nun auch das Focksegel einzuholen. Billy-Joe kämpfte mit dem steifen Zeug, das ihm von den Sturmböen immer wieder aus den Händen gerissen wurde. Er wäre selbst beinahe über Bord gegangen, wenn ihn Arundelle nicht im letzten Augenblick zurückgerissen hätte, die ihm, als sie sah, mit welchen Schwierigkeiten er zu kämpfen hatte, zu Hilfe eilte.

Hatten sie an alles gedacht? Stand der Trichter zum Auffangen des Regenwassers bereit? Zinfandor Leblanc hatte die einfache gleichwohl sinnreiche Konstruktion über dem Einfüllstutzen zum Wassertank angebracht. Ein letzter Blick über das Vorschiff, die brodelnde, kochende See ringsum: Was getan werden konnte war getan, nun half nur noch abwarten und beten.

## 14. Schiffbruch

Der Sturm war heran. Zum Heulen und Zähneklappern. Mit wimmernden Wanten und singenden Stagen. Der Mast aus elastischem Aluminium wippte wie eine Peitsche. Die derben Fäuste des Skippers widerstanden dem Press auf Ruder und Heck: ‚So lange wie möglich mit achterlichem Schub. Dann die rasche Wende zwischen die Täler hinein. Den Treibanker raus und abreiten', so sah der Plan des erfahrenen Seemanns aus. Und die Wirklichkeit? ...

Viel zu spät kommt die Wende – jedenfalls in einer solchen See, der Treibanker fällt wiederum einen Tick zu früh und hindert, statt zu helfen. Das Boot schlägt quer, wird überrollt, unter Wasser gedrückt.

Noch einmal dümpelt es aus der grauen Tiefe herauf. Wassermassen fließen schluchzend ab. Ein Korken, wenn auch ein schwerfälliger, ploppt ans Licht. Taumelt jedenfalls an die Oberfläche, wo Wasser dünn, beinahe Luft wird und nur mehr als ein dicker Schleier steht.

Der Bug kommt doch noch herum. Dreht das Boot in den Wind? Es sieht so aus, die Trosse zum Treibanker spannt sich. Und der Anker kämpft irgendwo da draußen. Nun heißt es schöpfen - schöpfen, schöpfen, und noch mal schöpfen. – Ein Gedanke beherrscht alle Köpfe: ‚Schöpft, so euch das Leben lieb ist.'

Die Kajüte steht randvoll unter Wasser. Schöpfen mit Eimern und Tellern, mit Tassen und Händen. „Das Wasser muss raus, sonst Gnade uns Gott."

Der Skipper legt Hand an. Was soll ihm die Pinne? Entweder der Anker tut, was er soll, oder alles ist ohnehin zu spät. Wie ein Bagger schaufelt der Riese, gut zehn Liter in jeder bloßen Hand. Reicht nicht! Da nimmt er die doppelt gefaltete Persenning, spannt die Arme dazwischen, stellt sich breitbeinig in den Niedergang, versperrt den andern allen den Weg. Dafür aber fliegt das Wasser mit atemberaubender Geschwindigkeit nun außenbords.

Brusthoch, hüfthoch, knietief zuletzt. Erschöpft hält der Mann inne. Es ist vollbracht, den Rest schaffen die Passagiere allein, die dem hin und herschießenden Schwall mit ihren Eimern nachsetzten wie beutehungrige nasse Katzen.

Alle sind nass bis auf die Knochen. Noch spürt keiner die herankriechende Kälte. Als endlich die Arbeit getan ist, und jeder in sich gekehrt vor sich hinatmet, eingeklemmt zwischen schützende Wände. Vielleicht die Augen sich schließen, und Stoßseufzer über die Lippen kommen, gar ein Dankgebet. Da brüllt von oben des Skippers Stimme:

„Alle Mann von Bord“ – Penelope stürzt an Deck. – Es ist ihre Aufgabe, die Rettungsinsel zu entlaschen. – Schwimmwesten werden hastig festgezurrt und soweit als möglich in Ordnung gebracht. Die Insel springt mit sanftem Knall aus ihrer Halterung – Penelope sieht, wie sie über Bord geht, sich entfaltet von dünner Perlonschnur gehalten. Penelope drängt einen nach dem andern in das enge Loch hinein zu schlüpfen.

Penelope selbst, als sie, die letzte, an der Reihe ist, zögert, weil sie zu Zinfandor hinüberblickt, der wie gebannt vorausschaut. Als auch sie endlich seinem Blick folgt und sieht, was er sieht, aber nicht glauben kann, was sie sieht: Eine Wand steht da, so hoch und so nah, dass sie den Himmel zu berühren scheint. Fast senkrecht steht die Wand über ihnen. Für den Bruchteil einer Sekunde nur zögert sie, dann reißt sie die Halteleine los. Die Insel kommt frei, fließt mit dem Sog vor dieser Riesenwelle ab, während das schwerfällige Boot, dessen Treibanker bereits von der Wand erfasst ist, wie das Mäuschen, von den Augen der Schlange gebannt, verharrt. Das Boot scheint still zu stehen, am Fuß dieser mächtigsten, je von Menschenaugen gesichteten Woge. - Im nächsten Augenblick wird es erfasst und in bodenlose Abgründe gedrückt.

Penelope fühlt noch einmal übermenschlich starke Arme, fühlt sich noch einmal unendlich geborgen, noch einmal ganz und gar aufgehoben, ehe ihre Sinne schwinden.

Aus Norden rast der heiße Sturm heran. Von Süden drückt die arktische Dünung, die von der steten Westdrift und der einfallenden

Jahreszeit getrieben wird. Wo Wind und Dünung aufeinander prallen, entstehen Wirbel, türmen sich Luftmassen, und in der Folge dann mit einiger Verzögerung das gleiche Spiel im trägeren Element, dort dafür um so nachhaltiger.

Grundseen an die Oberfläche saugend, wirkt der brennende Sturm wie ein riesiger himmlischer Staubsauger. Heiße Wirbel und kalter Strom, denn nicht nur die Luftmassen sind temperiert. Aber das ist hier nicht entscheidend, sondern die Macht des Zusammenpralls bestimmt das wahnwitzige Spiel dieser wilden Naturgeister. Erst der Zusammenprall vermag die himmelhohe Woge aufzurichten, lässt sie gleich einem rasenden Wasserfall vorandrängen.

Davon merkten die Menschen nichts mehr, die in dieses Inferno gerieten. Die Wand verschluckt sie mit Mann und Maus, drückt sie hinunter zum unergründlichen Meeresboden und den dort verborgenen Geheimnissen.

Zinfandor weiß um den sicheren Tod. Ein Mal noch drückt er Penelope an sich. Wie schnell ihr kurzes Glück zerrann! Könnte er es doch festhalten, so wie diesen weichen Körper jetzt. Er kostet die letzten Sekunden aus. Wir sehen uns wieder – dann auf ewig vereint!

Den tonnenschweren Wassermassen hielt auch das luftige, unsinkbare Rettungsfloß nicht stand. Unter der Wucht des Aufpralls zerriss nur Minuten später, als die Woge die fliehende Kapsel eingeholt hat, das vorgeblich Unzerreißbare. Die Insassen werden durch den Wind gedreht, wieder und wieder kreisen sie inmitten der sich immer enger schlingenden Gummifalle. Todesangst erfasst die Wirbelnden. Endlich, nach endlosen Sekunden so etwas wie Beruhigung. Im Kapselinnern hält sich eine Luftblase. Vier Köpfe strecken sich, Hände suchen nach Halt.

Noch einmal ging das sinkende Gefährt Hals über Kopf. Danach stetiges Sinken: nicht eben in schnellem Tauchgang in die Tiefe hinab. Wie lange die Luft wohl reicht? Sekunden, Minuten? – Keine Stunde, das ist klar.

Arundelle tastet nach dem Zauberbogen. Sie fühlt ihn nicht. Er muss im Boot geblieben sein. In ihrer Not ruft sie ihn. Aber alle Zauberkraft war doch versiegt, steckte in der Barriere fest. Alle Zauberkraft war vernichtet, seit die Zeit sich versagte.

War dies das Ende? „Billy-Joe, ist Pooty bei dir?“ Statt einer Antwort unverständliches Gurgeln. Hieß das ja oder nein? „Frag ihn nach dem Zauberstein.“

Pootys Nase taucht dicht vor ihren Augen auf. „Ich habe ihn“, lässt er sich vernehmen, auch seine Stimme erscheint seltsam verfremdet. Ob dies von dem rasch zunehmenden Druck kommt?

„Meinst du, der kann uns die Meermenschen herbeiholen?“ - will Arundelle wissen. – Auch die eigene Stimme klingt so anders jetzt. Pooty verschwindet wieder, taucht vermutlich zurück in die Tasche. Den Stein kriegt er wohl nicht herauf, ist viel zu schwer für ihn. Warum hilft ihm Billy-Joe denn nicht? Dann begreift sie, Billy-Joe kann nicht mehr helfen. Er nicht und Tibor nicht. Sind die schon tot?

Bloß sich jetzt keine nutzlosen Gedanken machen! Es geht um Sekunden, das spürt sie, denn auch sie überkommt nun die große Gleichgültigkeit. Wie der Mantel der Nacht breitet Lähmung sich in den Gehirnwindungen aus, übernimmt die versiegenden Lebenskräfte. – Warum kämpfen, weshalb sich wehren?

Arundelle erinnert sich im Vergehen. Hatte sie dergleichen nicht schon einmal erlebt? Die große Gleichgültigkeit besiegt auch dies letzte Aufbäumen. Schwarze Mattigkeit ergreift Besitz von ihr. Des Todes samtener Handschuh legt sich schwer auf Mund und Augen.

## 15. Boeties Einsatz

Regieren erwies sich als eine hohe Kunst. Und nicht nur das. Regieren, das hieß Arbeit, Arbeit, Arbeit und nochmals Arbeit – jeden Tag und täglich mitunter zwanzig Stunden lang, besonders in der Anfangszeit, als alles noch so neu war und niemand richtig Bescheid wusste. Außerdem war nun überhaupt alles ganz anders. Früher mussten Befehle ausgeführt werden. Jetzt hieß es Meinungsbildung herbeiführen, Mehrheitsmeinungen und Beschlüsse respektieren und nicht selten auch gegen den eigenen Willen durchsetzen.

Das hatte Boetie sich anders vorgestellt. Zunächst nämlich, im Parlament, hatte sie zwar auch von morgens bis abends geschuftet, hatte unendliche Mengen von Akten zu studieren gehabt. Doch die Arbeit war vergleichsweise angenehm gewesen, wenn auch ein wenig langweilig. Immerhin musste man nicht über den eigenen Schatten springen, sondern hatte seine Meinung zu vertreten oder vielmehr die Meinung der eigenen Partei.

Doch das war in ihrem Falle kein Widerspruch. Im Gegenteil, denn seit sich die Frauenpartei mit den Vegetariern zusammen geschlossen hatte, brachte sie ihr bis dahin zweigeteiltes politisches Engagement unter einen Hut. Die Fragen der richtigen Ernährung und die Gleichstellung der Frauen innerhalb der Gesellschaft umfassten alles, wofür Boetie einstand.

Nach langen, zähen Verhandlungen, an denen auch sie sehr aktiv mitwirkte, war es zu einer Koalition mit der Arbeiter- und Pflanzerpartei gekommen. Diese Partei hatte großen Zulauf. Sie konnte bei der Föderationsvertretungswahl fast dreißig Prozent der Stimmen auf sich vereinigen. Während die Frauen- und Vegetarierpartei nur wenig über zehn Prozent der Stimmen erreichte.

Glücklicherweise war den Parteiführerinnen rechtzeitig die Idee zu diesem Wahlbündnis gekommen. Getrennt wären nämlich beide der kleinen Parteien in der Bedeutungslosigkeit versunken und hätten womöglich überhaupt keine Sitze in dem Parlament bekommen.

Die Mütter und Väter der Verfassung hatten nämlich eine Hürde von fünf Prozent eingebaut. Eine Partei durfte nur dann in das Parlament einziehen, wenn sie mindestens fünf Prozent der Wählerstimmen auf sich vereinigen konnte oder aber ein Direktmandat gewann.

Weder die Frauenpartei noch die Vegetarierpartei hatten indessen Aussichten gehabt, alleine ein solches Mandat zu erringen. Und da beide so um die Vier einhalb Prozent der Wählerstimmen erwarteten, wäre die Wahl eine ziemliche Zitterpartie geworden. Gerade noch rechtzeitig vor der ersten Wahl erfolgte dann doch noch der Zusammenschluss.

Natürlich waren sogleich heftige Flügelkämpfe ausgebrochen. Jeder wollte den anderen bevormunden und das eigene Anliegen an die erste Stelle setzen. Das war Boeties Stunde gewesen. Mit Umsicht und Klugheit und mit gesundem Humor und auch Stehvermögen, gelang es ihr, sich an die Spitze der vereinigten Partei zu kämpfen.

Als Parteiführerin der Frauen – und Vegetarierpartei handelte sie nach gewonnener Wahl die Koalition mit der großen Partnerpartei aus. Wo es womöglich noch ausgekochter zuging.

Ihre neue Rolle als Vizekanzlerin war inzwischen unumstritten. Sie besaß ihre Hausmacht und vereinigte die eigenen Reihen geschlossen hinter sich, was auch bitter nötig war. Gab es doch eine so große Fülle von drängenden Problemen, dass niemand wirklich wusste, wo ihm der Kopf stand.

Die royalistische Regierung hatte einen fürchterlichen Saustall hinterlassen. Praktisch gab es keinen Bereich, den man hätte belassen können. Reformen waren auf allen Ebenen dringend angesagt oder gar unumgänglich.

Doch wie es so ist beim Regieren, was immer man tun wollte, alles kostete Geld. Und Geld war natürlich keins da. Woher hätte es auch kommen sollen? Australis selbst war systematisch vom fernen

Mutterland ausgebeutet worden. Doch auch dort war wegen der royalistischen Misswirtschaft von dem Reichtum nichts geblieben. Dieser war vielmehr in privaten Taschen versickert oder einfach durch Fehlentscheidungen verschwendet worden.

Gewöhnlich schlief Boetie nach ihrem langen und schweren Arbeitstag wie ein Stein, kaum dass sie in ihr weiches Algenbett sank. Ein wenig nibbelte sie noch an zarten Algenspitzen herum. Doch dann fiel sie in einen tiefen, kurzen, traumlosen Schlaf. Aus dem sie der Hausweckkrebs weckte, den sie sich eigens zu diesem Zweck hielt - (sie konnte sich ein wenig Luxus nun leisten) – indem er sie unbarmherzig wach zwickte.

Lag es daran, dass Adrian Humperdijk wie üblich eine Unmenge an unerledigten Akten zurück gelassen hatte? Boetie hatte den äußerst fähigen Mann, trotz seiner Beschränkung, in ihr Ministerium für Ernährungs- und Frauenfragen, als Koordinationsexperten geholt.

Vermutlich war er der Grund für ihre innere Unruhe, die sie an diesem Abend zunächst am Einschlafen hinderte und ihr dann wilde Träume bescherte. In denen sah sie sich mit reichlich unverständlichen Szenen konfrontiert. Wäre sie noch abergläubisch gewesen, dann hätte sie von magischen Zeichen gesprochen. Doch da sie in Regierungsverantwortung steckte, glaubte sie, sich Aberglauben nicht mehr leisten zu können. Die Dinge waren so schon kompliziert genug. Es bedurfte der Störungen aus dem Jenseits nicht auch noch.

Doch die Träume ließen sich nicht abschütteln. Ja, sie nahmen an Dringlichkeit nur noch zu, je heftiger sie sich gegen sie wehrte. Zunächst versuchte sie es mit allerlei Schlafmitteln. Sie brauchte ihren gesunden Schlaf. Ganz Australis erwartete eine ausgeschlafene Vizepremierministerin. Und sie selbst stellte die höchsten Ansprüche an sich.

Was sie auch versuchte, gegen das Albdrücken wollte nichts helfen. In dieser Nacht schreckte sie mehrere Male aus dem Schlaf auf. Sie lag dann wach und wurde von den Nachwehen schrecklicher Bilder gepeinigt. Sie sah sich auf eine meerumtoste Insel verschlagen. Sie war ihrer eigenen Natur beraubt. Sie musste stattdessen auf zwei Beinen laufen und - wie die Watschler - (so nannte man in Australis die Oberirdischen wegen ihrer seltsamen Fortbewegungsart) - Luft einatmen.

Diese Umstände allein hätten schon gereicht, sich eingeengt zu fühlen. Doch da war noch mehr. Sie litt auch als Watschler. Sie litt schrecklich. Ihr fehlte es am nötigsten. Darüber hinaus lastete eine womöglich noch ungeheuerlichere Bedrohung auf ihr, die sie gleichwohl nicht zu deuten wusste, und von der sie sich kein klares

Bild machen konnte. Sie spürte etwas Grauenhaftes herankriechen, wofür sie freilich keinen Namen hatte. Was vielleicht daran lag, dass das Geschehen in die Sphäre der Oberirdischen gehörte.

Sollte sie versuchen, mit Adrian Humperdijk, - (der ja Conversior war) - in Kontakt zu treten? Sie verwarf den Gedanken wieder. Zumal sie ihn in gut einer Woche ohnehin zurück erwartete.

Vielleicht schämte sie sich auch. Die neue Würde machte sie unsicher. Durfte sie ihre ureigensten Probleme gegenüber einem Mitglied ihres Hauses überhaupt ansprechen? Immerhin war sie die Ministerin und Humperdijk folglich ihr Untergebener.

Wenn sie nur da schon gewusste hätte, wie sehr sie Adrian Humperdijk mit ihren Nöten entgegen kam! Auch dieser zweifelte ja an sich, traute der eigenen Wahrnehmung nicht mehr. Etwas war mit ihm geschehen, während seines letzten Aufenthalts in Melisandrien. Und Boeties Traum passte irgendwie ins Bild.

Die Ministerin rief Humperdijk also nicht an, selbst dann nicht, als sie eine Art Notsignal erhielt. Eine ätherische Stimme flüsterte eine Zahlenkolonne, die sich als präzise Ortsangabe herausstellte. Es gelang ihr, so benommen sie im Halbschlaf auch war, die Zahlenreihe aufzuschreiben. Sie ließ sie am nächsten Morgen von den Experten ihres Ministeriums deuten.

Als ihr das Ergebnis mitgeteilt wurde, zögerte sie nicht länger. Wer immer ihre Hilfe erbat - sie glaubte aus früheren Traumsequenzen zu wissen, um wen es sich handelte - der sollte sie auch erhalten. Suchtrupps wurden auf ihre Anweisung hin deshalb mit allem - für Watschler lebensnotwendigen Rettungsmaterial, (wie etwa Lungenkonvertoren und Heilschlafbojen) ausgerüstet und auf direktem Wege zu der bezeichneten Position entsandt. Die für solche Zwecke eigens gezüchteten Rennwale brachten es zu beachtlichen Geschwindigkeiten, die selbst modernste Unterseeboote, derer sich die Oberirdischen mehr und mehr bedienten, abgehängt hätten. Angesichts zurückliegender Erfahrungen ließ man es an Bewaffnung nicht fehlen.

Leider verbat es Boeties neue Würde, einen der Trupps selbst anzuführen. Aber sie behielt sich immerhin vor, sogleich mit dem Reporterteam nachzukommen, sollte sich der Alarm als zutreffend erweisen, woran sie keinen Augenblick zweifelte.

Sie dachte dabei nicht zuletzt an die Öffentlichkeitswirksamkeit einer solchen Aktion. Wenn bekannt wurde – und dafür konnte man sorgen -, auf wen die Rettungsaktion zurückzuführen war, machte sich dies gewiss sehr gut. Als Politikerin musste man sich um die Öffentlichkeit bemühen. Kaum etwas war wichtiger, als ein guter Ruf und ein sicheres Gespür für zielgerichtetes Handeln, sowie Tatkraft und Entschlossenheit.

Sie hielt sich also in Bereitschaft. Alle Termine für diesen Tag mussten abgesagt werden. Ruhe fand sie gleichwohl nicht. Die Bilder und Szenen der Nacht wollten nicht weichen. Immer wieder blickte sie auf die Säule, in der die Zeit vor sich hin tropfte.

Zeitsäulen waren eine etwas umständliche Art, sich über das Vergehen des Seins Klarheit zu verschaffen. Seit der Kontakt mit den Oberirdischen der Insel Weisheitszahn enger und – man kann schon sagen - freundschaftlich geworden war, bevorzugten viele die Armbanduhren aus Plastik, in denen sich kleine Zeiger drehten oder Zahlenkolonnen vorwärts zählten.

Das offizielle Messinstrument aber blieben die Zeitsäulen an den wichtigen Plätzen. Eine davon stand vor dem Ministerium und Boetie konnte von ihrem Arbeitsplatz aus genau sehen, wie in dem Innern der Säule Tropfen für Tropfen ins ewige Stundenglas des zerrinnenden Daseins fiel.

„Das Sein zerrinnt so und so weit“, war denn auch der Ausdruck der Meermenschen für die Frage der Oberirdischen nach Tag und Stunde. Auch wenn die neue Zeit - nicht zuletzt mit den Armbanduhren - nun verändernd über sie hereinbrach.

Vielleicht war doch nicht alles nur gut, was die Revolution erbrachte? Die Reformen waren unterwegs. Es wäre äußerst fatal, sie jetzt noch beeinflussen oder gar aufhalten zu wollen. Jetzt war nicht die Zeit, sich über vermeintliche Nebenwirkungen den Kopf zu zerbrechen. Es gab nur diesen einen Weg. Der Weg zurück war ihnen ein für alle Mal abgeschnitten.

Nicht dass die Ministerin sich beklagte. Persönlich ging es ihr unvergleichlich gut. Sie hatte mehr erreicht, als sie in ihren kühnsten Träumen zu hoffen gewagt hatte. Sie war von der einfachen Handwerkertochter eines Verfemten, in höchste Staatsämter aufgestiegen.

Die einstmals so sehnlichst herbeibewünschten, gerechteren Verhältnisse aber zeigten nun oft ihre anstrengende und unangenehme Seite. Vor allem immer dann, wenn sich eine andere als die eigene Meinung durchsetzte.

Die langwierigen, demokratischen Willensbildungsprozesse trieben einen nicht selten zur Verzweiflung und brachten äußerst unangenehme Seiten des meermenschlichen Wesens ans Licht. Sturheit war da noch eine der genehmsten Untugenden. Viel schlimmer war der Widerspruch als Machtdemonstration, dem es um die Sache nicht ging, sondern einzig um den Triumph des Sieges.

Eine Meldung des Suchtrupps unterbrach die bedrückenden Gedankengänge der Ministerin. Am bezeichneten Ort war das Wrack eines Schiffes gefunden worden.

„Und, Lebenszeichen? Ist jemand an Bord?“ Boeties Stimme überschlug sich vor Aufregung. Die Antwort war ein stummes Schulterzucken. Mehr war der schlechten Verbindung nicht zu entnehmen gewesen, die zudem abgebrochen war.

„Sie werden schon alles richtig machen“, beschwichtigte der Leiter der Funküberwachung. Im Meer tat man sich mit der Telekommunikation ungleich schwerer als außerhalb – ein Mangel, der vom Meervolk bislang nicht überwunden werden konnte. Letztlich musste man sich mit den langen Trägerwellen begnügen, auf denen Morsezeichen übertragen werden konnten. „Sicher baut der Funker noch an seiner Station. In spätestens fünfzehn Minuten werden wir genaueres wissen.“ Die Ministerin musste sich wohl oder Übel gedulden.

Die in dem Traum der Ministerin bezeichneten Positionen, das wussten auch die Suchtrupps, waren inzwischen mehrere Stunden alt. Die Schiffbrüchigen konnten also durchaus abgetrieben und von den unberechenbaren Grundseen wer weiß wohin getragen worden sein.

Immerhin hatte man eine ungefähre Vorstellung, wo mit der Suche zu beginnen war. So schätzte man sich überglücklich, schon so bald auf ein Bootswrack zu stoßen, zumal die Spuren des Untergangs recht frisch wirkten, was eine wesentliche Bedingung war. Denn selbstverständlich wimmelte der Meeresboden nur so von den Schiffswracks der Oberirdischen, besonders in Küstennähe und dort, wo gefährliche Riffe bis zur Oberfläche aufragten. Als dann auch noch zwei erstarrte Menschenkörper in dem Wrack gefunden wurden, die einander eng umschlungen hielten, schlug der Leiter des Suchtrupps Alarm.

Angesichts des fortgeschrittenen Erstarrungsprozesses galt es, keine Zeit zu verlieren, wollte man noch rettend eingreifen. Glücklicherweise reagierten die meisten menschlichen Gehirne auf die Temperaturabsenkung hier unten am Meeresgrund angemessen und senkten den Sauerstoffbedarf. Einem Wiederbelebungsprozess stand mithin meist nichts im Wege. Das Zeitfenster war in dem vorliegenden Falle aber bis zur Obergrenze ausgereizt. Das meinte der untersuchende Spezialist. Einen Rettungsversuch aber waren die Körper allemal wert, zumal angesichts des besonderen Interesses seitens der Vizepremierministerin.

*

Arundelle und ihren Freunden in dem sinkenden Gefängnis ging die Luft endgültig aus. Die geborstene Rettungsinsel erreichte den Grund gut zehn Seemeilen vom gemeldeten Fundort entfernt.

Der Zauberstein mobilisierte all sein Vermögen und es gelang tatsächlich, mit dem Zauberbogen in dem Bootswrack Kontakt aufzunehmen. Nach einigen Verständigungsproblemen in denen kostbare Zeit verstrich – die Meermenschen wollten sich von dem merkwürdigen Holzteil nichts sagen lassen - vermochte der Bogen den Suchtrupp dann doch auf den entfernteren Ort aufmerksam zu machen.

Zumal als Ministerin Boetie bei dem Wrack eintraf, die den Zauberbogen sofort wiedererkannte. Sie verstand ihn. In höchster Eile preschte der Trupp voran. Er ließ sich von keinem noch so dichten Algenfeld beirren. Fischschwärme stoben auseinander, wo sie das scharfe Zischen vernahmen, mit dem die schnittigen Walleiber das Element durchschnitten.

Für kurz verirrte sich der Trupp beim Durchkreuzen eines unübersichtlichen Korallenriffs. Das verschlang kostbare Minuten. Niemand wusste ja, was sie am Zielort erwartete. Kam die Hilfe noch rechtzeitig? Konnten die Kreisläufe ohne Beeinträchtigung umgestellt werden?

Doch die Rettung erwies sich dann beinahe als Formsache. Im Gegensatz zu den Ertrunkenen aus dem Bootswrack, war Arundelle nach ihrer Lungenanpassung sogleich ansprechbar, während Billy-Joe und Tibor, die ja zuvor schon die Besinnung verloren hatten, erster Hilfe bedurften.

Auch Pooty vertrug die Umwandlung ohne Probleme. Er schwamm alsbald otterngleich zwischen den Helfern umher und schien sich sichtlich wohl in seinem neuen Element zu fühlen.

Schmerzlich vermissten sowohl Arundelle als auch Boetie die gemeinsame Freundin Cori, die sich wunderbar auf die Kommunikation mit den Meermenschen verstand. Sie beherrschte bereits die Zeichensprache und auch die Lautschrift weitgehend. Auch verstand sie sich auf die telepathischen Fähigkeiten, die hier unter Wasser eine ganz besondere Ausprägung angenommen hatten.

Aber nach einigen Anfangsschwierigkeiten kam die Verständigung dann doch in Gang. Arundelle berichtete von den befremdlichen Umständen ihrer Suche nach der vermissten Professorin.

Ein Stein fiel ihr vom Herzen, als sie von der Rettung der beiden Ertrunkenen aus dem Bootswrack erfuhr. Noch seien sie nicht ganz über den Berg, doch mit bleibenden Schäden sei wohl nicht zu rechnen. Ihr Überleben schien immerhin gesichert.

Wohl oder übel musste Arundelle die beunruhigenden Umstände der Zeitverwirrung aussparen. Um darüber zu reden, fehlten ihr ganz einfach die Worte. Als sie den Versuch machte, Boetie die Barriere zu erläutern, wies diese auf ein Korallenriff und wunderte sich nicht wenig. Die Vorstellung, ein solches schwebe dort oben gleichsam von allein, erheiterte sie und rief ungläubiges Kopfschütteln hervor.

Der Verständigung waren doch enge Grenzen gesetzt. Immerhin konnte Arundelle der Ministerin die Versteinerung begreiflich machen, die einige von ihnen erlitten hatten. Auch davon konnten Folgeschäden nicht ausgeschlossen werden, meinte sie. Und nun auch noch der klinische Tod durch Ertrinken. Das war doch ganz schön viel, so kurz hinter einander.

Aber noch war es zu früh, um sich solche Gedanken zu machen. Erst einmal waren alle heilfroh, am Leben zu sein, soweit sie dies schon bemerkten und nicht mehr im Koma lagen.

Zur weiteren Versorgung der Patienten eilte der Rettungstrupp der Hauptstadt entgegen, wo Aussicht auf umfassende Behandlung bestand. In der hydrologischen Abteilung des Großklinikums von Australis-City – der neuen Provinzhauptstadt der vereinigten melisandrischen Republik - arbeiteten die fähigsten Kapazitäten auf dem Gebiet der anthropo-spezifischen Pneumologie. Wenn es denn Hilfe gab, dann von dieser Seite.

Die Rotoren der Rettungsgleiter surrten, das Wasser rauschte als weißer Schaumteppich blasig und vom Auge undurchdringlich an den Schutzschilden entlang. Das monotone Geräusch stimmte Arundelle schläfrig. Was zu sagen war, hatte sie gesagt. Sie hatte sich so gut sie es vermochte, verständlich gemacht. Boetie schien es für 's erste zufrieden zu sein.

Die Reporter in ihrer Begleitung nahmen ihren Bericht respektvoll entgegen. Ja, Boetie war eine bedeutsame Persönlichkeit geworden, dachte Arundelle voller Anerkennung. Ein wenig wunderte sie sich schon.

Aber hatte Adrian nicht bereits etwas in dieser Richtung angedeutet? Während sie noch grübelte, übermannte sie der Schlaf. Die Erschöpfung machte sich bemerkbar.

Pooty kuschelte sich, soweit dies das Wasser zuließ, in ihre Armbeuge. Sein struppiges Fell kitzelte auf der Haut. Arundelle glaubte sogar die Wärme unter dem Fell zu fühlen.

Sie träumte sich hinauf in den Kreis ihrer Lieben. Flo und Cori lagerten im Schatten einer riesigen Pyramide. Es gab eisgekühlte Limonade zu trinken. Frau Hase grillte duftende Fladen. Billy-Joe und

Herr Hase unterhielten sich und standen - über bedeutsame Steinbrocken gebeugt - in den Nähe.

Walter war wieder da und wiegte Pooty auf dem Arm wie eine Mutter ihr Kind. Im Wipfel einer einsamen Palme sang eine Nachtigall.

Gern gab sich Arundelle der friedlichen Stimmung hin. Vielleicht ergab sich später eine Gelegenheit über die Ereignisse zu reden in die sie gerade verstrickt war. Für den Augenblick aber wollte sie nicht stören.

So also verbrachten die Freundinnen ihre Tage. Man könnte beinahe neidisch werden. Und wie kam Walter hier her? Sie blickte zu Billy-Joe und Herrn Hase hinüber.

Sie hatte sich getäuscht, bei Herrn Hase stand ja Tibor, nicht etwa Billy-Joe. Wie konnte sie die beiden nur verwechseln!

„Hier drüben ist alle möglich", rief eine Stimme. „In der Traumzeit gelten andere Gesetze!" Spielten ihre Augen ihr Streiche? Da könnte sie genau so gut anfangen, über die Zeitbarriere zu berichten. Was die beiden davon wohl hielten? Aber sie verstand ja selbst nichts davon. Was sollte sie berichten? Etwa, dass man sich auf einmal völlig ohnmächtig fühlt? Dass alle Zauberkraft versagt? Dass nicht einmal der Traum die undurchdringliche Mauer richtig überwindet?

Immerhin träumte sie – **jetzt** – dann galt also die Barriere hier unten nicht? Im Traum befand sie sich in Ägypten, daran ließ die Pyramide keinen Zweifel. Flo und Cori bestätigten durch ihre Anwesenheit fröhlich, wie recht sie damit hatte. Also war sie die Mauer gedrungen. Vielleicht hatte sie hier unter dem Meer ein Loch gefunden, von dem sie nun freilich ebenso wenig verstand, wie von der Barriere.

„Jedenfalls haben wir ganz schön was zu tun im nächsten Semester", rief sie bedeutungsvoll. Cori und Flo nickten, noch immer fröhlich. Es sah ganz so aus, als ließen sie Arundelles schweren Gedanken über das Schicksal der großen weiten Welt noch nicht so richtig an sich herankommen. Sie waren ganz offensichtlich noch in Ferienstimmung.

Immerhin war sie ihre Botschaft doch noch los geworden. Vielleicht hatte Billy-Joe, oder doch Tibor, Herrn Hase ebenfalls eingeweiht. Sie könnten jede Unterstützung gebrauchen. Soviel war gewiss.

Hätte sie nur da schon gewusst, welcher Streich ihr gespielt wurde. Ihr Traum hatte keineswegs die Barriere durchstoßen. Es war einer der gewöhnlichen Allerweltsträume. Sie hatte überhaupt niemanden erreicht. Die Traumreise hatte sie ins Reich der eigenen

Wünsche geführt. Und sonst nirgendwo hin. Deswegen war da auch Walter gewesen und Tibor, der eigentlich Billy-Joe war oder umgekehrt.

*

Die Behandlung der Koma-Patienten gestaltete sich nicht ganz ohne Komplikationen. Was hatte Arundelle erwartet? „Wir können eure Professorin weitgehend wieder herstellen", erklärte Boetie ernst. „Nur den Mann in ihrer Begleitung nicht. Seine Hirnzellen sind in bestimmten Bereichen hochgradig geschädigt. Da ist nichts mehr zu machen.

Die Professorin wird übrigens auch nie wieder fliegen können, dafür aber um so besser schwimmen. Hoffentlich versüßt ihr dies den Verlust ein wenig. Adrian wird schon dafür sorgen..."

Billy-Joe war bereits wieder munter, ebenso wie Tibor. Der Tiefschlaf im künstlichen Koma hatte bei ihnen Wunder gewirkt. Sie fühlten sich wie neu geboren und drangen ebenso wie Arundelle auf baldige Heimkehr. Andererseits wollten sie nicht ohne Frau M'gamba aufbrechen. Und diese würde nicht ohne Zinfandor gehen.

„Dem Mann werden nie wieder Flügel wachsen. Wir wissen nicht einmal, ob seine Lungen je wieder aktiviert werden können. Bei uns könnte er ohne Zweifel noch eine gute Weile recht gemütlich leben. Aber darum geht es wohl nicht?"

Arundelle, Billy-Joe und Tibor schüttelten einmütig die Köpfe. Auch sie konnten sich ein Unterwasserleben auf die Dauer nicht vorstellen.

Automatisch schlossen sie deshalb von sich auf andere. Außerdem würde die Professorin nicht auf Zinfandor verzichten wollen. Denn das hieße wohl oder übel, dass auch sie mit ihm ein Leben unter Wasser teilen müsste. Und damit wären sie beide zu dauerndem Leben unter Wasser verurteilt.

Es sei, Penelope entschlösse sich, wie Adrian, zu einem Leben in zwei Welten. Ein Zustand, der ihr durchaus vertraut war, wenn sie nun auch das zweite Element vertauschen musste.

„Leider haben wir nichts besseres anzubieten", schloss Boetie bedauernd, obwohl sie das Erschrecken ein wenig verletzend fand, mit dem die Aussicht auf ein Unterwasserleben aufgenommen wurde.

Wenn freilich sie sich das plumpe Umherwatscheln auf dem festen Land auch nur vorstellte, das einen oben erwartete, dann fand sie im Umkehrschluss zu einigem Verständnis.

Jeder Mensch gehörte nun einmal in sein angestammtes Element – jedenfalls die meisten. Nur wenigen war es gegeben, über den eigenen Schatten zu springen.

Die Ministerin versprach, alles in ihrer Macht stehende zu versuchen. Sie wollte noch einmal mit den Spezialisten der Klinik Rücksprache halten. Möglicherweise spielte auch die Zeit eine wichtige Rolle.

„Physiologisch gibt der Mann uns manches Rätsel auf", erklärten die Ärzte der Professorin. „Kreislauf und Knochenbau haben so gar nichts Menschliches, meinen unsere Pneumatologen. Ein Wunder, dass ihnen immerhin gelungen ist, den Patienten zu stabilisieren, nachdem seine Atmungsorgane umgestellt waren. Deshalb – keine voreiligen Entscheidungen. Überlegen Sie es sich. Lassen sie ihren Mann doch einfach hier. Wir sorgen schon für ihn und wenn..."

Doch Frau M'gamba winkte energisch ab.

„Entweder ich nehme ihn mit, oder ich bleibe ebenfalls. Euch Kindern ist es selbstverständlich freigestellt, zu gehen oder zu bleiben."

Hätte Zinfandor Leblanc wenigstens hier unten richtig funktioniert! Doch er hing nur apathisch in seinem Spitalnetz, schaukelt allenfalls gelegentlich leise, wobei man nicht zu sagen vermochte, ob er selbst das Schaukeln veranlasste oder ob er sich nur der leisen frischen Meeresströmung ergab, die belebend durch das Hospital säuselte.

Billy-Joe, Tibor und schließlich auch Arundelle überwanden dann doch ihre Skrupel und folgten dem Vorschlag der Professorin und verließen die Unterwasserwelt. Nur Pooty, dem es hier unten außerordentlich wohl erging, blieb bei der besorgten Professorin. Er konnte sich als einziger vorstellen, für immer hier zu leben.

Sein munteres Wesen erheiterte die besorgte Frau, die Tag und Nacht in der Nähe des Leidenden verbrachte und zu keinem Ausflug zu bewegen war. Nach anfänglicher Erholung folgten die Rückschläge einer auf den anderen.

Da Besserung auf sich warten ließ und keinerlei neue Einsichten in den Charakter des Leidens gewonnen wurden, schlugen die Ärzte von sich aus vor, Zinfandors Atmungsorgane wieder zurückzuwandeln. Um ihn in die Welt jenseits des Wassers zu entlassen. „Es besteht zwar ein Risiko, doch dem entgeht er hier auch nicht", hieß es.

Und so kam es, dass die drei Nachzügler am dritten Tage ebenfalls an die Pforten des unteren Tunnelendes klopften. Dort fanden sie zur allgemeinen Erleichterung, Einlass. Der wurde ihnen nur zu gerne gewährt. Die Zwischenschule auf der Insel Weisheitszahn hatte ihre Professorin endlich wieder.

## 16. Die Zeit soll erforscht werden

Die Aufregung über die abenteuerliche Seereise voller Entbehrungen und Gefahren beschäftigte die Schulgemeinschaft, wie sich denken lässt, über Gebühr und für eine gute Weile. Erst allmählich kam die ganze Geschichte ans Licht. Alle brannten besonders darauf zu erfahren, wie es ihrer Professorin ergangen war.

Zinfandor wurde entgegen allen Befürchtungen, an der Luft überraschend schnell wieder hergestellt. Seine Person und sein Erscheinungsbild gaben zu den wildesten Spekulationen Anlass. Doch gerade über ihn schwieg sich Penelope M'gamba aus.

Kaum mehr als den Namen des Riesen erfuhren die Neugierigen. Mit ihm selbst redete kaum jemand, was nicht nur an der Sprache lag. – Zinfandor Leblancs Kreolisch war nur schwer zu verstehen. - Es lag wohl auch daran, dass er sich äußerst einsilbig und zurückhaltend gab. Außerdem sah man ihn nur zusammen mit Penelope M'gamba, der er nicht von der Seite wich und deren beredte Zunge keine Pause kannte. Da ihr junges Glück sie überstrahlte, wusste selbstverständlich jeder über das Paar Bescheid.

Inzwischen neigten sich die Ferien ihrem Ende entgegen, und die Urlauber kehrten wieder. Mit jeder Helikopterladung erneuerte sich die Erzählung und wie es nun einmal geht, reicherte sie sich um die eine oder andere Ergänzung an. Je, nachdem wessen Mund da berichtete.

Der Schulleitung hielt es deshalb für angemessen, schon für den ersten Schultag eine Vollversammlung einzuberufen. Die ganze Schulgemeinschaft musste über die Ereignisse und vor allem über das vorläufige Aus für die neu entwickelten Lernprogramme informiert werden. Sowohl die Somnioren als auch die Animatioren hatten ihre Kräfte eingebüßt.

Penelope M'gamba berichtete umfassend über die verwirrenden Ereignisse, in die sie hineinverstrickt worden war, und zwar von allem Anfang an. Und obwohl sie weit ausholte, blieben die Motive für ihr Forschungsunternehmen auch zu diesem Zeitpunkt seltsam unklar. Ein Umstand, der ihr nicht ungelegen kam.

So trug sie wenig dazu bei, dem Eindruck, auch sie habe sich in die Ferien begeben, um einmal wieder alte Freunde in Afrika zu besuchen, entgegen zu wirken. Dass sie dabei ihren besonderen

Bedingungen Rechnung getragen hatte, erschien nicht weiter verwunderlich.

Während ihrer monatlichen Conversion lernte sie dann eben Zinfandor Leblanc kennen. Es war Liebe auf den ersten Blick, bekannte sie freimütig. Was um so mehr einleuchtete, als zumindest ihre Kollegen und engeren Freunde wussten, wie sehr Penelope schon seit langem davon träumte, einem Artverwandten zu begegnen.

Als es dann zum Bericht über den Aufenthalt auf der eigenartigen Insel kam, fasste sie sich kurz. Erst Tage nach ihrer Landung und Verwandlung habe sie den fruchtbaren warmen Talkessel gefunden, erklärte sie und ersparte sich die Schilderung der Demütigungen, die sie durchlitten hatte.

Sie sei von einem heftigen Schauer aus der dichten Wolke, die ständig über dem Tal hing, durchnässt worden. Dann war sie in die schützende Höhle geschlüpft, wo sie alsbald in einen eigenartigen Zustand der Erstarrung fiel, wie er auch Zinfandor Leblanc ereilte. Davon allerdings erfuhr sie erst, als sie diesen zum ersten Mal in menschlicher Gestalt zu sehen bekam.

Billy-Joe und Pooty ergänzten, ebenso wie Arundelle und Tibor mit ihren Erlebnissen die Ausführung der Professorin. Sie berichteten von ihren vergeblichen Rettungsversuchen, und davon, wie schließlich auch sie auf der verlorenen Insel strandeten. Wo sie alsbald bemerken mussten, dass sie festsaßen und nicht in der Lage waren, die geheimnisvolle Barriere, welche über dieser Insel lag, zu durchdringen. Bis ihnen schließlich die Idee mit der Erfindung des Serums kam, das sie eigentlich aus Laptopia hatten holen wollen.

Besonders die Professoren erfassten die Bedrohung, auf die Penelope bei ihrem Ausflug stieß, im vollen Umfang. Hier ging es nicht länger um die Abenteuer Einzelner. Auch der Verlust besonderer Fähigkeiten stand nicht an erster Stelle. Vielmehr glaubten sie eine viel allgemeinere und umfassendere Gefahr zu erkennen. Die Zeit selbst hatte begonnen, sich zu verändern!

Eine Vorstellung, die das Fassungsvermögen der meisten Menschen gewiss übersteigt. Denn die Zeit gilt auf Erden nun einmal als eine ehern festgeschriebene Tatsache, auf die man sich blind verlassen kann. Wo nämlich die Zeit in Bewegung gerät, da verliert der Mensch den Boden unter den Füßen und sein Verstand stößt an eine gefährliche Grenze. Er droht, verloren zu gehen. Allein schon die Vorstellung, der Zeit nicht mehr zu unterliegen, kann den Menschen in den Wahnsinn treiben.

„Nur wir Weltraumforscher wissen, wie relativ die Zeit in der Wirklichkeit des Kosmos ist“, merkte Professor Scholasticus Schlauberger nachdenklich an.

„Gleichwohl wird alles organische Leben von ihr bestimmt. Zeit ist eben nicht nur die Grenze, sondern auch der Ursprung des Lebens, so wie es die Menschen kennen“, ergänzte seine Schwägerin und Kollegin Grisella von Griselgreif zu Greifenklau.

„Richtig, ohne die Zeit gibt es den ewigen Kreislauf des Lebens nicht mehr, die Jahreszeiten, Tag und Nacht, ja, jede Bewegung – die Erddrehung, die Kreisbahnen der Planeten um die Sonne... - was auch immer kreucht und fleucht, tut es in seinem ihm zugemessenen Kontingent der Zeit“, griff Scholasticus den Faden auf.

Die Lehrerschaft kam überein, arbeitsfähige Gruppen zu bilden: „Lassen Sie uns gemeinsam unser Ziel in diesem Sinne ins Auge fassen“, schlug die Schulleiterin vor. – „Zunächst für ’s kommende Semester“, schwächte Adrian Humperdijk ab, der jedem Überschwang abhold war.

„Alles andere sollten wir zurückstellen“, sekundierte Frau M’gamba ihre Direktorin.

„Auf allen Ebenen sollte das Problem angegangen, alle zur Verfügung stehenden Mittel sollten bemüht und eingesetzt werden“, stimmte nun auch Adrian Humperdijk zu. Seine Frau, die Direktorin Marsha Wiggles-Humperdijk warf die Arme in die Höhe und rief theatralisch: „Haben wir die Zeichen der Zeit richtig erkannt?“

Scholasticus klopfte eifrig auf sein Pult. Er signalisierte seine Zustimmung. Als Weltraumspezialist wusste er selbstverständlich am meisten über die verzwickte Zeit.

Aber auch Grisella von Griselgreif, die sich mit der Philosophie abmühte und die Dinge aus einem geistigen Blickwinkel betrachtete, sah sogleich die Dringlichkeit ein. „Nihil est sine ratione“, warf sie deshalb in die Debatte und übersetzte auch gleich: – „Nichts geschieht ohne Grund. - Das bestätigt sich aufs Trefflichste wieder einmal. Wollen wir schauen, ob das auch für die Zeit gilt und ob es für uns etwas zu entdecken gibt, nicht wahr?“

„Und vor allem, ob wir auch unsere Fähigkeiten wieder erlangen oder ob wir uns nie wieder auf Traumreise und Seelenwanderung begeben können“, merkte Arundelle an. Sie löste damit erregtes Murmeln aus. Viele der Anwesenden wussten von den auferlegten Schranken noch nicht, jedenfalls nicht aus eigener Erfahrung. Das würde sich leider nur zu bald ändern.

Mit dieser beunruhigenden Nachricht löste sich die Vollversammlung für diesen Tag auf. Allen schwirrte der Kopf. Die Zeit war in aller Munde und viel tausendfache Gedanken wurden auf sie verwandt. Die Schüler und Studierenden begannen, von ihren

Lehrern unterstützt, alsbald in kleineren Arbeitsgruppen emsig zu forschen.

Es war schon erstaunlich, wie umfangreich die Literatur über die Zeit und ihre Phänomene war. Zeit, so schien es, hatte alle großen Denker beschäftigt – gelegentlich auf eine angenehme Weise. Aber auch ihre negativen Seiten wurden ausgiebig behandelt. Ob Philosoph, ob Physiker, ob Theologe oder Dichter, Uhrmacher oder Geograph – dies Thema ließ kaum einen unberührt. Es wurde für viele zum Lebensinhalt.

Zunächst galt es, Material zusammentragen, es zu sichten und zu ordnen. Schon bald stellte sich allerdings heraus, dass diese Vorgehensweise zum Scheitern verurteilt war. Man drohte, in der Fülle zu ersticken. Die Suchenden gingen in dem berühmten Wald, den man vor lauter Bäumen alsbald nicht mehr sieht, in die Irre.

Die Zeit war plötzlich überall und doch entzog sie sich auf eine mitunter schaurige Weise. Sie zerrann wie Wasser, ließ sich weder greifen noch begreifen. So beredt die Aspekte der Zeit, ihres Verlaufs und Wirkens auch erläutert und gepriesen, verdammt oder verklärt wurden – die Zeit entzog sich dem Verstehen auf ihre ganz eigentümliche Weise.

Der Sensemann schwang seine unerbittliche Sense, mähte das Leben dahin wie der Schnitter das Kornfeld. Werden und Vergehen, Leben und Sterben verwob sich zum unergründlichen Mysterium der Zeit.

Gelegentlich erschien die Zeit nur allzu selbstverständlich. Und dann wusste man nicht, weshalb sie überhaupt erwähnt wurde. Oder aber verschwand sie hinter den Ereignissen, verflüchtigte sich gleichsam, indem sie scheinbar jede Bedeutung verlor, um doch die geheime Wirkkraft im Urgrund zu bleiben.

Die großen Geister waren mithin nicht viel schlauer geworden als sie selbst, standen nicht weniger staunend vor dem Phänomen und stellten die nämlichen, letztlich immer gleichen Fragen, auf die es keine oder nur unbefriedigende Antworten gab.

Gleichwohl beschloss Grisellas Studiengruppe mit der philosophischen Aufarbeitung des Themas fortzufahren. Während Scholasticus die seine dazu ermunterte: „sich möglichst unbefangen und ganz frei von allen Voraussetzungen eigene Vorstellungen über die Zeit zu machen. Ganz ähnlich wie Einstein, der ja bekanntermaßen die Zeit relativierte. Sich sogar, wenn möglich, dazu vielleicht ebenso hinaus ins All zu begeben wie das große Vorbild. Erst dort draußen, wo man mit anderen Augen auf die kleine Welt blickt, und wo sich die Dinge so ganz anders darstellen, sieht man vielleicht, was auf dem sogenannten Boden der Tatsachen immer verborgen bleiben muss.“

Arundelle schwankte, ob sie in Scholasticus Kreis nicht vielleicht besser aufgehoben war, zumal dort auch an dem Anti-Materie-Käscher weiter gearbeitet werden sollte. Denn auch Billy-Joe und Tibor nahmen dort teil. Sie entschied sich dann aber doch für Grisellas Gruppe, zumal dort Flo und Cori ganz selbstverständlich mitmachten.

Scholasticus tat die Unterschiede und scheinbaren Gegensätze zwischen Physik und Metaphysik mit leichter Hand ab und ebnete damit auch eher metaphysisch Begabten wie Tibor und Billy-Joe den Weg. „Alles nur engstirniger Unsinn, von wegen Gegensätze – begreift man erst mal ein wenig von dem, was ewig währt, dann lächelt man doch nur, wenn einer mit Gegensätzen kommt. Selbstverständlich prallen Gegensätze aufeinander, oder besser Kräfte, ganz ungeheuerliche Kräfte, von denen man kaum mehr als nichts kennt. Überall steckt alles voller sogenannter Zufälle, von denen man kaum glauben kann, dass es Zufälle sind. Seid uns herzlich willkommen mit eurer Magie und den Einblicken in verborgene Welten. Nicht ob es sie gibt, interessiert uns, sondern was sie mit uns zu tun haben, und wie sie auf uns einwirken, lauten die Fragen nach meinem Geschmack."

Eine dritte und vierte Gruppe entstand unter Federführung von Adrian Humperdijk und Penelope M'gamba. Auch die suchten nach neuen Wegen. Die einen interessierten sich für die sogenannte biologische Uhr, also die Werdens- und Vergehensprozesse in der Natur. Während Penelope ihrem einmal eingeschlagenen Weg folgen wollte, was sie durchaus in die Nähe der Physiker und Geophysiker brachte.

Ihr ständiger Begleiter verfügte über keinen akademischen Grad und zählte sich selbst mit einem gewissen Stolz zu den eher bildungsfernen Schichten. Penelope machte auch keinerlei Anstalten, Zinfandor Leblanc in den Lehrbetrieb zu integrieren - obwohl ihre Freundin Marsha vor Neugierde beinahe platzte.

So blieb dessen Status einstweilen ungeklärt. Und obwohl die Aufenthaltsberechtigung Zinfandors äußerst fraglich erschien, wagte - in der allgemeinen Aufbruchsstimmung - niemand, öffentlich darüber zu streiten. Mit einer Ausnahme - Moschus Mogoleia konnte es nicht lassen, hinter vorgehaltener Hand Zweifel und Gerüchte auszustreuen.

Sonst aber kümmerte sich vom Lehrkörper niemand um den seltsamen Gast. Penelope M'gamba genoss großes Vertrauen. Sie würde wissen, was sie tat. Ein wenig unheimlich wirkte der schweigsame Riese freilich doch, der ihr wie ein treues Haustier überall hin folgte.

Die vier Dekane der Fakultäten arbeiteten ergänzend an Forschungsvergaben und Prüfungsaufgaben, die sich in das große Thema einfügen sollten. Vielleicht fand sich ein einzelner kluger Kopf, der mit einer bahnbrechenden Arbeit alle gemeinschaftliche Anstrengung in den Schatten stellte.

Wer nicht unmittelbar zu forschen fähig war, nahm dennoch im Rahmen der allwöchentlichen Vollversammlung am Geschehen Anteil. So etwa all die Neuen, die dank der emsigen Tatkraft einiger Lehrkräfte, in den Osterferien aufgespürt und eingeladen worden waren. Und die sich nun erst einmal auf die Grundkurse über die andere Art des Sehens zu konzentrieren hatten. Dies um so mehr, als sich nur zu bald herausstellte, wie es um die andere Art zu sehen bestellt war.

„Was nicht da ist, kann man auch nicht sehen", kommentierten die enttäuschten Lehrkräfte ihre Versuche.

„Es liegt nicht an den Schülern, ganz bestimmt nicht", beschwichtigte Grisella die Seminarleiter. Alle wussten im Grunde, was los war. Nur, es wollte niemand wahrhaben.

Um so eifriger stürzte man sich auf die Zeit. Die Forschungsgruppen berichteten nun in immer häufiger anberaumten Vollversammlungen von den Fortschritten, die sie machten, und die Dekane veröffentlichten, was sich im Bereich der Einzelforschung abzeichnete.

Selbstverständlich achtete die Direktorin darauf, dass der reguläre Unterricht nicht gänzlich ins Hintertreffen geriet. Da dieser jedoch immer schon nur einen kleinen Teil des Schulbetriebs eingenommen hatte, bestand zur Sorge wenig Anlass. Zumal es den Wissenschaftlern ausgezeichnet gelang, die Dringlichkeit und Bedeutung ihres Projekts in einer kurzen Abhandlung an die Sponsoren und Förderer der Zwischenschule zu vermitteln. (Über Einbußen freilich schwieg man sich aus.)

Die Entwicklung des Anti-Materie-Käschers stand im Mittelpunkt ihrer Ausführungen und machte so manchen Sponsor hellhörig. Kündigten sich etwa bahnbrechende Ereignisse an? Suchte sich die Zukunft der Menschheit gerade ihren Weg?

Bewusst vage gehalten, weckte das Schreiben mithin Neugier und regte die Phantasie der Geldgeber auf beinahe unanständige Weise an. Entdeckungen wie diese, versprachen nun einmal unvorhersehbaren Gewinn.

Nach den unerfreulichen Umständen, die den Winter über geherrscht hatten, war diese Wendung der Schulleitung nur allzu willkommen. Nur wenn die Zustimmung breit und erwartungsvoll wie eine wärmende Sonne die Insel überstrahlte, ließ sich das Konzept der

Zwischenschule aufrecht erhalten. Feinde und Neider gab es ohnehin genug. Es bedurfte schon großen Geschicks mit den oft widerstreitenden Erwartungen des Förderkreises zurecht zu kommen.

Nicht zuletzt wachte selbstverständlich auch die Elternschaft über Wohl und Wehe ihrer Kinder. Mancher Brief, der vielleicht nur wegen verletzter Gefühle und aus Heimweh, Kritik an der Schule ausdrückte, veranlasste womöglich eine unangenehme Anfrage und die führte in seltenen Fällen sogar zu einer Untersuchung.

Immer wieder meldeten sich die verschiedensten Kommissionen unter irgend einem Vorwand an. Wenn man solchen Wünschen statt gegeben hätte, wäre es mit der Ruhe dahin gewesen. Das sahen die Mitglieder des Schulelternbeirates zum Glück immer wieder ein. Doch jedes Jahr entbrannte der Kampf um die Besuchserlaubnisse aufs neue.

Man stelle sich vor – Kameras filmen die Verwandlung der Conversioren!

Der ‚Tanz der Winde' - jene grünen Wirbel der Sublimatioren - flimmert weltweit über die Bildschirme!

Die Folgen für die Insel wären nicht auszudenken. Neugier paarte sich nur allzu bald mit Neid. Anfängliche Bewunderung schlüge alsbald in Hass um. Wohin eine solche Entwicklung führte, konnte man sich leicht ausmalen.

Selbst wenn alles gut ging, Bewunderung tatsächlich Bewunderung blieb, dann überflutete womöglich die Massenhysterie der Begeisterten die Insel nicht minder.

Den Argumenten der Schulleitung konnten sich die verantwortungsbewussten Eltern nicht verschließen. Solange diese in der Mehrheit waren, ging deshalb dieser Kelch immer wieder gnädig an der Zwischenschule vorüber.

Marsha Wiggles-Humperdijk machte denn auch stets aufs neue deutlich, dass jede Änderung der Schulstatuten ihren sofortigen Rücktritt zur Folge hätte. Und nicht nur den ihren – „das Kollegium unterstützt mich in diesem Punkt einstimmig. Alle werden wir zurücktreten. Der Schulbetrieb wird eingestellt. Es gibt keine andere Lösung."

Von Seiten der Förderer drohte mithin keine unmittelbare Gefahr mehr. Und der Brief tat ein Übriges, die Reste alten Misstrauens hinfort zu spülen.

Wenn nur das Pendel nicht zu weit nach der anderen Seite ausschlug! Auch übermäßige Erwartungen konnten sich negativ auf die Schule auswirken. Am liebsten sah es die Schulleitung, wenn der Schulbetrieb möglichst unauffällig und ohne nennenswerte Reibung nach außen vonstatten ging.

Andererseits stellte das Problem der Zeit nicht nur eine immense Herausforderung für die Wissenschaft dar. Es drängte sich vielmehr der Eindruck auf, als zeichne sich der Beginn einer Entwicklung mit unabsehbaren Folgen für den Lauf der Welt ab. Was würde geschehen, wenn die Zeit an Geltung verlor? Wenn sie ihr ehernes Bett verließ, um womöglich – bildlich gesprochen - über die Ufer des Geschichtsflusses zu treten? Was war dann noch sicher? Gab es dann noch ein verlässliches Bezugssystem?

Die Folgen hatten die Gestrandeten auf der fernen Insel zu spüren bekommen. Drohte die allgemeine Erstarrung, war sie der Preis des Stillstands? Wie hingen die atmosphärischen Störungen damit zusammen? Gab es zwischen dem merkwürdigen Regen und der entgleisten Zeit einen verborgenen Zusammenhang?

Die Funktionsweise der Antimaterie-Käscher deutete in diese Richtung, ohne dass die Beziehungen auch hier sichtbar und verständlich geworden waren. Ein weites Forschungsfeld tat sich auf. Verbindungen ungeheuerlichen Ausmaßes kündigten sich an. Wer durch diese Pforte trat, der lief Gefahr, sich zu verlieren. Wo die Grundregeln der Newton'schen Physik außer Kraft gesetzt wurden, da war auch der gesunde Menschenverstand an seinem Ende angekommen.

Hier eröffneten sich ungeahnte Dimensionen. Jeder Schritt konnte unabsehbare Folgen haben. Die so oft bemühte wissenschaftliche Verantwortung wurde ebenso außer Kraft gesetzt wie die geltende Moral. Und doch schimmerte gleich einem fernen unerreichbaren Regenbogen das verheißende Licht der allmächtigen Schöpfermacht. Sie wehte gleichsam aus der Ewigkeit herüber. Der Hauch aus der Unendlichkeit barg Tod und Leben zugleich, war wie ein heilsames Gift, dessen Wirkung stets zweischneidig ist.

Wer sich hier einzig auf sein eigenes Urteilsvermögen verließ, dem war schon bald nicht mehr zu helfen. Nur im Verbund mit seinesgleichen und dem umfassenden Wissen der gesamten Menschheit, das über die Jahrtausende zu beträchtlichem Umfang angewachsen war, vermochte man für den Augenblick der Wahrheit bestehen.

Damit nicht genug. Wie verhielt es sich mit der Nutzanwendung? Wissenschaftliche Forschungsergebnisse dienten immer auch wirtschaftlichen Interessen. In Laptopia, das hatten Arundelles Abenteuer gezeigt, wurde mit der Lebenszeit spekuliert und gehandelt.

Gerade weil sie wussten, wohin der Weg führte, taten sich die Forscher der Zwischenschule so schwer.

Und doch – sie konnten nicht anders. Es war, als walte die übermächtige Schicksalshand und dränge sie in eine bestimmte Richtung. Oder gab es da etwas, von dem sie nichts wussten? Wurden sie bereits manipuliert? Dienten sie in Wahrheit, statt ihre Zunft zu beherrschen?

Sie glaubten sich im Besitz unschätzbarer Fähigkeit, die es ihnen erlaubte, Einblicke von ungeheuerlicher Natur zu gewinnen. Aber konnte dies nicht dennoch bedeuten, dass sie sich damit einem geheimen Plan einfügten? Waren sie nur Marionetten, deren Fäden geschickt gezogen wurden? Marionetten, die nur soviel Freiraum erhielten, wie es den verborgenen Herren und Meistern passend schien?

War Penelope M'gamba in eine geschickt gestellte Falle geflogen? Die Rettungsmannschaft, die ihr gefolgt war, - vollendete sie nur raffiniert eingefädeltes Werken?

Was war mit Zinfandor, welche Rolle spielte er? Wie stand es um das Kollegium, die neuen Schüler und womöglich auch um einige der alten? Wem konnte man trauen?

## 17. Was ist – Zeit'?

Arundelle, Flo und Cori sitzen wieder einmal wie so oft traulich beisammen. Es ist spät. Die Nacht fällt nieder. Dunkelheit kriecht aus den Ecken des Raumes. Im Zwielicht verschwimmen die Gesichter. Nur die Stimmen sind noch wahrnehmbar, wenn auch kaum zu unterscheiden. Bald sind sie ihren Sprecherinnen nicht mehr zuzuordnen. Die drei sind auf einer Wellenlänge. Es kommt kaum mehr darauf an, wer da spricht, allenfalls, dass die entscheidenden Dinge angesprochen werden:

„Eins versteh ich nicht", greift Cori den Faden auf. – Wie könnte es anders sein: Die Zeit ist ihr großes Thema, das sie Tag und Nacht beschäftigt. -

„Wie kommt es nur, dass die Erde selbst möglicherweise die genaueste Uhr ist, die wir kennen?"

- „Können wir's wirklich wissen?", Arundelles Stimme ist dies – „vielleicht geht die Erdenuhr ja bereits vor, womöglich schon seit Jahrhunderten, und wir merken es nicht. Unsere Tage werden eben kürzer, wenn die Erde sich ein bisschen schneller um ihre Achse dreht."

- „Schon, schon," wendet Flo ein, „wäre da nur nicht die nächste Kontrolluhr und die geht nun wirklich genau."

„Was meinst du mit ‚nächster Kontrolluhr'?" - fragt Cori.

Arundelle: „Ist doch ganz einfach. Die Erde dreht sich um ihre Achse und zwar einmal in 24 Stunden an 365 Tagen im Jahr, während sie gleichzeitig eine Kreisbahn um die Sonne zurücklegt, und dabei auch noch ihre Achse verschiebt. Wir merken es bei uns sehr deutlich daran, dass die Tage kürzer werden, so wie jetzt wieder."

Flo: „Müssten wir an den Jahreszeiten also nicht ablesen können, wenn uns Stunden verloren gehen?"

Cori: „Sehe ich nicht ein. Angenommen, die Erde würde sich, sagen wir, statt in vierundzwanzig Stunden in zwanzig Stunden um ihre Achse drehen, dabei aber weiter wie bisher ihrer Kreisbahn um die Sonne folgen, mit dem gleichen Tempo. Wie würden wir das dann merken?"

Arundelle zustimmend: „Würden wir nicht denken, unsere Uhren gingen falsch? Stell dir den Prozess als allmähliche Anpassung vor. Die Rotationsgeschwindigkeit nimmt bloß ganz wenig zu, hat eine ganz geringe Beschleunigung, sagen wir von zehn Milliardstel Sekunden pro Tag oder so. - Aber über die Jahrmillionen verteilt, so dass am Ende dann doch ein beachtliches Ergebnis herauskommt. Seit wir die Zeit richtig messen können, sind eh erst einige wenige Jahrtausende vergangen."

„Oder noch schlauer gedacht, was ist, wenn sich alles automatisch anpasst?"

„Wäre völlig witzlos, wieso sollte es? Gerade diese elektronischen Geräte, die gleichsam von außerhalb kommen, so im Vakuum und alles. Klar rotieren die mit, das heißt aber noch lange nicht, dass sie sich der Beschleunigung auch beugen."

„Die würden dann also vorgehen, oder etwa nicht?"

„Im Gegenteil, nachgehen, ist doch klar, die Zeit verstreicht schneller."

„Stimmt, meine Uhr geht jede Woche ein bisschen nach."

„Meine geht vor."

„Das kommt daher, dass die Uhrmacher den Faktor womöglich berücksichtigen und bei deiner Uhr haben sie es zu gut gemeint."

„Fragen wir mal einen Uhrmacher, wie der das sieht."

„Ich denke, der macht sich darüber wenig Gedanken."

„Und die Leute, die auf die Weltuhr aufpassen? Denen wenigstens müsste so eine Beschleunigung, und wäre sie noch so klein, doch auffallen."

„Außerdem könnte das ganze System mit beschleunigen. Und dann wäre gar nichts mehr da, woran man etwas merken könnte, dann müsste man sich schon ziemlich weit nach außen begeben, vielleicht sogar aus dem Sonnensystem heraus."

„Hätte denn die Rotationsbeschleunigung irgend einen Einfluss auf uns Menschen zum Beispiel? Würden wir denn Zeit verlieren, weil unsere Tage kürzer würden?"

„Bei deinem Beispiel zu Anfang fiele der Verlust natürlich ins Auge. Vier Stunden jeden Tag, das wären im Jahr 365x4=1460 Stunden, gut drei Wochen also."

„Der Jahresurlaub fiele aus..."

„Rotation kriegen wir bestimmt nicht mit. Sonst würden die Leute am Äquator ja merken, dass sie viel schneller sind als die Leute nahe den Polen..."

„Stimmt, davon hat man noch nichts gehört."

„Oder etwa doch?"

Gedankenvolles Schweigen. -

Es ist Arundelles Stimme, welche die Stille bricht: „Zeit ist schon was erbärmliches... Nichts als ein bisschen Erdrotation. Kann man sich nicht vorstellen..."

Flo eifrig: „Früher hatten die Menschen eine Heidenangst vor Geschwindigkeit, als ob die was ahnten."

Cori: „Meinst du etwa, wir ahmen den Effekt künstlich nach, wenn wir Gasgeben?"

Flo: „Wieso nicht?"

Arundelle: „Physikalisch gesehen, addieren sich Geschwindigkeiten. Gelegentlich jedenfalls, oder sie werden von einander abgezogen, wie's gerade kommt. Also hütet euch davor, nach Osten zu rasen, nur im Westen winkt langes Leben!"

Cori: „Du meinst, selbst wenn die Erde nicht beschleunigt, hätten wir den gleichen Effekt, physikalisch gesehen?“

Arundelle: „Spricht nichts dagegen.“

Flo: „Von Physik hab’ ich keine Ahnung.“

Arundelle: „Solltest du aber.“

Cori: „Zeit ist Rotation und Beschleunigung, is’ ja n’ Ding.“

Flo: „Beschleunigung ist ein Killer – das ist radikal!“

Cori berichtigt: „Kann ein Killer sein, ungünstigstenfalls.“

Arundelle: „Haltet euch nach Westen, da seit ihr auf der sicheren Seite.“

„Wenn schon von Europa nach Australien, dann aber über Amerika hin und über Asien zurück.“

„Na, da haben wir’s ja richtig gemacht. Diesmal meine ich, als wir nach Ägypten sind mit den Eltern.“

„Anders rum wäre das nun aber wirklich Blödsinn gewesen.“

„Obwohl, es gibt solche Routen, die sind länger und trotzdem billiger – tariflich meine ich. Von uns aus gesehen, können sie unter Umständen natürlich teuer werden.“

„Stimmt, denn was ist kostbarer als Zeit?“

„Nichts!“

„Zeit ist das kostbarste Gut, das wir besitzen.“

„Das wir besitzen? - Ist’s nicht gerade umgekehrt, besitzt die Zeit nicht vielmehr uns? Nur wir merken ’s nicht ?...“

„Oder wollen nicht dran erinnert werden.“

„Noch krasser - wir sind die Sklaven der Zeit.“

„Na, ob man das wirklich so stehen lassen kann?“

„Zeit schlechthin - scheint mir auch zu allgemein.“

„Lebenszeit ginge schon eher.“

„Scheint mir wiederum ein Thema für sich.“

Flo: „Wie schnell rotiert die Erde eigentlich?“

Arundelle: „Kann man ausrechnen.“

Cori denkt ans Fliegen: „Gegen die Rotation müsste man sich ja unheimlich schwer tun beim Vorwärtskommen, gerade in der Luft."

Arundelle antwortet: „Luft gehört mit zur Erde, egal wie weich sie dir erscheint, die rotiert genauso mit, keine Angst. Und am Boden spätestens ist die Addition der Geschwindigkeiten eh keine Frage."

„Da gibt's so 'n irren Milliardär, der fliegt ständig."

„Natürlich nach Westen."

Arundelle nachdenklich: „Zeit ist eine Form der Beschleunigung."

Flo: „Wie kamen wir überhaupt auf die Beschleunigung?"

Cori belehrend: „Urknall – alles beschleunigt und wenn alles beschleunigt, dann heißt das auch alles und die präzise kleine Erde mit den präzisen kleinen Planetenkügelchen, um die gute alte Sonne, sind eine Fiktion, eine Zeitinsel der Rotation."

„Zeit ist gleich Rotation. Biologie - der ewige Kreis, na ja, trotzdem - viele Fragen."

Flo: „Auch unser Kreis schließt sich!"

Cori: „Biologische Uhr – oder lenkt das ab?"

„Mitnichten, nur wir treten auf der Stelle. Das hatten wir schon. Die Zeit, unser kostbarstes Gut, das Lebensmittel schlechthin."

Arundelle: „Überhaupt Zeit – jeder hat seine eigene Zeit, so von der Erinnerung aus gesehen. Niemand kennt doch den andern wirklich. Persönliche Zeit einerseits – allgemeine, öffentliche Zeit andererseits."

„Und natürlich die Lebenszeit – die Zeit nämlich, wie lang einer lebt."

„Wichtige Frage, wenn 's ans Sterben geht. Vorher ist's nur was für Philosophen."

„Persönliche Lebenszeit ist ein wirkliches Geheimnis, oft genug."

„Lebenserwartung, der ganze Lebensplan eben, genetisch, umweltbedingt, psychisch – wie einer eben geschaffen ist mitsamt seinem persönlichen Schicksal."

„Hat das auch noch mit Zeit zu tun? Müssen wir uns nicht irgendwo abgrenzen? Ich finde, wir treiben ins Uferlose."

„Wir verlieren den Boden unter den Füßen."

„Das kann und darf nicht sein."

„...also dann - zurück in die Raum-Zeit, da ist der Boden wieder."

„Andererseits – wenn wir akzeptieren, dass die Rotation der Erde und die Kreisläufe der Planeten und das sich in sich in Bewegung findliche Sonnensystem unsere Zeit bestimmen..."

„oder sogar schaffen..."

„...wenn wir dieserart Bewegung akzeptieren, müssen wir dann nicht fast zwangsläufig auch das Leben als einen Maßstab der Zeit begreifen?"

„Die Lebenszeit ist sicher eine ungenaue Uhr..."

„... die allein gelassen..."

„... garantiert stehen bleibt..."

„...sinnvoll ist sie also nur im Zusammenhang mit der Planetenuhr zu begreifen..."

„Sieht man übrigens bei Pflanzen viel deutlicher als bei Tier und Mensch."

„Obwohl die mitunter ganz schön abhängig sind."

„Zeit ist ein Gefängnis, wir sind Gefangene der Zeit, jeder für sich und alle zusammen. Unsere ganze Welt, jedenfalls die, die wir gewöhnlich erkennen können..."

„...oder was wir davon erkennen..."

„...wir tragen die Brille der Zeitlichkeit, sozusagen..."

„Die Art und Weise, wie wir erkennen, ist zeitlich bestimmt..."

„...nur in Gedanken können wir aussteigen..."

„...nicht wirklich, der Blick von draußen sprengt bereits die Vorstellungskraft..."

Trotzdem versuchen sich immer wieder welche damit..."

„und kommen erstaunlich weit..."

## 18. Zu Besuch in Australis

Der Mond rundete sich. Die Natur kannte keinen Aufschub. So wichtig die Fragen auch waren, mit denen sich nicht zuletzt die Conversioren befassten, vom vorgezeichneten Pfad ihres Lebens konnten, durften und wollten sie nicht abweichen.

Bei aller Liebe zu Forschung und Wissenschaft fieberte Penelope M'gamba dem Ereignis unbeschadet der bedeutsamen Umtriebe von ganzem Herzen entgegen. Und das aus gutem Grund: Zinfandor Leblanc hielt als Mensch nicht ganz, was er in seiner tierischen Gestalt verhieß. Das war sehr bedauerlich.

Allein schon äußerlich ließ sein menschliches Erscheinungsbild zu wünschen übrig. „Sieht wie ein wandelndes Fass aus." Meinten die Kinder der ersten Jahrgangsstufe. Zumal jene, die eben erst aufgenommen worden waren. „Außerdem ist der bekloppt", ergänzten sie ihr vernichtendes Urteil.

Sie hatten durchaus recht, jedenfalls bis zu einem gewissen Grade, auch wenn ihre jugendliche Sicht der Dinge zur Überspitzung neigt. Gleichwohl hätte sich Penelope etwas mehr Rücksichtnahme gewünscht. Nicht nur lug und trug tut weh, die nackte Wahrheit erfüllt uns nicht selten mit nicht weniger vernichtendem Schmerz.

Auch vom Wesen her war wenig Staat mit Zinfandor Leblanc zu machen. Penelope musste sich eingestehen, dass sie ihn selbst kaum kannte. Er war auch ihr oft ein Buch mit sieben Siegeln.

Wäre nicht die Erinnerung an den rauschhaften Flug im letzten Monat und an den seemännischen Heldenmut, sie hätte nicht zu sagen vermocht, was sie - jenseits des inzwischen wieder sehr fernen körperlichen Geheimnisses - zu ihm zog.

So konnte es bisweilen geschehen, dass sie an ihrer Erinnerung zweifelte. Dann allerdings fielen ihr die fürchterlichen Strapazen auf der verlorenen Insel und die gemeinsamen Erlebnisse im tosenden Meer wieder ein. - Kein Wunder, wenn ein sensibler Mann durch solche Torturen um so mancherlei gebracht wurde. Da konnte man nur auf die Zeit hoffen, die bekanntlich alle Wunden heilt.

Was wussten sie schon von Zinfandors Vorgeschichte? Vielleicht bestand das größte Wunder ja darin, dass er bis heute überlebt hatte?

Der Mond rundete sich. Conversioren jeden Alters hasteten wie üblich im letzten Moment zur Anlegestelle, wo das Boot zur nahe gelegenen Insel abging. Kaum mehr als ein steil aufragender Fels, und um einiges kleiner als die Insel Weisheitszahn, diente die Conversioreninsel nur einem Zweck.

Begleitet von den Wächtern und unter der Führung Adrian Humperdijks machten sich nicht nur die Jugendlichen auf. Auch für Penelope M'gamba und Zinfandor Leblanc war es diesmal ein Aufbruch ins Ungewisse. Niemand wusste, was auf sie zukam. Gewöhnlich wartete Penelope bis zur letzten Sekunde um sich dann aus eigener Kraft in die Lüfte zu schwingen. Damit war es nun wohl vorbei.

Ein wenig hoffte sie trotz allem. Sie fühlte kein Kribbeln, jedenfalls nicht das altbekannte. Die Glieder wurden ihr auch nicht befremdlich leicht, die Augen blickten keineswegs überscharf in die weiteste Ferne – nein, die Sicht blieb, was sie war. Da war wohl nichts zu machen. Dabei musste sie noch dankbar sein.

Sie blickte zu ihrem Gefährten hinüber, der teilnahmslos neben ihr im Boot hockte. Zinfandor ging es gesundheitlich nun um vieles besser. Jeden Tag erholte er sich etwas mehr, auch wenn er noch keine großen Sprünge machen konnte. Ganz zu Schweigen davon, sich in die Luft zu erheben. Doch er stand bereits wieder mit beiden Beinen fest auf dem Boden und bewegte sich ohne Krücken fort.

„Wirst sehen, so eine Wasserkur wirkt wahre Wunder", flüsterte Marsha ihr zum Abschied tröstend ins Ohr. Denn alle dachten natürlich, dass sich die Vorhersagen der melisandrischen Ärzte bewahrheiten würden.

Eigentlich zweifelte auch Penelope nicht ernstlich daran. Wenn es freilich nach ihr gegangen wäre, dann hätte sie am liebsten dort angeknüpft, wo sie letzten Monat aufgehört hatte. Ganz tief in ihrem Inneren regte sich eine irrwitzige Hoffnung, die sie nur zu gerne kitzeln fühlte.

Wieder blickte sie verstohlen zu Zinfandor hinüber, der in sich gekehrt, neben ihr kauerte. Sie betrachtete sein Gesicht wie das eines Fremden. - Wie müde er aussah. Die Zeichen der schweren Krankheit waren unverkennbar. Die Gesichtszüge unter dem dichten weißgrauen Bartgestrüpp wirkten verfallen und seltsam konturlos. Die kleinen schwarzen Augen starrten blicklos ins Weite.

Was er wohl dachte? Oder bereitete er sich innerlich auf seine Verwandlung vor? Sie wäre gut beraten, sich ebenfalls um sich selber zu kümmern.

Die Gestade der Insel wuchsen schnell in den Himmel, jedenfalls gewann man diesen Eindruck, während sich das Boot der Anlegestelle näherte. Es bedurfte großen Geschicks, die richtige Stelle im Riff zu finden, durch die das Boot hindurch schlüpfen konnte, ohne sich den Rumpf an den messerscharfen Korallenspitzen aufzureißen.

Das Boot mit den Wächtern passierte soeben die kritische Stelle und der Steuermann hielt sich so genau wie möglich in dessen Kiellinie. Es wurde Zeit. Durch das Boot ging ein vernehmliches Seufzen. Die freudige Erwartung mischte sich stets ein wenig mit der Furcht. Schmerz und Glück der Conversioren lagen dicht beieinander.

Zinfandor und Adrian begannen gleichzeitig nach Luft zu schnappen. Das Riff drohte schwarz unter dem Schaum der sachten Brandung. Und nur dort, wo die Fahrrinne frei blieb, wurde die stets wieder aufschäumende Krone durchbrochen.

Adrian ließ sich rückwärts aus dem Boot plumpsen. Er hatte lange genug gewartet. Zinfandor zögerte noch immer. Was war mit seiner Begleiterin? In Penelope M'gamba spielte sich ein schrecklicher Kampf ab. Die widerstreitenden Impulse drohten die arme Frau zu zerreißen. Es blieb keine Zeit. Jede Sekunde, die verstrich, war eine Sekunde zuviel. Entweder jetzt oder nie. Gleich wäre die Einfahrt erreicht. Ihm selbst ging die Luft aus. Er musste ins Wasser, wollte er nicht ersticken. Ein letzter verzweifelter Blick, dann ließ auch er sich endlich fallen.

Adrian empfing ihn und zog ihn zu sich an den Grund, wo sie sich orientieren konnten und erst einmal zu Atem kamen. Die ersten frischen Züge des klaren Wassers taten besonders gut. Dies um so mehr als die Strömung sie auf ihren Weg unter den Festlandsockel wies, unter dem sich Australis verbarg.

Penelope planschte heran. Sie hatten keine Zeit zu verlieren, denn der Malstrom der Tiefsee drohte jeden Augenblick umzukehren. Sie mussten versuchen, sich aus der Zone der Riffs und der Inseln zu befreien. Erst im freien Meer bekam der Sog Eindeutigkeit. So blieb keine Zeit, sich über die Schwierigkeiten der Conversion auszutauschen.

Penelope hatte offensichtlich den schwersten Part erwischt. Außerdem war sie viel zu verwirrt, als dass sie hätte berichten können. Sie wusste selbst nicht, wie ihr geschehen war.

Statt zu rudern, schwang sie die Flossen wie Flügel, was ihr eine merkwürdige Fortbewegungsart verlieh. Sie gemahnte an eine Flunder, fand Adrian, als er sich nach ihr umschaute. Immerhin hielt sie mit und fand sich in Zinfandors Kiellinie wieder, der sich seinerseits an Adrians Fersen heftete.

Die Schatten der Inselsockel drohten dunkel von Ferne oder senkte sich bereits die Nacht herab? Hier unten um einiges schneller, wohin die Sonnenstrahlen nur mit Mühe gelangten. Niemand mochte es entscheiden. Adrian war viel zu beschäftigt, auf seine innere Stimme zu lauschen, die ihn heftig vorantrieb. Von Entwarnung konnte keine Rede sein. Gleichmäßig und kräftig ruderte der kräftige Fischschwanz. Die Rückenflosse stand starr und weit abgespreizt als Steuerinstrument empor und ließ sich mit dem Willen beeinflussen – ein fast vegetativ zu nennender Vorgang, der ihm wie von selbst gelang.

Ganz anders seine Begleiter. Ihre Bewegungen hatten etwas ruckartiges an sich. Auch wenn es ihnen zunächst gelang, das Tempo zu halten.

Viel zu viel Kraftaufwand, dachte Adrian und sah sich besorgt nach einer geeigneten Stelle für eine Ruhepause um. Doch da war weit und breit nichts in Sicht, was geeignet gewesen wäre, inne zu halten und auszuruhen. Im Gegenteil.

Die Strömung ließ deutlich nach. Bald war es ganz mit ihr vorbei, und nicht lange danach setzte die Gegenströmung ein. Wenn sie dann noch in der offenen See zwischen den Sockeln der Inseln und dem bergenden Festlandssockel steckten, dann konnten sie von Glück sagen, wenn es ihnen gelang, die gewonnene Strecke nicht zu verlieren. Von Vorwärtskommen war dann keine Rede mehr.

Sobald der schützende Schelf erreicht war, konnten sie sich in die Buchten und Höhlen zurückziehen, die es darin allenthalben gab und die Nacht abwarten. Denn am Morgen drehte sich der Schub wieder um.

Weshalb dies so war, glaubte Adrian zu wissen. Praktisch war dieser Strömungsverlauf allemal. Dadurch wurden die Gebiete unter dem Schelf mit frischem Wasser aus dem Meer versorgt. Die schlechten verbrauchten Ströme, die all den Unrat enthielten, wie ihn ein so großes Gemeinwesen nun einmal absondert, wurde fort gespült. Dazu eignete sich die Nacht denkbar gut. Denn die Arbeit ruhte und der Sauerstoff, der ja in dem frischen Wasser besonders gut war, drang in den frühen Morgenstunden mit Macht herein. Bei Tagesanbruch, der hier unten freilich kaum sichtbar wurde, erreichte die Flut dann ihren Höhepunkt.

Adrian erinnerte sich. Der Atem des Meeres folgte den Mondphasen wie Ebbe und Flut. Es war, als atme das Meer wie ein lebender Organismus und alle Kiemenatmer folgten diesem großen Atem nach und passten sich ihm in ihren Gewohnheiten an.

Pünktlich um acht kippte die Tide. Nur scheinbar gemächlich glitten die drei Schwimmer unter die bergenden Felsendächer des überhängenden Sockels.

Hier unter dem Meer ragte das Schelf um ein vieles weiter als das sichtbare oberirdische Festland hinaus. Es bildete damit das Dach für eine Welt unter der Welt: Der Heimat des Meervolkes, das dort unbehelligt und vor allem ungesehen eine blühende eigene Welt entfaltete.

Unter Aufbietung aller Kräfte schaffte es Penelope, während Zinfandor all seine Schwächlichkeit hinter sich gelassen zu haben schien und hier unten wieder ganz er selbst wurde: Stark und selbstbewusst, umsichtig und vorausschauend. Aber Penelope war viel zu erschöpft, um davon viel zu bemerken. Adrian hingegen sah den befremdlichen Gast nun mit etwas anderen Augen.

Die drei Conversioren verschanzten sich in einer flachen Mulde unter dem Dach des Sockels, nur wenige Meter hinter dem Anfang des Randes. Während unter ihnen das Wasser mit Macht ausströmte und sich gurgelnd in ihrem Versteck verfing. Allerlei Unrat mit sich führend, das nun den Weg in die Mulden und Kammern nahm, um sich darin gelegentlich festzusetzen.

Doch meist strömte der Abfall alsbald davon. An Schlaf war allerdings nicht zu denken. Sie befanden sich zu dicht am Zentrum des Malstroms. Einige hundert Meter weiter und in größerer Höhe wäre es ihnen besser ergangen.

Das Dach der Tiefseewelt nämlich hob sich alsbald und verbreiterte sich wie eine flache Glocke. An ihrer höchsten Stelle reichte es bis an die Oberfläche des Festlandes heran. So kam es, dass die Meermenschen gleichsam eine Etage unter dem australischen Festland lebten.

Sogar einen Zugang zu dem heiligen Fels im Landesinnern gab es. Und so kam es, dass auf seltsame Weise immer wieder Oberirdische verschwanden. Es lässt sich denken, wohin sie gelangten! Der ganze Kontinent ruhte auf Tausenden solcher mächtigen Säulen. Und eine mythische Erzählung der Aborigines handelte davon, dass eines Tages die Säulen brechen und alles Land im Meer versinkt.

Aus der Sicht der Meermenschen stellte sich diese Möglichkeit gar nicht so ganz unrealistisch dar. Einige geschickt angebrachte Sprengladungen oder auch eine Naturkatastrophe konnten durchaus dazu führen, dass das Land von den Sockeln brach und ganz oder doch zu weiten Teilen unterging. Zumal die Unterspülung immer weiter ging.

Ohne die emsige Bautätigkeit der Meermenschen, die zu ihrem eigenen Schutz die bedrohlichsten Auswaschungen ausbesserten, wäre die gewaltige Katastrophe womöglich längst passiert.

*

Penelope sank in einen unruhigen Schlummer. Zinfandor sorgte sich rührend um sie und verhinderte mit seinem breiten Rücken jede nur denkbare Störung. Adrian beobachtet derweil den Malstrom.

So gegen zwei Uhr am Morgen würde die Tide kippen. Das konnte man sich leicht ausrechnen. Spätestens ab drei könnten sie dann ihren Weg mit dem frischen Strom aus dem Meer fortsetzen, der sie bis tief ins Innere der geheimen Unterwasserwelt tragen würde, wo die Stadt Australis sie erwartete.

Dort würde Adrian Humperdijk seinen Regierungsgeschäften nachzugehen haben, würde im Parlament über Gesetze beraten und Gutachten erstellen, soweit dies von ihm verlangt wurde. Außerdem stand eine kleine Zwischenwahl in einigen Außenbezirken an, wobei er seinen Parteifreunden Wahlkampfhilfe zu leisten gedachte.

Seine Gäste blieben sich selbst überlassen. Ein wenig Sightseeing gestaltete die ersten Stunden noch recht abwechslungsreich. Doch bald war alles Sehenswerte gesehen. Jedenfalls war es Penelope so.

- Um der Wahrheit die Ehre zu geben, - Penelope M'gamba langweilte sich ein wenig. Die Welt unter Wasser war die ihre nicht. Was konnte man schon groß tun? Schwimmen war eine so langsame Fortbewegungsart. Kaum schneller als das irdische Gehen und Rennen. Außerdem bekam man mit der Sauerstoffversorgung Probleme. - Wurde sie denn alt? Aber nein, es war das schwere Element, der ungeheure Druck der Tiefsee. Dafür war sie nicht geschaffen. Schon gar nicht nach einem langen erfüllten Leben in luftiger Höhe.

Von Adrian Humperdijk bekam sie nichts zu sehen. Er blieb für vier lange Tage spurlos verschwunden. Das hatte er angekündigt. Die Regierungsgeschäfte nahmen seine ganze Zeit in Anspruch. Zumal eben jetzt da diese Nachwahlen anstanden.

Erst als sich der Mondzyklus zu neigen bekann, und sie an die Rückkehr denken mussten, tauchte er auf. Er erinnerte sich an seinen verzweifelten Endspurt im letzten Monat und drängte auf einen schnellen, vorzeitigen Aufbruch.

„Etwas stimmt mit der Zeit nicht. Hier unten gehen die Uhren seit neuestem anders.“ – erklärte er seine Drängelei.

Dieser Hinweis ließ Penelope aufmerken. So gut es ging während des zügigen Schwimmens, befragte sie Adrian nach seinen Erfahrungen. Doch so sehr sie auch bohrte und nachhakte, mehr als kopfschüttelndes Unverständnis angesichts der verschiedenen Uhrzeiten, bekam sie nicht aus ihm heraus.

So fand sich für sie zu guter Letzt doch noch einen Grund, sich wieder ins Meer hinab zu begeben, das sie nicht liebte und künftig womöglich gemieden hätte. Sie traute sich inzwischen zu, ihr Bedürfnis nach Verwandlung gänzlich zu unterdrücken.

Zinfandor brauchte sie ohnehin nicht. Dem schien die Tiefe gut zu bekommen. Er hatte sich alsbald nützlich gemacht. Er war mit dem Arbeiter in die Minen geschwommen, hatte sich auf den Plantagen umgetan und sich die Schätze versunkener Schiffe zeigen lassen, die allenthalben an verborgenen Stellen den Meeresboden bedeckten.

Was, wenn der Zeitfaktor nun auch auch hier unten zum tragen kam? Adrians Erklärung, die Uhren gingen entweder unten oder oben falsch, überzeugte nicht einmal ihn selbst.

„Aufgrund meiner Erfahrungen vom letzten Mal, möchte ich für unsere Rückreise mindestens einen halben Tag länger einkalkulieren. Zumal – wie die Erfahrung lehrt – Reisegruppen im allgemeinen langsamer vorankommen als Einzelreisenden.“

Das war eine höfliche Umschreibung dafür, dass er sie für eine lahme Ente hielt, dachte Penelope. Womit er keineswegs Unrecht hatte.

Bei der nächsten Gelegenheit wollte sie nicht so unvorbereitet sein, beschloss sie. Statt sich zu langweilen, hätte sie die vergangenen Tage mit vielerlei Messungen verbringen können. Wie ärgerlich. Zumal die Zeit wirklich drängte. Dass sie darauf auch nicht von selbst gekommen war! Der Zeitfaktor musste selbstverständlich in der Tiefe ebenso gültig sein wie überall. Das war doch sonnenklar.

Wieder galt es, die Tide auszunützen. Diesmal hieß es Augen zu und durch, denn sie wurden zusammen mit dem Unrat ausgeschwemmt und das war weniger angenehm. Sie erreichten die offene See ohne Zwischenfälle und legten sich mächtig ins Zeug. Vor ihnen lag eine gewaltige Strecke, für die sie alles in allem acht bis zehn Stunden Zeit hatten.

„Ist wirklich zu schaffen, normalerweise nehm ich mir dafür exakt eine Tide.“ Eine Tide, das sind sechs Stunden, rechnete Penelope nach. Alle Achtung, ein wirklich durchtrainierter Schwimmer, dieser Adrian.

„Und beim letzten Mal ging mir doch tatsächlich schon nach knapp fünf Stunden die Puste aus! Ist das denn zu glauben?“

Adrian wollte damit sagen, dass der Umwandlungsprozess viel zu früh eingesetzte. Penelope verstand. Die biologische Uhr im Innern ließ sich nicht betrügen, ganz gleich, was die äußeren Uhren anzeigten.

Handelte es sich um einen einmaligen Fehler? Hatte sich Adrian geirrt? Nun, sie würden es bald erfahren. Sie hatten ihre eigenen Chronometer exakt auf die Tidensäule im Zentrum von Australis abgestimmt und danach noch einmal unter einander verglichen. Jetzt besaßen sie zwei unabhängige Zeitnehmer. Selbst wenn einer davon falsch ging, blieb noch immer der andere.

So gestaltete sich die Rückreise um vieles kurzweiliger. Die Spannung stieg. Immer wieder nahmen Adrian und Penelope ihren Uhrenvergleich vor und berechneten genau die Zeit, die ihnen noch blieb.

Sie kontrollierten ebenfalls immer wieder, ob sich bei ihren Organen etwas tat, lauschten in sich hinein, kontrollierten Puls und Herzschlag, ohne allerdings irgend etwas Auffälliges zu entdecken. Verglichen mit Adrians gewöhnlichem Tempo, lagen sie freilich etwa um eine dreiviertel Stunde zurück.

Doch das machte nichts. Sie konnten den abfließenden Entmüllungsstrom voll ausnutzen. Adrian vermied diesen für gewöhnlich aus Ekel und reihte sich ziemlich spät in den Sog ein, wenn das Gröbste bereits nach draußen unterwegs war. Diesmal also hieß es, Augen auf- und Nase zuhalten.

Markante Markierungen wiesen dem erfahrenen Unterwasserschwimmer den Weg und dienten als Anhaltspunkte für die Zeitmessung. Der überhängende Festlandssockel reichte zwar weit ins Meer hinaus, jedoch nicht direkt bis in die Nähe der Insel Weisheitszahn.

Diese besaß ihren eigenen Sockel und wuchs von unten gesehen wie eine Blume aus der Tiefe, deren Stiel sich immer mehr verjüngte. Besonders der obere Teil war von den ewigen Fluten dünn gewaschen worden.

Eine Abzweigung, einige hundert Meter unter der Wasseroberfläche, mündete in die Insel der Conversioren, während der Hauptstamm die Insel Weisheitszahn trug.

Die Conversioreninsel kam alsbald in Sicht. Penelope staunte über die Schönheit und Eleganz des schier endlos aufragenden steinernen Turms.

Sie waren keineswegs zu früh dran! Urplötzlich spürte die Frau eine schreckliche Beklemmung. Die Kiemen versagten den Dienst.

„Luft, Luft, um alles in der Welt, Luft“, japste Penelope. Sie stieß mit verzweifelten Armstößen hinauf ins Helle, wo die Sonne auf die kristallene, spiegelblanke Fläche prallte, die wie ein Feld von Diamanten erglitzerte und strahlte.

## 19. Geheim-Bruderschaft Infernalia

In London herrschte Nebel wie schon lange nicht mehr. Denn seit das Brennen der offenen Feuer in Hunderttausenden von Kaminen gesetzlich untersagt worden war, hatte man das Problem des Smog weitgehend in den Griff bekommen. Der berüchtigte, undurchdringliche Londoner Nebel, in dessen Tarnung das Grauen umging, gehörte eigentlich der Vergangenheit an.

Dennoch konnte es besonders im Herbst, aber auch im Frühjahr geschehen, dass die Großwetterlage die Nebelbänke an der Themsemündung begünstigte. Sie bildeten sich, wenn sich kalte Luftmassen über - von der Sonne des Tages - erwärmtes Land senkten.

Denn dann hing der Nebel grau und schwer über der Stadt. Und es war fast so wie damals, erinnerten sich die Alten.

Der Nebel nistete, so schien es, besonders in den ohnehin dunklen, schmalen Gassen des Viertels hinter den Docks oder im alten Soho. Es war dann, als habe das Böse nur geschlafen, um nun wie einstmals zu erwachen und umzugehen. Mit Fug und Recht also wurde ein solcher Nebel mörderisch genannt.

Das Gesindel wagte sich hervor, herrschte für Stunden und Tage über die verwaisten Straßenzüge. Wenige Autos schlichen über leere Straßen. Nur wo sich die Schächte der Untergrundbahn auftaten, spuckte die Erde dunkle Menschenklumpen aus, die sich hastig in alle Richtungen verliefen – womöglich alsbald leichte Beute für allerlei Psychopathen und Schnapphähne.

Roland Waldschmitt, landete in Heathrow noch bei strahlendem Sonnenschein. Doch schon auf dem Weg von Heathrow in die Londoner Innenstadt begann der Nebel herabzusinken.

Herr Waldschmitt hielt diesen zunächst für die natürliche Verdunkelung, denn er war sich über die Zeitverschiebung nicht ganz im klaren. Außerdem endete gerade der Winter, in dem man sich an früh einfallende Nächte gewöhnt.

In Wirklichkeit war es nicht einmal drei Uhr am Nachmittag, als sich die Sonne verfinsterte, während Herr Waldschmitt in dem Bus saß, der zu dem Stadtterminal von British Airways fuhr.

Die Passagiere strandeten hilflos im Grau. Schon beim Aussteigen, als sie ihre Füße auf den Stufen des Busses nicht sahen, sprang sie Verunsicherung, manche gar die Furcht an wie ein lauerndes böses Tier, das sich aus dem düsteren Nichts auf sie stürzte.

Herr Waldschmitt trotzte der Gefahr mannhaft. Zumal er sich in Begleitung befand. Außerdem wurde er erwartet. Man war der Situation also nicht ausgeliefert. Hätte er, wie so manch einer der Passagiere, sich zum nächsten Taxistand durchzufragen gehabt oder gar bis zu einem der vielen ganz in der Nähe liegenden Hotels, es hätte womöglich ein wenig anders um ihn gestanden. Man sah buchstäblich kaum die Hand vor Augen.

Eilends flüchtete das Gros ins erleuchtete Terminal. Die automatischen Türen ließen kleine Nebelpuffer ins Innere mit jedem seufzenden auf und zu. Drinnen freilich herrschte die neongrelle Normalität. Das beruhigte. Und schon bald war die Panikattacke verdrängt.

Herr Waldschmitt reiste nicht mit seiner Frau. Diese durfte von dieser Reise nicht einmal ahnen. Die Frau in seiner Begleitung war von erlesener, wenn auch äußerst herber Schönheit. Makellos im Erscheinungsbild, schlank und rank wie eine Zwanzigjährige, was ihrem wahren Alter nicht entsprach, das kaum zu schätzen war. Irgendwo zwischen dreißig und fünfzig würde man sie ansiedeln wollen.

Es hatte Herrn Waldschmitt einige Überwindung gekostet, sich in die Obhut dieser Dame zu begeben. Er war dazu einem heimlichen Anruf gefolgt, hatte unter dem Vorwand, ein Angelwochenende mit dem Anglerverein zu verbringen, seinen Koffer gepackt.

Die Angelsachen steckten im Schließfach am Bahnhof. Herr Waldschmitt hatte sich in einen eigens für diesen Zweck gekauften Anzug geworden und das Nötigste für das Wochenende in eine ebenfalls neu erstandene Aktentasche gepackt. Dann war er zur verabredeten Zeit an den Flughafen gefahren, und hatte dort sein Ticket abgeholt, das am Schalter der Britisch Airways auf seinen Namen hinterlegt worden war.

Erst in der Departure-Lounge dann war Madame de Stäel, so hieß die geheimnisvolle Anruferin, zu ihm gestoßen. Sie hatte ihn mit einem winzigen Lächeln in den Mundwinkeln, dennoch kalten Blickes begrüßt. Sie hakte sich dann vertraulich plaudernd bei ihm ein, während sie ihn in groben Zügen in den Plan für das Wochenende einweihte. Es versprach alles andere als beschwingt zu werden.

Sollte ihn der Anblick der eleganten Dame etwa auf abwegige Gedanken geführt haben, so ließen ihn ihre Worte alsbald auf den harten Boden der Wirklichkeit zurückkehren.

„Die Erprobungsphase ist abgeschlossen. Wir sind zum Zuschlagen bereit..." In kurzen Stichworten erläuterte die Frau, was darunter zu verstehen war. Herr Waldschmitt, der des Englischen nicht ausreichend mächtig war, verstand nur wenig. Zumal auch

Madam de Stäel sich vergleichsweise schwer mit dieser Sprache tat. Immer wieder rutschten ihr französische Worte dazwischen. Sie verstand Herr Waldschmitt noch viel weniger.

Das Taxi, in dem sie nun saßen, kämpfte sich durch den Nebel auf der Suche nach dem Hotel, das ganz in der Nähe liegen musste. Obwohl der Taxifahrer ein alter Hase war, machte ihm der Nebel schwer zu schaffen. Im Schritttempo ging es voran.

Jede Kreuzung veranlasste den Fahrer auszusteigen. Er suchte nach Orientierungsmarken oder fragte einen der unwilligen wenigen Passanten. Die, ob der Stimme aus dem Nebel, nicht schlecht erschraken. Sie stürzten meist hastig davon, statt Auskunft zu geben, die dann womöglich auch noch falsch war. Woher sollte es ein Passant auch besser wissen als ein ausgebuffter Taxifahrer?

Die Fahrgäste verfielen alsbald in unbehagliches Schweigen. Die Unsicherheit des Fahrers sprang auf sie über. ‚Hoffentlich findet der Trottel das verdammte Hotel endlich', dachte Herr Waldschmitt und rutschte noch tiefer in seine Ecke, als fürchte er sich durch Berührung anzustecken. Beim Ernst der Lage verbat sich jede störende Regung.

Auch Madame, sich ihrer Wirkung bewusst, ärgerte sich über die eisige Wand des Unbehagens mehr, als dass sie sich mit den naheliegenden Gründen dafür befasst hätte. Ihre weiblichen Instinkte mochten den Widerspruch zwischen den so gegensätzlichen Gefahren nicht begreifen, zumal sie sich davon selbst nur zum Teil betroffen fühlte.

*

Die Tage der Mause-experimente lagen nun weit hinter Roland Waldschmitts internationalen Freundeskreis. Wie hatte man sich damals über die kleinsten Erfolge gefreut! Kleinste Differenzen waren heftig bejubelt worden. Inzwischen war man in vergleichsweise ungeheuerlichen Dimensionen angelangt. Und ein Ende war noch nicht in Sicht. Der einmal eingeschlagene Weg verhieß eine unglaubliche Macht, wenn das Verfahren erst aus der Erprobung herauskam. Schon jetzt war man mit den Ergebnissen der Experimente mehr als zufrieden.

Zufriedenheit drückte dennoch nicht aus, was einen beschlich, angesichts der ungeheuerlichen Manipulationen. Zumal diese die Tendenz zeigten, sich zu verselbständigen.

Mitunter schien ihm, als sei eine Lawine ins Rollen gekommen, die unaufhaltsam alles überrollte und mit sich riss. Die Frage war längst nicht mehr nur, wie geht es voran, sondern wie hält man sich selbst draußen? Was, wenn nun alles und jedes mitgerissen wurde, wenn man selbst in den verderblichen Strudeln zu Schaden kam?

Hatten sie sich übernommen? War das, was sie bewegten, einen Nummer zu groß für sie?

Sicherlich löste der Nebel die düsteren Zweifel aus und die endlose Schleichfahrt auf der lächerlichen Suche nach dem Hotel tat ein Übriges.

„Mein Gott, so installieren Sie doch endlich auch hier ein wenig Elektronik. – Ist doch nun wirklich kein Staatsgeheimnis mehr so ein Ortungsgerät."

Madame de Stäel schreckte aus ihren Grübeleien auf, oder war sie eingenickt? Die raue Stimme des dicklichen Mannes sprach ihre Instinkte an. Ärgerlich musste sie bemerken, dass er ihr besser gefiel, als sie sich eingestehen mochte.

„Ganz recht", hörte sie sich gurren: „Wir krempeln die ganze Welt um, und hier geht's immer noch zu wie zur Zeit der Pferdekutschen."

„Wird für uns bald auch kein Problem mehr darstellen, nicht wahr", ging der Mann verbindlich auf den Tonfall ein, den er herauszuhören glaubte. Vielleicht ließ sich die große Aufgabe doch mit einem kleinen Abenteuer am Rande verknüpfen.

‚Vorsicht, Roland, denk an deine Frau', ermahnte er sich in Gedanken, während er nervös an dem festgewachsenen Ehering drehte. Er würde versuchen, ihn mit Seife abzukriegen – später im Zimmer.

*

Die internationale Konferenz der „Bruderschaft Infernalia" tagte in einem kleinen abgelegenen Saal des Hotels, das die beiden Ankömmlinge aus Strassburg und Frankfurt doch noch fanden.

Madame de Stäel zog die Aufmerksamkeit aller sogleich auf sich. Nicht nur, weil sie eine der wenigen unabhängigen Frauen im Saal war. Einige Brüder hatten doch tatsächlich ihre Ehefrauen dabei! – ‚Schön blöd', dachte Herr Waldschmitt und äugte aus den Augenwinkeln zu seiner Nachbarin hinüber, die im Lichterglanz des hell erleuchteten Saales in reifer, ja vollendeter Schönheit erstrahlte.

Es war eigentlich ein Widerspruch in sich, in den Geheimzirkel Frauen aufzunehmen. Und so war es tatsächlich nur wenigen gelungen – absoluten Spezialistinnen auf einem bestimmten Gebiet, an die kein Mann heranreichte.

Selbstverständlich dominierte das männliche Geschlecht die Gefilde des Geistes. Unter den wenigen bildete Madame de Stäel eine strahlende Ausnahme. Denn wenn eine Frau einmal soweit gelangte, dann war aus ihr für gewöhnlich ein hässlicher alter Blaustrumpf geworden. Das war der Preis des ungebührlichen Aufbegehrens. ‚Was drängt man sich als Frau auch in eine Welt, die nun einmal dem männlichen Geschlecht vorbehalten ist?' - sinnierte Roland Waldschmitt mit süffisantem Lächeln.

Er stand mit seinen Ansichten in dem Kreis der Bruderschaft nicht allein. Dennoch - oder vielleicht gerade deshalb, genoss Madame de Stäel hohes Ansehen. Herr Waldschmitt war keineswegs der einzige, der ihrem herben Charme erlag. Praktisch lag ihr die ganze Bruderschaft zu Füßen.

So war es nur natürlich, dass sie noch am selben Abend zur stellvertretenden Vorsitzenden des Weltverbandes gewählt wurde.

Über diese Wahl war bereits im Vorfeld allerlei zu hören gewesen. „Entscheidungswahl" – „die Wahl des neuen Jahrtausends" – „die Wahl der Weichenstellung" – so, oder so ähnlich, war die Bedeutung der Wahl herausgestellt worden. Kein Wunder also, dass die geheime Bruderschaft aus allen Teilen der Welt so zahlreich und weitgehend vollzählig nach London geeilt war. Viele hatten denn auch bahnbrechende Fortschritte im Gepäck.

„Doch nur einer von uns hat den Marshallstab im Tornister – bildlich gesprochen selbstverständlich - ha, ha, ha", ließ sich Herr Waldschmitt gelegentlich vernehmen. – Wenn er da nur schon gewusst hätte...

Am Tag der Begrüßung blieb es beim gesellschaftlichen Ereignis. Ein großes Diner fand statt. Leise Tanzmusik lud die Paare zwischen den Gängen dazu ein, sich für Kommendes Appetit zu machen.

Herrn Waldschmitt gelang es immerhin, dreimal Madame de Stäel als Tanzpartnerin zu erobern. Zweifellos eine reife Leistung, die er seinem rücksichtslosen Durchsetzungswillen zuschrieb, der durchaus die angemessene Würdigung fand.

Man duzte sich und tauschte Vornamen aus. Roland Waldschmitt sah dem Ausgang des Abends mit frohem Mut entgegen.

Reden und Berichte rundeten das Ereignis ab. Das eigentliche Anliegen der Bruderschaft aber blieb einer geheimen Klausur am nächsten Morgen vorbehalten. Dort kamen endlich die lang ersehnten bahnbrechenden Ergebnisse ans Licht, von denen zuvor so viel gemunkelt worden war. Von einer geheimnisvollen Insel war die Rede und von dem ersten wirkungsvollen Zeitschloss.

Höhepunkt des darauf folgenden Tages bildete die Vorstandswahl selbst, die, so war die einhellige Meinung, für die Zukunft und die Richtung der Bruderschaft von entscheidender Bedeutung sein würde.

Wer besaß das nötige Charisma unter den versammelten Brüdern? Aus allen Teilen der Welt war man angereist. Wem würde es gelingen, die unterschiedlichen Strömungen zu bündeln und zu einem einzigen machtvollen Strom zu vereinigen?

Genialität und Forscherdrang allein genügten dazu nicht. Es gab genügend Ansätze. Wer besaß die Kraft, aus dem guten Material das so dringend benötigte schlagkräftige Instrument zu schmieden, von dem man nur eine vage Vorstellung hatte, und dessen man gleichwohl dringend bedurfte?

Nichts weniger als die schrankenlose Weltherrschaft lockte. Doch ohne ein solches Instrument, ohne die geeignete Bündelung ihrer zweifellos ungeheuren Kräfte, zerrieb sich die Bruderschaft an den Widerständen. Sie drohten allenthalben. Nicht zuletzt seitens der demokratischen Strebungen in dieser Welt, die sich der drohenden Gefahr zwar in den seltensten Fällen inne war, die gleichwohl allein durch ihre Existenz und Breitenwirkung verheerenden Einfluss auf die Öffentlichkeit ausübten.

Durch Rechte und durch Maßnahmen der Wohlfahrt wurden die Massen verhätschelt, die es zu versklaven galt. Die Humanisten gar ächteten die Ausbeutung, ohne die – so die herrschende Meinung innerhalb der Bruderschaft - die wahrhaft Starken ihre Außergewöhnlichkeit nicht genießen konnten.

*

Die Tagung nahm ihren Lauf. Längst hatten die Nebel sich verzogen und die dunklen Machenschaften, die in verschwiegenen Hinterzimmern ausgebrütet wurden, spotteten der milden Herbstsonne draußen Hohn.

Roland Waldschmitt wurde zur großen Überraschung der internationalen Versammlung zum ersten Vorsitzenden der Bruderschaft gewählt. Ihm kam vor allem der deutsche Bonus zugute. Aber auch die zündende Rede, die er als Kandidat hielt, verfehlte ihre Wirkung nicht.

Viola de Stäel fand, dass ihr ‚Ami Roland' – wie sie Herrn Waldschmitt inzwischen zärtlich nannte – wie kein anderer den hohen Anforderungen gerecht wurde, die man im Kreis der Auserwählten an sich zu stellen hatte.

Ihm also trauten die Delegierten die nötige Rücksichtslosigkeit und die brutale Durchsetzungskraft zu, der man in naher Zukunft wie nie zuvor bedurfte.

Die Berichte vom Stand der Forschungen rückten die gewaltige Aufgabe, die es anzupacken galt, ins rechte Licht. Gewaltige Umwälzungen mussten in Gang gesetzt werden, die mit folgenschweren Entscheidungen verknüpft waren.

Nicht allein Entschlusskraft, auch Weitsicht und die Abwägung der eigenen Kräfte, sowie die treffsichere Kursbestimmung luden dem Entscheidungsträger eine riesige Bürde auf, die zu schultern nur die wahrhaft Heldenmütigen taugten.

Roland Waldschmitt besaß das Zeug dazu. In einer glühenden Rede beschwor Viola de Stäel die Versammlung, diesen zu ihrer Leitfigur zu küren. Was ihr ganz nebenbei den zweiten Vorsitz einbrachte. Ein Südafrikaner von gleicher Gesinnung, wenn auch minderer Intelligenz errang Platz drei in der Gunst der Versammelten.

Insgeheim beschlossen Herr Waldschmitt und Madame de Stäel, dass dieser an sich so tief beschämende Wahlakt der letzte seiner Art war. Wenigstens hatte man nicht den Mumpitz einer geheimen Urnenwahl vollzogen, sondern alle hatten offen und ehrlich durch ihr Handzeichen zum Ausdruck gebracht, wo sie standen.

Diejenigen, die es gewagt hatten, sich der Stimme zu enthalten, oder die gar mit Nein gestimmt hatten, würden dafür die Quittung schon noch bekommen!

Botho van Zyl machte zweifellos eine gute Figur und da er die Spitzenpositionen aufgrund seiner schwachen Intelligenz nicht ernstlich zu gefährden vermochte, hatte er immerhin Aussichten, in seinem Amt zu überleben. Es war gut, jemanden zu haben, dem man nötigenfalls Rückschläge anlasten konnte. Und dazu eignete sich der Südafrikaner wie kein anderer.

Die Würfel waren gefallen. Roland Waldschmitt sah sich am Beginn eines neuen Lebens. Sein Aufbruch war auch privat von langer Hand vorbereitet. Was ließ er hinter sich? Eine Ehe, die keine Ehe mehr war. Ohne seine Forschungen hätte er es vor Langeweile nicht ausgehalten. Nun erntete er die Lorbeeren für all die Mühen. Er würde die Firma übernehmen. Macht und Mittel besaß er nun bald in ungeahnter Fülle. Na, die Kollegen würden dumme Gesichter machen. Die meisten für ihn wohl zum letzten Mal – die flogen hochkant hinaus.

Er sah im Geist die Szene vor sich, wie er seinen Boss fertig machte. „Ausziehen bis aufs Hemd, dem lass ich keinen Hosenknopf“, hörte er sich brummeln.

Viola lag neben ihm. Sie räkelte sich im Halbschlaf. Vor dieser Frau musste er sich hüten. - Alles zu seiner Zeit. Er war zufrieden. Die Dinge liefen nach Plan, konnten nicht besser laufen.

Wirklich nicht? - Die Scheidung musste eingereicht und eine Übersiedlung ins Auge gefasst werden. Privat überstürzten sich die Ereignisse auf unangenehme Weise. Ihn schwindelte ein wenig. Zauderte er etwa? Ganz tief drinnen lauerten letzte Zweifel und die Angst.

Heldenmut beschwor sich leichter, als er sich durchhalten ließ. Er schalt sich wankelmütig, rief sich zur Ordnung. „Hart bleiben, Roland“, hörte er sich murmeln, „da musst du durch, Junge.“

Es gab kein Zurück mehr. Die Brücken waren abgebrochen. Er besaß nun große Macht, die er zu nutzen gedachte, und die er mit Zähnen und Klauen verteidigen würde.

Wirklich gefährlich konnte ihm nur ‚dieses Mädchen' werden, von dem nur er allein wusste. Das war gut und schlecht zugleich. Er kannte sie wie kein zweiter, wusste um ihre Schwächen und Stärken, kannte ihre Fehler und ihre Tugenden. Man konnte sie an ihrem Ehrgefühl packen und ihren Stolz kitzeln.

Sie war der Gruppe Süd schon einmal in die Falle gegangen. Sie und ihr ekelhafter Anhang, dieser Halbwilde, für den man auch noch das Schulgeld aufbrachte. Nun, das übernahm zum Glück die Firma, sollte sie ruhig. Die Resultate würde die Bruderschaft absahnen, dafür wollte er schon sorgen. Auf die eigenen Leute war Verlass. Die kannten keine Skrupel, wenn es darum ging, Vorteile herauszuschlagen.

Der Spion, den die Bruderschaft in die Zwischenschule eingeschleust hatte, erwähnte in seinem Bericht eine missglückte Rettungsaktion, bei der alle Beteiligten um ein Haar ihr Leben ließen. Der Mann leistete wirklich gute Arbeit. Seine Tarnung war nahezu perfekt und er hatte seine Augen überall. Leider war er kein Fachmann und seine Intelligenz ließ auch zu wünschen übrig. Außerdem klappte die Funkverbindung aufgrund starker Störsender häufig unzureichend.

Der nächste Schritt des Spions hatte den magischen Waffen zu gelten. Sie mussten endlich ausgeschaltet werden, koste es, was es wolle. Ohne sie standen die Chancen beinahe gleich, zumal dann, wenn die Bruderschaft sich die Forschungsergebnisse aneignete und die Köpfe, die sie ausbrüteten, ausschaltete oder auf ihre Seite zog. Dann endlich stand einer glorreichen Zukunft nichts mehr im Wege.

Roland Waldschmitt riss sich gewaltsam aus diesen rosigen Träumereien. Der Weg war noch weit. Viele Gegner mussten beseitigt, große Anstrengungen mussten unternommen werden. Die absolute Macht lockte nur scheinbar zum Greifen nahe. Er durfte keine Fehler machen. Ein überhasteter Schachzug und alles brach zusammen. Er musste stets auf der Hut sein, durfte keine Schwäche zeigen.

Er hatte mächtige Verbündete. Er fühlte die grenzelose Macht des Bösen, wie sie in seinem Herzen pochte und den glühenden Strom der überwältigenden Gier in jede Ader trieb, bis er sich von ihr ganz durchdrungen wusste.

Irgendwo in seinem tiefsten Inneren klopfte ein letzter Rest von Zweifel, doch dieser mächtige Strom überschwemmte ihn. In einem gewissen Sinne fühlte sich Roland Waldschmitt nicht länger als er selbst. Es war ihm, als habe eine Macht von ihm Besitz ergriffen, die ihn für ihre Zwecke benutzte. Doch er fühlte deswegen kaum Skrupel. Im Gegenteil, ihn ärgerte dieser alberne Zweifel, dieser Rest Feigheit, den er nur zu gerne auch noch los geworden wäre.

Ja, er hatte sich verändert, vieles war nun klarer und trat deutlich in Erscheinung, von dem zuvor nur eine Spur angelegt gewesen war. Bestimmte Charakterzüge hatten sich verstärkt, andere waren ganz verschwunden.

Die Veränderung erfolgte nicht plötzlich, sondern schleichend. Seine Frau hatte es als erste bemerkt und sich von ihm abgewandt, soweit dies überhaupt nötig war. Viel hatte man nach langen Ehejahren ohnehin nicht mehr miteinander zu schaffen. Sollte sie sich doch scheiden lassen! Ihm war es gleich. Zumal jetzt, wo sich soviel in seinem Leben veränderte.

Er war beinahe versucht, seinen Regungen nachzugeben, unterließ es dann aber, um seine Gedanken nicht zu stören. Außerdem wurde er müde. Morgen erwartete ihn wieder ein anstrengender langer Tag.

## 20. Die Zeit kommt ins Schwimmen

Wieder hatte ihn die Zeit genarrt, befand Adrian Humperdijk, während er gemächlich das Ufer ansteuerte. Diesmal gab es Zeugen. Die Messungen waren überprüft worden. Er hatte sich also schon beim letzten Mal keineswegs geirrt. Er war weder zu spät aufgebrochen, noch hatte er sich vertrödelt. Im Gegenteil. Nur weil er letztes Mal so früh dran war, hatte er überlebt. Es wäre sonst vermutlich um ihn geschehen gewesen.

Penelope M'gamba hatte am eigenen Leib erfahren, was es hieß, in großer Tiefe plötzlich von der Rückverwandlung überrascht zu werden. In der Tat ein scheußliches Gefühl, bestätigte sie:

„Du siehst über dir diesen hellen Spiegel, dieser Fleck, der immer größer und größer wird und im Wachsen heller und heller. Und du strengst dich an, dass die Muskeln zu reißen drohen und die Sehnen krachen. Die Luft geht dir aus. Und du weißt, dass du keine

Chance hast, wenn du jetzt atmest. Die Kiemen sind inzwischen wie gelähmt, die dich zuvor so treulich schützten. Alles in dir schreit nach Sauerstoff und du musst schwimmen, kämpfen und siegen. Leben - du kannst nicht anders..."

Adrian nickte. Er wusste, wovon die Kollegin sprach. „Wir müssen die Zeitdifferenz so genau wie möglich festhalten, das kann unter Umständen sehr wichtig sein", meinte er und sah auf seine Armbanduhr. Es war ein großes wasserfestes Ding mit hässlichem schwarzem Plastikarmband. Doch es tat seine Dienste und ging auf die zehntel Sekunde genau.

*

Die andern Conversioren waren seit einer halben Stunde von ihrer Insel zurück. Arundelle hatte einen sehr nachdenklichen Billy-Joe vom Boot abgeholt. Sie spazierten gemächlich um die Insel und tauschten sich über die Ereignisse der vergangenen Tage aus.

Denn die Arbeitsgruppen waren unterdessen nicht untätig gewesen. Die Conversioren blieben alles in allem beinahe eine ganze Woche weg. „Im Grunde eine ganz schön lange Zeit, so gesehen", meinte Arundelle und überlegte, ob ihr die Zeit nicht sehr fehlen würde. Andererseits lernte Billy-Joe von dem weisen Känguru viel. Das war auch nicht zu verachten. Und vor allem lernte er solche Dinge, wie sie anderweitig nur sehr schwer oder überhaupt nicht zugänglich waren.

„Es ist, als ob du in ein Fass ohne Boden tauchst," versuchte Billy-Joe seine Eindrücke zu erklären. „Irgendwie zeitlos oder doch, als ob du aus dem Fluss der Zeit herausgenommen bist. Hinterher ist's dann wie ein Zurücktauchen.

Mit der Zeit lernt man sich dann sogar ein Gedächtnis zu machen. Anfangs ist es eher wie ein Filmriss. Du weißt einfach nicht, was geschehen ist, nur, dass da was war. Aber was, das versinkt im Nebel - es bleiben nur Schemen und vage Bilder.

Jetzt, mit Walter, geht 's ein bisschen besser. Das liegt sowohl an Walter als auch möglicherweise an mir selbst. Die Zeit aber verschwimmt so oder so. Es ist mir, als löse sie sich auf. Diese Erfahrung vermittelt sich einem ganz stark."

Arundelle konnte nicht recht nachvollziehen, was Billy-Joe ihr mitteilen wollte. Jedenfalls konnte sie sich nicht einfühlen. So zuckte sie hilflos mit den Schultern.

„Wahrscheinlich muss man das selbst erleben", meinte sie.

Billy-Joe nickte und starrte versonnen ins Leere, während Arundelle fortfuhr: „Eins bleibt dennoch festzuhalten, auch für mich. Die Zeit spielt anscheinend eine wichtige Rolle. Du hast mehrmals auf sie hingewiesen. Damit sind wir jedenfalls bei unserem Thema, ist doch schon was."

Die Beiden nahmen ihren Weg wieder auf. Sie schlenderten an der Felskrone der Insel entlang, kaum geschützt vor dem eisigen Wind, der nun immer häufiger über die Insel herfiel.

Eigentlich wollte auch Arundelle noch von den Fortschritten berichten, die ihre Arbeitsgruppe gemacht hatte. Doch dann bemerkten sie den Tumult unten beim Bootshafen. „Komm, das sehen wir uns an", rief sie und packte Billy-Joe am Arm und zog ihn mit sich.

*

Die Professorin kehrte mit einem ganz neuen Ansatz aus ihrem unfreiwilligen nassen Gefängnis zurück. Erst hinterher beim Zurückschwimmen sei ihr der Gedanke gekommen. „Gleichsam aus Todesnot geboren", erläuterte sie unter dramatischen Augenrollen auf der Sitzung am Nachmittag, zu der auch die beiden Spaziergänger geladen wurden.

„Doch nun reimt sich alles zusammen. Je weiter man sich vom Mittelpunkt einer angenommenen Zentrifugalkraft entfernt, um so schneller vergeht die Zeit. In der Tiefe des Meeres gehen die Uhren am langsamsten. Das konnten wir am eigenen Leib erfahren."

„Jedenfalls wäre dies die plausibelste Erklärung für das Phänomen", stimmte Adrian Humperdijk zu. „Unten sind die Tage deutlich länger. Inzwischen summiert sich das zu einem beträchtlichen Unterschied, wie man sieht."

„Richtig, deshalb scheinen wir auch jedes Mal zu spät zu kommen. - Trotzdem, restlos bin ich nicht überzeugt. Die biologische Uhr ist und bleibt eine recht selbständige Kontrollinstanz, würde ich meinen. Und wo findet die ihren Platz in unsern Messungen?"

„Immerhin sind wir es, die sich verwandeln und zwar nach Maßgabe unserer angestammten Welt. Wir scheinen also mit dieser in Einklang zu stehen."

„Ich würde dir und deinen Einwänden in allen Punkten recht geben, wäre da nicht meine Erfahrung in der Höhe, ich bin ja eigens zu diesem Zweck nach Südafrika aufgebrochen. – Gut, schön, nicht einzig zu diesem Zweck, aber dennoch...". Sie schaute liebevoll zu Zinfandor hinüber, der wie üblich an ihrer Seite saß und teilnahmslos vor sich hinstarrte.

Ob er der Diskussion folgte, ließ sich nur schwer erkennen. Wenigstens gesundheitlich ging es ihm etwas besser. Er litt nicht mehr so offensichtlich wie vor seinem Ausflug und der dramatischen neuen Verwandlung.

„Was war denn nun, da oben?“ - wollte Arundelle wissen. Auch Scholasticus drängte die Professorin fortzufahren. Sie war nämlich dabei, ihren Bericht in der Experimentalgruppe zu erstatten, wo man sich vor allem mit naturwissenschaftlichen Versuchsanordnungen und Beweisverfahren abmühte.

„Mein Eindruck war – bitte er ist ganz subjektiv, da ich all meine Instrumente bei dem Schiffsuntergang einbüßte...“

„Nun, wie war denn dein Eindruck?“ - drängte Scholasticus erneut. Die Professorin nickte: „Durchaus stimmig, durchaus, wenn du das wissen willst. Je weiter entfernt vom Mittelpunkt, je früher ist man dran. Ich bin - würde ich sagen, bis an die Grenze gestoßen, über die konnte ich selbstverständlich nicht, das wäre ein zu krasser Widerspruch gewesen. Ihr versteht?“

Niemand verstand. - Was sollten sie verstehen?

„Nun, ich konnte ja schlecht hinter meine Abflugszeit zurück, ich musste notwendig auf eine Barriere stoßen, denn sonst wäre ich ja wohl abgestürzt.“

„Ah, Oh, Ja, jetzt geht mir ein Licht auf“, ließ sich Scholasticus begeistert vernehmen. „Die Conversion macht's möglich...“

„Beziehungsweise unmöglich...“

Täuschte Arundelle sich oder hatte sie es in Zinfandors Augen blitzen sehen? Am Ende tat der nur so teilnahmslos... Sie nahm sich vor, unauffällig ein Auge auf ihn zu haben.

Sie beugte sich zu Billy-Joe hinüber, um deshalb mit ihm zu tuscheln, ließ es dann aber, als Professorin M'gamba ihre These noch einmal ausführlich erläuterte und dazu eine komplizierte Grafik an die Tafel zeichnete. Heraus kam ein Gebilde, das Ähnlichkeit mit den Darstellungen des Saturns hatte.

„Ich würde nun vorschlagen, an dieser und an dieser und womöglich auch noch an diesen und jenen Stellen jeweils wenigstens zwei Messstationen einzurichten. Muss durchaus nichts Aufwendiges sein. Unabhängige, genau geeichte Chronometer, die in sich ruhen, vakuumverpackt versteht sich...“

Arundelle meldete sich und brachte einen stichhaltigen Einwand gegen das Vakuum vor, der die Zustimmung von Scholasticus fand. Im Vakuum werde so eine Uhr von dem Ort des Geschehens gleichsam losgelöst, was in ihrem Falle äußerst unerwünscht sei, argumentierte das intelligente Mädchen.

Aber solche Einzelheiten änderten an der vorgeschlagenen Generallinie nichts. Allen schien die Versuchsanordnung sogleich einsichtig.

Billy-Joe bastelte in Gedanken bereits an einem - mit Helium gefüllten - Fesselballon, der sich in die dünnstmöglichen Luftschichten hinaufschicken lassen sollte.

Fragen blieben gerade ihm natürlich in Massen. Denn auch er kannte sich ja als Conversior aus und erinnerte sich an sein subjektives Zeitgefühl. Außerdem waren sie an Barrieren anscheinend ganz unterschiedlicher Art gestoßen. Ob es sich bei diesen um mehrere und von einander verschiedene Barrieren handelte?

Andererseits stimmte schon, dass ihnen immer dann die rote Karte gezeigt worden war, wenn sie versucht hatten, sich über den vorgegebenen Rahmen der Wirklichkeit hinaus zu begeben.

Gleichwohl war ihnen dies doch früher möglich gewesen. Dank der Magie von Zauberbogen und Zauberstein waren sie zu Zeitreisen aller Art - durchaus im realen Sinne – fähig gewesen. Damit schien es nun vorbei zu sein.

Und wie kam es, dass sich die gute alte Erde nicht mehr nach der alten Ordnung drehte? Die Schwierigkeiten, auf die sie gestoßen waren, hatten doch wohl nicht schon immer bestanden?

Konnte es sein, dass sie nur niemandem aufgefallen waren, oder dass sie nicht beachtet wurden?

Hoffentlich vergaß er seine Gedanken nicht wieder. Er nahm sich vor, darüber unbedingt mit Arundelle zu sprechen. - Besonders mit Arundelle, zumal die noch immer nicht fassen konnte, was mit ihrem Zauberbogen los war. - Auch so eine Sache, für die sie sich nicht erklären konnte. Immer war der Zauberbogen zu Arundelle zurückgekehrt, ganz gleich von wo. Raum und Zeit konnten daran nie etwas zu ändern.

Arundelle war noch nicht bereit, den Tatsachen ins Auge zu blicken und glaubte insgeheim weiter an seine Rückkehr. Alle hatten bei dem Schiffsuntergang ihre wenige Habe. Doch Arundelles Verlust war um vieles schlimmer. Zumal es Pooty gelungen war, Walters Zauberstein zu retten.

‚Bestimmt ist der Bogen bereits auf dem Wege zu mir', beruhigte sie sich immer dann, wenn die Panik in ihr aufwallte. Glücklicherweise ließ die viele Arbeit zum fruchtlosen Grübeln wenig Raum.

*

Kaum hatte die Arbeitsgruppe die Sitzung beendet, als sich die Teilnehmer schon daran machten, die Vorschläge in die Tat umzusetzen.

Cori machte ihre guten Kontakte zu Boetie geltend. Und so erhielt sie den Zuschlag, als es darum ging, mit dem Meervolk wegen der Zeitbemessung etwas zu vereinbaren.

Die Meermenschen reagierten vorbildlich auf die dringende Anfrage und erklärten sich bereit, zwei Mal täglich die Uhren synchron zu schalten und auf das verabredete Signal hin abzulesen.

Freilich bedurfte es komplizierter Berechnungen für dieses Signal, denn die Wassermassen bildeten ein solides Polster gegen jede Art von Kommunikation.

Schließlich aber gelang es, die Wasser bedingte Missweisung korrekt zu bestimmen; und auf das verabredete Signal hin wurden täglich die Chronometer abgelesen.

Es zeigte sich eine recht erhebliche Abweichung. Man begann die Versuchsreihe mit exakt dreiundvierzig Sekunden Differenz und steigerte sich täglich um zunächst fast eine halbe, später dann gar um eine ganze Sekunde.

„Ist ja irgendwie logisch. Lässt sich nach der Zinseszinsformel leicht berechnen. Über Jahrzehnte und zwei Jahrhunderte gesehen, sind wir den Verhältnissen von Laptopia so fern nicht...“

Scholasticus war einerseits voller Enthusiasmus, andererseits graute ihn vor den schrecklichen Konsequenzen, die auf die Menschheit zukamen – und die - so hatte es immerhin den Anschein – unausweichlich im Kommen begriffen waren...

Eilends wurden auch die Fesselballone in Stellung gebracht. Hier bestand das Hauptproblem darin, die Ballone beträchtliche Höhe gewinnen zu lassen. Die Halteseile jedoch wurden mit wachsender Höhe und bei nachlassendem Auftrieb unverhältnismäßig schwer. Die Ballone blieben deshalb auf halben Wege stecken. Da nützten auch noch so günstige Gasverhältnisse wenig. Solange das schwere Seil an ihnen hing, musste die Reise ein vorzeitiges Ende nehmen.

„Wir brauchen was Superleichtes, das dennoch reißfest ist“, forderte Billy-Joe.

Allen leuchtete seine Forderung sofort ein, doch Abhilfe war dadurch noch lange nicht gefunden. So begnügte man sich zunächst mit Messungen auf halber Höhe, die natürlich nicht ganz so aussagekräftig waren.

Gleichwohl erhärtete sich die aufgestellte These. Die Uhren dort oben gingen auch in halber Höhe schon wenigstens um Sekundenbruchteile schneller, die Zeitdifferenz schien zwar unerheblich, gleichwohl war sie vorhanden und steigerte sich sogar im Verlauf der folgenden Wochen.

Bei einer ersten Analyse der Ergebnisse, so vorläufig die auch waren, kam es, wie sich denken lässt, zu heftigen Debatten und wissenschaftlichen Auseinandersetzungen:

„Der Beweis ist erbracht. Zeit ist nichts Festes mehr auf Erden, sondern richtet sich nach berechenbaren Bezugspunkten“, eröffnete die Direktorin die Sitzung der übergreifenden Plenarversammlung.

„Es geht etwas vor, das wir nicht restlos begreifen“, sekundierte Professorin M'gamba. Doch Professor Scholasticus Schlauberger schüttelte zweifelnd den Kopf. Er stimmte den verehrten Kolleginnen nicht rückhaltlos zu.

„Womöglich fallen uns nur Umstände auf, die vorher unbedeutend schienen. Weiter würde ich zunächst nicht gehen. - Die Gesetze der Natur sind nicht verhandelbar. Ich hoffe, da stimmen Sie mir zu, verehrte Kollegin.“

Dabei schaute er eindringlich zu der Direktorin und zu Penelope M'gamba hinüber. Letztere konnte sich nicht enthalten, sogleich zu kontern:

„Andererseits wissen wir, dass die sogenannten Naturgesetze nur so lange gelten, bis jemand kommt, der zeigt, wie beschränkt, beziehungsweise wie relativ ihr Geltungsbereich ist. Auch darüber herrscht Einigkeit in der Wissenschaftswelt.“

„Eben darum ist's mir zu tun...“

„Herrschaften bitte, wo ist der rote Faden? Lassen Sie uns doch erst einmal zusammentragen, was wir wissen und unsere Schlussfolgerungen dann vielleicht später einzeln gegeneinander abwägen.“

„Richtig, sammeln wir also. Hier die Fakten und dort die Folgerungen, ganz deiner Meinung, Liebes“, sprang der Konrektor seiner Frau bei und stellte sich an die Tafel, die er mit einem breiten Kreidestrich in zwei Hälften teilte.

„Die Fakten... vielleicht erst, was wir gesichert wissen...“

„Nun, da wären die Zeitmessungen. Wir haben unsere Vergleichstabellen, ohne Zweifel.“

„Und daraus folgt sogleich ein erster höchst überraschender Schluss, nicht wahr?“

„Überraschend? Wie das?“

„Erst mal den Schluss selber. Wie lautet er?“

„Kann jemand mit einer griffigen Formulierung aufwarten?“

„Wie wär's damit...“

Scholasticus warf eine dermaßen verkürzte Formel hin, dass selbst sein Assistent das Handtuch warf. Der Zweifel stand in den fragenden Augen ringsum, ob denn der Sprecher selbst verstand, was er da gerade von sich gab.

Elegant umschiffte Adrian Humperdijk dieses Hindernis, das Scholasticus nicht wahr haben wollte, der sich entgeistert von den verständnislosen Gesichtern abwandte.

„Nun, gewiss besteht wenigstens Konsens bezüglicher der Faktenlage“, murmelte er verdrossen.

„Lassen wir bei der Suche nach der Formel nicht Entscheidendes außer acht?“ - fragte Adrian Humperdijk in die betretene Runde hinein, um den Faden nicht reißen zu lassen.

„Richtig, es muss sich doch Staunen regen. Wie kommt es zu dem Phänomen an sich?“

„Nun ja, auf die Gefahr hin mich zu wiederholen: zunächst wissen wir nicht einmal, ob nicht wir es sind, die auf gleichsam ewige Vorgänge stoßen. Und wenn schon nicht ewig, so doch vergleichsweise langzeitlich.“

„Anscheinend ist sie nicht mehr an einem Stück, die gute alte Erde, gleichsam in Scheiben eingeteilt.“ - Penelope M’gamba schloss sich der These von der Langzeitlichkeit nicht an. Für sie waren die Phänomene einzigartige Ereignisse, ausgelöst und mit geheimen Zwecken verbundene Folgen verfälschender Eingriffe des Menschen in den Haushalt der Natur.

„Die Ringe des Saturn – jeder gehorcht seiner eigenen Dynamik – was die Zeit angeht...“

„Das ist völlig neu. So hat man das noch nie gesehen.“

„ Hat das nicht was mit den alterwürdigen Paradoxa zu tun?“ - widersprach Arundelle:

„Ergeht es uns etwa wieder wie bei der Berechnung des Gewichts jenes Flugzeugs oder Lastwagens, in dem sich einige hundert Kilogramm an Vögeln befinden, die während des Wiegevorgangs auffliegen?

Wissen wir denn, was wirklich mit deren Gewicht passiert, wenn die alle auf einmal auffliegen? Wiegen die dann mit oder wiegen sie nicht mit? Ist das Transportmittel um ihr Gewicht erleichtert oder steckt dieses Gewicht in dem Volumen dennoch fest, aus dem die Vögel nicht ausbrechen können?“

„Ist die Lösung denn bekannt?“ - fragte Frau Wiggles-Humperdijk zu ihrem Mann gewandt, der allerdings die Schultern zuckte. „Bin auch kein mathematisches Genie...“

„So ähnlich ergeht es uns doch jetzt“, fuhr Arundelle mit ihrem Einwurf fort: „In unserm Fall wiegen die Vögel eindeutig nicht mit. Unsere Zeit löst sich in Lagen oder Schichten von einander ab und bildet sich aus der - der Schicht jeweils eigenen Geschwindigkeit der Rotation. Die Ringe des Saturns rotieren unabhängig voneinander und verhalten sich zueinander wie Fremdkörper.“

„Beim Saturn bin ich nicht so sicher...“, widersprach Scholasticus.

„Nun, da keiner je dort war außer mir, kann ich es wohl besser wissen", entgegnete Arundelle schnippisch und warf ihr festes langes Haar in einer herausfordernden Geste aus dem Gesicht.

Adrian schrieb und schrieb, die Gedankensplitter schienen ihm ausnehmend wichtig zu sein. Die Hälfte der Tafel, die für Schlussfolgerungen vorgesehen war, füllte sich, bedeckte sich mit unleserlichen Kritzeleien. Adrian trug gewissenhaft all das zusammen, was er aufschnappte. Die Versammlung sprühte nur so vor Einfällen und Anschauungsbeispielen.

„Über allem schwebt die Drohung, alle Magie verloren zu haben", gab Billy-Joe zu Bedenken. Arundelles Hinweis auf ihre Fähigkeiten, ließ ihn so recht das ganze Unglück erkennen, das sich aus dem Verlust des Zauberbogens ergab.

„Endlich kommen wir zum Punkt", griff Arundelle seinen Einwurf auf. – „Magie steht auf dem Prüfstand."

Und Scholasticus ergänzte: „Magie – will heißen - das ‚Nochnichtgewusste' – nicht mehr und nicht weniger. Magie bedeute hier also nichts Abgehobenes mehr, sondern nur das, was unser Verstand noch nicht zu fassen vermag, und es deshalb aus dem Reich der Wissenschaft bannt, und ins Unerklärliche abdrängt."

„Ja, ja", seufzte die Direktorin: „Die Entzauberung der Welt – und wir mitten drin..."

„Wenn doch nur mal jemand endlich auch zur Kenntnis nehmen würde, wie irrwitzig und haarstäubend es da draußen zugeht." Scholasticus wies mit großer Geste ins weite Rund:

„Dann würde niemand mehr von Entzauberung faseln. Wir haben da draußen eine Welt voller unvorstellbarer Geheimnisse, - ach, was sage ich – eine Welt – Tausende und Abertausende von Welten - und statt sich ihrer anzunehmen, jammern wir hinter den einfältigen sogenannten Entzauberungen her. Ist es denn wirklich so schlimm, dass wir nicht mehr daran glauben können, dass ein Gott die Sonne des Nachts im Dunkeln über den Himmel zurückschiebt, damit wir sie anderntags wieder aufgehen sehen?"

Scholasticus redete sich in Rage, und die Direktorin zog kleinlaut den Kopf ein. Vielleicht hatte der stürmische Mensch ja recht und die betuliche kleine Welt der geplatzten Illusionen wog gering angesichts der wirklichen Herausforderungen der Unendlichkeit, die auf ewig unergründliche Geheimnisse barg.

Weiß Gott, an ungelösten und unlösbaren Wundern war kein Mangel. Würde sich da nicht vieles wieder finden lassen, was eine vorschnelle Aufklärung als entschleiert abgetan oder als Unsinn verworfen hatte?

## 21. Die Zeitmaschine

Morgen war der große Tag. Wenn er Morgen versagte, dann konnte er einpacken. Das wusste er. Die Bruderschaft zu überzeugen, war schon schwer genug. Dabei wussten die, worum es ging, jedenfalls die meisten. Und die andern, die Mitläufer, waren die, auf die es ohnehin nicht ankam.

„Versuch 's mit einfachen Worten. Gib ihnen ein einfach fassliches, klares Modell an die Hand. Etwas zum Greifen. Das ist immer das Beste. Geldleute sind auf eine gewisse Weise einfach gestrickt, die lieben keine umständlichen Theorien. Sie sind der Welt der Ideen nicht gerade geneigt.

Tatsachen überzeugen, wenn auch solche, über die sonst möglichst niemand verfügt. Zeig ihnen ein Geheimnis und sag ihnen, dass es nun auch das ihre ist, und sie fressen dir aus der Hand."

Viola de Stäel erwärmte sich bei ihrer Rede. Zumal Roland Waldschmitt eifrig nickte.

„Ich kann dir ja mal eine Kostprobe vorlegen, was meinst du?"

„Gute Idee, du übst dich rhetorisch, und ich begreife hoffentlich endlich ein wenig mehr von der Sache."

„Das Beste wird sein, ich fange ganz von vorn an, wie wir damals mit unsern Mäusen experimentierten. Denn mit Mäusen fing alles an."

„Ach, Mäuse, richtige Mäuse, wie im Labor?"

„Genau die, obwohl unsere schon ganz besondere waren, aber ich will nicht vorgreifen. Wir experimentierten also mit Mäusen und das über große Entfernungen. Man muss sich unser Experiment wie eine Wippe vorstellen", fuhr Roland Waldschmitt nach kurzem Besinnen fort und grinste selbstgefällig dabei. „Ist die eine Seite oben, dann ist die andere notwendig unten. Das leuchtet doch ohne weiteres ein, nicht wahr?"

Viola de Stäel verdrehte innerlich die Augen. Für wie blöd hält der mich, dachte sie, als ob ich nicht weiß, wie eine Wippe funktioniert. Dennoch nickte sie ergeben und unterbrach ihn nicht.

„Genauso hat man sich die Zeitmaschine vorzustellen. Jedenfalls damals als wir anfingen, ganz am Anfang. Da saß die eine Maus irgendwo jenseits des Atlantiks und unsere Maus saß hier bei uns. Unsere Maus wurde immer jünger und die andere immer älter. Unsere saß auf der Wippe oben und verlor sozusagen an Gewicht.

Und das, was sie verlor, das bekam die andere drüben hinzu, wurde immer schwerer, so gesehen. Das heißt, sie wurde um genau den Betrag älter, um den die unsere jünger wurde."

„Aha, hochinteressant, aber wie wurde denn nun die Verschiebung der Zeit ausgelöst?"

„Du stellst die Frage nach der Wippe, richtig, die eigentliche Frage."

Viola de Stäel war sich nicht bewusst, neuerlich nach der Wippe gefragt zu haben. Aber sie tat nichts, um den Redefluss zu bremsen.

„Die Wippe ist selbstverständlich unsichtbar, außerdem könnte man sie schwerlich als materiell bezeichnen, aber dazu kommen wir noch. Gehen wir erst mal davon aus, dass sich ein dünner Balken, ein String sozusagen, in gerader Linie über den Atlantik zieht..."

„So ne Art Kreistangente vielleicht? – Und da wo sie aufliegt, ist exakt die Mitte?"

„Ganz recht, ich sehe, du denkst mit. Die Erdkrümmung gilt es selbstverständlich mit ins Kalkül zu nehmen. Unser String von circa 6000 Kilometern Länge liegt irgendwo im Atlantik auf. Sagen wir bei den Azoren oder so, kommt jetzt hier nicht auf die genaue Position an. Der String aber ist real, soviel nur nebenbei. An zwei entgegengesetzten Orten passiert exakt das Gleiche – nur spiegelverkehrt eben. Und eine Schwäche hat das Anschauungsbeispiel natürlich, du wirst es erraten haben?"

„Du meinst den Zustand, in dem sich beide Seiten die Waage halten?"

„Genau. Diesen Zustand erreichten wir nur ein einziges Mal. Er bildete unsern Ausgangszustand. Wir sorgten dann dafür, dass unsere Maus oben blieb und die gegenüberliegende Maus unten. Was sich um so einfacher machen ließ, als sich unser String-Ende auf der Zugspitze befand, und das amerikanische Ende inmitten der tiefsten Senke des Mississippideltas.

Bei der Gegenprobe von Holland aus, kriegten wir dann die Alterungsmaus, aber das nur am Rande. Wichtig war uns erst mal der Unterschied, wir wollten herausfinden, wie das Altern vonstatten geht, wie man der Zeit ein Schnippchen schlägt."

„Schön und gut – jedenfalls im Beispiel. Doch es existierte ja wohl keine Wippe. Euer String war doch nichts weiter als ein Gedankenexperiment?"

„Nicht so ganz. Wir sahen uns in der glücklichen Lage, einen string herzustellen. Indem wir einer unserer Mäuse ein Elektron abzwackten..."

„Was ein einziges Elektron? Und das reichte aus um..."

„Ganz recht, ein Elektron, ein winziges unscheinbares Elektron, das wir damit der anderen Maus hinzufügten. Es erübrigt sich zu betonen, dass es sich um geklonte, also um genetisch völlig gleichartige Mäuse handelte. Durch den künstlich herbeigeführten Unterschied, knüpften wir nicht nur den String, sondern setzten auch den Effekt in Gang."

„Ein einziges Elektron reichte aus? Kaum zu glauben!"

„Erstaunlich nicht wahr?"

„Allerdings! - Wie hat man sich den Transport eines Elektrons über den Atlantik vorzustellen?"

„Um genau zu sein, reichte es, ein Elektron aus dem Klon rauszuschießen. Einfach so, Zack und weg, vermutlich über den String hinüber. Der Vorgang an sich reichte aus, um im Spiegelbild den Effekt in Gang zu setzen. Die Verbindung steht, sobald der Schuss abgefeuert ist, sozusagen.

Ein String, das will ich hier anmerken, ist so was wie die in Energie verwandelte Materie. Genauer - die energetische Erscheinungsform der Materie, so wie die uns gegebene stoffliche Welt die materielle Erscheinungsform von Energie ist."

„Aha, klingt kompliziert, trotzdem irgendwie plausibel, wenn auch schwer vorstellbar..."

Viola de Stäel schaute ihren Vorsitzenden bewundernd an. Roland Waldschmitt nickte selbstgefällig und fuhr mit seinen Erklärungen fort:

„Später verstärkten wir unsere Zeitmaschine mit Hilfe komplizierter Beschleuniger im String und begannen auch mit beliebigen Zielorten zu experimentieren. Wir suchten nach dem Zufallsgenerator beliebige Materiehaufen auf. Aber das kam später, viel später. Erst einmal waren wir fasziniert von unserer Entdeckung und trieben sie immer weiter voran und versuchten uns mit immer größeren und komplizierteren Objekten."

„Auch mit Menschen?"

„Natürlich, die Idee, sich an Menschen heranzuwagen, war in unser aller Köpfe. Menschen waren alles, worum es den meisten ging. Nicht Menschen schlechthin, was sage ich, sich selbst hatten sie im Blick. Sie selbst wollten selbstverständlich auf der Seite der Jungmaus sitzen. Nur, wen fand man für die Seite der Altmaus? Dazu erklärte sich freiwillig freilich niemand bereit. Diesen Teil wollte niemand übernehmen, wie sich denken lässt. Alle gierten danach, jünger zu werden. - Am liebsten wollen die Hunde ewig leben. – Ja, ewiges Leben, so hieß unser Projekt denn auch bald. Natürlich stießen wir wie von selbst auf die Frage nach dem genetisch passenden Material. Wo gab 's denn das genetisch passende Material? - Klone – richtig -

Klontechnologie! Erst einmal müssen ja wohl von uns allen die Klone heranwachsen, nicht wahr?"

„Klontechnologie ist die Antwort, aber steckt die nicht noch in den Kinderschuhen?" - bestätigte Viola de Stäel.

„Nicht überall und nicht im geheimen. Offiziell hält man sich freilich bedeckt, da gibt niemand zu, wie weit er schon ist..."

„Und ich dachte immer, die züchteten Klone gleichsam als Reservematerial für so Sachen wie Organverpflanzung und so. Ausschlachtbare, lebende Materiallager für jeden Typ – für jeden, der sich's leisten kann, selbstverständlich..."

„Dazu sind Klone freilich allemal gut, das nur nebenbei. Unser Ansatz ist allerdings um einiges genialer, denn wir ermöglichen einen ganz anderen Transfer, wie du siehst. Bei uns tankst du Jugend direkt, bleibst ewig jung, solange du ein Gegenüber hast, das dir sein Leben lässt..."

„Ein genialer Ansatz. Darauf müssen die Herren morgen fliegen."

„Nicht wahr? Immerhin haben wir bereits Ergebnisse. Die Klon-Auschlachter sind bislang nämlich mit fast allem, was sie versucht haben, kläglich gescheitert."

„Was sind denn das für Versuche?"

„Nun, selbstverständlich experimentieren auch die mit dem Bewusstsein. Genauer mit Gehirnen. Ihre Idee gründet auf Gehirntransplantation. Sie versuchen, Gehirne von körperlich verbrauchten Menschen in junge Köpfe hineinzukriegen. Mit mäßigem Erfolg. – Die Probanden sterben alle schon Stunden nach dem Eingriff. Außerdem sind auch die Gehirne selbst alt und verbraucht, nicht nur die Körper. Also überlegt man bei denen nun auch, wie man an die Bewusstseinsinhalte rankommt, um sie jung und aktiv zu erhalten. Und da wären wir dann wieder bei unserm Ansatz, jedenfalls im weitesten Sinne. Du siehst, an uns führt kein Weg vorbei. Wir halten den Schlüssel zur Zukunft in den Händen."

„Wahnsinn, du bist der Größte!"

Roland Waldschmitt warf sich stolz in die Brust - soviel unverhohlene Bewunderung war nach seinem Geschmack.

„Das ist längst nicht alles. Das Größte kommt noch. Es existieren Pläne für ein gigantisches Großprojekt. Wir nennen es Moon-Tie. Wenn wir Erfolg haben, dann verändert sich die Welt unwiderruflich nach unserem Willen und macht uns zu Herren über Zeit und Raum. Erst dann können wir im Weltmaßstab eingreifen und auf globaler Ebene den minderen Milliarden unser neues Zeitschema aufdrücken."

Roland Waldschmitt blickte der beeindruckten Frau voller Stolz ins Gesicht. Der Wahnsinn leuchtete in seinen Augen, so dass Viola de Stäel schnell den Blick senkte, als könnte sie sich an der unheilvollen Flamme versengen.

Ein wohliger Schauer überlief sie, wohlig und entsetzlich zugleich, als sie in diese Abgründe hineinschaute, die ihr der Vorsitzende so voller Selbstverständlichkeit auftat.

Welch teuflisches Hirn, dachte sie. Genial und teuflisch. Und sie fühlte sich um so mehr zu dem Mann hingezogen, als sie selbst voller Bosheit steckte.

## 22. Auf der Suche nach dem Zauberbogen

Arundelle mochte und konnte sich nicht mit dem Verlust ihres Bogens abfinden. So brachte sie Cori endlich dazu, Ministerin Boetie um Hilfe zu bitten, die in der Tat alsbald umfangreiche Suchmaßnahmen veranlasste. Zunächst sollte nach dem Wrack des gesunkenen Seglers geforscht werden, worin der Bogen noch immer vermutet wurde.

In der ersten Aufregung bei der Bergung der Schiffbrüchigen hatte man es versäumt, die exakte Position des Fundortes und die geographischen Gegebenheiten dort festzuhalten. So hatte man nur eine ungefähre Vorstellung davon, wo sich das Wrack befand.

Es war bei der Bergung der Schiffbrüchigen, weiß Gott, um Wesentlicheres gegangen. Immerhin mussten die Ertrunkenen erst einmal ins Leben zurück geholt werden, und dabei einiges versäumt, was im nachhinein wie eine Nachlässigkeit aussah, in Wahrheit und vor Ort aber ganz anders.

Ministerin Boetie bot Arundelle sogar an, sich selbst an der Suche zu beteiligen. Damit sie einen Begriff davon erhielt, um was es ging. Immerhin galt es, ein größeres Gebiet zu durchforschen. Ein Unternehmen, das der Suche nach einer Stecknadel im Heuhaufen sehr nahe kam.

Erschwerend hinzu kam die Unübersichtlichkeit des zerklüfteten Geländes am Meeresboden und das ewige Grau in Grau der Tiefe, wo man mitunter kaum die Hand vor Augen sah.

„Es ist ganz so, als tappe man blind durch den dicksten Nebel“, erklärte Cori. Durch ihre häufigen Besuche bei ihrer Freundin Boetie – als diese noch nicht Ministerin war – hatte sie einen guten Einblick in die Lebensverhältnisse der Unterwasserwelt gewonnen.

„Und wenn wir das gläserne U-Boot nehmen?“, - schlug Arundelle vor. „Damit sind wir schnell und außerdem haben wir gutes Licht.“

„Das ist vielleicht gar keine schlechte Idee. Mit dem Boot würden wir den Suchtrupp draußen sicher unterstützen. Ich gebe das gern weiter“, erbot Cori sich. „Und ich rede mit Scholasticus wegen des Bootes, vielleicht kommt der sogar selbst mit“, sagte Arundelle und Billy-Joe, der gerade hinzutrat meinte: „Fände ich ganz toll, wenn der auch mitkäme.“ Anscheinend war ihm bereits klar, dass man die Mädchen keinesfalls allein reisen lassen durfte.

Das U-Boot war ja nun inzwischen gründlich überholt worden, nachdem es zunächst trotz beträchtlicher Schäden wieder eingesetzt worden. Die Besatzung gammelte müßig an Land herum, oder war mit Wachdienst betraut. Nur Kapitän und Steuermann kümmerten sich rund um die Uhr hauptamtlich um das Boot. Wenn auch die Wachsamkeit allmählich wieder nachließ, die zuvor während der Melisandrien-Krise – wie der letzte Aufstand der Miserioren offiziell hieß - auf den höchsten Alarmpegel schnellte.

So kam der Einsatzbefehl keineswegs ungelegen. Die Besatzung war im Gegenteil begierig, die technischen Veränderungen in der Praxis zu erproben. Die Testfahrt von der Werft zur Insel lag schon wieder gut einen Monat zurück. Eine Reise in die Tiefsee eignete sich zudem für die wirklichkeitsnahe Erprobung denkbar gut.

Ministerin Boetie war ebenfalls mit dem Einsatz des Bootes einverstanden, bat sich aber äußerste Rücksichtnahme auf Flora und Fauna der Tiefsee aus. Keinesfalls durfte es zu missverständlichen Begegnungen kommen. „Da darf diesmal wirklich nichts schief gehen“, beschwor sie ihre Freunde aus der Zwischenschule.

Scholasticus, als der wissenschaftliche Berater und Leiter der Expedition, gab die Bitte der Ministerin an die Besatzung weiter. Der Kapitän war sich seiner Verantwortung bewusst. In den unergründlichen Tiefen zu manövrieren erforderte große Geschicklichkeit, zumal, wenn es auch noch um besondere Rücksichtnahme zu tun war. Etwa mussten die Algenfelder, die Planktongärten, die Walfriedhöfe und Zuchtstationen nicht allein geortet und sorgsam umschifft werden, sondern darüber hinaus mussten auch noch allerlei Verkehrsvorschriften beachtet werden, die es dort unten selbstverständlich ebenso gab. - So herrschte dort die Vorfahrtsregel aller Lebewesen vor den Maschinen. Eine durchgängige und nur schwer einzuhaltende Vorschrift, die bisweilen kleinlich bis zum Exzess ausgelegt wurde, zumal manche Meeresbewohner gelegentlich überhaupt nicht zu bemerken waren.

Dicht von der Begleitmannschaft umschwärmt, tastete sich das Boot durch die Finsternis. Seine gleißenden Schweinwerfer bohrten sich wie weiße Finger ins nachtdunkle blauschwarz der Tiefsee.

Mit den Schwimmern war eine Art Morsecode vereinbart, den diese auf die Außenhaut klopften, wann immer ihnen danach war.

Die Besatzung antwortete dann von innen und nahm die mitunter bedeutsamen Hinweise gern auf. Allerdings herrschte nur wenig Disziplin und das Hacken und Klopfen war mitunter ohrenbetäubend und in der Vielzahl gleichzeitiger Botschaften nicht ohne weiteres zu entschlüsseln.

Je weiter man sich von den bewohnten Gebieten entfernte und in die landwirtschaftlichen Nutzzonen eindrang, um so flotter ging die Fahrt voran. Die eleganten Schwimmer hielten das Tempo mühelos, ja man sah sie spielerisch vor die Fenster gleiten, in weiten Schwüngen wie im Tanz mitunter umschlungen dahinschweben, dass es eine Freude war.

Gleichwohl durfte sich der Ausguck vorn in der Bugkanzel nicht ablenken lassen. Die Verantwortung für das Unterseeboot lag immer noch bei der Besatzung. Die Schwimmer konnten sich die Schwerfälligkeit eines solch vergleichsweise riesigen Schiffes nicht vorzustellen.

Während sie elegant und blitzschnell über Hindernisse hinwegglitten, ja zu jähen Kehrtwendungen durchaus fähig waren, besaß das Boot eine gehörige Trägheit. Es wurde unnachgiebig über Grund geschoben, selbst wenn der Kapitän die Schrauben längst auf Rückwärtsfahrt gestellt hatte. Was zudem nicht ungefährlich für die Struktur der Außenhaut war. Werftseitig durfte diese Fahrtrichtungsänderung nur nach einer vollends durchgeführten Haltstellung erfolgen.

Trotzdem war das Boot wendig und leicht zu steuern. Vorausgesetzt, es machte die entsprechende Fahrt. Je langsamer es voranging, um so träger reagierte das Ruder – ein Widerspruch, der sich nicht nach draußen vermitteln ließ.

Der Vorteil im Boot war, dass die Karte des Seegebiets, das es zu durchsuchen galt, stets gegenwärtig war, während draußen die Offiziere immer wieder ihre Kartenausschnitte verglichen. Die große Seekarte auszubreiten, verhinderten Flut und Strömung ebenso, wie die Tatsache, dass die Beleuchtung dort doch recht mangelhaft war.

So besaß man im Boot immerhin den Überblick. Andererseits war die Sicht trotz des Lichts der Scheinwerfer vergleichsweise gering, geringer jedenfalls als draußen, wo man im Scheinwerferlicht jedem Verdacht ungehindert sofort nachgehen konnte, während es drinnen dazu umständlicher Manöver bedurfte.

Außerdem glotzte aus jedem Fenster mindestens ein begieriges Augenpaare. Besonders zu Anfang der Suchaktion widerhallte das Schiff nur so von widerstreitenden Anforderungen.

Adrian hatte es sich selbstverständlich nicht nehmen lassen, persönlich an Bord zu sein. Die Professorin M'gamba ebenfalls nicht. Und ebenso selbstverständlich war sie nicht allein gekommen, sondern mit Zinfandor Leblanc. Auch Tibor konnte nicht anders. Und Flo begleitete ihre kleine Schwester, die wiederum Arundelle nicht sich selbst überlassen wollte.

Beide sprachen Arundelle unentwegt Mut zu. „Bestimmt hat er sich verklemmt“, sagten sie, oder:

„Kann sein, dass die Luke nicht aufgeht“ – wohl wissend, wie wenig dem Zauberbogen dergleichen Hindernisse anhaben konnten.

Arundelle lächelte gerührt. Sie wusste es besser. Im Grunde war der ganze Ausflug umsonst. Vielleicht ging es ihr nur um Gewissheit. Irgend etwas musste sie doch tun!

Was war mit dem Bogen? Hatte er sich etwa von ihr abgelöst? Was hatte sie falsch gemacht? Hatte sie etwas falsch gemacht? Arundelle war sich keiner Schuld bewusst. Was auch immer geschehen war, sie hatten viel schlimmeres unbeschadet zusammen durchgestanden.

Scholasticus und der Kapitän zusammen mit seinem Steuermann kamen überein, konzentrisch das Gebiet des Schiffsunglücks zu umkreisen. Dabei lief man zwar Gefahr, den Suchradius zu eng zu gestalten. Andererseits konnte man ziemlich sicher sein, dass, wenn man die Kreise nur eng genug und präzise spiralförmig zog, kein Zentimeter des zerklüfteten Geländes ununtersucht blieb.

Wenigstens könnte man, im Mittelpunkt angelangt, am Ende sagen: „Hier ist nichts.“ Doch soweit war man noch lange nicht. Die Spirale hatte eben erst begonnen. Noch befand man sich auf dem äußersten Ring. Die Meermenschen waren selbstverständlich für ein solches Unterfangen zu ungeduldig. Da sie wussten, dass das Schiff unbeirrt seinen Kurs hielt, schossen sie beliebig kreuz und quer.

Zum einen machte es ihnen Spaß, zum andern bestand größtmögliche Gewissheit, auch wirklich jeden Zentimeter des Grundes abzusuchen.

Die große Seekarte ließ sich nicht betrügen. Der Kapitän war jederzeit in der Lage, den genauen Standort zu bestimmen. Darauf hielt er sich einiges zugute.

„Solide Seemannschaft“ nannte er das. „Kein hilflosen Umherplanschen“, ergänzte er mit beziehungsreichem Blick nach draußen. „Sieht zwar elegant aus, muss man neidlos anerkennen, das iss 'es dann auch schon...“

Im Boot zeigte nur die Uhr an, wie weit der Tag voranschritt. Doch draußen spürten die Begleiter sehr wohl, wie spät es geworden war. Sie morsten ihren Wunsch nach einem Nachtlager durch die Bordwand. Woraufhin der Kapitän die Maschinen abstellte und sich sacht zum nahen Grund sinken ließ.

Ohne Bodenberührung schwebte das Boot wenige Zentimeter über der unheimlichen Landschaft. Die Meermenschen zogen sich unter den breiten Schatten zurück. Der Metallkörper würde sie vor Angriffen halbwegs schützen.

Hier draußen, fernab der Zivilisation, herrschte das uralte archaische Gesetz der See - das Fressen und Gefressenwerden. In der Mehrheit weideten die emsigen Begleiter vor dem Schlafengehen das frische Seegras und den Tang des Meeresgrundes, schoben sich jedoch gelegentlich eine kleine Muschel in den Mund oder haschten gedankenverloren nach einem silberblitzenden Fischlein.

Seit Ministerin Boetie die Richtung vorgab, kam der Genuss von lebender Nahrung immer mehr in Verruf. Andererseits ließen sich die Geschmäcker nun einmal nicht von heute auf morgen verändern. Wer es gewohnt war, rohen Fisch zu genießen und Plankton oder Tang lediglich als Beilagen duldete, dem kam man auf dem Verordnungsweg nicht bei.

Auch im Boot machte man sich über den mitgeführten Proviant her. Die Wachen wurden ausgelost und eingeteilt. Dann hieß es nach alter Seefahrersitte: „Ruhe im Schiff, Licht aus."

Auch hinter geschlossenen Lidern ließen sich die Bilder des Tages nicht abschalten. Zu viel war dem Expeditionskorps vor die Augen gekommen. Hatten sie etwas übersehen? Arundelle vergegenwärtigte sich noch einmal ihre Eindrücke. Besonders solche von flüchtiger Natur. Es wäre gar zu dumm, wenn sie am Wrack vorbeigefahren waren. Doch dann sagte sie sich, dass sie die Nähe ihres Bogens ohne Zweifel gespürt hätte, so eng wie sie sich ihm verbunden fühlte.

Sie hatte ihn immer gespürt, wenn auch in den letzten Monaten eine gewisse Entfremdung eingetreten war, die wohl mit dem Erwachsenwerden zusammenhing, jedenfalls aber damit, welche Entwicklung Heranwachsende durchmachen. Zunehmend nämlich konnte sie inzwischen so manches, was ihr zuvor nicht ohne die Hilfe des Zauberbogens gelungen war, aus eigener Kraft tun.

Im Scherz hatte Arundelle ihn manchmal deshalb auch wispern hören: „Du brauchst mich nicht mehr." Und so heftig sie dann auch widersprach, ein Körnchen Wahrheit war an der zweifellos schalkhaft hingeworfenen Bemerkung stets gewesen.

„Einmal muss geschieden sein!“ Vorstellen konnte und mochte sie sich die endgültige Trennung nicht. Wenn es nach ihr gegangen wäre, dann würde ihre Verbindung bis zum Tod, ja über den Tod hinaus bestehen bleiben.

Und nun war es geschehen. Ganz langsam ließ sie die Vorstellung zu. Der Zauberbogen hatte sie verlassen, weil sie seiner nicht länger bedurfte. Nicht in dem Sinne jedenfalls wie das unglückliche Kind, das sie gewesen war. Ob es damit zusammen hing, wie glücklich sie war? Und nun schon so lange?

Aber war sie denn glücklich? Irgendwie auch wieder nicht, dachte sie mit schlechtem Gewissen. Vieles lief schief um sie her. Aber hatten die Ereignisse wirklich an ihrem innersten Gefühl kratzen können? All das Leid um sie her. Walters Tod, der schreckliche Krieg, Elend, Grausamkeit, Verfolgung – was ringsum geschah, hatte sie letztlich im tiefsten Innern nicht berührt. Dort fühlte sie sich wie auf einer rosa Wolke. Sie war an einem Ziel angelangt, von dem sie als Kind nicht einmal zu träumen gewagt hatte.

Es war die eigene Kraft, die sie spürte, und mit der sie so rundum einverstanden war, dass sie die ganze Welt gelegentlich umarmen mochte vor Glück.

Doch nun fiel ein tiefer Schatten gleichsam aus dem Nichts auf sie nieder. Noch konnte sie die Verzweiflung in Zaum halten, die sie beim Gedanken an den endgültigen Verlust ihres Bogens ansprang. Aber wie lange noch? – Sie musste ihren Schatz finden, koste es, was es wolle.

Eine fremdartige Liebe fiel über sie her, ein beinahe unangenehmes Sehnen. Würde jemand davon erfahren, sie versänke in den Erdboden vor Scham.

Endlich schlief Arundelle ein. Doch auch in den Träumen ließ die Sehnsucht nicht von ihr ab. Ihr Zauberbogen nahm allerlei befremdliche Gestalt an und gaukelte ihr haarsträubende Zusammenkünfte – lockte sie in fremde Welten jenseits der irdischen Schranken.

So gerne sie es auch vermocht hätte, es gelang ihr nicht, ihm zu folgen. Die Barriere hielt sie auch im Traume fest. Es gab für sie kein Entrinnen, was sie auch anstellte. Sie wusste, wenn sie ihren Bogen je wiederhaben wollte, dann musste sie diese schreckliche Trennwand durchdringen.

## 23. Die Londoner Konferenz

Roland Waldschmitt erwachte vom schrillen Klingeln eines Weckers. Draußen graute der Morgen, oder herrschte schon wieder Nebel? Aus verquollenen Augen blinzelte er durch die offene Gardine und starrte dann auf das Zifferblatt mit den phosphorisierenden Zeigern und Ziffern.

Halb neun, höchste Zeit aufzustehen. Das Meeting mit der Finanzwelt war auf neun Uhr angesetzt. Beim Gedanken an die eiskalte Dusche, der er sich auszusetzen gedachte, schauderte der Mann und vergrub sich in die kuscheligen Decken.

Der Platz neben ihm war bereits leer. Das Bad war dafür besetzt, das gab ihm einige Minuten. Heute war der letzte Tag der Konferenz. Die meisten der weitreichenden Beschlüsse waren gefasst, nun kam es darauf an, das Ganze auch zu finanzieren. Noch einmal müsste er all seine Überzeugungskraft aufbieten und die Aussichten im bestmöglichen Licht erscheinen lassen.

Die Größen der Finanzwelt, die es zu überzeugen galt, sahen im Gewinn den eindeutigen Vorrang, zumal sie ihrerseits den Anteilseignern der Gesellschaften und Finanzgruppen, die sie vertraten, verpflichtet waren. Macht floss ihnen aus dem Profit zu. Und gerade hier waren die Aussichten so utopisch, dass sogar Herrn Waldschmitt schwindelte, wenn er versuchte, sich diese Möglichkeiten vorzustellen.

Mit loser Krawatte und feuchten Haaren kippte Roland Waldschmitt einen brühheißen Kaffee am üppigen Büffet hinunter. Sehnsüchtig blickte er auf die bunten Platten voller Leckereien. Hastig stopfte er sich ein Schinkenröllchen in den Mund. Die darin verborgene Majonäse kleckerte auf sein blütenweißes Hemd. Ärgerlich wischte er mit einer Serviette an dem fettigen Klecks herum. Zum Wechseln des Hemdes blieb die Zeit nicht. Von nebenan ließen sich bereits die Stimmen der geladenen Gäste vernehmen.

Viola de Stäel, seine offizielle Stellvertreterin, versuchte zu retten, was zu retten war. Sie band zunächst die Krawatte und fuhr ihrem Chef sanft mit der Bürste durchs Haar. Dann zog sie die Jacke glatt und klopfte kaum sichtbare Staubkörnchen und lose Krümel ab. Noch einmal rieb sie über den Fettfleck, ehe sie die Jacke darüber schloss.

„Nun aber los“, kommandierte sie und eilte schnellen Schrittes voran auf die geschlossenen Portale zu, hinter denen sich das Schicksal der Welt in wenigen Augenblicken entscheiden würde.

An einem Fettfleck sollte es nun wirklich nicht scheitern, dachte Herr Waldschmitt grimmig, schob das Kinn kämpferisch nach vorn und stiefelte langen Schrittes hinter der Frau drein. Die rauschte auch schon in den Saal hinein. Sie verbreitete dabei eine Woge der Selbstsicherheit um sich, in der er sich wohlig davontragen ließ.

Auf einmal fühlte auch er Siegesgewissheit. Er trat entschlossen an das Rednerpult. Jetzt oder nie, sagte er sich. Vorsorglich legte er sein Konzept auf das Pult. Er überflog die Stichworte, und wartete darauf, dass Stille eintrat.

Er wartete eine Spur länger, gerade eine Spur zu lang, denn das erhöhte die Spannung. Um dann nach einigen humorig gemeinten, nicht eben originellen Bemerkungen über das Londoner Wetter, zielstrebig zur Sache zu kommen.

Er umriss die Pläne in groben Zügen, verzichtete aber bewusst auf langatmige technische Erläuterungen, die niemanden wirklich interessierten und die meisten der Anwesenden überfordert hätten. Es galt vielmehr, den Eindruck zu vermitteln, als sei alles bis ins letzte durchdacht und völlig ausgereift.

Dafür ging er um so genauer auf die Frage der Finanzierung ein. Er setzte klare Zeitrahmen, was den angestrebten Investitionsrückfluss betraf, gliederte den Finanzaufwand und machte klare Aussagen über die Fertigstellung und die Inbetriebnahme der ersten Großanlage. – „Immer vorausgesetzt, die Finanzierung steht!"

Die Geldgeber staunten. Mit solch weitreichender Kompetenz hatten die wenigsten gerechnet. Der geforderte Finanzrahmen war enorm, kein Zweifel. Doch verglichen mit den Gewinnaussichten nahm er sich beinahe bescheiden aus.

Herr Waldschmitt frohlockte innerlich, als er den Stimmungsumschwung spürte. Zumal er selbst seinen Worten kaum glauben mochte. Sie klangen allzu vermessen. Ihm war, als spielten sie Gott und scheffelten auch noch Geld dabei. Keiner schien es - oder wollte es bemerken.

Madame de Stäel, ganz weltgewandte Assistentin, konnte sich vor Geboten kaum retten. Gewissenhaft notierte sie eifrig die genannten Zahlen, tauschte Adressen und ließ sich zu ersten vorsichtigen Zusagen hinreißen.

Ihr Verhalten war genau einstudiert. Sie ergänzte damit die Rede des Vorsitzenden der Bruderschaft auf das ausgezeichneteste.

Und wenn die Vertreter der Bruderschaft vor allem ethisch-menschliche Bedenken befürchtet hatten, so wurden sie auf das angenehmste enttäuscht. Wie eine Meute begieriger Jagdhunde nahmen die Geldmenschen die Spur des Profits auf.

Insgeheim freilich köderte auch sie die Gier nach der ewigen Jugend. Und sie dachten dabei zweifellos an sich selbst. Dass dabei die Mitmenschlichkeit wieder einmal geopfert würde, irritierte sie nicht für einen einzigen Augenblick.

Auf geheimen Konten ballte sich an einem einzigen Morgen eine ungeheuerliche Finanzmacht zusammen. Schwindelerregende Zahlen geisterten durch den Raum, um alsdann festgeschrieben und umgeleitet zu werden.

Da galt es, kühlen Kopf zu bewahren und die Übersicht nicht zu verlieren. Ohne seine Assistentin wäre er verloren gewesen, gestand sich Herr Waldschmitt widerwillig ein. Denn diese jonglierte mit den Millionen und Milliarden wie eine wahre Meisterjongleurin.

Kaum war die Konferenz zu Ende, da stürzte sich Herr Waldschmitt – beflügelt durch das Erlebnis solch gewaltiger Finanzmacht - wieder in die Arbeit, denn die betrachtete er als seine wirkliche und eigene Welt. Allerdings kehrte er nicht wieder zu seiner Frau zurück, sondern zog es vor, mit Madame de Stäel zusammen zu ziehen. Ein Haus wurde für diesen Zweck in London angemietet. Die Konzernspitze saß ohnehin hier, und so konnte er seine bisherige Tätigkeit ebenso gut hierher verlegen. Die Übernahmeverhandlungen waren in vollem Gange.

Die Zahlen auf den geheimen Konten stellten ein beruhigendes Polster dar, ganz ohne jeden Zweifel, doch sie interessierten ihn nur am Rande. Die finanzpolitische Seite überließ er gern seiner charmanten Partnerin.

Er allein wusste, worum es in Wirklichkeit ging. Das hatte er den Geldgebern letztlich nicht vermittelt. Dazu fühlte er sich außerstande. Sei es, dass die Zeit für solch weitreichende Gedanken noch nicht reif war, sei es, dass er von den wahren Möglichkeiten, die sich einem freien und unabhängigen Geist damit auftaten, völlig berauscht war.

Schon jetzt zeichnete sich ihm ein unvermittelbares Szenario ab, in dem es nur eine Spitze geben konnte. Und die gedachte er für sich zu beanspruchen. Sollten die Geldhaie sich mit ihren Gewinnen voll stopfen. Ihm ging es um mehr, um viel mehr.

Die Formeln und Berechnungen seiner Computer, „das Szenario der Zukunft“, wie er sich möglichst vage ausdrückte, blieb im Dunkeln. Endlich fühlte er sich ungebremst, ohne den nutzlosen Ballast seiner bürgerlichen Existenz. Roland Waldschmitt fühlte sich frei.

Inzwischen bastelten die Wissenschaftler der Bruderschaft nicht mehr in Garagen und Hinterhöfen. Ein riesiger Stab von Technikern,

Ingenieuren und Spezialisten stand zu ihrer Verfügung. Gigantische Versuche waren im Gang und erste Erfolge zeichneten sich ab, wenn auch noch immer regional beschränkt. Doch das würde schon noch. Geldsorgen hatten sie jedenfalls nicht.

Angesichts der Grenzenlosigkeit, die sich ihm eröffnete, erschauderte Roland Waldschmitt. „Nur jetzt die Nerven nicht verlieren“, ermahnte er sich und seine Assistentin beschwörend aus.

Es ging ums Ganze. Der nächste Schritt würde die Entscheidung bringen. Wenn sie diesmal nur groß genug dachten und entsprechend handelten!

„Weg mit all den kleinlichen Bedenken. Größe ist angesagt. Wir brauchen die angemessene Ausdehnung. Alles Bisherige war viel zu klein. Wir haben noch immer nicht gelernt, in den richtigen Dimensionen zu denken“, erklärte er Viola, die ihm nun täglich zur Seite stand und bei seinen Maßnahmen nach Kräften unterstützte.

Dann erläuterte er der faszinierten Frau zum wiederholten Male, was die Bruderschaft auch auf globaler Ebene bislang bewirkt hatte und woran dort gerade gearbeitet wurde.

„Wenden wir uns zunächst diesem Ausschnitt zu. Hier im Modell wird deutlich, was für eine Veränderung in diesem Bereich stattgefunden hat. Stell dir vor, ein solcher Ring umspannt die ganze Erde. Es verhält sich ein wenig wie bei der Computertomographie. Es ist uns gelungen, Teilstücke der Erde zu isolieren und aus dem Zeitfluss herauszustoßen. Natürlich nicht gänzlich, sondern nur gegenüber den benachbarten Bogenabschnitten. Zeit ist nicht länger unveränderlich, wie übrigens nirgends außerhalb eines Bezugsystems, sondern hängt von verschiedenen Kräften ab. Es ist uns gelungen, einige dieser Kräfte zu beeinflussen und nach unseren Absichten zu steuern. Die erste Erprobung brachte immerhin Ergebnisse, wenn auch nicht im erwarteten Umfang.

Zunächst ist es uns gelungen, den Zeitverlauf in einem bestimmten Bereich so deutlich zu stören, dass dort dadurch erhebliche temporäre Schwierigkeiten aufgetreten sind.

Nicht alles, was dort geschieht, ist uns indes verständlich. So wissen wir nicht, ob mancherlei Ergebnisse vielleicht auf die Verteidigungsmaßnahmen zurückzuführen sind, die gegen unsere Schritte ergriffen wurden. Leider befinden sich ausgerechnet in diesem für uns so einmalig günstigen Segment alte Widersacher.“

Roland Waldschmitt unterbrach sich. Beim Gedanken an seine Tochter, die er dort vor Ort ganz in der Nähe wusste, überkam ihn tiefer Groll. Waldschmitt knirschte voll Ingrimm mit den Zähnen. Gleichwohl beherrschte ihn nicht Wut allein.

Auf eine seltsame Art fühlte er beim Gedanken an seine Tochter auch so etwas wie Stolz in sich aufkeimen. Auch wenn er solche Regungen sogleich unwirsch verbannte, störten sie doch sein auf Eroberung und Durchsetzungskraft bauendes Weltbild.

Hier drohte ihm eine gefährliche Schwäche, das wusste er wohl, der er sich nur allzu gerne entledigt hätte. Bislang vergeblich.

Andererseits hatte er die Hoffnung noch nicht ganz aufgegeben, seine Tochter Arundelle eines Tages auf seine Seite ziehen zu können. Sie war noch jung. Was wusste sie schon von dem Weltgetriebe und den Kräften, die die Dinge in Wahrheit lenkten?

Wenn es ihm auch schien, als sei sie gelegentlich von beiden die Intelligentere, ja, bisweilen gar die Stärkere. Eine Vorstellung, die ihm Angst machte und ihn immer wieder aufs neue in innere Konflikte stürzte.

Immer dann spürte er die trennende Kluft. Und ein Schmerz, ganz ungeheuerlich, ganz übermenschlich und fremdartig, zerriss ihn im Innersten. Äußerste Anstrengung nur ließ ihn das Gleichgewicht wieder finden, um sich an dem Pol seiner Wahl zu sammeln.

Ohnmächtiger Hass loderte dann in ihm auf. Alles in seiner Macht Stehende würde er aufbieten, sich dessen, wofür Arundelle stand, zu entledigen und ein für alle mal aus der Welt zu schaffen.

Im Kampf der Mächte hatte man sich zu entscheiden. Es gab nur diese eine unwiderrufliche Wahl. Wer sie getroffen hatte, der war von seinem Schicksal gezeichnet, das wusste er wohl. Noch war seine Tochter für eine solche Entscheidung zu jung.

Dies jedenfalls war die Ansicht, die er vertrat und auf die er seine Hoffnung baute. So vieles würde noch geschehen. Das Leben barg eine große Fülle an Fallstricken und Hindernissen. Der Hang zum Guten würde ihr schon noch vergehen. Letztlich siegte der Eigennutz, das war noch immer so, warum sollte ausgerechnet die eigene Tochter von dieser ehernen Regel, die für alle Menschen galt, ausgenommen sein?

Wütend wischte Roland Waldschmitt die störenden Gedanken an seine Tochter beiseite, die ihm unversehens in den Sinn gekommen war. Doch er vermochte es nicht.

Er wollte sich wieder an die Frau wenden, die mit erwartungsvollem Gesichtsausdruck vor ihm saß. Aber er hatte den Faden verloren. Und Frau de Stäel wirkte mit einem Male ganz fremd. Er wandte sich ärgerlich ab und verließ den Raum, ohne ein Wort der Erklärung. Das Hochgefühl des Triumphes war verflogen.

## 24. Das Zeichen des Zauberbogens

Die Suche am trüben Meeresgrund zu der das gläserne U-Boot der Zwischenschule aufgebrochen war, wurde zu guter Letzt von Erfolg gekrönt. Das Wrack war gefunden und wurde nach allen Regeln der Kunst durchsucht. Am Rumpf des Bootes klaffte ein breites Leck auf dem das Wrack lag. Zunächst hatte es sich wohl in einem Riff verfangen gehabt, dessen Kanten und Stacheln möglicherweise für ein breit klaffendes zweites Leck verantwortlich waren.

Erst später dann musste es weiter abgesunken sein, nicht ohne zuvor einen großen Teil seiner Ladung verloren zu haben. Auf dem Meeresboden rings um das Wrack nämlich fanden sich alle möglichen Gegenstände: Konservendosen, die Ankerwinde, Taurollen, Bootshaken. Ja, sogar Bettzeug und ganze Kleiderkisten. All dies versandete bereits. Die schützende Hand des Meeres überzog das fremde Gut in seinem nassen kalten Grab mit bergender Kraft.

Die See schien sich beizeiten bis in die tiefsten Tiefen aufgewühlt zu haben. Jetzt umspülte sie wieder ruhig und friedlich die Stätte des Grauens mit leisem Säuseln. Sie ließ die eine oder andere bewegliche Sache sanft schwingen und spielte in den Resten des Segels, welches dem Suchtrupp als erstes auffiel.

Denn das Wrack selbst verbarg sich im Schatten des Riffs und war äußerst schwer zu finden gewesen. - Ohne die Helfer von außerhalb vermutlich überhaupt nicht. Soviel ließ sich schon jetzt sagen.

Der Zauberbogen konnte überall sein. Dank des Auftriebs wäre es ihm ohne weiteres möglich gewesen, dem unwirtlichen Ort zu entfliehen. Immer vorausgesetzt, es war ihm gelungen, sich aus der engen Kabine zu befreien. Arundelle erinnerte sich nicht genau, wo sie ihn verstaut hatte. Aber darauf kam es nun auch nicht mehr an. „Bitte tut euer Bestes. Er muss da irgendwo sein“, flehte sie die Suchmannschaften an.

Auch nach gründlichster Suche fand er sich jedoch im Innern der Kajüte nicht. Das berichteten die Sucher, die immer wieder zum Aussichtsfenster geschwommen kamen, hinter dem Arundelle ungeduldig wartete.

Das hieß, draußen weitermachen. Jeden Spalt, jeden Vorsprung, ja den Schlick selbst und die Sandverwehungen durchsuchten die eifrigen Helfer. – Doch vergeblich. Wie sehr sie sich auch anstrengten, nichts fruchtete. Der Bogen blieb verschwunden.

Wenn er hier unten nicht steckte, dann war er davon geschwommen. Es gab nur noch diese letzte Möglichkeit.

‚Und wenn er nun für immer verschwunden ist und nie wieder zu mir zurückkommt?' - dachte Arundelle, und allein der Gedanke ließ sie sich ganz krank fühlen. Das konnte, das durfte, nicht sein! Wenn er gewollt hätte, dann hätte der schon einen Weg zu ihr gefunden! Oder steckte auch er in dieser Merkwürdigkeit fest, die ihre Träume verhinderte und gegen die auch die Seelen der Animatioren nicht ankamen?

Hätte er doch wenigstens eine Nachricht hinterlassen! Er konnte sich ja wohl denken, was sie sich für Sorgen um ihn machte, und dass sie unter allen Umständen nach ihm suchen würde!

Irgend etwas, ein kleiner Hinweis, eine geheime Notiz, die vielleicht nur sie verstand.

Hatte er? – Sie müsste sich schon selbst überzeugen! Die gutwilligen Helfer konnte nicht ahnen, worauf zu achten war. Sie kannten die Tricks des Zauberbogens nicht. Allein eine Vertraute war in der Lage, seine Geheimbotschaften zu verstehen.

Arundelle bat um einen Taucheranzug, und da sie sich ein wenig vor der Dunkelheit draußen graulte, fragte sie Billy-Joe, ob er nicht mit ihr hinaus ins trübe Nass kommen wolle.

Der war sogleich Feuer und Flamme, um so mehr, als auch er ein gutes Verhältnis zu dem Zauberbogen unterhielt und dessen Zeichen ebenso gut zu deuten verstand, die dieser hoffentlich hinterlassen hatte.

Allerdings musste Billy-Joe mit Pooty noch einen Streit ausfechten, der unbedingt mitwollte und einfach die Medizintasche nicht verließ, die um Billy-Joes Hals hing.

„Du siehst doch selbst, dass ich den Beutel abnehmen muss, der passt nun mal nicht mehr in den Anzug rein... Ich komme doch wieder. Nun reg dich doch nicht auf..."

Pooty klammerte sich verzweifelt an ihn. Sogar der Zauberstein drückte leisen Protest aus: „Wo ein Wille, da ein Weg", schnarrte er missbilligend. Doch Billy-Joe hatte sich entschieden. Er hängte den Medizinbeutel kurzerhand an den Kleiderhaken und stapfte Arundelle hinterher in die Druckkammer.

Es ging jetzt um den Zauberbogen. Pooty war aber auch zu uneinsichtig.

„Es ist nicht seine Art, sang- und klanglos zu verschwinden", versuchte er seine Freundin zu beruhigen und sich von Pootys nervtötendem Jammern abzulenken, während sie umständlich die engen Taucheranzüge schlossen. Wie viel einfacher hatte man es, da doch als Conversior, dachte Billy-Joe. Andererseits war für die

Conversion freilich ebenfalls ein gewaltiger Aufwand nötig, wenn der auch etwas anders geartet war, als dieser hier.

Er selbst verstand sich ja nicht aufs Wasser, Adrian Humperdijk hingegen wusste nur Gutes zu berichten. Billy-Joe konnte dessen Ansichten inzwischen nahezu rückhaltlos teilen. Seine Erfahrungen in Walters Gestalt ließen ihn die Welt mit anderen Augen sehen. Es war eben doch wichtig, den Verstand nicht gänzlich zu verlieren, um einzig von tierischen Instinkten beherrscht zu werden. Der Zeit als Dingo weinte er jedenfalls keine Träne hinterher.

Auch Billy-Joe machte sich so seine Gedanken über den Zauberbogen. In letzter Zeit waren die Spannungen zwischen Arundelle und ihrem Bogen nicht zu übersehen gewesen. Da bahnte sich schon seit Langem eine betrübliche Entfremdung an - von Arundelle scheinbar ganz unbemerkt.

Der Bogen fühlte sich wohl von ihr abgeschoben, meinte Billy-Joe zu spüren. Nutzlos und in die Ecke gestellt, nur noch ein Überbleibsel aus vergangenen, ruhmreichen Tagen. Er hatte in der Gegenwart nichts mehr zu melden. Arundelle kam sehr gut allein zurecht. Doch das wollte sie nicht wahrhaben.

Anderen war freilich aufgefallen, wie frei und unbeschwert sie sich ohne ihren Bogen bewegte. Sie hatte viel von dieser Steifheit verloren, war weicher, anschmiegsamer und umgänglicher geworden. Alle fanden das, nicht nur Billy-Joe, auch die Schwestern Flo und Cori fühlten sich von Arundelle nun wahrhaft geliebt.

Früher bildeten der Bogen und das Mädchen eine unzertrennliche Einheit. Inzwischen schien es mitunter, als hafte der Zauberbogen beinahe wie ein Fremdkörper an dem Mädchen.

Überall stieß sie mit ihm an. Er verhakte sich ständig irgendwo. Er klemmte in zu engen Türrahmen. Er wischte gar Teller und Essen vom Tisch, wenn Arundelle es sich einfallen ließ, ihn mit in die Mensa zu nehmen, was sowieso verboten war.

Es hatte nicht an Warnungen gefehlt. Scheinbar im Scherz hatte der Bogen gelegentlich verlauten lassen: „Du brauchst mich doch nicht mehr.“ Arundelle hatte lautstark protestiert: „Und wie ich dich brauche, was sollte ich ohne dich anfangen?“

Wer sie gut kannte, der wusste Bescheid. Arundelle konnte als ausgebildete Somniorin sehr gut ihre Ziele ohne die Zaubermacht des Bogens erreichen. Im Traum war Reisen außerdem viel weniger gefährlich und man konnte fast genau so viel bewirken.

Billy-Joe fühlte sich einmal mehr gedrängt, endlich die Wahrheit zu sagen, gerade jetzt wieder, da sie sich anschickten, die Druckkammer zu fluten.

Arundelle sollte allmählich lernen, den Tatsachen ins Auge zu sehen. Sie durfte sich nicht länger etwas vormachen.

Billy-Joes vorsichtige Andeutungen aber kamen bei Arundelle völlig falsch an.

„Du bist doch nur eifersüchtig“, schalt sie ihn, der in der Tat seit jenen Tagen, da der Bogen sich ihm anvertraute, zu diesem ein besonderes Verhältnis unterhielt.

„Durchaus drin“, gab der Junge widerwillig zu -„trotzdem seid ihr euch fremd geworden, du und dein Bogen. Meine Probleme machen's nicht besser für dich. So ein Zauberbogen strahlt schon eine Menge Macht ab. Ich möchte den sehen, den das kalt lässt.“

„Da hast du's, eifersüchtig bist du, ich hab's doch gewusst.“

Billy-Joe bemerkte erneut, wie wenig mit Arundelle in dieser Sache zu reden war. Außerdem mussten sie sich nun endgültig ihre großen Taucherhelme aufsetzen. Sie standen schon bis zum Bauch im schnell steigenden Wasser der Flutkammer.

Hastig schraubten sie sich gegenseitig die Sicherheitsverschlüsse zu und krabbelten dann nach unten zu dem Ausstieg, der sich allmählich öffnete, als der Innendruck sich dem Außendruck anglich.

Das U-Boot war so dicht wie möglich an das Wrack herangefahren. Dennoch schien der Weg endlos zu sein vom Ausstiegsschott zum schlammbedeckten Bootswrack. Die beiden Taucher stapften schwerfällig durch den trüben Morast, der unter ihren bleibeschweren Stiefeln aufwallte und die Sicht nochmals verschlechterte, soweit dies überhaupt möglich war.

Ohne die starken Scheinwerfer wären sie blind wie die Maulwürfe gewesen, aber auch so sahen sie kaum die Hand vor Augen. Mit der Hilfe der gewandten Begleiter fanden sie jedoch zu der Stelle, an der das Wrack lag.

‚...Gerade Jetzt, wo wir ihn am nötigsten brauchen', dachte Arundelle und setzte ihren Streit mit Billy-Joe in Gedanken fort. – Die Einwände ihres Freundes ließ sie nicht gelten. Hatten sie nicht alle ihre Fähigkeiten eingebüßt? Die einen mehr, die andern weniger?

Aus war 's mit Traumreisen, nichts da mit Seelenausflügen. Gerade einmal ein schmaler Korridor in die eigene Erinnerung ließ sich ab und zu auftun, aber auch nur für die, die wirklich geübt waren! Die eigene Erinnerung konnte einem niemand wegnehmen. Die gehörte einem, wie der eigene Körper, die Haare, die Augen, man besaß sie nun einmal. Dennoch waren Erinnerungen flüchtige Gäste, die nicht selten verflogen, ehe man es sich versah.

Arundelle stapfte hinter Billy-Joes beruhigend breiten Schultern drein, die sie gerade noch als vage Schatten vor sich ausmachte. Ein Bein schleppte sie vors andere. Es war wahrlich mühsam, hier unten auf dem Meeresgrund zu laufen. Und dann noch mit diesen Stiefeln. Am liebsten hätte sie die unnötige Last von sich geworfen. Aber dann wäre sie wie ein Pfeil nach oben an die Oberfläche geschnellt. Man brauchte das Gewicht ja, um unten zu bleiben.

Sie prallte auf Billy-Joes Rücken, der urplötzlich wie eine Wand vor ihr stand. Sie waren angekommen. Das Wrack lag dunkel und drohend vor ihnen. Im Rumpf klaffte ein riesiges Loch, durch das sie nun einstiegen, um sich in der engen Kajüte noch einmal umzuschauen.

Es handelte sich bei diesem klaffenden Einstieg um das große Leck, das sie in beispiellosem Einsatz vor der Todesfahrt über den Südpazifik notdürftig mit einem Lecksegel abdichteten.

Viel Hoffnung machte sich Billy-Joe nicht, etwas zu entdeckten, das den Meermenschen entgangen war, das sie aus welchen Gründen auch immer, übersehen hatten.

Der Bogen benahm sich mitunter seltsam und nicht jedem war es gegeben, seine Zeichen zu deuten. Aber hatte der für Zeichen überhaupt Zeit gehabt? Arundelle versuchte, sich zu erinnern. - Stimmt, sie waren von der Professorin in diese merkwürdige Gummiinsel verfrachtet worden. Und gerade als die Professorin selbst nachkommen sollte, hatte sie das Tau gekappt.

Sie hatte lieber mit Zinfandor untergehen wollen. Wie romantisch. Vereint im Tod! Doch Ironie war fehl am Platz, fühlte Arundelle und schämte sich ihrer albernen Gedanken.

So war es gewesen. An den Bogen hatte sie mit keinem Gedanken gedacht. Nicht damals in dieser Situation. Vielleicht war das bereits die Lösung. Wieso eigentlich hatte sie ihn vergessen? Wieso hatte sie an ihn keinen Gedanken verschwendet? War er ihr so gleichgültig? Wollte sie nur die eigene Haut retten?

Noch einmal durchlebt Arundelle die entscheidenden Augenblicke. Nein, da war kein Gedanke, auch später nicht. Der Bogen war das Letzte, um das sie sich sorgte. Erst kamen die Menschen im Boot und außerhalb.

Auf die Professorin verwendete sie ihre Gefühle und auf deren romantische Liebe. Dann waren da die Wellen gewesen. Schlecht war ihnen geworden von dem Hin- und Hergeworfensein. Irgendwann war dann der Stoß gekommen. Das Rettungsboot war gummiweich geworden als die Luft entwich.

Wasser war von allen Seiten eingedrungen und dann waren sie unaufhaltsam in die Tiefe gerauscht. Zwar wurde es unten ruhiger, dafür aber auch der Raum enger und die Luft knapper.

Irgendwann waren ihnen die Sinne geschwunden. Das war das Letzte woran sie sich erinnerte. - Dann die Rettung - aber da waren sie bereits in der Stadt: – Australis-City - versteckt unter dem riesigen Sockel, der wie ein Dach ins Meer hinaus ragt. Das Meer unterspült den australischen Kontinent fast bis in dessen Mitte.

Hatte Billy-Joe wirklich recht? Hatte sie der Zauberbogen verlassen, weil sie sich innerlich von ihm entfremdet hatte? Arundelle war sich ihrer Gefühle auf einmal nicht mehr sicher. Sie machte sich einmal mehr auf ihre schonungslose Art klar, wie es wirklich um sie stand. Es wurde Zeit, die Suche abzubrechen.

Eben wollte sie Billy-Joe ein Zeichen geben, der einen halben Schritt neben ihr herstapfte. Sie umrundeten das Wrack nun noch einmal, obwohl beide nicht mehr viel Hoffnung hegten, eine Spur oder ein Zeichen von dem verschwundenen Zauberbogen zu finden.

Etwas blitzte im Licht des starken Strahlers in ihrer Hand. Sie machte Billy-Joe ein Zeichen und gemeinsam bückten sie sich unbeholfen hinab. Im Schlamm steckte ein goldener Pfeil.

Kein Zweifel, da war es: Sie hatte es gefunden – **das Zeichen des Zauberbogens**.

Alle Zweifel stoben davon. Was Arundelle sich eben noch klar gemacht hatte, galt nichts mehr angesichts des eindeutigen Zeichens. Der Pfeil steckte mit der Spitze voran am Rand einer gähnenden Höhle und wies ganz eindeutig in die Tiefe.

Arundelle gestikulierte heftig und zeigte wieder und wieder hinab. Billy-Joe trat heran und auch er begriff sogleich, was nur zu offensichtlich war. Die Sprechverbindung in den Anzügen funktionierte nicht, das hatten sie schon vorher feststellen müssen. So behalfen sie sich mit Zeichensprache.

Billy-Joe verstand auch so, was Arundelle vorhatte. Er schüttelte heftig, so heftig, wie es eben ging, mit dem schweren Helm – den Kopf. Deutete auf die Sauerstoffflaschen und machte klar, dass sie zuvor zurückzukehren hätten, um die Flaschen auszutauschen.

Arundelle schaute auf ihre Anzeige. Sie hatte noch Sauerstoff für ungefähr eine Stunde. So schüttelte sie ihrerseits den Kopf und drängte sich an Billy-Joe vorbei. Bevor der es sich versah, war sie in der senkrecht abfallenden Höhle verschwunden.

Billy-Joe blieb keine Wahl. Ehe er jetzt zum Schiff zurückgekehrt und durch die Schleuse ins Innere gelangt war, und dort die Flaschen ausgetauscht hatte um dann wieder zum Wrack zurückzukehren, wäre Arundelle vermutlich schon erstickt.

Zwar schossen hurtige Schwimmer heran und bedeuteten ihm, keinesfalls in dieses Loch hinabzutauchen, doch er versuchte nur, ihnen begreiflich zu machen, dass sich Arundelle bereits unten befand und dass ihm überhaupt keine andere Wahl blieb, als ihr zu folgen.

Seine einladenden Gesten, mit ihm zu kommen, wurden entweder falsch gedeutet, oder die Angst vor der Tiefe war zu groß.

Was mochte dort unten für eine Gefahr lauern? Billy-Joe fühlte gleichfalls die Angst in sich aufsteigen. Er kannte den Mut und die Entschlossenheit der tapferen Männer der Tiefe, die so leicht nichts abschreckte. Wenn sogar die nun warnten, dann musste sich in der Höhle etwas wahrhaft Grauenhaftes verbergen. - Groß genug war sie. Er konnte sich bequem sinken lassen, ohne anzuecken. Der Rückweg würde nicht so leicht werden. Nun ja, sie könnten sich von den Bleigürteln befreien, das gäbe den nötigen Auftrieb. Ganz hilflos also waren sie nicht.

Billy-Joe sank und sank. Von Arundelle war nichts zu sehen – zu hören ohnehin nicht. In den Ohren rauschte das eigene Blut, sonst herrschte Grabesstille hier unten.

Beunruhigend lange sank er nun schon ins Bodenlose. Er hatte vergessen, auf die Uhr zu sehen. Er fühlte sich irgendwie zeitlos und doch lastete die Dauer auf ihm, fühlte er die rinnende Sanduhr, mit der er die Sauerstofflasche verglich, die sich nur allzu bald entleert haben würde. Und was dann?

## 25. Der Ausbruch

Arundelle spürte die Kraft zurückkehren. Sie kam von dem Zauberbogen, der ganz in der Nähe sein musste, das fühlte sie. Sie wusste es einfach, konnte es mit ihrem sechsten Sinn spüren. Zwar sah sie ihn nicht – sie sah überhaupt so gut wie nichts. Der Strahl ihres Scheinwerfers bohrte sich dünn ins schwarze Nichts. Irgendwo dort, wenige Meter entfernt - oder waren es nur Zentimeter - mussten die Wände der Höhle sein, durch die sie unaufhaltsam sank.

Je tiefer es ging, um so froher fühlte sie sich. Die Angst ließ sie hinter sich, obwohl die Aussichten doch ganz im Dunkeln und Trüben der Ungewissheit lagen. Sie durfte an nichts denken, ja, sie vermochte es nicht einmal.

Der Sauerstoff war ihr auf einmal ganz gleichgültig. Als ginge er sie nichts mehr an, der doch unaufhaltsam verströmte und in wenigen Minuten die bedenkliche rote Marke erreichen musste, welche die sofortige Umkehr gebot. Was würde sie tun, wenn diese Marke erreicht war? Sie schob die Bedenken achtlos beiseite. Das würde sich finden. Erst einmal ging es um wichtigeres.

Es ging um den Zauberbogen. Hielte sie ihn doch endlich wieder in den Händen! Niemals mehr ließe sie ihn los. Sie glaubte sein glattes kühles Holz zu spüren, den Schliff und die Patina der Jahrhunderte und Jahrtausende, von all den Händen, die ihn mit der gleichen Liebe gehalten hatten, mit der sie ihn hielt.

Oh ja, sie liebte ihren Zauberbogen, sie hatte es nur vergessen. Sie hatte nur auf ihn vergessen bei all den Umständen und Aufregungen. Sie hatte sich ihm entfremdet, weil er in dem Schulbetrieb nie einen richtigen Platz gefunden hatte.

Die Schule war dem Bogen feindlich gesonnen, empfand Arundelle plötzlich und das nicht erst seit dem Attentat auf Tika. Die Erkenntnis überfiel sie ausgerechnet hier unten und traf mit Macht und schockierte sie über die Maßen. Ausgerechnet ihre geliebte Schule!

Ja, ihre Einheit hatte bereits einen Knacks bekommen, als der Schulbetrieb sie aufnahm und all ihre Aufmerksamkeit erheischte. Das Bedauern traf sie fast körperlich, jetzt, wo sie sich in die Lage ihres Zauberbogens versetzte. Wie hatte der gelitten!

Sie glaubte ihn wieder in den Händen zu halten. Nun, das war eine Illusion. Woher sollte der Bogen auch kommen. - Eben noch Fantasie, und plötzlich Wirklichkeit. Es war, als habe der Zauberbogen nur auf ihre Vorstellungskraft gewartet. Denn da war er. Kein Zweifel. Und wie er sich anfühlte!

Beruhigend klopfte seine Gegenwart in ihren Handflächen. Der telepathische Strom – nun geschlossen - durchpulste sie, und ließ sie an den Empfindungen und den unergründlichen Tiefen dieses uralten Weisen teilhaben. Wenn auch nur am Rande und in solchen Bereichen, die ihrem Fassungsvermögen zuträglich waren.

„Gefahr, in unmittelbarer Nähe lauert Gefahr!“ – Die Nachricht erreichte sie zugleich mit dem ersten peitschenden Schlag eines mächtigen Tentakels. Sie fühlte sich gegen die raue Wand der Höhle geschleudert, dass sie meinte das Bewusstsein zu verlieren. Gefährlich ratschte die Gummihaut des Taucheranzugs über spitzes Gestein. Der Kopf dröhnte vom Nachhall des gewaltigen Hiebes. Schleimige Fangarme zuckten blitzschnell hin und her. Saugnäpfe sogen sich schmatzend fest. Unwiderstehliche Gewalt zog und zerrte an dem hilflosen Bündel und riss es dem schnabelartigen Maul entgegen.

Wie von selbst spannte der Bogen sich, ein Pfeil lag auf der Sehne und schnellte im letzten Moment davon. Er traf das Lebenszentrum des Ungeheuers im Augenblick des gierigen Triumphes über sein zuckendes Opfer.

Und da war auch Billy-Joe heran. Durch die wallenden Wolken der verströmenden Sepia, die den Todeskampf verhüllten, griff er zu. Er fasste Arundelle bei den Schultern, tastete nach den schlaffen Saugarmen und löste die schmatzenden Saugnäpfe so vorsichtig wie möglich, um den mürben Anzug nicht weiter zu beschädigen.

Er blickte in Arundelles Gesicht – sah es schemenhaft als weißen Fleck im trüben Dunkel. Blitzte es in ihren Augen? Sah er endlich wieder, was er schon nicht für möglich gehalten hatte? Arundelle hielt in ihren Händen den Zauberbogen, hielt ihn wie eine Kriegerin, schwenkte ihn nun in halber Höhe über dem Kopf, um ihm ein Zeichen zu geben, ein Zeichen des Sieges? – der Erleichterung? – der Begeisterung? – Billy-Joe mochte sich nicht entscheiden, er fühlte den breiten Strom dieser Regungen zu sich hinwallen und beugte sich demütig dieser lange vermissten Kraft.

Auch ihm schwand nun die Verzagtheit und das kleinliche Hoffen auf Rettung, das ängstliche Warten auf die alsbald einsetzende Atemnot.

Arundelle hatte den Bogen wieder, sie beide hatten den Bogen wieder! - Vielmehr - der Bogen hatte sie. Und sie würde er führen, dahin, wo sie ihren Zielen am nächsten kamen.

Der Schlund, durch den sie gefallen waren, schien sich nun zu verlieren, kaum dass sie den Wächter der Tiefe überwunden hatten. Ein unvorstellbarer Sog erfasste die Taucher, beschleunigte ihren Fall in die Tiefe. Es war ihnen nun, als würden sie in einen bodenlosen Trichter gesogen. Dampf umhüllte sie, wo zuvor gurgelnde Fluten brausten. Schneller und schneller ging die Fahrt. Zischend weißes Strömen ersetzte die dunkle Drohung der Tiefe. Aus dem Fall wurde ein immer heftigerer Sog.

Fielen oder stiegen sie? Beide vermochten dies nicht zu unterscheiden. Lag es daran, dass ihnen endgültig die Sinne schwanden?

Billy-Joe glaubte sich zu erinnern. Schon einmal vor gar nicht langer Zeit hatte die feurige Lohe nach ihm gegriffen. Doch das konnte nicht sein...

„Wir sind durch, die Barriere ist gesprengt, wir haben unsere Kräfte wieder“, schrie Arundelle und gestikulierte heftig, als Billy-Joe sie nicht gleich verstand. „Achte auf die Stimme des Bogens“, rief sie und da fühlte auch der Junge dessen telepathische Botschaft. Er begriff.

Der Weg durch den Schlund war der Ausweg aus dem Bann. Ein geheimes Schlupfloch. Gefährlich, da vom mörderischen Wächter bewacht, aber nicht unüberwindlich.

Es wurde Zeit, sich auf das Wesentliche zu konzentrieren. „Wir haben eine Aufgabe!“ Die dampfende Lohe spie die Taucher aus. Die Hitze hatte stetig zugenommen und nun fühlten sie die bleierne Schwere ihrer Stiefel und Bleigürtel, die sie am Meeresgrund gehalten hatten. Dort, wo sie angelangt waren, bedurften sie der Gewichte nicht länger. Im Gegenteil. Verzweifelt mühten sie sich, die Fesseln abzustreifen, denn die Hitze nahm immer schneller zu und sie mussten sehen, dass sie aus dem Glutofen kamen. Durch die beschlagenen Fenster der Helme glaubten sie einen Lichtfleck über sich auszumachen.

Wieder fühlte Billy-Joe sich an sein Abenteuer auf der Insel des versteinerten Riesen erinnert. - „Wir müssen, so schnell wie es geht, da rauf“, ließ er Arundelle wissen.

Der Bogen, dank seiner alten Kraft, hieß sie sich an einander klammern. Dann ging es auch schon im rasanten Zug hinauf durch den sich verengenden Tunnel. Ohne Rücksicht auf Verluste schrammten die beiden an den scharfen Kanten des Vulkangesteins entlang.

Die Taucheranzüge hingen alsbald in Fetzen. Billy-Joe ließ sich nach rückwärts gleiten und hing an Arundelles Füßen. So bildeten sie ein kleineres Angriffsziel für die Vorsprünge und Kanten. Der Bogen hielt unterdessen stetig auf das Licht zu, den Arundelle noch immer mit beiden Händen umklammerte, als wollte sie ihn nun nie wieder loslassen.

Wenigstens die Köpfe blieben heil unter den schweren Helmen, die zwar einige Beulen abbekamen, insgesamt aber durchhielten.

Erste Brandblasen nötigten Arundelle, den Bogen um die schützende Weltraumhülle zu bitten. Und in der Tat hörten die unsanften Zusammenstöße danach auf, während die Fuhre mit unverminderter Geschwindigkeit dem Lichtfleck zustrebte, der nur langsam größer wurde. Noch einmal erhöhte der Bogen die Geschwindigkeit. Jetzt, wo er keine Rücksicht mehr zu nehmen brauchte. Wie eine längliche Zigarre raste er – Glut vor sich herschiebend - wie ein Blitz ans Licht.

Die Hitze ließ nach. Sei es des Fahrtwinds wegen, oder weil der schlimmste Teil bereits überwunden. Sie waren der kochenden Lava entflohen, welche den Meeresboden zerklüftet und diesen Tunnel gegraben, oder vielmehr gegossen hatte, der sich unter dem Meeresboden hindurchwand, um alsdann eine steile Wendung nach oben zu nehmen.

Womöglich wirkte das Meerwasser wie eine Kühlflüssigkeit, welche die schlimmsten Verbrennungen von ihnen abhielt. Denn durch ihre Unterwasseranzüge waren sie gegen Hitze nur unzureichend geschützt.

Ohne Zweifel – sie waren gerettet. Die alte Kraft hatte sie wieder und durchpulste sie wie der heilende Blutstrom des prallen Lebens.

Die Monsterkrake lauerte gewiss seit Urzeiten am Scheitelpunkt der Höhle. Eben dort, wo der Schlund seinen Bogen macht, und wo das Wasser der Tiefe mit ungeheurem Druck in die entgegengesetzte Richtung zu streben beginnt. Dank des Zauberbogens, der Geistesgegenwart und des Mutes von Arundelle wurde das Ungeheuer besiegt. Es musste von den Fliehenden lassen. War der Sieg endgültig? Hatte der Pfeil den Lebensnerv der Riesenkrake getroffen?

## 26. Die Suchsonde

Die Besorgnis wuchs an Bord des gläsernen Unterseebootes. Die beiden Taucher waren längst überfällig. Nach Berechnungen der Mannschaft ging ihr Sauerstoffvorrat bereits in etwa fünfzehn Minuten zu Ende. Danach fielen sie alsbald ins Koma. Wenn nicht Hilfe innerhalb der nächsten halben bis drei Viertel Stunde zur Stelle war, dann müssten sie unweigerlich an Kohlenstoffvergiftung sterben.

Scholasticus raufte sich die Haare. Wie hatte er nur zulassen können, die beiden ohne Aufsicht nach draußen zu lassen? Er fühlte schwer die Verantwortung auf sich lasten. Einer solchen Aufgabe war er nicht gewachsen. Die fragenden Blicke, die er erhaschte, waren nicht dazu angetan, seine Stimmung zu verbessern. Er war am Ende, das fühlte er. Am liebsten hätte er den ganzen Kram hingeworfen.

Worauf hatte er sich nur eingelassen? Er war Wissenschaftler, Forscher, Denker, Experimentator – doch kein Expeditionsleiter und Kinderfräulein!

Der aufwallende Zorn durchmischte sich mit Panik und erzeugte eine nie gekannte Ratlosigkeit. Was sollte er tun? Vielleicht zum ersten Mal in seinem Leben fühlte er sich gänzlich ratlos. Ein schreckliches Gefühl. Am liebsten wäre er den Verlorenen nachgeeilt. Doch die hatten die einzigen Anzüge mitgenommen. Es gab zwar eine Notausrüstung für alle Fälle. Der Kapitän aber meinte, für solche Tiefen tauge diese nicht. Schon die festen Taucheranzüge waren auf Tiefen bis eintausend Meter beschränkt. Sie aber operierten hier unten unter weit höherem Druck.

„Eine Möglichkeit hätten wir freilich noch“, ließ er den verzweifelten Expeditionsleiter wissen, mit dem er nicht hätte tauschen wollen, gab er doch für das Leben der beiden Vermissten keinen Pfifferling. Zumal die Begleiter auf Spuren eines schrecklichen Kampfes hinwiesen, der in der Höhle, worin die Vermissten verschwunden waren, ausgetragen wurde. Selbst die Mutigsten der Meerkrieger waren nicht dazu zu bewegen, sich dem Eingang zum Loch auch nur zu nähern.

Vielleicht, wenn man ihnen aus dem Arsenal die geeigneten Waffen überließe? - Könnte man doch mit den Burschen vernünftig reden! Die vielen Klopfzeichen machten einen ganz wirr. Außerdem tickte die Zeit unentrinnbar davon. Es blieb keine Zeit mehr, jetzt oder nie musste gehandelt werden...

„Sie sprachen von einer letzten Möglichkeit?“ - meldete sich der verzweifelte Professor zu Wort, dem die wenigen Optionen zwischen den Fingern zerrannen.

„Nun ja, die Sonde, unser kleines Ein-Mann-Mini-U-Boot...“

„Ja, aber warum sagen Sie das denn nicht gleich? Nichts als her damit...“

„Da braucht ’s schon ein wenig Erfahrung. Außerdem muss man das Ding bedienen können.“

Scholasticus wusste sich in seinem Element, hatte er doch so ziemlich alles geflogen, was sich in den Weltraum schicken ließ. Viel schwieriger könnte die Unterwasserkapsel eigentlich nicht zu bedienen sein, dachte er. Er trieb die Besatzung an, das Boot startklar zu bekommen und ihn in die enge Kabine einsteigen zu lassen. Diese Aufgabe würde er niemand anderem überlassen.

Doch dann stellte er fest, dass sein Körperumfang für diese Mission nicht geeignet war. Es könnte nicht schaden, wieder einmal abzunehmen, dachte er, als er vergeblich versuchte, in die enge Kapsel zu gelangen.

Noch wollte er seine Niederlag nicht wahrhaben – noch nicht. Verzweifelt drückte er mit aller Kraft gegen die engen Kanten, als ob diese dadurch nachgäben, was sie selbstverständlich nicht taten.

Inzwischen steckte er so fest, dass er sich nicht mehr rühren konnte. Es hatte keinen Zweck, er musste das Handtuch werfen. „Zieht mich, um Gottes Willen, raus“, schrie es dumpf aus der engen Kabine.

Mit vereinten Kräften gelang der Besatzung schließlich das schwierige Werk. Hochrot im Gesicht und mehr unglücklich als wütend, erhob Scholasticus sich aus der unwürdigen Lage, in die er sich selbst gebracht hatte.

Was nun? Guter Rat war teuer. Der Kapitän war bereit, jemanden von der Besatzung zu beauftragen. „Selbstverständlich nur Freiwillige“, setzte er hastig hinzu, als er die betroffenen Gesichter seiner Männer bemerkte, die sich nicht um diese gefährliche Aufgabe rissen.

„Also, wer meldet sich freiwillig“, ließ sich der Kapitän auffordernd vernehmen und blickte in die Runde. Doch die Männer wichen seinem fordernden Blick aus, zumal diejenigen, die aufgrund ihrer Statur durchaus für die Aufgabe in Frage kamen.

Doch der Kapitän musste nicht lange fragen, die peinlichen Sekunden verticken nahezu unbemerkt, denn Tibors Hand schnellte empor, gerade als das Zögern der Besatzung aufzufallen drohte.

„Junge, kannst du mit so was denn umgehen?“ - fragte der Kapitän mitfühlend und erleichtert zugleich und beugte sich zu Tibor hinab, der ihm knapp bis an die Schulter reichte. Von der Größe her wäre dieser freilich der geeignetste Kandidat.

Scholasticus schüttelte energisch den Kopf. Den nicht auch noch! Doch dann überlegte er. Technisch versiert war der Junge ja. Und geschickt stellte er sich nun wirklich an. Und was die Kapsel betraf, so waren sie allesamt Laien. Man würde ihn eben einweisen müssen und dann das Beste hoffen.

Tibor blickte so flehentlich. „Ich schaffe das“, flüsterte er, während er Scholasticus beschwörend ins noch immer schamrote Gesicht blickte.

‚Verdammt, was muss ich auch so reinhauen’, dachte der und hieb sich wütend auf den überquellenden Hosenbund.

Pooty lugte aus Billy-Joes Medizintasche, die noch immer unbemerkt an dem Kleiderhaken neben der Unterdruckkammer hing, die nun wieder gebraucht wurde, um das schlanke Mini-U-Boot zu Wasser zu lassen.

„Tibor“, zischte Pooty, „du kannst uns nicht zurücklassen, mich und den Zauberstein. Außerdem wirst du uns brauchen, hat der Stein gesagt - Braucht von denen da ja keiner wissen.“

Tibor überlegte nicht lange und ergriff den Beutel. Vielleicht hatte der Kleine recht. Die Kräfte des Zaubersteins mochten wirklich nützlich sein. Außerdem hatte er so dort draußen in der finsteren Einsamkeit ein wenig Gesellschaft.

Scholasticus winkte von der Tür und drängte: „Los, worauf wartest du, wir brauchen ohnehin ein Wunder inzwischen.“ Er schien von dem flinken Griff nach der Medizintasche nichts bemerkt zu haben.

Schon saß der Junge in der engen Kapsel, auf den Ohren das Headset, die Finger glitten über die blinkenden Tasten. Er ließ sich bereits in die Navigation und die Instrumententafel einweisen.

„Solange wir die Kontrolle haben, kann wenig passieren“, meinte der Kapitän. Er deutete zu dem Funker hinüber, der jede der

Navigationsentscheidungen des Jungen auf dem Monitor verfolgen und korrigieren konnte und der genau wusste, was am Steuerpult der Kapsel geschah.

Es wurde Ernst. Während Tibor ungeduldig auf das Steigen des Wassers in der Flutkammer wartete, ließ er seine Augen und Hände suchend über die Armaturen schweifen, die es alsbald zu erproben galt. Draußen wäre dazu gleich Gelegenheit.

Die Sonde sank aus der Flutkammer. Sobald sie von der Außenhaut freikam, gab Tibor Gas und das schlanke Boot surrte elegant wie ein Fisch davon. Es reagierte auf den leisesten Ruderdruck in jede Richtung.

„Wunderbar", rief Tibor begeistert. „Nun aber nichts als rein in die Höhle."

Er begriff wirklich schnell. Die Funktionsweise der Ruderanlage und des Antriebs, sowie den Sinn der Warn- und Messinstrumente stellte kein Problem dar. Einige Stöße und Manöver konnte er durchaus noch ausführen, bevor es Ernst wurde, und er in dem Loch verschwand, worin dann das Manövrieren ungleich schwieriger wurde.

Die Funkverbindung mit dem Mutterschiff, ein besonders ausgeklügeltes System, verschiedenster Kanäle, sollte den sicheren Kontakt gewährleisten.

Die Spitze des Bootes senkte die starken Strahler voraus in die unergründliche Höhle, die zuvor bereits die beiden Taucher aufgenommen hatte. Die Außenbegleiter aus Australis ließen sich zurückfallen, kaum dass die Sonde in die Tiefe eintauchte.

Auch das Angebot, sich mit Sprengköpfen zu bestücken, konnte die Unterwasserkrieger nicht dazu bewegen, ihre ablehnende Haltung aufzugeben.

Nicht die reale Gefahr schreckte die tapferen Meereskrieger, sondern die Tatsache, dass es sich hier – ihrer Meinung nach - um einen verfluchten Ort handelte.

Tibor berichtete in regelmäßigen Abständen vom Fortschritt seiner Tauchfahrt. „Keine besonderen Vorkommnisse", lautete seine immer gleichbleibende Meldung und er erläuterte: „Ich tauche durch eine geräumige Höhle von glatter Beschaffenheit, soweit man dies beurteilen kann. Mache gut Fahrt, anscheinend gibt es hier eine kräftige Strömung, denn ich brauche die Motoren kaum."

In schnellem Tempo ging es dahin. Tibor achtete darauf, sich inmitten des Stroms zu halten, und den Wänden nicht zu nahe zu kommen, die sich ringsum befinden mussten, ohne dass er sie freilich sah. Nur die Instrumente zeigten ihm die Abstände Zentimeter genau an. Die Sensoren würden automatische Warnsignale ausstoßen, falls er den Wänden zu nahe kam.

Der Autopilot übernahm die Führung und Tibor konnte sich ganz auf den Lichtkegel des Scheinwerfers konzentrieren, der sich indessen im unergründlichen Dunkel voraus verlor.

Von den Tauchern fehlte jede Spur. Das beruhigte ihn einerseits. Doch er konnte sicher sein, sie nicht verpasst zu haben. Die technische Ausrüstung des schlanken kleinen Bootes war wirklich ausgezeichnet. Jedes organische Leben wurde ebenso angezeigt, wie metallene Gegenstände oder Treibgut beliebiger Art.

Es wurde Zeit für einen weiteren Bericht an das Mutterschiff: „U-Weisheitszahn bitte kommen, kommen bitte U-Weisheitszahn, hier Aal 1 auf Außenmission..."

Aus dem Empfänger ertönte ein unangenehmes Knirschen. Noch einmal wiederholte Tibor seinen Ruf. Wieder vernahm er nur unverständliches Kratzen und Quietschen. Er beschloss, seine Nachricht trotzdem abzusetzen. Leider konnte er nicht viel mehr berichten als beim letzten Mal. Er ergänzte seine Nachricht deshalb um die Daten, die er von den Instrumenten ablas. Er gab die zurückgelegte Entfernung und die Abstände sowie alle Begegnungen mit kleinerem oder auch größerem Treibgut durch und hoffte, dass der Empfang am andern Ende ein wenig besser war als bei ihm.

Er schien aus der Reichweite des Senders geraten zu sein. Eine durchaus realistische Möglichkeit, zumal hier unten, wo sich die Radiowellen in einem engen Kanal fortzubewegen hatten. Durch beständige Reflexion an den Tunnelwänden überlagerten sich die Wellen wieder und wieder, so dass eine saubere Trägerfrequenz alsbald vernichtet wurde.

Er war allein. Die Tatsache, von dem Mutterschiff abgeschnitten zu sein, traf ihn heftiger, als erwartet. Die Stimmen aus dem Lautsprecher hatten die Illusion von Nähe und Geborgenheit aufrecht erhalten. Damit war nun Schluss. Auf Rat vom Schiff konnte er nicht länger bauen. Für einen Moment wollte ihn Panik überschwemmen, doch er beherrschte sich und konzentrierte sich auf seine Aufgabe.

Es hatte sich ja nichts verändert. Nur der Funkkontakt war abgerissen. Damit hatte er rechnen müssen. Immerhin bewegte er sich mit erstaunlicher Geschwindigkeit und das nun bereits seit geraumer Zeit. Laut Anzeige hatte er einige hundert Kilometer zurück gelegt. Er konnte es kaum glauben. Sicher verfälschte die heftige Außenströmung die Instrumente.

Pooty streckte den Kopf aus Billy-Joes Medizinbeutel. Tibor hatte das alte Ding völlig vergessen, das da vor seinen Knien baumelte.

„Der Zauberstein meint, vor uns ist ein Ungeheuer", schrie Pooty aufgeregt.

Der Strom draußen verfärbte sich, verdunkelte, soweit dies überhaupt möglich war, noch einmal die Sicht um einige Prozent. Dumpf klatschten riesige Brocken auf die Außenhaut, oder saugten sich fest mit schmatzendem widerlichen Geräusch.

Tibor fühlte höchste Alarmbereitschaft. Die Instrumente zeigten organische Strukturen an. Die Schnellanalyse brachte es an den Tag: die absterbenden oder doch weitgehend leblosen Überreste einer gewaltigen Krake waberten und umschleimten das schnittige Boot. Doch sie konnten nicht mithalten, sondern blieben alsbald achteraus. Der schnurrende Antrieb des kleinen Elektromotors gab den entscheidenden Impuls.

Die Geschwindigkeit nahm nun, da der Scheitel des endlos langen Tunnels durchmessen zu sein schien, noch einmal merklich zu. Auch ohne Instrumente war dies zu spüren. Die Geschwindigkeitskontrolle erreichte ihr Maximum. Es war durchaus möglich, dass das Boot um einiges schneller vorankam, als angezeigt wurde. Tibor fühlte sich außerstande, seine Geschwindigkeit zu schätzen.

Draußen veränderte sich das Wasser. Es gurgelte nicht länger, sondern zischte dampfweiß achteraus und weißer Nebel nahm nun die Sicht um einiges vollständiger als zuvor die düstere Schwärze der Tiefe.

Seltsamerweise verlor sich Tibors Panik, jetzt, wo um ihn her kaum noch Wasser, statt dessen zischender Dampf wallte, und alle Instrumente verrückt spielten. Auch dass die Hitze bis zur Unerträglichkeit anstieg, belastete ihn kaum. Etwas ganz anderes nämlich stellte sich ein und machte ihn überglücklich.

Er fühlte, wie ihm die Beine zuckten, fühlte sich zu wilden Wirbeln bereit. Er fühlte in einem Wort, wie die Kraft zu ihm zurückkehrte, die ihn in den dunklen Tagen und Stunden seit der Rückkehr, verlassen hatte.

Von draußen ließen sich erneut schmatzende Sauggeräusche vernehmen. Über das Glas der Aussichtskanzel stülpten sich zuckende Fangarme, diesmal sehr lebendige! Die Fahrt verlangsamte sich, als schleppe das Schiffchen plötzlich einen gewaltigen Treibanker mit sich. Der Radarschirm zeigte eine riesige Masse an, die sich an das Boot hängte. Im Kräftemessen mit dieser gewaltigen Kreatur musste die Sonde schnell unterliegen.

Tibor mobilisierte deshalb die eigene Kraft. Er tippte den Medizinbeutel an, worauf Pooty den Kopf herausstreckte. „Ich könnte ein wenig Magie gut gebrauchen", meinte der Junge und Pooty begriff. Der Zauberstein pulsierte bereits in den heftigsten Farben. Die enge Kabine füllte sich mit grünem Nebel und summte voller Energie. Die aufheulenden Schrauben taten ein übriges. Das kleine Boot ließ sich nicht aufhalten.

Einer um den andern ließen die Saugarme von dem glatten Bootskörper ab, zumal draußen der Dampf anzeigte, in welch gefährlichen Bereichen man sich bereits bewegte. Wollte das Ungeheuer nicht bei lebendigem Leib gekocht werden, dann zöge es sich besser umgehend zurück.

Doch das Untier schien gegen Hitze immun zu sein. Der Griff seiner Fangarme lockerte sich äußerst zögerlich. Noch einmal mobilisierte Tibor alle magischen Kräfte, und zusammen mit dem Zauberstein gelang ihm das Unmögliche. Ganz langsam gewann das Boot wieder an Geschwindigkeit, nachdem es fast zum Stillstand gekommen war. Einer um den andern glitten die Arme vom Bootskörper ab.

Tibor konnte nur vermuten, was sich da draußen ereignete. Ein letztes Mal versuchte er, mit dem Mutterschiff in Kontakt zu kommen und gab seine Nachricht vom Kampf und dessen glücklichem Ausgang durch. Auch über die Beschaffenheit des Wassers jenseits des Wächters ließ er sich aus und vergaß nicht, die Richtungsänderung zu erwähnen, die der Tunnel nahm.

Die Hitze stieg weiter kontinuierlich an. Das Thermometer kletterte unaufhaltsam. Die hundert Grad Marke war fast erreicht und noch immer stand die Nadel nicht still. Es wurde eng.

Noch einmal gab Tibor Gas und erhöhte die Geschwindigkeit in der Hoffnung auf Abkühlung. Wenn die beiden Taucher, die er höchst wahrscheinlich nicht überholt hatte, hier durchgekommen waren, dann hatte auch er eine gute Chance, rechnete er sich aus. Sicher konnte er freilich nicht sein, sie doch noch verpasst zu haben.

- Und wenn nun ihre leblosen Körper zwischen den Leichenteilen der Krake achteraus herum schwammen? - Irgend etwas sagte ihm, dass sie springlebendig waren, und dass er sie dort vorn, jenseits der weißen Hölle, zu suchen hatte.

Ein besorgter Blick auf die Geschwindigkeitsanzeige ließ ihn wissen, dass sie erneut an Geschwindigkeit verloren, ja, dass sie nicht mehr weit von dem vollständigen Stillstand entfernt waren. Die Schrauben heulten im Leerlauf. Das Wasser verdampfte zusehends. Es grenzte an ein Wunder, dass sich die Sonde überhaupt vorwärts bewegte.

Vermutlich war dies der heftigen Strömung geschuldet, die in dem engen Kanal wie eine Staubsaugerdüse wirkte. Allerdings stand ihnen nun die Schwerkraft im Weg, denn der Steigungswinkel verkürzte sich mit jedem Meter. Bald ging es senkrecht hinauf, während der Wasserspiegel achteraus verschwand und ringsum heißer Dampf alles einhüllte.

Nun war guter Rat teuer. Sollte er aussteigen? Die Außentemperatur von über 150 Grad Celsius ließ dies nicht sachdienlich erscheinen. Ohne Schutzanzug und Atemgerät fände er innerhalb weniger Augenblicke den Tod.

Trotz seiner verzweifelten Lage fühlte Tibor keine Angst. Seit er den Wächter der Tiefe hinter sich gelassen hatte, fühlte er wie die alte Kraft zu ihm zurückkehrte. Es war ihm, als baute sich seine angestammte Kraft um ein Vielfaches verstärkt auf. So, als sei das Entzogene irgendwo gesammelt worden.

Tibor nahm all seine Kraft zusammen und konzentrierte sich auf sein Ziel. Pooty half mit, so gut er konnte. Die Kabine verschwamm in einem grünen Nebel. Ohne dass es ihm bewusst war, begann der Junge um die eigene Achse zu rotieren. Schneller und schneller drehte er sich in der engen Kabine, die kaum Platz ließ und worin er ständig Gefahr lief, anzuecken.

Es war, als umhüllte ihn eine schützende enge Haut. Gleich einer Spule, mit dem nämlichen Gleichmaß, drehte sich der Junge.

Der schlanke Bootsleib summte und zitterte voller Energie. Die Nase richtete sich steil auf, noch einmal durchlief ein heftiges Zittern den Bootsleib, dann erhob sich das Gefährt und strebte schneller werdend, dem Lichtfleck weit oben entgegen.

## 27. Die Ratsuchenden

Erschöpft schälten sich die Taucher aus den rauchenden Fetzen und bestrichen ihre Wunden gegenseitig mit heilenden Salben aus dem unergründlichen Köcher des Zauberbogens, der ihnen glücklicherweise wieder zur Verfügung stand.

Kaum waren sie einigermaßen beisammen, da machten sie sich sogleich an die Erkundung der fremdartigen Umgebung.

Arundelle – vielmehr ihr Zauberbogen - hielt nicht viel von einem längeren Aufenthalt. Zumal auch Billy-Joe sich zu erinnern glaubte und ihnen bedeutete, dass sie sich möglicherweise auf gefährlichem Grund befanden. Solange die magischen Kräfte hielten, sollten sie versuchen, Land zu gewinnen, und machen, dass sie aus den Turbulenzen kamen, um sich erst einmal einen Überblick zu verschaffen.

Noch wusste ja niemand genau, was los war. Alle mutmaßten sie und stellten Hypothesen auf, die sich nicht halten ließen. So war der Stand der Dinge beim Aufbruch der Expedition doch gewesen.

Sie waren aufgebrochen, um Arundelles Zauberbogen heimzuholen oder besser, um ihn einzuholen, wie sich jetzt zeigte. Denn der drängte auf alsbaldige Weiterreise.

Die Programmierung für einen Weltraumausflug war im vollen Gange. Der Bogen weihte seine menschlichen Begleiter für diesmal um so stärker in sein Vorhaben ein, als er sich selbst seiner Sache nicht sicher war. Außerdem half es, die Vertrautheit wieder zu erwecken, die sich im Laufe der vergangenen Monate verflüchtigt hatte wie Morgennebel in der erstarkenden Sonne. In ihrem Falle hatte es nicht zum Besseren geführt, soviel stand fest.

Inmitten der Planung schoss - wie ein zu großer Korken - ein schlanker metallener Körper aus der unweit vor sich hin rauchenden Höhle.

Arundelle und Billy-Joe erschraken heftig. Kamen die Verfolger? Brach der Vulkan aus?

Billy-Joe hatte gerade hier mit solchen Eruptionen sehr schlechte Erfahrungen gemacht.

Doch was war das? Am oberen Ende des metallenen Körpers, welcher mit dumpfem Schlag in den weichen Wiesengrund platschte, öffnete sich eine Luke und Tibors grinsendes Gesicht erschien und daneben zwängte sich ein pelziges Etwas hervor.

Wie der Blitz war der Junge und sein tierischer Begleiter aus der Kabine, als sie die beiden Freunde da mit dem Zauberbogen stehen sahen.

Die vier umarmten einander. Sie herzten und sie küssten sich voller Freude. Der magische Stein und der Zauberbogen verschmolzen vorübergehend zu einer glücklichen Wolke. Das war ein Jubel und ein Schreien.

Alsbald jedoch galt es wieder, ihren Gefühlsausbrüchen Zügel anzulegen. Denn bevor sich das Fenster wieder schloss, sollten sie machen, dass sie weg kamen. Keiner wusste, wie lange der glückliche Zustand anhielt. Vielleicht war er ja nur von kurzer Dauer und dann steckten sie wieder auf dieser verdammten Insel fest, die ihnen schon einmal zur beinahe tödlichen Falle geworden war.

Erst einmal galt es, Abstand zu gewinnen und die Gunst der Stunde zu nutzen, bevor sich das Fenster womöglich wieder schloss, durch das sie alle vier so wunderbar entwischt waren.

„Die Weltrauminsel wäre kein schlechtes Ziel“, meinte Arundelle. „Jedenfalls besser als das ewige Laptopia!“ - stimmte Billy-Joe zu. Der Advisor wusste vielleicht Rat, konnte dabei helfen, die geheimnisvollen Umstände zu untersuchen und vielleicht Licht auf die rätselhaften Vorgänge werfen.

Diesmal stieß sie keine unsichtbare Barriere zurück oder ließ sie wie irre Insekten an unsichtbarer Glasscheibe entlang rutschen. Der Zauberbogen entfaltete all sein Vermögen. Sterne flirrten wie Silberstreifen vorüber. Brillantengleich schimmerte das tiefgestaffelte Netz des Universums allenthalben und die Schönheit und Erhabenheit des Anblicks raubte den Fliegern ein weiteres Mal den Atem.

Zeitlosigkeit umarmte sie mit Macht, zerdehnte die Sekunden, und streckte den Augenblick ins scheinbar Unermessliche. Und doch blieb die Zeit nicht stehen. Dies geschah, während die Reise sich in eine den Menschen verbotene Dimension erstreckte, die den Lebenden bei Strafe des Todes untersagt ist und nur in besonderen Ausnahmefällen, wie dem der hier vorlag, durchbrochen wird.

„Auf höchst richterliche Anweisung", erfuhren sie von dem freundlichen Advisor. Er empfing sie im großen Konferenzsaal zwischen all den leeren Sesseln und Liegen der Säulenhalle, um ihnen ihre Lage verständlich zu machen, was ihm sichtlich nicht leicht wurde.

Nicht dass er selbst sie falsch oder unzulänglich begriff, aber wie erklärte man das Unerklärliche? - Das, wofür Menschen nun einmal keinen Sinn haben – und dann auch noch auf eine ihnen anschauliche Weise?

Wie viel durfte er ihnen sagen? Was verbat sich angesichts der Geltung der ursprünglichsten aller Naturgesetze? Griff er bereits in den Strom der Zeit hinein? Die Betrügereien der finsteren Macht ließen keine Wahl. Etwas musste geschehen. Die Schöpfung stand auf dem Spiel.

Unlauter waren die Mittel allemal, die der Böse zusammenraffte und sich dienstbar machte. Was war da schon die kleine Rechtsbeugung, zumal im Dienst der guten Sache? Die wollte er auf seine Kappe nehmen, sollte die allwaltende Instanz sich später oder besser andernorts darüber mit ihm auseinander setzen. Ihm blieb nach Lage der Dinge keine andere Wahl.

Der Advisor begann, seinen Plan zu entwerfen, mit dessen Hilfe sich die Spitze der drohenden Gefahr womöglich ein klein wenig umbiegen ließ. Denn der breite Strom der Zeit war nun einmal vorherbestimmt.

Doch wie schon das alte weise Märchen vom Dornröschen, lässt auch der böseste Plan immer ein Hintertürchen offen, durch das einige Tröpfchen des Guten sickern können. Das Verderben ist nie ganz so endgültig wie es daherkommt, auch wenn es oft so aussieht, und alle Umstände der bösen Sache zuzuarbeiten scheinen.

„Wir werden euch einen Schnellkurs in Zeit-Geschichte verpassen“, erklärte der Advisor als Schlussfolgerung aus seinen Überlegungen.

„Auch euch dürfte nicht entgangen sein, wie es hier draußen zugeht.“ Der Advisor strich mit unbestimmter Geste seiner Hand über das Himmelsrund.

„Was ihr da seht, ist, wie ihr vielleicht wisst, wenig mehr als die Oberfläche, gleichsam die Spiegelung dessen, was ihr in euch tragt. Denn freilich seht ihr mit euren Augen und damit erkennt ihr nur das für euch bestimmte. Die Zeit ist eure Meisterin. Ihr gehört ihr an. Sie beherrscht euer Leben. Sie bestimmt Wohl und Wehe. Sie richtet, begradigt und teilt aus. Und doch ist auch sie nur eine unbedeutende Dienerin einer allgewaltigen Urkraft jenseits von Raum und Zeit, die selbst wiederum Teil eines höheren Ganzen ist.

Ein Auge schaut durch den gewaltigen Wirbel in euer Universum. An dessen Rand werden seit Urzeiten Energie und Materie zusammengebacken. Nennt es Gottes Auge - es erstrahlt im Zentrum. Jedenfalls wäre dies ein guter Platz für das Auge Gottes, denn dort herrscht schon die Ewigkeit, während draußen die Jahrmillionen zu Sekunden gerinnen und ein Äon sich abspult, als wäre er eine Rolle Film.

Es gibt der Wirbel viele. Hunderte womöglich - allein in der Milchstraße. Ach, was sage ich, Millionen. Zu sehen sind sie vor allem deshalb nicht, weil sie sich dem sterblichen Auge durch Schwärze entziehen.

Unserer Erfahrung gemäß gebärden sich Materiehaufen verrückt. Sie verlassen ihre Ordnung, gehorchen nicht mehr den großen Naturgesetzen von Gravitation, Fliehkraft, Beschleunigung und absoluter Geschwindigkeit. Sie verlassen die Zeit. Sie tun damit etwas, was für Menschen völlig unvorstellbar ist. Die Zeit hört auf. Sie gilt nicht mehr und doch ereignet sich dort etwas. Es ereignen sich Dinge, die sich vorzustellen Menschen nicht gegeben ist.

Zunächst einmal heißt es für euch also verstehen. Nur wer versteht, vermag zu handeln. Schlussfolgerungen müssen gezogen werden. Entscheidungen stehen an. Wer hält die Zügel des Erdkreises und ist das Haupt der Welt?

Sichtbares verbirgt Sehendes, Bosheit enthüllt Böses, so wie Wahrheit Wahres tarnt. Mächtiges verhüllt die Macht, weil Grauen Grausamkeit entschleiert. Im Abgrund sucht den letzten Grund der Zeit.“

Die Stimme des Advisors verlor sich. Es war so seine Art bisweilen. Die Zeitreisenden blieben allein und eher ratlos zurück. Wo sollten sie suchen? Sollten sie überhaupt fort von hier? Was bedeutete der Hinweis auf den Schnellkursus in Zeit-Geschichte? In den wenigen Andeutungen sollte er sich gar erschöpfen?

Arundelle glaubte zu wissen, auf welchem Wege ein solcher Kurs verabreicht wurde. In ihrem Falle war sie aus dem Schlaf erwacht, angereichert mit vagen Eindrücken und mit durchaus verwertbaren Beweisen, die sich der Wahrheitssuche schon einmal als äußerst zuträglich erwiesen.

Sollten sie sich etwa schlafen legen? Es gab hier oben nicht einmal richtige Betten. Außerdem waren sie nicht müde, sondern viel zu überdreht und aufgekratzt. Darüber hinaus verstand sich Tibor nicht auf das Schlaf-Lernen. Nun, dem könnte man abhelfen. Gemeinsam mit Billy-Joe traute sich Arundelle durchaus zu, ihm einige Lektionen zu erteilen.

Eine innere Stimme riet ihr davon ab. So wie sie ihr auch davon abriet, jetzt zur Zwischenschule zurückzukehren. Tibor und auch Billy-Joe teilten ihre Ansicht, als habe sie der Zauberbogen ebenfalls angesteckt. Zwar sei jetzt die Zeit nicht, aber vorab schon einmal das – „nie wieder lasse ich mich in die Asservatenkammer sperren oder mich als Waffe denunzieren, damit das klar ist.“ - bemerkte der Zauberbogen lapidar und so nebenher, während Arundelle sich so ihre Gedanken machte, und den kryptischen Worten des Advisors nachsann. Heute war ganz offensichtlich der Tag fürs Grundsätzliche.

„Und wenn wir uns hier einfach mal etwas umsehen, wo wir schon mal hier sind?“ - schlug Billy-Joe vor und machte sich, von Pooty angefeuert, sogleich daran, dem nächsten Ausgang zuzustreben.

Den Medizinbeutel mit dem Possum und dem Zauberstein darin, trug er wieder um den Hals vor der breiten Brust an seinem angestammten Platz.

Vielleicht gab es außerhalb dieses riesigen Sitzungssaales ja so was wie Geschäftsräume oder Büros für die zahllosen Delegierten, wenn die zu Konferenzen kamen.

Oder brauchten solche himmlischen Wesen etwa nicht ganz gewöhnliche Dinge wie Esszimmer, Betten, Schreibpapier, Toiletten oder Kleidung und dergleichen mehr?

Arundelle und Tibor ließen sich nicht lange bitten. Was sprach dagegen, die Umgebung zu erkunden? Der Advisor ließ sie völlig im Dunkeln tappen. Seine unverständlichen Andeutungen boten keinerlei Handlungsanleitung. Dennoch fühlten die Reisenden mehr als sie es wussten, dass sie hier für den Augenblick besser aufgehoben waren als in der Zwischenschule. Auch wenn die ersehnte Übersicht auf sich warten ließ.

Nur soviel wussten sie mit Sicherheit: Sie hatten die Barriere überwunden, sonst wären sie nicht, wo sie waren. Sie verfügten wieder über all die besonderen Möglichkeiten, wegen deren sie das Schicksal in die Zwischenschule geführt hatte.

Arundelle ahnte, dass da noch mehr war, etwas, über das sie sich nicht klar werden durfte. Es hatte mit ihr ganz persönlich zu tun, berührte ihr geheimstes Innerstes, in das sie niemanden hineinblicken lassen konnte und wollte.

Billy-Joes Vorstoß enthob sie der unangenehmen Grübelei und die kleine Gruppe machte sich zielstrebig und ein wenig zu hektisch auf den Weg.

Der gläserne Boden hallte von ihren Schritten wider. Immerhin war er fest. Anders als beim letzten Mal als hier eine unzählige Versammlung das Rund füllte und der Saal sich ohne feste Konturen am fernen Horizont verlor.

Doch auch jetzt galt es erst einmal, die Türen zu erreichen, die sich von ihnen fortzubewegen schienen, je zielstrebiger sie auf diese zugingen.

Je länger sie liefen, um so hastiger, aber auch ängstlicher hörten sich die Schritte der beiden Jungen vor ihr an.

Endlich war wenigstens die eine der Türen erreicht. Billy-Joe, der sie noch immer anführte, warf sich, als er merkte, dass sie sich nicht öffnen ließ, mit ganzer Kraft seiner breiten Schultern dagegen, doch vergeblich. Die Tür widerstand seinen Bemühungen.

Zauberstein und Zauberbogen wisperten in heimlicher Beratung, denn Billy-Joe hatte seinen schweren Medizinbeutel an Arundelle weitergereicht, weil dieser ihn bei seiner vergeblichen Übung behinderte.

Arundelle, als unmittelbare Zeugin von deren Überlegungen, gab diese sogleich weiter, zumal sie die Warnung vor allzu unüberlegtem, gewaltsamem Vorgehen enthielten. Sie missbilligten ohne Zweifel, was Billy-Joe da versuchte.

„Wieso willst du wie ein sturer Ochse mit dem Kopf durch die Wand?“ - fragte Pooty denn auch seinen Freund, der daraufhin von seinem vergeblichen Bemühen abließ.

„Fällt euch was besseres ein?“ - knurrte er unwirsch. Was hatte er denn groß gemacht? Immerhin waren sie doch überein gekommen, sich ein wenig umzutun. Der leere, riesige Saal hatte etwas Beängstigendes. Vielleicht war das der Grund für seine Hast gewesen.

Diese besondere Weite hier ließ sich nur schwer ertragen. Sie schien von allen Seiten an einem zu ziehen.

„Der Ort ist mir unheimlich“, ließ er sich vernehmen. Tibor pflichtete ihm bei. Dabei liebte er die Weite eigentlich, denn

Mongoliens Steppe hatte ihn nachhaltig geprägt. Immerhin war er - wie auch Billy-Joe - ein Sohn der Steppe und mit den Geistern und der Leere dort innig vertraut. Vielleicht war eben dies der Grund für das Unbehagen, das sie nun beide teilten. Sie brauchten einander nur anzuschauen.

„Wir befinden uns hier am Grund der Zeit“, ließ sich Arundelle erklärend vernehmen. „Kein Wunder, wenn wir unruhig werden“, setzte sie mehrdeutig hinzu.

Pooty fühlte ihre Kraft und klammerte sich schutzsuchend an sie. Dabei hätte Billy-Joe seiner Zuwendung viel mehr bedurft.

In ihrer Not fassten Billy-Joe und Tibor sich schüchtern bei den Händen und schauten einander in die Augen. Sie lasen darin Wahrheit. Und so sehr diese sie auch erschreckte, so begierig wurden sie doch, mehr davon zu erfahren.

„Der Advisor will, dass wir uns auf uns selbst besinnen“, erklärte Arundelle die Lage. „Der Ort ist eigens für unsere Sinne gestaltet worden; freilich unvollständig, wie man sieht.“ Sie blickte zu den verzagten Freunden hinüber. Billy-Joe stand noch immer vor seiner verschlossenen Tür, von der ihn Tibor nun wegzog.

„Was wir suchen, finden wir bei uns“, fuhr Arundelle fort. „Wir wissen mehr, als uns bewusst ist.“

Pooty nickte heftig: „Ich weiß, wo Walter ist“, krähte er. Doch sein Versuch, die Situation aufzulockern, fruchtete nicht recht. Er erntete kaum ein höfliches Lächeln, schon gar nicht bei den Steppenkindern, die das sie nun offen anspringende Grauen nur mit Mühe unten hielten.

Arundelle wusste nicht, wie ihnen helfen, gleichwohl musste eine Lösung her. In diesem Zustand jedenfalls wären beide keines klaren Gedankens fähig. Vielleicht sollten sie doch einen etwas heimeligeren Ort finden, ohne von wispernden Geistern der Leere und Weite behelligt zu werden.

‚Der Zauberbogen weiß sicher Rat‘, dachte sie. Und kaum dass sie ihm ihre Nöte näherbrachte, da hüllte er sie auch sogleich in seine vertraute Umhüllung ein, worin man sich zwar eng, aber doch wenigstens ganz bei sich wähnte.

Billy-Joe und Tibor entspannten sich mit tiefen Seufzern: „Keinen Augenblick länger“, „danke Arundelle“, „das war Rettung in letzter Minute.“ „Du weißt ja nicht, wie das ist...“ „Es ist, als wehte der Wind dich fort“, „als löste man sich auf.“

Es galt nun, ihre Eindrücke und Erfahrungen zusammenzutragen. Selbst solche Umstände müssten berücksichtigt werden, die scheinbar völlig abwegig und zufällig erschienen.

Arundelle wusste nur eins mit Gewissheit, die Antworten lagen bei ihnen. Sie hatten, was sie brauchten, und wenn sie nicht weiterkamen, dann deshalb, weil sie nicht die richtigen Schlüsse aus ihren Kenntnissen zogen.

Woher sie ihre Gewissheit nahm, war ihr selbst nicht klar. Vermutlich stammte sie vom Advisor. Nichts hier oben geschah ohne Absicht. Das Unbehagen, welches sie, jeder auf seine Weise, empfunden hatten, war ohne Zweifel Teil des himmlischen Plans. Ob darin ein erster Anstoß in eine bestimmte Richtung zu verstehen war? – So musste es sein.

Arundelle ließ ihre Begleiter an ihrer Einsicht teilhaben und erntete allgemeine Zustimmung. Trotzdem herrschte weiterhin Ratlosigkeit.

„Meinst du, wir sollten uns unseren Ängsten erneut aussetzen?“ - wollte Billy-Joe nach einer Weile des Schweigens wissen und schüttelte sich bei dem Gedanken an ein solches Ansinnen.

„Wir wissen doch jetzt, wie das ist“, ergänzte Tibor und man sah ihm an, wie wenig ihm der Gedanke, wieder hinaus in die Leere zu müssen, schmeckte.

„Ich glaube, es geht mehr um das Psychologische“, antwortete Arundelle, „weniger darum, unsere Leidensfähigkeit auf die Probe zu stellen. Was bringt uns dazu, in uns zu kehren? Das ist die Frage, oder vielmehr die Aufforderung, und der sollen wir nachkommen.“

„Dafür sitzen wir aber ganz schön eng aufeinander“, wandte Billy-Joe ein, dem das Possum vor der Brust hüpfte und keinen Augenblick Ruhe gab.

Tibor aber erinnerte an gemeinschaftliche Meditation, die bei ihm zu Hause vorkomme. Billy-Joe fielen sogleich auch aus seinem Kulturkreis dazu passende Beispiele ein. Dennoch glaubte er sich mit dem krabbelnden Beutel überfordert.

Nun, er könnte ihn ja abnehmen und vor sich hinlegen, gleichsam in die Mitte des Kreises, der notgedrungen zu einem Dreieck wurde, als sie sich bei den Händen fassten und sich gegen die elastische Außenhaut der Schutzhülle lehnten.

Nach einer Weile ließ der Druck im Rücken dann nach. Sei es, dass der Zauberbogen eine Veränderung vornahm, sei es, dass man sich an die Spannung im Rücken gewöhnte.

Pooty fühlte die Konzentration. Denn auch er war durchaus empfindsam, für derlei übersinnliche Dinge. Schließlich hatte er Walter zum Lehrmeister gehabt. Er glaubte dessen Geist nun wieder zu spüren. Jeder der Anwesenden stellte sein eigenes kleines Selbst hintan und ließ sich auf den universalen Gehalt ein, der in jedem Menschen schlummert.

Zeit und Raum, ohnehin von schwacher Bedeutung hier draußen, verloren nun auch für die Drei an Zwang – nichts anderes als ihre Entgrenzung nämlich hatte für die Ängste zuvor gesorgt.

Gemeinhin sind solche Anfechtungen als Todeserfahrung bekannt und die berührt noch jeden.

Die Zeit tat sich ihnen als fließender Strom auf, den sie von der Quelle bis zur Mündung überblickten. Sie konnten die Augen vor und zurück schweifen lassen. Sie sahen unzählige (viele Millionen und Abermillionen) von Lichtfunken darin fließen. Drei davon sie selbst, daran bestand kein Zweifel. Doch welche es waren und wo sie sich befanden, erkannten sie nicht. Das Bild war viel zu allgemein. Gleichwohl bereitete es unvergleichliche Empfindungen.

Begriffsloses Wissen bemächtigte sich ihrer – welch eine Erfahrung! Überwältigt von Gefühlsstürmen glaubten sie sich aufzulösen, die Fülle nicht länger zu ertragen, geschweige, sich auf Einzelheiten einzulassen. Vielleicht für 's erste zuviel!

Einer nach dem andern kehrte zurück. Es war jedem, als schicke ihn eine Kraft fort, der er vergeblich widerstand. Sie wurde um so stärker, je nachdrücklicher sie sich gegen sie zu wehren suchten.

Als letzte tauchte Arundelle aus dem vereinnahmenden Strudel herauf. Sie blickte mit verklärten Augen in die der andern, deren seliges Lächeln ihr davon kündete, dass sie gemeinsam **dort** gewesen waren. Sie hatten gemeinsam etwas gesehen, wovon sich nicht sprechen ließ. Man sollte es gar nicht erst versuchen.

## 28. Misserfolg fast auf der ganzen Linie

Scholasticus Schlauberger raufte sich die Haare. Vergebens suchten ihn die restlichen Expeditionsteilnehmer zu trösten, was ihnen um so weniger gelang, als sie selbst untröstlich waren. Erst Arundelle und Billy-Joe und dann auch noch Tibor und vermutlich Pooty, wie die Schwestern bemerkten, denn Billy-Joes Medizinbeutel baumelte nicht an seinem Platz.

Die letzte verstümmelte Botschaft Tibors lag bereits Stunden zurück. Auch dem wohl ausgerüstetsten Boot ging einmal der Treibstoff und der Sauerstoff aus. Was konnte man tun? Keiner wusste Rat. Die Stammbesatzung, die sich mit den Gegebenheiten hier unten auskannte, blickte betreten zur Seite, glaubte sie doch um das Schicksal der Verlorenen zu wissen, das deren Freunde noch nicht wahr haben wollten. Dabei war es nur zu offensichtlich.

Die Klopfzeichen und Gesten seitens der unermüdlichen Begleiter draußen taten ein Übriges. Bald begriff auch der Letzte die brutale Wahrheit. Die Mission war gründlich gescheitert. Es gab praktisch keinerlei Hoffnung mehr. Die Verschollenen mussten aufgegeben werden. Die Aussicht auf Rettung war gleich Null. Allenfalls Tibor mochte möglicherweise noch eine winzige Chance besitzen.

So hielt man bis zuletzt durch. Der Kapitän wurde unruhig. „Wir nähern uns bedenklich den letzten Reserven. Wir müssen zurück...", sagte er mit besorgter Miene zum Expeditionsleiter.

Resigniert zuckten Scholasticus die Schultern. Was konnte er noch tun? Die Dinge waren längst seiner Kontrolle entglitten. Er fügte sich ins Unvermeidliche und ließ den Dingen ihren Lauf. Mit leerem Blick und fassungsloser Miene stierte der arme Professor vor sich hin. Er reagierte kaum auf Ansprache.

Nicht ganz so heftig aber doch ähnlich erging es den anderen Mitgliedern der Expedition, allen voran die Schwestern Flo und Cori. Sie weinten leise vor sich hin, und rauften sich von Zeit zu Zeit laut aufschreiend immer wieder nach indischer Sitte die Haare.

So kehrte die traurige Gesellschaft unverrichteter Dinge zur Insel Weisheitszahn zurück. Auch dort verbreitete sich rasch fassungsloses Entsetzen. Es wurde schnell deutlich, wie beliebt die Verschollenen waren.

Es gab nicht einen unter den Inselbewohnern, den ihr Verschwinden kalt gelassen hätte. Die ganze Schulgemeinschaft fühlte mit ihnen. Welch schreckliches Unheil - und das gerade nach dem scheinbar so glücklichen Aufschwung, der mit dem Friedensschluss einsetzte.

Ein neuerlicher Fluch warf seinen düsteren Schatten über die Insel und lastete schwer auf seinen Einwohnern. Alle fühlten sich schwach und mutlos. Von besonderen Kräften wollte niemand etwas wissen. Denn da war nichts mehr.

Den Conversioren geriet der nächste Ausflug zum fürchterlichen Alptraum. Und die Sublimatioren stürzten, kaum dass sie einige Meter abgehoben hatten, kraftlos zu Boden. Es kam zu Brüchen an Armen und Beinen, so dass Tanzen mit dem Wind schließlich ganz verboten werden musste.

Einzig Grisella mochte sich nicht unterkriegen lassen. Unverdrossen forderte sie den Lehrkörper zu mehr Haltung auf und verwies auf die Tatsache, dass man immerhin Vorbildfunktion habe.

Schwager Scholasticus litt schwer unter der Last seiner Schuld. Als Verantwortlicher wusste er wohl, was er angerichtet hatte. Drei Jugendliche waren unter seiner Obhut vermutlich zu Tode gekommen.

Daran gab es nichts zu rütteln. Doch eben daran wollte Grisella nicht glauben.

„Wir haben für den Tod keinen Beweis, - nicht den geringsten...“, gab sie zu bedenken.

„Ach, liebste Schwägerin, du warst ja nicht dabei, es war so schrecklich. Erst die beiden und dann auch noch Tibor. Wäre ich doch nur nicht so fett...“

Wütend schlug sich Scholasticus den Bauch.

Grisella schüttelte begütigend den Kopf: „Schön und gut, verschwunden sind sie, daran zu zweifeln wäre absurd, aber müssen sie deswegen gleich tot sein? Mein Gefühl sagt mir, dass dahinter mehr steckt...“

„Wie kannst du so was nur sagen?“, Scholasticus wurde beinahe wütend. Obwohl ihn ihre Worte auch hoffen ließen.

Grisella ließ sich nicht beirren: „Ich wette, sie befinden sich mal wieder auf einer geheimen Mission - wie schon so oft...“

„Meinst du?“, Scholasticus wollte ihr nur zu gerne glauben, gleichwohl überwog der Zweifel:

„Du hättest dabei sein müssen - und wie dann auch noch der letzte Funkkontakt abbrach... schrecklich, einfach schrecklich. Der arme Junge, dort unten ganz allein mit diesem Ungeheuer. Und die Meermenschen, die nun, weiß Gott, mutig sind, haben uns so eindringlich gewarnt. Sie trauten sich keinen Meter in den Spalt. Da ist noch niemand je wieder zurückgekommen, geht die Sage. Für sie führt der Tunnel geradewegs ins Maul der Hölle.“

„Vertrau mir, ich hab's im Gefühl“, war alles, was Grisella antwortete.

Der große Stimmungsumschwung ließ also auf sich warten. Nicht nur Scholasticus verzagte. Der Schulleitung ging es nicht besser, denn sie stand erneut in der Schusslinie. Da gäbe es allerhand zu erklären. Im Falle von Billy-Joe würde sich die Behörde für die Rechte und Fragen der Aborigines einschalten und die würde schon für eine restlose Aufklärung der Umstände des Verschwindens ihres Zöglings sorgen.

Von dem schrecklichen Menschen ganz zu schweigen, der sich als Arundelle Waldschmitts leiblicher Vater ausgab. Er trat neuerdings als Vorsitzender irgend eines obskuren millionenschweren Verbands in Erscheinung. Dieser unmögliche Mensch suchte sich mit der Arroganz des großen Geldes in die Belange der Schule auf höchst ungebührliche Weise einzumischen. Auch hier stand man nun mit dem Rücken zur Wand und musste zerknirscht Fehler eingestehen.

Den Schülern und Studierenden der Zwischenschule blieb eine solche Entwicklung um so weniger verborgen, als sie sich persönlich schwach und unzulänglich zu fühlen begannen. Statt ihre Fähigkeiten auszubilden, verloren sie diese nun zusehends.

Die Conversioren kamen mit Fellbüscheln oder Pferdehufen von ihrem Ausflug zurück. Adrian bemerkte an sich befremdliche Veränderungen. So bildete sich die scharfe Rückflosse im Wirbelbereich nur unzulänglich zurück, so dass er fast den ganzen Monat mit geblähtem Rückenteil wie mit einem Buckel umging. Außerdem versagte die Lunge teilweise ihren Dienst. Der Arzt sprach von einem schwerwiegenden medizinischen Problem, für das es keine Therapie gab.

Das eben erst entwickelte Lernprogramm der Doppeltutoren versagte nicht weniger als die Fähigkeiten der Animatioren und Somnioren selbst, die sich unversehens gleichsam bleischwer auf der kleinen Insel festgenagelt wussten. Sie bemerkten nun erst wie sehr sie die Reisen zum Erhalt ihres seelischen Gleichgewichts brauchten.

Die kleine Schar der Sublimatioren verweigerte gar jede Unterrichtsteilnahme. Sie wurde dabei von ihrem Dekan unterstützt. Er tat sich mit ihnen zusammen und unterstützte ihren Schulstreik. Zur Schule würden sie erst wieder gehen, wenn die Umstände, die zum Verschwinden ihres über alles geliebten Freundes und heimlichen Anführers, Tibor, geführt hatten, geklärt und die Schuldigen zur Verantwortung gezogen worden seien.

Das ging ganz klar gegen Scholasticus und trug, wie sich denken lässt, zu dessen Zerknirschung bei. Liebend gerne hätte er sich sogleich selbst verurteilt und mit drakonischen Strafen belegt. Doch Grisella wusste eine solche Überreaktion zu verhindern. Zu durchsichtig schienen nicht nur ihr die Motive des rachsüchtigen Dekans.

„Ohne Leiche kein Mord, so einfach ist das“, ließ sie sich mit dem bekannten Juristengrundsatz vernehmen, den sich jeder ordentliche Strafverteidiger zu eigen macht. Sie wollte den Aufgeregten damit zu verstehen geben, dass man gut daran täte, erst einmal herauszufinden, was überhaupt geschehen war, bevor man sich daran machte, Schuld auf sich zu laden.

Auch hielt sie nichts davon, sich in der Schwäche zu suhlen. Vielmehr hob sie immer wieder auf all die Verdienste ab, die sich die Schule erworben hatte. Nicht zuletzt die Erfolge bei der Herstellung des Antimaterie-Käschers ließen Großes erwarten.

„Wir sind weiter, als wir denken“, rief sie kämpferisch und versuchte damit, die fatalistische Stimmung zu kippen, die sich in den Vollversammlungen breit machte.

„Wir wissen immerhin, wie wir den Blasen der Zeitlosigkeit beikommen, wenn wir auch noch nicht herausgefunden haben, wodurch sie entstehen, oder ob sich ihr Auftreten steuern lässt."

Marsha Wiggles-Humperdijk spürte die Lasten und Pflichten, die ihr die Leitung der Schule auferlegte nun doppelt. Ihr Mann und Stellvertreter lag sterbenskrank danieder. Er japste mühsam nach Luft, sobald er auch nur ein paar Schritte tat.

Sie ließ sich von Grisellas mitreißenden Worten deshalb auch nicht anstecken. Sie bestand vielmehr darauf, dass alle Dekanate sich am Verwaltungswust aktiv beteiligten und sich um Formulierungen und Antwortschreiben kümmerten, welche die Sachlage sowohl erklären, als aber auch verschleiern sollten.

„Wenigsten so lange, bis wir klar sehen...", forderte sie.

Sie stieß damit auf wenig Gegenliebe. Nur Moschus Mogoleia zeigte sich sogleich bereit. Doch ausgerechnet den wollte die Schulleiterin nun nicht.

Da schlug Grisella ihre Schwester vor, die sich ohnehin nur langweilte und die das Inselleben an sich satt hatte, weniger die geheimnisvollen Machenschaften, von denen sie als Normalsterbliche ohnehin nicht allzu viel mitbekam.

Dorothea war von Hause aus Sekretärin – und eine gute dazu – auch wenn sie selbst ihr Licht gern unter den Scheffel stellte. Sie war ein ausgesprochenes Organisationstalent. Doch weil sie zeitlebens im Schatten ihrer genialen Schwester gestanden hatte, und weil sie so unverschämt gut aussah, hielt sie sich selbst für geistig ein wenig minderbemittelt.

Vielleicht gelang ihr ja die Quadratur des Kreises, zu der sich die Beschwichtigung der vielen Anfrager und Antragsteller inzwischen auswuchs.

Grisella verstand sich wegen Dorothea selbst nicht mehr. Weshalb nur hatte sie nicht schon viel früher daran gedacht, sie mit einzubeziehen?

Mit eisernem Besen fegte die resolute Professorin Kleinmut und Verzagtheit aus den Seminarräumen. Sie organisierte die Arbeitsgruppen neu, machte sich an die Veröffentlichung von den bisherigen Arbeitsergebnissen, die sich durchaus sehen lassen konnten und sorgte wenigstens unter der Schülerschaft dafür, dass der Schulbetrieb nicht einschlief:

„Dass ihr heulend herumsitzt und die Hände in den Schoß legt, hättet eure verschwundenen Freunde nicht von euch erwartet", rief sie aufgebracht, wenn sie wieder einmal jemand ertappte, der heimlich eine Träne zerdrückte.

Nicht dass ihr selbst nicht mitunter zum Heulen zumute war, darum ging es nicht, aber es lag nun einmal nicht in ihrer Natur, sich gehen zu lassen oder den Verstand abzuschalten.

„Wir machen da weiter, wo **sie** aufgehört haben“, sagte sie forsch. „Immerhin sind das bahnbrechende Forschungen.“ Die resolute Professorin wusste gar nicht, wie recht sie hatte.

Ob es nun daran lag, dass ihr Mann Scholasticus seinen Mut verlor, oder daran, dass sie endlich eine richtige Aufgabe hatte – jedenfalls blühte Dorothea auf und entwickelte ungeahnte Fähigkeiten. Sie erledigte die Korrespondenz mit Witz und Scharfsinn und es gelang ihr, den gröbsten Schaden von der Schule abzuwenden, ja, gelegentlich machte sie sogar Boden gut, und oft da, wo niemand es erwartete.

Ein Briefpartner aber setzte auch ihr zu. „Ich kann mir nicht helfen, Grisella, irgendwie ist der mir unheimlich. Woher hat der nur all die Informationen? Der weiß einfach alles über uns.“

Zum ersten Mal benutzte sie in bezug auf die Insel die Wir-Form – ein gutes Zeichen - fand ihre Schwester.

„Lass mal sehen,“, sagte sie und Dorothea hielt ihr einen fein säuberlich gehefteten Ordner hin. „Da ist alles drin, die ganze Korrespondenz mit Antworten und Rückantworten.“

Grisella las und las, sie schüttelte den Kopf: „Kaum zu glauben, du hast völlig recht. Nur, woher hat dieser Mensch all die Informationen und was soll das überhaupt sein – ‚die Bruderschaft’ – da im Briefkopf?“

Dorothea hatte sich auch beim Kollegium umgehört. Niemand kannte den merkwürdigen Verein: „Keiner weiß was, Schwesterherz. Ist jedenfalls ein ganz unangenehmer Patron dieser Vorsitzende und seine Stellvertreterin ist womöglich noch fieser. Da muss man wirklich jedes Wort auf die Goldwaage legen, sonst drehen die einem das Wort im Mund herum“, bestätigte sie Grisellas Eindruck.

„Nimm nur mal den Anti-Materie-Käscher. Wie kann jemand von außerhalb davon wissen? Zumal wir damit noch immer in der Erprobung sind und selbst nicht recht wissen, was für Kräfte wir damit heraufbeschwören.“

Dorothea hatte von dem befremdlichen Gerät zwar gehört und wusste um die Wunder, die damit schon bewirkt worden waren, konnte sich aber trotzdem nicht viel darunter vorstellen, zumal die Einrichtung auf sie wie eine Art Haushaltstrichter wirkte, dessen offenes Ende in den Himmel gerichtet werden musste, während an dem spitzen unteren Ende die zur Verwandlung anstehenden Dinge ausgebreitet wurden.

„Wer sich so was bloß ausdenken kann?“ - wunderte sie sich kopfschüttelnd. „Da muss einer erst mal drauf kommen!“ Sie fühlte die Liebe zu Scholasticus aufwallen, wenn dieser auch in dem vorliegenden Fall wenig Anteil an der Entwicklung gehabt hatte. Immerhin waren es Schüler von ihm gewesen, die das Gerät in beispielloser Anstrengung und unter schwersten Bedingungen hervorgebracht hatten.

Dachte sie an ihren lieben Mann, dann verdüsterte sich ihr Sinn. Wie konnte sie ihm helfen? Wieder und wieder war ihm von verschiedenen Seiten versichert worden, dass ihn am Verschwinden der Jugendlichen keine Schuld traf. Er ließ sich nicht von seiner Zuständigkeit abbringen und glaubte sich für deren Tod verantwortlich, der für ihn zu einer Gewissheit geworden war. Ganz gleich was andere darüber dachten oder äußerten. Dergleichen hielt er für schmeichlerisches Beschwichtigen und Beschönigen seines Versagens.

Dorothea, die ihren Mann von ganzem Herzen liebte, hatte gleichwohl stets in dessen Schatten gestanden. Erstmals erlebte sie nun, was es hieß, die Initiative zu übernehmen. Die neue Rolle bekam ihr ausnehmend gut, denn darin entdeckte sie verborgene Wesenszüge, die sie selbst überraschten, zumal sie immer im Schatten von jemand gestanden hatte. Sie war sozusagen vom Regen in die Traufe gelangt, als ihr Scholasticus begegnete.

Zuvor war es ihre Schwester Grisella gewesen, in deren breiten Schatten sie sich klein und unbedeutend vorkommen musste. Sie hatte sich an der eigenen strahlenden Schönheit schadlos gehalten und darauf bestanden, dass jede von ihnen nun einmal ihr besonderes Gebiet hatte. Ihres war die Schönheit des Leibes, während Grisella, der es an weiblichen Reizen gebrach, auf geistigem Gebiet wahre Wunder vollbrachte.

Schon lange waren sich die Schwestern nicht mehr so nahe gekommen. Zum ersten Mal arbeiteten sie Hand in Hand. Schien es nur so, oder blühte Grisella auch körperlich auf? Dorothea hatte ihre Schwester nie so strahlend und anziehend empfunden wie in den Tagen der neuerlichen Verbundenheit.

Wie ein Zwillingsfels in der Brandung der Trübsal erstand das Schwesternpaar und schwang sich zu gemeinsamer Blüte auf. Sie gaben damit ein nachstrebenswertes Beispiel ab, dem nicht wenige unter den Studierenden zunächst zögerlich, dann aber immer offenkundiger folgten.

Gleichwohl bestand das Misstrauen weiter. Die Schwestern wären dumm gewesen, hätten sie die Fingerzeige nicht bemerkt. Irgend jemand auf der Insel versorgte die ‚Infernalia-Bruderschaft’ mit ganz aktuellen Informationen. Es konnte nicht anders sein. Die aufdringlichen Drohungen ließen keinen anderen Schluss zu. Ohne jeden Zweifel wollte sich hier jemand mit Gewalt Zugang verschaffen und in die Entscheidungsebene der Schule eingreifen. Wozu sonst die erpresserischen Drohungen und unverhohlenen Angebote?

Marsha Wiggles-Humperdijk war am Ende und zu allem bereit. Sie hatte ganz eindeutig den Kopf verloren. Wie Scholasticus, so fühlte auch sie die schwere Last der Verantwortung. Und die Vorstellung, dass einige ihrer anvertrauten Schutzbefohlenen ihr Leben verloren hatten, drohte ihr den Verstand zu rauben - kein Wunder also, dass sie zu keinem klaren Gedanken fähig war.

Grisella und Dorothea beschlossen daher, eigenmächtig zu handeln. Sie gaben die unverschämte Post einfach nicht mehr weiter, sondern erledigten sie auf ihre Weise. Sie hielten sich nicht lange mit Rückfragen auf, sondern logen, dass sich die Balken bogen. Je mehr sie das detaillierte Wissen, das ihnen aus den Anfragen entgegengeschleudert wurde, beunruhigte.

Selbst intensivste Befragung der Schüler brachte keine undichte Stelle ans Licht. Da Post nicht zensiert wurde – weder solche die hereinkam, noch auch die, welche die Insel verließ, war man auf treu und Glauben angewiesen.

Natürlich berichteten die Kinder und Jugendlichen davon, was nun schon wieder passiert war und viele nahmen kein Blatt vor den Mund. Sie gaben die Gerüchte brühwarm weiter, so, wie sie ihnen eben zu Ohren kamen.

Niemandem freilich gelang dabei eine Verbindung zu den wissenschaftlichen Aufgaben, an denen sich mehrere Arbeitsgruppen versuchten. Der Unfall während des Unterwasserausflugs wurde von niemandem mit den Forschungsvorhaben in Verbindung gebracht.

Das aber war der springende Punkt, denn ganz anders verhielt es sich mit den Anfragen seitens der Bruderschaft Infernalia.

Deren Vorsitzender Waldschmitt zeigte sich vor allem an der Forschung interessiert. Er unterstellte der Schulleitung, dass sie „willentlich und fahrlässig das Leben der vermissten jungen Forscher im Dienst dieser frevelhaften und verwerflichen Blasphemie“ aufs Spiel gesetzt habe. Eine gedankliche Verbindung, die so noch niemandem in den Sinn gekommen war.

Dorothea drehte den Spieß um. Das ganze Gerde von einem Unfall sei leeres Geschwätz, ausgestreut, um von den eigentlichen Aufgaben abzulenken, deren sich die jungen Forscher verschrieben hatten, antwortete sie, um im Zuge der sogleich erfolgenden Nachfragen zu einem immer ausgeklügelteren Spinnennetz der blühenden Fantasie zu finden. Dorothea bekam daran richtig Spaß.

Die e-mails sausten hin und her, Fax und Telexleitungen glühten, Helikopter kreiste mit Heerscharen von Reportern über dem Gebiet. Keiner wusste, woher plötzlich alle Welt den Standort der Insel kannte. Geheim war anscheinend überhaupt nichts mehr.

Noch gelang es, durch Verweigerung der Landeerlaubnis eine Invasion abzuwenden. Zumal die Tarnvorrichtung funktionierte, die im Luftraum eine Spiegelung erzeugte. Nach wie vor kreisten die Suchenden über der verwüsteten Conversioren-Insel, die auch bei Vollmond derzeit nicht mehr aufgesucht werden konnte. Zumal die gebeutelten Conversioren noch von der letzten Mondphase die Schnauze voll hatten. Viel gab es auch bei ihnen nicht zu unterdrücken. Denn ihre Fähigkeiten waren gründlich gestört.

Die Frage, ob sich in ihrer Mitte ein Spion befand, stand im Raum. Das Misstrauen ging um. Auf Vollversammlungen jagten in dieser Sache die Beschlüsse einander. Bald verbaten sich nicht nur geheime Äußerungen, sondern jeder Briefverkehr.

Der Hubschrauber aus Sydney landete überhaupt nicht mehr, denn sobald er sich in die Lüfte hob, schwärmte ein wahrer Heuschreckenschwarm aus, um seine Spur aufzunehmen.

Der Aussichtsposten neben dem Hangar in dem kleinen Tower meldete sogar immer wieder gesichtete Segel. Zwar kreuzten Yachten das ganze Jahr über in der Weite der Südsee, doch den Weg zu der Insel Weisheitszahn fand so schnell niemand, da diese abseits jeder irgend befahrenen Seeroute lag.

Das neuerliche Misstrauen tat der Schulgemeinschaft nicht gut. Zumal nicht in dieser Situation. Die Professorenschaft stand im Abseits – jetzt, wo sich das Blatt wendete. Wenige versuchten sich mit solidem Unterricht. Die Krise brachte an den Tag, was zuvor verschleiert worden war. Nur wirkliche Spitzenkräfte vermochten auch ohne Zuhilfenahme zusätzlicher Kraft das Interesse und die Aufmerksamkeit der Studierenden zu wecken und zu fesseln.

Da Scholasticus beurlaubt war, sprang Peter Adams für ihn in die Bresche und bewies seine Kompetenz in Sachen Astronomie und Astrophysik. Seine Kurse fingen einen Gutteil der naturwissenschaftlichen Seite ab, während Grisella unverdrossen die Fahne der Philosophie hochhielt, die sich zum triumphalen Banner blähte.

Nur ein Teil also lag mit Depressionen danieder – ob es die Labilen waren, sei dahingestellt. Aus was für Gründen auch immer waren die Einzelnen nun einmal unterschiedlich betroffen und über den allgemeinen Niedergang hinaus erschüttert, den wiederum die Optimisten nicht wahrhaben wollten.

Das Verschwinden der jugendlichen Forscher und die Rückkehr des gläsernen U-Bootes gingen bereits in die dritte Woche – an der Lage auf der Insel änderte sich nichts. Dorothea schlug sich wacker und verteidigte den guten Ruf der Schule mit allen ihr verfügbaren Mitteln, also mit Witz und Charme und viel entwaffnender Naivität.

„Wenn man liest, was sie von sich gibt, ist es, als könnte man sie sehen. Man sieht ihre Schönheit und spürt ihren Charme direkt durchs Papier und wird davon betört, ohne es zu merken.“ - äußerte Schwester Grisella voll Wärme und steckte damit den trübseligen Schwager ein wenig an, der bei seinem Bruder Amadeus untergeschlüpft war.

Ganz allmählich baute ihn der Zuspruch auf. Zumal Grisella noch immer felsenfest davon überzeugt war, dass von Toten nicht die leiseste Rede sein konnte. „So was würde man fühlen. Ich fühle aber genau das Gegenteil: Die sind quicklebendig, darauf könnte ich wetten...“

Die Fraktion der Miesepeter tat sich mit Spionage-Verdächtigungen besonders hervor. Jeder schien ihnen bald hinterhältig. Überall steckten Spione. Keiner getraute sich folglich überhaupt etwas. Grisella glaubte die Absicht dahinter zu verstehen:

Es ging um Demoralisierung. Je widerwärtiger sich Einzelne benahmen, um so unerträglicher wurde die Lage für alle. Misstrauen schürt Angst, Angst schürt Misstrauen – die Spirale des Niedergangs wand ihre Teufelskreise zerstörerisch um die verzweifelten Seelen und bangen Herzen.

Der geheime Ränkeschmied, so es ihn denn auf der Insel gab, hatte ganze Arbeit geleistet. Sein Spiel war fast gewonnen. Es bedurfte eines Wunders, um das Blatt zu wenden. Denn wie es nun einmal geht, macht sich das Ersehnte rar und verweigert sich den Darbenden, um sich bei Zeiten oder auch Unzeiten im Überfluss zu vergeuden, ganz nach dem eigenen Gesetz.

## 29. Vom Wesen der Zeit

Nun ja, ein Fluss, warum nicht, ein Fluss durchaus, aber war das schon alles?“ - rief Arundelle dazwischen und unterbrach Tibor, der sich sichtlich bemühte, den Zustand, aus dem er soeben erwachte, in Worte zu kleiden.

Die Verklärten schüttelten die Köpfe mit seligem Lächeln. Nach viel Worten war keinem zu Mute und doch wollten sie irgendwie miteinander reden, wollten sich austauschen, einander Anteil nehmen lassen.

Tibor hatte den Vergleich mit dem Fluss gebracht und das geteilte Echo machte ihn neugierig. „Direkt von einem Fluss zu reden, trifft die Sache natürlich nicht“, schwächte er ab - „jedenfalls nicht so ganz. Ich meinte mehr das Darüber-hin-blicken. Ich stellte mir mein Leben vor wie einen Fluss – erst schnell und reißend, aber noch schmal. Wild sogar und auch gefährlich... unten breiter, zum Schluss richtig breit, in weiten Schwingungen – irgendwie. Das Besondere war – ich sah mein Leben in solch einem Bild, sah mich, ohne mich Selbst zu sehen, sah, wie es ist, **in** der Zeit zu sein. Nur ich stand selbst draußen, sah von außen rein und begriff...“

„Ja, was denn?“

„Das ist es – es geht ums Begreifen. Man hat es in dem Augenblick und weiß jetzt nur noch, dass man's da hatte, dass man's auch jetzt noch hat irgendwie; - und doch wüsste ich nicht, wie ich es beschreiben sollte...“

Alle Augen richteten sich voller Zustimmung auf Billy-Joe, als er dies sagte.

„Zu blöd, wie kann man so was nur vergessen?“ - schrie Pooty dazwischen. Man sah ihm nicht an, ob er wusste, wovon die Rede war. Seine Frage ging jedenfalls ein wenig an der Empfindungsebene vorbei.

„Wir schmieden ein heißes Eisen“, versuchte sich Arundelle. Sie glaubte wieder in jene unglaubliche Helligkeit zu blicken, vor der nichts von all dem Bestand hatte oder Geltung besaß, was ihnen vertraut und geläufig war oder jemals sein würde.

„Absolut und total“, stammelte sie nach einigem Überlegen.

Und wieder stimmten die Jungen zu, und wussten anscheinend, was sie sagen wollte, auch wenn sie keine Worte dafür fand.

„Wir haben alle unsere Zeit“, fuhr Arundelle fort: „Alles hat seine Zeit, seine Zeit: die Zeit, die nur dafür und für sonst nichts gilt, sondern ihm allein eignet. Doch was es auch ist, es ist zugleich eingebettet – ein Paradoxon, kein Zweifel, und doch gilt auch dieses und wie es aussieht, gilt es ewig...“

„Das trifft zu“, rief Billy-Joe: „eingebettet in die Ewigkeit. So war auch mein Eindruck. Man nimmt die Zeit wahr wie ein Zentimetermaß, das an der Ewigkeit anliegt und ein Stück aus ihr herausnimmt.“

Tibor deutete ins Rund. Über ihnen öffnete sich unendlich weit das All. Der Raum gab sich grenzenlos zu erkennen, jetzt, da sie ihre

Grenzen übersahen. Und tief in der fernen Mitte gähnte ein schwarzer Kreis, und bildete den Mittelpunkt eines deutlich sich abzeichnenden Wirbels, dessen Rand sie erfasst hielt und mit sich zog.

„Schau nur, schau“, rief Pooty und hopste aufgeregt vor Billy-Joes Brust herum, halb in seinem Beutel steckend. Alle sahen, was er meinte, ohne zu wissen, ob es für alle das Nämliche war. Aber darauf kam es nicht an, solange sie das verbindende Staunen ankam und irgendeine Sehnsucht sie gemeinsam hinanzog, während Pooty der seinen auf seine Weise Ausdruck verlieh.

Sie begriffen: all ihre Äußerungen waren so etwas wie Näherungswerte und subjektive Wahrnehmungen, über die sich nur unvollkommen reden ließ. Was auch immer ihnen über die Lippen kam: sie wussten, dass es das nicht oder nur unzulänglich traf, was sie ausdrücken wollten. Das machte sie ärgerlich und ehrfürchtig zugleich. Sie fühlten so recht ihre Unvollkommenheit oder besser ihre Grenzen, in denen sie sich gefangen wussten wie noch nie jemals zuvor in ihrem Leben.

„Kinder der Zeit sind wir“, murmelte Arundelle und starrte ins ferne himmlische schwarze Auge. Sie erntete neuerliche Zustimmung. Ihre Worte klangen den andern unvergleichlich weise, und doch waren ’s eigentlich recht einfache Worte.

Sie alle erfasste das himmlische Sehnen. Denn die Helligkeit aus der Mitte der schwarzen Öffnung traf sie wie ein Lichtbalken. Er durchdrang sie, dass es aussah, als verbreite sich Licht bis in die feinsten Verästelungen ihrer Adern, so dass sie selbst sich ganz und gar durchscheinend düngten. Sie schauten an sich herunter, um dann zu ihrem Nächsten hinüber zu blicken, ob es dem gerade so erging. Pooty getraute sich das Unfassliche auszusprechen:

„Wie riesige Glühwürmchen seht ihr mir ja auf einmal aus“, schrie er begeistert, „alle drei. Wie macht ihr das bloß?“

„Selber Glühwürmchen“, wies ihn Tibor zurecht und drohte ihm lächelnd mit dem leuchtenden Zeigefinger seiner Linken, Tibor war Linkshänder.

Pooty streckte seine Pfote der Hand entgegen und als sich die Spitzen ihrer Finger trafen, durchfuhr sie beide ein ziemlich heftiger Stromstoß. Nicht eigentlich schmerzhaft, aber doch sehr deutlich zu spüren.

Pooty kreischte vor Schreck und auch Tibor unterdrückte mit Mühe einen Schrei. Den andern war es, als entzünde sich nun erst recht das innere Leuchten und mache die Körper wahrhaft durchscheinend.

„Sind wir etwa tot?“ - entfuhr es Arundelle. Sie blickte an sich hinunter. Auch sie war in gleißendes Licht gebadet.

„Vielleicht muss dies nun so sein?“ - mutmaßte Billy-Joe: „Immerhin stehen wir außerhalb der Zeit. Wie sonst könnten wir sie von außen betrachten?“

„Zu sehen werden wir wohl nur bekommen, was unseren Augen zu sehen möglich ist, denke ich“, erwiderte Arundelle.

Billy-Joe nickte. Tibor und Pooty waren noch immer viel zu sehr mit sich und der elektrifizierenden Berührung beschäftigt, um sich an den Überlegungen zu beteiligen.

„Wahrscheinlich träumen wir bloß. Und das alles ist gar nicht wirklich“, gab Arundelle zu bedenken. Doch Billy-Joe meinte: „Wie wirklich ist die Wirklichkeit und wie unwirklich sind die Träume? Was wäre, wenn wir nichts anderes täten als zwischen den Welten hin und her zu wandern oder wenigstens immer wieder aus dem Traumfenster zu schauen, um von anderen Wirklichkeiten flüchtige Blicke zu erhaschen?“

„Schön, das hatten wir schon. Recht hast du, die Frage ist nur allzu berechtigt: wie wirklich ist die Wirklichkeit?“ - ergänzte Arundelle.

„Und vor allem – welche Wirklichkeit ist wie wirklich?“ - führte Billy-Joe Arundelles Gedanken ein wenig missverständlich fort, was diese jedoch nicht beachtete.

„In den Zusammenhang gehört auch die Frage danach, was wirklich für uns ist oder was wirklich an sich ist“, bestätigte Arundelle vielmehr. Und Billy-Joe griff den Faden begierig auf, indem er auf den großen Zusammenhang hinwies, in den solche Überlegungen gehörten: „Alterwürdige Fragen der Philosophie - in der Tat.“

„Und das hier bei uns, angefüllt mit neuem Sinn, das ist denn doch etwas anderes, finde ich. Auf diese Weise werden noch einmal ungeahnte Grenzen gesprengt“, bestätigte Arundelle.

Tibor und Pooty starrten einander noch immer verzaubert an. Sie vergaßen ganz ihre Finger zu trennen. Das Licht durchflutete sie kaum spürbar als leise Empfindung von angenehmer, ja glückseliger Wärme.

Das abschweifende Gespräch ihrer Freunde erreichte sie nicht. Sie hatten besseres zu tun, als sich in philosophischen Betrachtungen zu verlieren. Die unmittelbare Erfahrung nahm sie gefangen. Sie ergaben sich ihr nur zu gerne. Am liebsten wären sie mit dem Licht davon geflossen, das in immer neuen Wellen durch sie hindurch pulste.

Dabei machten sie eine merkwürdige Entdeckung. Je flüssiger sie sich wussten, um so weiter wurde ihr Blick. Es war ihnen, als seien sie an unendlich vielen Orten zur selben Zeit. Die überwältigende Fülle ganz realer Eindrücke ließ sie an ihrer Wahrnehmung zweifeln.

Arundelle und Billy-Joe bemerkten die Veränderung sogleich und rissen die sich zu verflüchtigen drohenden Lichtspuren auseinander, bis Billy-Joe den leibhaftigen Pooty und Arundelle den sich gestaltenden Tibor wieder erkannte.

„Was war denn mit euch los?“ - riefen sie beinahe bestürzt. Doch das selige Lächeln auf deren Gesichtern beschwichtigte sie. Zumal auch sie nun selbst von dem pulsierenden Strom erfasst wurden. Er trug sie ihrerseits davon, um auch ihnen eine unendliche Fülle von Eindrücken zu vermitteln.

„Was ist, wenn uns nun keiner wieder zurückholt?“ - dachte Arundelle noch, als sie auch schon wie ein Herbstblatt im Wind verwehte.

Die Eindrücke verflüchtigten sich ebenso wie sie über die Reisenden gekommen waren. Wussten sie nun besser Bescheid? Hatte sich ihnen der Charakter der Zeit enthüllt? Was sollten sie tun? Die Schwierigkeiten, die hinter ihnen lagen, erschienen mit einem Male klein und nichtig. Im Angesicht der Ewigkeit bedeuteten sie nichts. Und doch war es ihre Aufgabe, sich wieder einzumischen. Denn sie waren zur Rückkehr bestimmt. Der rasende Wirbel, der sie aus dem Getriebe der Zeit geschleudert hatte, würde sie wieder zurück spucken und zwar an eben der Stelle, an der er sie entrissen hatte – jedenfalls fast.

Dem Advisor unterlief ein kleiner Fehler, oder lag es an der vereinigten Kraft von Zauberbogen und Zauberstein, dass die Zeitreisenden erst gut einen Monat nach ihrem Verschwinden wieder in ihre angestammte Zeit zurück tauchten?

Sie hatten jedenfalls Kurs auf die Insel Weisheitszahn gesetzt – und wenigstens bekamen sie diesbezüglich keine Schwierigkeiten.

Ihre Rückkehr solle sie nicht sorgen, ließ sie der Advisor wissen. Was auch immer sie erwarte, die Verbindung sei wieder hergestellt und würde dauerhaft zur Verfügung stehen.

Das war ein Trost. Angesichts der verfahrenen Lage der Zwischenschule, war dies mehr, als sie erwarten durften.

„Hütet euch vor dem Wächter der Insel. Er ist nicht der, der er zu sein vorgibt“, schärfte ihnen der Advisor geheimnisvoll ein. „Mehr zu sagen verbietet mir die goldene Regel. So gern ich euch helfen würde. Und nun Gott befohlen meine Kinder“, rief er in aufwallender Zärtlichkeit, ehe er sich verflüchtigte, um die kleine Schar sich selbst und ihrem ungewissen Schicksal zu überlassen.

Doch da setzten sie auch schon zu den Klippen von Weisheitszahn über, die Tarnung untergrabend, die sie zunächst an die abgelegene Insel der Conversioren verwiesen hatte.

Die Freude lässt sich kaum beschreiben, die ihr plötzliches Auftauchen auslöste. „Hab ich's nicht immer gesagt?" - schrie Grisella und tanzte mit ihrem verhärmten Schwager vor Freude im Kreis. Es gelang ihr tatsächlich, den sichtlich Abgemagerten in einen grünen Luftwirbel zu reißen, der sogar die fachkundigen Sublimatioren in Erstaunen versetzte, zumal ja mit den Zauberkräften angeblich Schluss war.

Die Direktorin brach sogleich zu einer Presskonferenz nach Sydney auf, um die abscheulichen Lügen und Verleumdungen endlich zu entkräften, konnte sie ja nun die Verschwundenen quicklebendig voller Stolz, mit sichtlich leuchtenden Augen präsentieren.

Mancherlei regelte sich wie von selbst nach dieser aufsehenerregenden Heimkehr. Die schlimmen Krankheitssymptome der Conversioren verschwanden wie durch Zauberhand. Vor allem Adrian Humperdijk gesundete und erholte sich rasch.

Erste schüchterne Berichte von geglückten Traumreisen kursierten alsbald. Animatioren wurden entseelt und zugleich beseligt aufgefunden. Auch hier gelang, was so lange verwehrt gewesen war.

Tibor riss nichtsahnend seine Brüder und Schwestern mit sich ins luftige Reich, wiewohl doch das Verbot galt. Ihr Dekan jagte zornschnaubend hinter ihnen drein. Freilich nicht ohne sich gebührend über sich Selbst zu wundern. Erst später fiel ihm so recht auf, was da wirklich geschehen war. So ließ er Gnade vor Recht walten.

Fröhliche Feste wurde gefeiert. Vollversammlungen wiederholt einberufen, wo die Verschollenen Bericht erstatteten, ohne freilich viel zu sagen, denn das Wesentliche ihrer Erfahrung ließ sich nun einmal nicht in verständliche Worte fassen.

Grisella spürte die Veränderung, spürte sie mit allen Sinnen und verwunderte sich nicht wenig. Ihr fiel die Veränderung vielleicht am deutlichsten auf. Was Wunder - galt sie selbst bislang doch als einmalig.

Das Licht umfloss die Heimkehrer gleichsam natürlich und als die Kräfte gemäß der Farbskala allmählich und allenthalben wieder erwachten, fiel dieser Umstand allgemein ins Auge. Mit den Träumen nämlich kehrte den Somnioren auch das rechte Sehen wieder und auch Animatioren erkannten beseelten Blickes, was wieder richtig geworden war.

„Ausgerechnet Pooty", hieß es wie nebenbei, als dessen Lichtgloriole allmählich aufzufallen begann. Von Arundelle habe man dergleichen irgendwie erwartet, aber Tibor und Pooty?

„Nun ja, da gab es plötzlich eine eigenartige Verbindung", erklärten die Heimgekehrten „und sie fingen auf eine Weise zu leuchten an - was sag ich leuchten, strahlen, gleißen, - heller als das Auge es erträgt. Man konnte grad nicht mehr hinsehen, so hell war das... hat sich dann nicht wieder ganz gegeben. Erst dachten wir uns nichts dabei. - Uns ging's ähnlich, versteht ihr? Keiner weiß, was der Advisor damit beabsichtigt."

„Oder es ist versehentlich passiert, weil doch Tibor seinen Finger ausstreckte, und Pooty es nicht lassen konnte dagegen zu tippen", mutmaßte Arundelle:

„Ihr kennt doch Pooty, der ist für jeden Unsinn zu haben. Ja und dann hat's gefunkt und danach..."

„Na, jedenfalls war 's dann nicht mehr dasselbe...", bestätigte auch Billy-Joe.

„Das Licht kam aus der zentralen Öffnung inmitten des gleißenden Wirbels. Die Weltrauminsel kreiselte ganz schön mit, würde ich sagen. Freilich spürt man solche eine Bewegung ja nicht, die kommt einem ganz selbstverständlich und natürlich vor..."

„Glaubst du wirklich, es war der Lichtbalken aus dem schwarzen Auge? Wie der da so plötzlich aufzuckte, so, als habe Gott selber geblinzelt?"

Arundelle nickte ernst: „Hat uns alle erfasst. Mir war ganz stark so. Wir wurden gesehen, wurden erfasst und durchdrungen und als die da dann ihren Quatsch machten, da..."

„>Lasset die Kindlein zu mir kommen und wehret ihnen nicht, denn ihrer ist das Himmelreich< – heißt es nicht so?" – griff Billy-Joe Arundelles Hinweis auf.

„Sind die denn jetzt anders als wir?" –

„höchstens intensiver..."

„...eigentlich nicht... – außer vielleicht Pooty. Das ist es eben, keiner rechnet mit so was, dass der..."

„Tibor irgendwie schon, den hat's voll getroffen gehabt..."

„Geschadet hat's ihm jedenfalls nicht – Pooty mein ich..."

„Genutzt aber auch nicht..."

„Kann man noch nicht sagen..."

Fragen und Antworten schwirrten nur so durch den Raum. Diese wenigen waren noch längst nicht alle.

Allen war ganz besonders zumute. Wie es eben ist, wenn die Tür ins Himmelsland unversehens einen Spalt breit offen steht.

## 30. Sagittarius A

„Über diesen Wirbel würde ich gern genaueres von euch erfahren." Scholasticus Schlauberger, noch verhärmt und deutlich abgemagert, aber mit einem glücklichen Leuchten im ausgemergelten, bleichen Gesicht, war Feuer und Flamme.

Die Wirkung war eines, die Ursache aber ein anderes - womöglich weit mitreißenderes - Phänomen:

„Welch ein Glück ihr hattet, wenn es das denn ist, was ich vermute; und ich denke wirklich, nicht viel spricht dagegen. Wir sollten natürlich erst einmal Berechnungen anstellen, und die Position abklären und vergleichen. Wenn mich nicht alles täuscht, dann handelt es sich hier um Sagittarius A, im Zentrum unserer Galaxie. Welch sagenhaftes Glück, Kinder, - ihr seid wahrhaftig auserwählt.

Nun, durch könnt ihr nicht gelangt sein, sonst wärt ihr nicht mehr hier... doch wer weiß... Bei euch ist alles möglich. Alles - da schwirrt einem in der Tat der Kopf...

Sagittarius A wäre mehr als ein Glückstreffer, wenn ich's euch doch sage. Unter Millionen dieser unheimlichen Dinger ist er eines, durch das man tatsächlich hindurch kann. Ich stütze mich auf bekannte Spezialisten auf diesem Gebiet, die genau wissen, wovon sie reden. Nicht irgend welche Spinner, das könnt ihr mir ruhig glauben.

Wir haben es grundsätzlich und überhaupt mit exakt drei Unterarten dieser eigenartigen Monster zu tun, die alles in den Schatten stellen, was von Menschen je erforscht oder entdeckt worden ist..."

Scholasticus Schlauberger verlor sich in einen endlosen Monolog, dem auch die aufmerksamsten seiner Zuhörer alsbald zu folgen außerstande waren. Mit einer oder vielleicht auch zwei Ausnahmen.

Peter Adams wusste natürlich, wovon bei Sagittarius A die Rede war. Und einige andere kannten zumindest das Sternzeichen, für den der Name stand. In diesem Zusammenhang freilich hatten nur wenige davon gehört. Doch darauf kam es jetzt wohl auch nicht an.

Die Spezifikationen, die der eifrige Professor in Sekundenschnelle als unförmige Zahlenwolken über die ganze Fläche der wirklich nicht kleinen Wandtafel des großen Hörsaals, den er für seine Forschungsgruppe ausgewählt hatte, sudelte, jedenfalls vermochte niemand mehr zu entziffern.

Sei es, dass der Professor so schlampig schrieb. Sei es, dass er sich gar verrechnete: Mathematik war nicht eben seine Stärke. Sei es, dass der ganze Ansatz, der zu astronomischen Werten führte, über die Scholasticus selber den Kopf schüttelte, von Grund auf falsch war.

Immerhin konnte es durchaus sein, dass es sich hier nicht um Sagittarius A handelte. Man musste eben mit allem rechnen.

Wie dem auch war, die Vermittlung erwies sich als weitaus schwieriger, als der Heißsporn sich dies vorgestellt hatte. Wenigstens darüber ließ sich Konsens herstellen:

– „Gell, es geht auch Ihnen ein wenig wie uns", rief Arundelle triumphierend: „Irgendwann reicht die Sprache nicht mehr, man kann einfach nicht ausdrücken, was Sache ist, wir haben es vergebens versucht, auch wenn uns keine riesige Wandtafel zur Verfügung stand und niemand von uns den Ergeiz hatte, die Dinge sogleich in messbaren Größen zu formulieren."

Erschöpft ließ Professor Schlauberger da schließlich das letzte Stummelchen Kreide fallen, womit es sich ohnehin sehr schwer schrieb.

Kopfschüttelnd wandte er sich ab. „Was ich versucht habe, lässt sich so nicht machen. Immerhin zeigt sich, dass die Dinge um einiges komplizierter sind, auch wenn wir drei Kategorien zu Grunde legen, wie der verehrte Kollege vorschlägt. Und selbst dann..."

Schon wieder setzte der Professor an, doch diesmal unterbrach ihn sein Assistent rechtzeitig, dem nichts Gutes schwante.

„Wir werden uns zur nächsten Sitzung gebührend vorbereiten, nicht wahr verehrter Kollege?" - schlug er diplomatisch vor, um Scholasticus eine Hintertür zu öffnen, wodurch dieser ohne sein Gesicht zu verlieren, schlüpfen konnte. Was er nach einigem verwirrten Zögern dann auch tat.

Die leuchtenden, engelhaften Wesen, deren Sprache so gar nicht zu ihren Erscheinungen passen wollte, irritierten denn doch sehr, befand er. Wer, wenn nicht sie, könnten Aufschluss über Wirkungsweise und Folgerungen aus einer solch einmaligen Erscheinung geben?

Nach einem kurzen Blick auf die Uhr nickte Professor Scholasticus Schlauberger zu seinem Assistenten hinüber, der seitlich neben ihm noch immer sichtlich angespannt hockte. Die Sitzungszeit neigte sich ohnehin ihrem Ende zu.

Vielleicht ließen sich noch einige einführende Kurzreferate vergeben. Außerdem könnte es nicht schaden, wenn sich alle Anwesenden mit dem Phänomen der schwarzen Löcher, um die es sich nämlich handelte, auseinander setzten. Sie sollten sich dazu mit der Studie des russischen Gelehrten, Professor Igor Novikov, und dessen möglicherweise hoffnungslos utopischer Einschätzung vertraut machen, was Sagittarius A, das bemerkenswerteste schwarze Loch der Milchstraße, anging.

„Vielleicht lässt sich“, schlug Peter Adams vor -„anhand der vereinigten Flugschreiberdaten von Zauberstein und Zauberbogen etwas über den Ort herausfinden, an welchem die Begegnung der wahrscheinlich außergewöhnlichsten Art stattfand, die von Menschen je erfahren wurde. Das wäre doch eine lohnende Aufgabe für unser erleuchtetes Außenteam...“

Letzteres war spaßig gemeint, gleichwohl konnte Scholasticus seine Erregung kaum verbergen. Er war den Tränen weitaus näher als der Heiterkeit.

Arundelle nickte und Billy-Joe, der nun Pooty wieder in seiner Obhut hatte, versprach das Seinige beizutragen.

## 31. Essen bei Amadeus

Vor dem Hörsaal fing Grisella die kleine Gruppe der Erleuchteten ab. Sie hatte bisher keine Gelegenheit gehabt, sich mit ihnen über die philosophischen Anteile, die nun einmal Sache der Professorin waren, zu unterhalten.

Der Rummel um die Heimkehrer wollte nicht enden. Den dritten Tag in Folge hasteten sie von Sitzung zu Sitzung, nahmen einen Termin nach dem andern wahr und feierten anschließend noch eine und immer noch eine Willkommensparty. Bis sie es allmählich Leid wurden.

„Endlich treffe ich euch ungestört“, rief Grisella erleichtert, als sie die drei Ausreißer so einträchtig aus dem Hörsaal schlendern sah. „Darf ich mich euch anschließen?“ - fragte sie. Niemand schien Einwände zu haben, jedenfalls ließ sich keiner vernehmen. Pooty streckte die Nase aus dem Medizinbeutel und auch sie leuchtete wie der Kegel einer kleinen Taschenlampe. In einer wahren Wolke des Lichts schritten die drei dahin.

War es das Licht, das es so aussehen ließ, als schwebten sie? Jedenfalls ging etwas gar zu Feierliches von ihnen aus, was Grisella dermaßen einschüchterte, dass sie beinahe vergaß, was sie alles fragen wollte. Dabei hatte sie sich extra vorbereitet und sich eigens ein Konzept gemacht.

Sie überwand sich, so gut sie es vermochte und eilte mit schnellen Schritten hinter ihnen drein. „Eigentlich wollte ich euch ja zum Essen einladen. Amadeus hat gekocht.“

Sie sagte das so, als sei dies etwas ganz besonderes. Abschwächend fügte sie hinzu:

„Ist doch mal was anderes. Er ist berühmt für seine Aufläufe, müsst ihr wissen. Na, wie ist es, keine Lust?“

In der großen Mensa wäre es mit der privaten Atmosphäre bald vorbei, da konnte man sicher sein.

„Eigentlich wollten wir Flo und Cori auf der ozeanischen Seite treffen, so war es ausgemacht“, wandte Arundelle hastig ein, als sie sah, wie Tibor und Billy-Joe höflich zu nicken ansetzten.

Arundelle wusste, dass sie nicht ganz die Wahrheit sagte. Zwar stimmte es schon, dass heute ihr ozeanischer Tag war, aber verabredet hatte sich eigentlich niemand deswegen. Es war nur einfach üblich, sich dienstags bei dem ozeanischen Büfett zu treffen.

Grisella wirkte enttäuscht, doch sie gab noch nicht auf. Ihr Anliegen schien ihr zu wichtig, sie musste eine Gelegenheit erhalten, ungestört und unbelauscht mit den Heimkehrern über die undichte Stelle auf der Insel zu reden.

„Dorothea wird auch kommen und nachher auch Scholasticus.“ Sie hatte ihren Schwager bewusst etwas später bestellt, denn Geheimnisse waren bei ihm nicht gut aufgehoben.

Arundelle hatte schon erfahren, welch wichtige Rolle Dorothea von Griselgreif bei der Korrespondenz mit der Bruderschaft und damit auch mit ihrem Vater spielte, und was an Gerüchten über einen Spion im Umlauf war. So schluckte sie diesen Köder sogleich.

„Ein halbes Stündchen werden wir wohl rausschlagen können, was meint ihr?“ - fragte sie ihre Freunde. Grisella wollte offensichtlich mehr, als neugierige Fragen stellen. Deshalb blickte sie auffordernd und Zustimmung heischend in die Runde. Obwohl sie als einzige einen Einwand erhoben hatte.

Statt die Mensa anzusteuern, verließen die Lichtgestalten das Hauptgebäude, und folgten der Professorin in ihr Quartier. Es lag kaum einen Steinwurf weit abseits. Dort waren beide Familien in einem gemeinsamen Haus untergekommen, ganz so wie auch schon in Deutschland. Wenigstens diesbezüglich hatte sich nichts verändert.

Dorothea näherte sich von der anderen Seite. Sie kam aus dem Büro der Direktorin, wo sie vormittags die Schulkorrespondenz erledigte.

Marsha Wiggles-Humperdijk hatte sich so an die neue Hilfskraft gewöhnt, dass sie nicht mehr auf sie verzichten mochte. Auch jetzt nicht, obwohl die Krise erst einmal beigelegt schien.

Auf einmal regelte sich die Büroarbeit wie von selbst. Keine langwierigen Suchaktionen mehr, keine verpassten Termine -

pünktlich und akkurat verließen - in Sonderheit alle amtlichen Schreiben - die Insel, was früher leider bisweilen nicht der Fall war.

Elternanfragen wurden prompt beantwortet, Bewerbungen rasch bearbeitet. Selbst Gutachten gingen auf die Reise. Auf die hatte man zuvor oft vergeblich gewartet. Oder man hatte sie erst dann erhalten, wenn sie sich womöglich bereits erledigt hatten. Dorothea verstand es eben, den Damen und Herren Professoren Dampf zu machen, ohne sie zu verprellen.

Unbeeindruckt von dem lichten Glanz, der ihr da entgegenstrahlte, umarmte sie Arundelle spontan, denn sie hatten einander tatsächlich noch nicht richtig begrüßt seit der Rückkehr der Verschollenen. Sie gab auch Tibor, den sie persönlich nicht kannte, die Hand und schenkte ihm dabei ihr bezauberndes Lächeln und drückte Billy-Joe links und rechts zwei Küsschen auf die sogleich errötenden Wangen.

„Bin gespannt, was Amadeus wieder Gutes gekocht hat“, rief sie und hakte sich bei Arundelle auf der einen und Tibor auf der anderen Seite auf den letzten Metern bis zur Tür freundschaftlich ein. Nun war es ihr Charme, der die Gruppe einhüllte wie eine angenehme Wolke.

Amadeus hatte sich selbst übertroffen, wie sich alsbald zeigte. Zunächst jedoch musste der Hunger warten.

„Scholasticus kommt auch gleich, hat eben angerufen. Ich schlage vor, ihr trinkt erst mal was und bequatscht euch ein wenig und dann können wir auch schon essen.“

Sprach 's und eilte wieder zur Bratröhre, worin sein berühmter Auflauf brutzelte und Schwaden verführerischen Duftes verströmte.

Dorothea ergriff die Gelegenheit, um Arundelle von dem Verein zu berichten, dem ihr Vater vorstand. Viel war es nicht, was sie darüber in Erfahrung gebracht hatte, aber das Wenige genügte, um dem Mädchen die Haare zu Berge stehen zu lassen.

„Ist ja grauenhaft“, flüsterte sie, als Dorothea einige rot angestrichene Passagen aus den Droh- und Schmähbriefen, die sie von dem Verein erhalten hatte, zitierte.

„Na, der kann sich auf was gefasst machen“, knurrte sie zwischen wütend zusammen gebissenen Zähnen.

Grisella runzelte besorgt die Brauen. „Ich fürchte, dafür ist es viel zu spät. Vielleicht kann ich in knappen Worten das ganze Ausmaß der Katastrophe umreißen“, warf sie mit ernster Miene ein.

„Unter uns befindet sich ein Spion dieser sogenannten Bruderschaft, soviel steht fest“, warf Dorothea ein.

„Und wir haben nicht die leiseste Ahnung, wer es sein könnte“, bestätigte Grisella: „Wärst du nicht verschwunden gewesen, der

Verdacht wäre wieder einmal zuerst auf dich gefallen. Aber das kennen wir mittlerweile ja.

Sonst kommen natürlich die Neuzugänge in Betracht“...

– „Sowie alte Bekannte. Moschus Mogoleia hat sich meiner Meinung nach noch immer nicht aus der Gefahrenzone freigeschwommen. So begrüßenswert seine Fortschritte, was die Umgangsformen und das Sozialverhalten angeht, auch sein mögen“, antwortete Grisella auf den Einwurf ihrer Schwester.

„Mit wilden Spekulationen kommen wir jedenfalls nicht weiter. Wir brauchen diesmal wirklich ein geniales detektivisches Vorgehen“, warf Billy-Joe ein.

„Was nützt es uns, wenn wir herausfinden, wer der Informant ist?“ - hielt Arundelle dagegen.

„Verzetteln wir uns damit nicht? Statt uns auf die große Aufgabe zu konzentrieren, die ja nun, weiß Gott, von epochaler Bedeutung ist...“

„Sehe ich genauso. Die Suche nach dem Spion ist bestenfalls zweitrangig. Wozu hat uns der Advisor schließlich eingeweiht? Immerhin wissen wir jetzt, was die Zeit ist, auch wenn wir deshalb noch lange nichts darüber aussagen können“, kam Tibor Arundelle zu Hilfe. Und nicht nur, weil er seinen Dekan aus der Schusslinie haben wollte, was im übrigen zutraf.

Alle Sublimatioren hielten inzwischen zu ihrem Dekan und das Misstrauen schmerzte sie stets ein wenig, wo es ihm noch immer entgegen gebracht wurde. So kam ihm die Verlagerung des Schwerpunktes gerade recht.

Natürlich wirkten sich die Folgen möglicherweise verheerend aus. Es war bereits mehr als genug Porzellan zerschlagen worden, soviel stand unbedingt fest. Gleichwohl kam dem Spion keine entscheidende Rolle zu. Wahrscheinlich war das Misstrauen viel schlimmer, das sich weiter verbreitete, wenn man daran ging, daraus eine großangelegte Kriminaluntersuchung zu machen.

Scholasticus traf ein, ohne dass man in diesem Punkt weiter gekommen war. Es konnte gegessen werden. Amadeus trug auf und erntete verzückte Ausrufe. Er strahlte und war ganz in seinem Element. Die Rolle des Gastgebers und Kochs war ihm wie auf den Leib geschrieben.

Mit Genugtuung bemerkte er, wie gut es allen schmeckte. Grisella berichtete während des Essens über den Stand der Dinge und was sich sonst noch auf der Insel und in der Zwischenschule während der Abwesenheit der Verschollenen zugetragen hatte.

Sie vergaß selbstverständlich die erfolgreiche Abwehrschlacht mit den Schulgegnern nicht in allen Einzelheiten auszubreiten, die auf das Konto ihrer tüchtigen Schwester ging, während die Schulleitung gar nicht gut ausgesehen hatte. Doch das war nun zum Glück ausgestanden.

Arundelle erzählte dann von ihren Abenteuern, die in der Sprengung der Barriere und dem Besuch beim Advisor gipfelten. Sie machte absichtlich viele geheimnisvolle Andeutungen. Wäre der Spion in ihrer Mitte, er hätte wohl am liebsten mitstenographiert oder einen Recorder laufen lassen, so spannend machte es das schlaue Mädchen.

In Wirklichkeit freilich gab sie nur wenig preis. So verschwieg sie all die Passagen der Aufklärung, wo ihr eigenes Verständnis für die Zusammenhänge allmählich wachsen konnte.

Der eingebildete Gegner sollte ruhig wissen, mit wem er es zu tun hatte. Arundelle steigerte sich ganz in die Vorstellung hinein, belauscht zu werden.

Dem Spion sollte sein Wissen nicht dabei helfen, eigene Fortschritte zu machen. Nach allem, was sie gehört hatte, zweifelte sie nicht daran, dass jemand die Kontrolle über die Zwischenschule anstrebte. Sein Ziel war es, in den Gang der Forschung einzudringen, um sie gegen die Absichten der Forscher zu wenden.

Sie tat gerade so, als säße der Spion jetzt gerade in ihrer Mitte! Lebhafte Fantasie, oder vielleicht doch nicht...

Mit dem schlimmsten zu rechnen, konnte unter Umständen nützlich sein. Es war jedenfalls besser, als sich der Illusion hinzugeben, von lauter Gleichgesinnten umgeben zu sein.

„Wir wissen nicht, ob unsere Bastion überhaupt gehalten werden kann. Darüber wurde uns nichts offenbart", äußerte Arundelle ein wenig zusammenhangslos.

Sie bezog sich auf ihre Gespräche mit dem Advisor.

Verständnislose Blicke zwangen sie denn auch, ihre Bemerkung zu erläutern.

Sie erinnere sich an einen letzten Rat des Advisors, als sie schon startklar bereit standen, erklärte Arundelle. Er sagte: „Hütet euch vor dem Wächter der Insel. Er ist nicht der, der er zu sein vorgibt."

„Was damit wohl gemeint ist?" – überlegte Dorothea. „Hüter der Insel – sind das etwa die Begleiter der Conversioren?"

Allgemeine Ratlosigkeit stand in den Gesichtern.

„Vielleicht hat auch dieser Hinweis des Advisors mit den Problemen der Zeit zu tun. Wie ja dort fast alles zeitbezogen war. Fällt euch dazu was ein?" – wandte sich Arundelle an ihre ehemaligen Begleiter.

Tibor schüttelte den Kopf und Billy-Joe zuckte verneinend mit den Schultern. Nur Pooty rang sich ein vages Nicken ab.

„Als wir ankamen, stand da doch dieser Monolith am Rande der Insel... könnte der nicht der Wächter und all das sein?“

Arundelle hatte für den Augenblick nicht aufgemerkt und Pooty leider nicht zugehört. Vielleicht hätte seine Bemerkung sonst etwas in ihr ausgelöst.

Arundelle fielen vielmehr die Ringe des Saturns ein. Sie hatte der Advisor ihnen als Anschauungsmodell für die Zeitprobleme wärmstens empfohlen.

„Das Problem der Zeit ist nun mal das A und O unserer Forschung.“ – stimmte Scholasticus sogleich zu.

Alle schienen froh zu sein, den roten Faden wieder gefunden zu haben, wenn auch nicht alle den letzten und tiefsten Sinn der Saturnparabel begriffen. So begriffen sie doch, dass einer bösen Absicht immer auch eine gute Wendung gegeben werden kann.

„Und durch uns lässt sich dem vorgezeichneten Unheil, das unweigerlich über die Welt kommen wird, ein Moment der Hoffnung abringen“, ergänzte Arundelle.

Schweigen senkte sich über die Runde, als nun der zweite Gang des Essens aufgetragen wurde und sich weniger anspruchsvolle Bedürfnisse breit machten.

Arundelle wähnte bei sich, die einzige zu sein, die den Niedergang schon jetzt mit einiger Klarheit bemerkte. Auch wenn sie, wie sie sich freilich eingestand, möglicherweise ein wenig übertrieb, da sie die Dinge düsterer einfärbte als unbedingt nötig. Vielleicht dachten die anderen nur gerade nicht an die historischen Aussichten.

Doch das Stichwort würde fallen und dann wüssten alle wieder, wohin der Weg führte. Wie tief musste die Menschheit wirklich in dem Abgrund versinken, der sich vor ihnen auftat? Das war die Frage von Belang.

An ihnen jedenfalls war es, das Kommende nach besten Kräften zu mildern, das hoffentlich nur in groben Zügen vorgezeichnet war.

Soviel glaubte sie vom Advisor gelernt zu haben: Die Zukunft musste sich gerade durch die unerhörten Anstrengungen erfüllen, die ihnen hier in der Zwischenschule – (und nicht nur ihnen, sondern der Menschheit insgesamt) - auferlegt waren.

Weder gutes noch böses Gelingen war garantiert. Der rote Faden der Menschheitsgeschichte konnte jederzeit an beliebiger Stelle reißen. Angesichts des unendlichen Atems der Ewigkeit bedeuteten einige Tausend Jahre Weltgeschehen weniger als ein Tropfen Wasser im Ozean.

Wäre sie doch nur in der Lage, Leuten wie ihrem Vater klar zu machen, wie dünn das Eis war, auf dem sie alle sich bewegten?

Um die Spanne des eigenen Lebens zu verdoppeln und zu verdreifachen, das wusste sie inzwischen, war den Egoisten jedes Mittel recht. Was scherten die sich um die Zukunft des blauen Planeten? Was ging sie das Elend der Massen an? Was der Ruin der Natur?

Die Zukunft hatte bereits begonnen. Spätestens jetzt wurde klar, wohin die Reise ging.

Vorbei war nun das sorglose Studierendenleben, die schöne Zeit der Muse und Muße und der Selbstfindung und des zwanglosen Lernens. Zwei Jahre waren inzwischen wie im Fluge vergangen. Auch für sie - hier auf der Insel Weisheitszahn – war bereits an der Zeitschraube gedreht worden.

Ohne die Professorin, ohne Penelope M'gambas Unfall, hätte sie womöglich die Zeichen der Zeit ganz und gar verschlafen. Die Machenschaften der Bruderschaft wären unerkannt geblieben. Diese hätte sich unbemerkt von kritischen Geistern in die Schule eingekauft, hätte die Macht an sich gerissen und auch hier alles den eigenen Zielen unterworfen.

All die unerklärlichen und unheimlichen Vorkommnisse auf der Insel Weisheitszahn gliederten sich nun in den geheimen Plan ein. Sie fanden einen sehr realen Bezug zur unmittelbaren Gegenwart.

Malicius Marduks Bastion erwies sich nicht nur als gefestigt, sondern offenbarte dessen ganze ungeheure Macht. Sein Agent saß mitten unter ihnen, gut getarnt und ganz und gar eingebettet in das Geschehen auf der Insel.

Niemand ahnte, wer er war. Haltlose wilde Verdächtigungen grassierten stattdessen. Jede kleine Animosität diente unter solchen Umständen immer wieder als Vorwand für bösartige Verdächtigungen. Arundelle selbst war ja schon das Opfer solchen Misstrauens gewesen und beinahe der Schule verwiesen worden.

Statt sie über den Charakter der Zeit zu belehren, (eine Erfahrung, die sie gleichwohl niemals missen wollte), hätte sie der Advisor mit Konkreterem ausstatten sollen. Wie schon einmal, als er ihr die Fotos der Verdächtigen zuspielte, mit denen es ihr gelungen war, sich zu entlasten.

Was half es ihr und den beiden Freunden, wenn sie ausgezeichnet und hervorgehoben wurden, während um sie herum die Welt ins Unglück taumelte? War die Zwischenschule nicht ebenso dem Untergang geweiht? War es nicht ein holder Wahn, sich zu wünschen, hier gleichsam eine Bastion der Wahrheit zu halten?

Grisella hatte nur zu recht. Es wurde Zeit, im engsten Kreise die Lage schonungslos zu sondieren und sich über den sie umgebenden Zustand klar zu werden. Vielleicht fanden sie zu geeigneten Maßnahmen, die zu ergreifen waren. Ganz hilflos waren sie nun nicht mehr. Die Zauberkraft war auf ihrer Seite – eine gute Kraft – daran zweifelte sie keinen Augenblick. Auch wenn sie nun erkannte, dass jedes Ding stets auch sein Unding im Gepäck mitführt.

Leicht durfte man es sich also nicht machen. Ganz bestimmt nicht – niemals. So gesehen konnte sie auf Verlässliches nicht bauen. Es gab nun einmal kein rechtschaffenes Fundament! Immer und überall bewegte man sich auf schwankendem, unsicheren Grund – um so mehr dort, wo es um die Zeit ging.

Zur Tagesordnung überzugehen, zu tun, als sei nun alles wieder beim Alten, wäre jedenfalls ein verhängnisvoller Fehler.

War Scholasticus also auf dem Holzweg mit seinem Sagittarius A Projekt? Hieß dies nicht allzu vermessen sein und Gott spielen?

Dort, am Ende aller Zeiten, wo sich Materie in reine Energie auflöst und wo die Beschleunigung so groß wird, dass sich die Zeit unendlich dehnt. Wo einem fiktiven Beobachter der Eindruck entstehen kann, die Zeit selbst verharre in einem einzigen Augenblick. – Sie **verweile** dort für viele und aber-viele, unermesslich lange Zeiteinheiten, die das menschliche Vorstellungsvermögen bei weitem übersteigen. Und die doch nichts sind im Angesicht der Ewigkeit.

Arundelle merkte wieder auf und schaute in die Runde, nachdem sie in sich gekehrt und geistesabwesend minutenlang das ausgezeichnete Soufflee, das Amadeus zu allem Überfluss auch noch zubereitet hatte, in sich hineinschaufelte. Amadeus sah es dennoch mit Vergnügen, zumal er geistige Abwesenheit mit gesundem Appetit verwechselte.

## 32. Hüpfende Quanten

Arundelle brauchte nur ein Stichwort, um all ihr Sinnen auf den Punkt zu bringen und alle wussten Bescheid: „**Laptopia**“ sagte sie, um ihren Gedanken eine Form zu geben und sie merkte sogleich, wie gut sie verstanden wurde.

Grisella nickte heftig: „Ja, liebe Freunde, die Zukunft hat begonnen, ob wir wollen oder nicht.“ Sie griff den Faden bereitwillig auf, dessen Ende Arundelle scheinbar lässig hinwarf:

„Von nun an läuft der Count-down in Richtung **Laptopia**, und wir alle wissen, was das zu bedeuten hat. Von nun an wird nichts mehr so sein wie früher. Wir haben es mit einer neuen Dimension zu tun. Die Zeit gehört uns nicht länger. Sie wird uns nicht mehr geschenkt. Wer sie besitzen will, der muss um sie kämpfen.

Wie wir wissen, werden sich nur allzu viele finden, die dafür über Leichen gehen, während andere gedankenlos ihr höchstes Gut verschleudern. Wie schon so oft wird sich die Gesellschaft wieder einmal in Ausbeuter und in Ausgebeutete spalten. Die einen werden im Überfluss bis zum Überdruss schwelgen, und ihr Leben wird nach menschlichen Maßstäben endlos währen. Die anderen – die vielen - werden ihre Lebenskraft in selbst zerstörerischer Weise verschleudern, freiwillig oder erzwungen – danach wird dann keiner mehr fragen. Man wird die Verhältnisse bald schon schicksalhaft hinnehmen. Man wird sie als die von Gott gewollte Ordnung preisen, zumal dann die Ausbeutung durch Arbeit überwunden sein wird, die in der Vergangenheit meist die erste Quelle menschlichen Leids war.“

Grisellas Worten war wenig hinzuzufügen. Schweigend sann jeder vor sich hin, senkte den Blick und fühlte sich unbehaglich angesichts des leiblichen Genusses, der in krassem Widerspruch zum Ernst der Lage stand.

Endlich raffte Scholasticus sich auf. „Bis es soweit ist, haben zumindest wir noch so mancherlei zu erledigen. An uns wird es sein, den Traum von einer andern Welt aufrecht zu erhalten, wo schon diese selbst womöglich untergehen muss.“

„Es war in der Geschichte immer wichtig, die Erinnerung hochzuhalten und die historischen Verluste zu bewahren“, bestätigte Grisella. Sie fügte hinzu: „Und sei der Tunnel auch noch so schwarz, so wissen wir doch um ein neues Licht an seinem Ende!“

Verhielt es sich so? Gab es jetzt keinen Ausweg? Galt es, sich ins Unvermeidliche zu schicken? Die Vorstellung widerstrebte Arundelle zutiefst. Sie entsprach nun einmal nicht ihrer Natur.

Was, wenn zum Beispiel die freien Stämme der Zukunft völlig unterbewertet worden sind? Immerhin galten die Gesetze Laptopias auf deren Territorium nicht oder nur sehr eingeschränkt. Lebten die wirklich so primitiv, wie es den Anschein hatte?

Die Abenteuer in der Zukunft verblassten allmählich, trübten sich womöglich ein. Außerdem war ihnen nun wirklich nur ein winziger Ausschnitt der künftigen Welt offenbar geworden. Was, wenn Laptopia eine verlorene Insel am äußersten Rand des Zeitstroms war? Ein Ausschnitt, nicht mehr?

Es entsprach nicht Arundelles Wesen, Dinge als gegeben hinzunehmen. Sie hatten zwar eine künftige Welt kennen gelernt, worin sich die Zeichen der Zeit verwirklicht hatten. Daran zu zweifeln wäre absurd. Die Entwicklung war im Gange.

Konnten sie wirklich nicht mehr tun, als Sand ins Getriebe zu werfen? Und am Ende mit einem blauen Auge davon kommen?

Das heißblütige Mädchen verlieh ihrem Unmut Ausdruck: „Sind nicht wenigstens Zweifel erlaubt?“

Scholasticus erläuterte so sachlich wie möglich die astronomische Seite des Problems, die Arundelle anscheinend aus dem Auge verlor.

„Ohne allen Zweifel ist die Erde betroffen von den Phänomenen der Zeit, ja möglicherweise das ganze Sonnensystem. Alles andere ist Wunschdenken. Wir sitzen alle im selben Boot!“

„Und wenn wir uns auf das Nächstliegende konzentrieren?“ - versuchte Tibor sich, der nicht in Laptopia dabei gewesen war und sich unter den Andeutungen, die er zu hören bekam, wenig vorstellen konnte.

Billy-Joe nickte ihm aufmunternd zu. „Scheint mir auch, dass dies der rechte Ansatz ist. Was kommt, das kommt, daran wollen wir nicht zweifeln – recht haben beide. - Wir wissen, was kommt, und wissen es doch zugleich nicht. Wir glauben, das große Ganze zu kennen, wissen wir deshalb aber alles? Abgesehen davon, dass die Zeit schnell vergehen wird...“

Arundelle schüttelte sich: „Wie kann man nur so zynisch sein?“ - rief sie empört. „All die vielen, die um ihr Leben gebracht, die betrogen und ausgenutzt werden. Ich finde das zum Kotzen. Ganz recht, ich will das verhindern und zwar jetzt, von Anfang an. Das soll alles gar nicht erst passieren...“

„Du glaubst, der technische Fortschritt lässt sich aufhalten?“

„Das eine hat mit dem andern wohl nicht ganz so direkt zu tun. Die Frage ist doch, ob es zu der unsäglichen Verkoppelung überhaupt kommen muss...“

„Und was ist mit dem ersten kosmischen Gesetz, wonach der Strom der Zeit nachträglich nicht verändert werden kann?“

„Denkfehler, die Zukunft hat noch nicht stattgefunden, vielleicht war das, was wir in Laptopia gesehen haben, ein Alptraum, aus dem es zu erwachen gilt. Vielleicht sollte uns gezeigt werden, was auf uns zukommt, wenn wir nichts tun, wenn wir die Dinge einfach laufen lassen.“

„Aber unsere Erlebnisse waren ganz real.“

„Natürlich waren sie das. Unsere Träume wirken schließlich auch oft sehr real und doch glauben die Menschen an deren Wirklichkeit nicht, jedenfalls tun es die meisten nicht. Wir Somnioren bilden da eine Ausnahme. Wir merken wenigstens, was in unsern Träumen angesagt ist."

„Na ja, oft, aber nicht immer!"

„Nennt es besser Visionen. Was uns in Laptopia begegnet ist, fällt, finde ich, in diese Kategorie. Visionen zeigen das, was sich entwickelt, was sich aus dem ergibt, das unter Umständen vorgezeichnet ist. Im Rahmen der Wahrscheinlichkeitsberechnung selbstverständlich und unter Berücksichtigung der Heisenbergformel. Was die Sache nun, weiß Gott, nicht einfacher macht."

Professor Scholasticus Schlaubergers Stirn lag in tiefen Denkerfalten, als er dies sprach. Sein Blick ging ins Leere. Er sah die verständnislosen Gesichter nicht, sonst hätte er sich womöglich zu einem breiteren Erklärungsansatz genötigt gesehen, von dem indessen nicht zu erwarten gewesen wäre, dass er den Sachverhalt wirklich erhellt hätte.

Wer zum Teufel ist Heisenberg, überlegte Arundelle. Den Name hatte sie schon gehört: „Quantenmechanik", hörte sie sich sagen.

„Ganz recht, die Heisenberg'sche Formel besagt, dass sich Ereignisse im Reich der Quanten niemals befriedigend bestimmen und vorhersehen lassen. Ein Umstand, dessen Tragweite ebenso wahnsinnstreibend wie absolut grandios ist. - Jedenfalls für den, der darüber gebührend nachdenkt", fügte Scholasticus nach einer kurzen Pause, in der er in ratlose Gesichter und verwirrte Augen schaute, hinzu.

„Das bedeutet in letzter Konsequenz die Offenheit jedweder Zukunft", setzte er hinzu.

„Dann wäre das, was wir in Laptopia zu erleben meinten, nichts als Einbildung – Ausgeburt unserer gemeinsamen Phantasie? Auch wenn es so real war, dass du beinahe verbrannt worden wärst? Wärst du denn überhaupt verbrannt, auch wenn wir dich nicht gerettet hätten?"

„Scholasticus wusste auf Arundelles Fragen auch keine Antwort. Von den Heisenberg'schen Quanten hin zu den erlebten Zeitsprüngen klaffte eine gar zu breite Lücke.

„Wir müssen wohl annehmen, dass wir auch in visionären Scheinwelten Schaden nehmen. Ist es nicht so, dass wir sogar im Traum gelegentlich unerklärliche Verletzungen davon tragen? Wer kennt nicht die schmerzende Schulter, mit der man gelegentlich aufwacht, als habe einem jemand die Knochen verrenkt, wo man doch friedlich im Bett lag und nichts tat als lebhaft zu träumen?" - merkte Billy-Joe an.

„Richtig, sogar sterben kann man. So mancher ist aus seinem Schlaf nicht mehr erwacht, habe ich gelesen", ergänzte Arundelle, die sich selbst an ein geträumtes Ereignis erinnerte, das ihr fast das Leben gekostet hätte.

„Fassen wir zusammen", ergriff nun Scholasticus wieder das Wort:

„Die Zukunft der Welt in der wir leben ist offen. Folgt man unsern gerade angestellten Überlegungen, dann ist sie so offen, wie es die unberechenbaren Sprünge der Heisenberg'schen Quanten sind. Von denen weiß niemand, wo sie im nächsten Augenblick verschwinden werden oder wann sie wieder auftauchen.

Ich muss mich korrigieren, mich genauer ausdrücken: – die Zukunft der Welt könnte deshalb offen und völlig unvorhersehbar sein, weil diese Quanten nun einmal unberechenbar sind. Niemand, am allerwenigsten sie selbst, kann wissen, was im nächsten Augenblick mit ihnen geschieht.

Wo eines auftaucht, oder weshalb es verschwindet, - sich wandelt oder verflüchtigt. Hier liegt das wahre Geheimnis allen Seins. Und hier fängt alles an, was irgendwie ist.

Vielleicht schauen die Menschen in die falsche Richtung, wenn sie Gott suchen. Sie stellen ihn sich unermesslich groß, allumfassend und jenseitig vor. Was ist, wenn Gott unbeschreiblich klein und deshalb unsichtbar, unnahbar und auf diese Weise unbeschreiblich wäre - zugleich aber allgegenwärtig, und in allem enthalten, was wir um uns ist?

Hier, beim kleinsten, uns bekannten Baustein nämlich fängt alles an, was uns umgibt, uns formt und gestaltet. Ein wahrhaft atemberaubender Gedanke."

Man saß inzwischen beim Kaffee. Das Essen hatte sich nun doch in die Länge gezogen, aber niemandem tat dies leid am wenigsten Arundelle. Sie sah nun so manches mit anderen Augen.

Wieder einmal erwies sich, wie hilfreich der Austausch von Gedanken war - dem eigenen Brüten mitunter weit überlegen.

Zwar waren sie, was die unmittelbaren Probleme der Insel betraf, um keinen Schritt weiter gekommen. Der Spion lauerte - wie eine Spinne im Netz - noch immer unerkannt im Verborgenen. Hinsichtlich der Zweifel und Fragen aber, sah Arundelle sich bestätigt.

Die Zukunft hüllte sich wieder in ein blaues oder auch graues Tuch. Sie entzog sich dem Auge des Betrachters, wie es ihr zustand.

Ganz gleich, wie intim die Kenntnis, wie genau die Erfahrung, und wie intelligent der Zugang auch war, den jemand sein eigen nannte.

Künftig ist, was im Verborgenen liegt. Nicht das Wahrscheinliche, nicht das, was sich ganz und gar logisch ergibt, gestaltet die Zukunft unbedingt. Immer gab es eben auch andere Möglichkeiten, so unwahrscheinlich diese auch anmuten mochten.

Die Zukunft versteckte sich letztlich in der Unberechenbarkeit der Quanten. – In deren Sprüngen verbirgt sich, was aus dem Innersten aller Dinge herausdrängt. Der Weltlauf hält sich damit stets alle Wege offen und entzieht sich jeder Zwangsläufigkeit.

Wieder glaubte Arundelle dem Wesen der Zeit um einiges näher gekommen zu sein. Ob der Advisor mit ihr zufrieden wäre? Wie sehr sehnte sie sich nach dessen Rat.

‚Was sind wir nur für beschränkte Wesen, wir Menschlein,' dachte sie. Das Wissen muss uns in mundgerechten Häppchen gereicht werden. Anders fassen wir es nicht. Ahnungen haben wir zwar viele, doch die meisten führen zu nichts. Ohne Gewissheit ist der Mensch nicht recht bei sich.

Im Grunde konnten sie richtig stolz auf sich sein. Ein einziges Essen mit den richtigen Leute führte zu - bis dahin für undenkbar gehaltenen – Überlegungen.

Ausflüge in die Zukunft gab es in Wirklichkeit wohl nicht. Besuche in parallelen Welten mochten allenfalls Zeitverschiebungen mit sich bringen. Diese konnten dann zu Eindrücken wie den ihren führen.

Die Laptopianer selbst hielten die Besucher aus der Vergangenheit zwar für die eigenen Vorfahren. So war es kein Wunder, dass man sich auf der gleichen Erde und zu Besuch in der eigenen Zukunft wähnte. Vermutlich gab es Hunderte, ja vielleicht sogar Millionen dieser Welten – neben einander und in einander geschachtelt. Ihr Irrtum bestand in der falschen Annahme, es handle sich bei der Welt um eine einzige Welt.

All diese Welten waren mit Menschen bevölkert. Jeder ‚Menschheits-Satz' kam sich ganz selbstverständlich einmalig vor.

Aus der Fülle des geschauten Lichts, so erinnerte Arundelle jetzt, waren ihr diese Welten hervorgetreten – wunderschöne Blasen, durchscheinend und wie in einen Fruchtkörper gehüllt. Blaue Planeten überall - soweit das Auge reicht. Systeme, die um Sonnen kreisen, gleißend und von unerträglicher Helle.

Es war nur eine Spur gewesen. Zu flüchtig für das menschliche Auge - dennoch wahrgenommen, dank der Manipulation durch den Advisor.

Tibor und Billy-Joe erinnerten sich auch an dieses Licht. Auch sie sprachen von Lichtblitzen, berichteten von den grellen Strahlen als einer Grenzüberschreitung:

„Ich konnte das Licht körperlich fühlen. Es war überall. Es bedurfte gar nicht der Augen. Man möchte von einem inneren Licht reden, einem Licht, so einmalig, so anders als alles, was man kennt, beinahe nicht zu ertragen“, ergänzte Tibor.

„Es nutzte nichts, die Augen zu schließen, ganz richtig“, griff Billy-Joe den Faden auf:

„Überall war das Licht; wir selbst waren das Licht. Sieht man ja jetzt noch...“

Tibor nickte fast ebenso eifrig wie das kecke Possum Pooty, das seinen Kopf mit der glühenden Nase und den leuchtenden Ohren aus Billy-Joes Medizinbeutel streckte.

## 33. Der Spion

Die kleine Gruppe der Eingeweihten fasste neuen Mut, denn die Einsichten in das Wesen von Zeit und Zukunft öffneten unvermutet aussichtsreiche Wege, die es einzuschlagen galt. Noch war überhaupt nichts verloren. All die angedeuteten Richtungen müssten freilich weiter verfolgt werden.

Die Forschung durfte nicht stillstehen. Ganz besonders die Forschung an dem Antimaterie-Käscher galt es weiter zu treiben. Denn damit war dieser infernalischen Bruderschaft schon einmal ein Schnippchen geschlagen worden.

Weiter galt es, den Bestand zu sichern. Noch wusste niemand genau, wodurch nun alle Insulaner der Weisheitsinsel ihre Zauberkräfte wiedergewonnen hatten. Plötzlich galten die Farben wieder. Und die Augen vermochten wieder anders zu sehen. Irgendwie war es gelungen die unheimliche Barriere zu durchbrechen und sogar ganz außer Kraft zu setzen. Doch solange niemand den Mechanismus kannte, drohte die Gefahr eines neuerlichen Anschlags zu jeder Zeit.

Und vielleicht hing alles mit dem Spion zusammen, dem nichts von dem verborgen blieb, was sich auf der Insel tat.

Auch eine genaue Analyse der unverschämten Briefe des Vereins stand an. Vielleicht gaben diese mehr preis, als bisher herausgekommen war. Der arrogante Tonfall und das triumphale

Gebaren deuteten entweder auf Überlegenheit oder auf Anmaßung hin. Auch damit könnte sich eine Arbeitsgruppe beschäftigen.

Viele Vorhaben müssten eben gleichzeitig und parallel betrieben werden. Es gab wieder viel zu tun.

Scholasticus schwärmte allen von Sagittarius A vor. Zumal jetzt mit all den Hintergrundsinformationen der Lichtgestalten. Denn er vermutete, dass die vier Ausreißer in dem schwarzen Loch der Milchstraße ihre Wandlung erfuhren. Ob damit auch die Veränderungen auf der Insel einher gingen, galt es ebenfalls zu erforschen.

*

Dorothea freilich setzte sich ein ganz anderes Ziel. Sie dachte nicht daran, selbst den innersten Kreis von Vertrauten darin einzuweihen. Nicht, weil sie ihnen gegenüber besonders misstrauisch war. Doch je mehr Mitwisser es gab, um so größer war die Chance, dass sich jemand verplapperte. Am besten war es, wenn gar niemand Bescheid wusste.

Die einzige, der sie wirklich vertraute, war ihre Zwillingsschwester, denn die kannte sie beinahe ebenso gut wie sich selbst, und das von klein auf. Immer schon gelang es ihnen, sich ohne Worte zu verständigen. Auch wenn sie beide ihren Bereich besaßen, in dem die andere nichts zu suchen hatte. So interessierte Grisella sich für Dorotheas Äußerlichkeiten herzlich wenig, hielt sie für seicht und unnütz, während umgekehrt Dorothea Geschichte und Philosophie völlig kalt ließ.

Der Spion hingegen, der die Gemüter erregte und beunruhigte, fand sich genau an der richtigen Schnittstelle zwischen den beiden Welten der Zwillinge. Er entzündete ihre gemeinsame Phantasie und regte sie zu einem raffinierten Plan an, den es zu schmieden galt, um ihn alsdann in die Tat umzusetzen.

„Ich stelle mir das so vor“, begann Dorothea und schaute ihrer Schwester glühend vor Begeisterung in die Augen.

Die Beiden saßen fernab allen Trubels, vor Lauschangriffen geschützt, im lauschigen Park, der die oberirdischen Gebäude der Schule umschloss. Das Wetter hielt sich unerwartet. Die Sonne lachte vom blauen Himmel und ein lindes Lüftchen umspielte die immergrünen Ranken an Büschen und Bäumen. Obwohl es doch Winter war, wurde ihnen ein äußerst angenehmer Tag mit milden Temperaturen beschert.

Grisella staunte nicht schlecht. Soviel Raffinesse hätte sie ihrer kleinen Dorrie nun wirklich nicht zugetraut. Dabei leuchtete der Vorschlag sogleich ein.

„So könnte es tatsächlich klappen“, stimmte sie zu. „Man muss den Hebel nur an der richtigen Stelle ansetzen, dann ist es ganz einfach.“

„Schon, schon, nur wollen wir das Fell des Bären nicht verkaufen, bevor wir ihn erlegt haben. Dumm ist derjenige oder vielleicht auch diejenige bestimmt nicht.“

„Du glaubst, es könnte eine Frau sein?“

„Nicht wirklich. Ich will nur offen bleiben und keine Möglichkeit außer acht lassen. Schon bald werden wir mehr wissen.“

„Ja, ja, die Eitelkeit – sie ist schon manchem zum Fallstrick geworden. Allerdings kann ich mir noch immer nicht richtig vorstellen, wie genau wir vorzugehen haben. Was soll überhaupt meine Aufgabe sein? Du kannst doch nicht etwa...“

Dorrie nickte heftig und ihre Augen funkelten. „Nein“, rief Grisella entgeistert.

„Doch“, schleuderte Dorothea zurück.

„Genau so habe ich mir das vorgestellt! Über Eitelkeit braucht mir keiner was erzählen, da kenne ich mich aus. An einem solchen Köder kann niemand vorbei, der große Stücke auf sich hält. Und sobald er anbeißt, haben wir ihn.“

„Aber ist das nicht viel zu gefährlich? Was machst du, wenn was schief geht? Du bist dann ganz allein und außer mir hast du nicht einmal Mitwisser, geschweige jemand, der dir helfen kann. Du weißt, wie ängstlich ich in diesen Dingen bin. Auf mich also wirst du kaum zählen können. Vielleicht sollten wir wenigstens noch Amadeus einweihen, wo schon Scholasticus nicht in Frage kommt, diese Plaudertasche. - Wenn der etwas weiß, erfährt es garantiert bald die ganze Schule.“

Dorothea zog die Stirn in drohende Falten. Sie vertrug Kritik an ihrem Gatten schlecht, selbst wenn sie aus so berufenem Munde kam.

„Entweder weihen wir beide ein oder keinen“, rief sie. „Aber lass mal“, setzte sie in ruhigerem Tonfall nach:

„Ich komm’ schon klar. Ich finde, man überschätzt die Männer und ihre Überlegenheit bisweilen. Erstens kann ich mich sehr wohl wehren, ich trainiere nicht umsonst fast täglich – Kraft und Fitness sind nun einmal Teil meines Schönheitsprogramms. - Zu Handgreiflichkeiten wird es zweitens überhaupt nicht kommen. Der merkt womöglich nicht einmal, wenn er überführt wird.“

Grisella nickte widerwillig, sie war nur halb überzeugt. Zwar stimmte, was Dorothea wegen ihrer Körperkraft und Geschicklichkeit sagte. Mancher Mann wäre erstaunt, wie schnell er auf der Matte zu liegen käme. Dorrie verstand sich auf chinesischen Kampfsport und noch auf einiges mehr, was schon fast an Zauberei grenzte. Wieso auch nicht, bei der Verwandtschaft. Grisella lächelte ein wenig selbstgefällig.

Die Falle musste klappen, sie selbst würde darauf hereinfallen, merkte sie gerade und das wollte viel heißen.

Und wenn doch etwas schief ging? Wenigstens das würde sie mitbekommen und dann konnte sie immer noch Hilfe herbeirufen.

*

Ein wichtiger Teil des Stundenplans wurde neu organisiert. Pflicht waren nach wie vor die „Erkenne-dich-selbst“ - Grundkurse für die Anfänger und auch für die durch die Barriere Verunsicherten.

Sonst wurden vor allem die wählbaren Seminarangebote den neuen Anforderungen untergeordnet. Zumal in den Arbeitsgruppen alle nur denkbaren Fähigkeiten gefordert und durch ihre Anwendung entsprechend geschult zu werden versprachen. Die Schulleitung erhoffte sich davon deshalb gar mancherlei.

Arundelle, Billy-Joe und Tibor ließen sich bereitwillig auf die Erforschung des Wurmlochs ein, das Scholasticus so sehr am Herzen lag. Leider konnte Arundelle ihre beiden Freundinnen nicht dazu bewegen, sich ihnen anzuschließen, weil die sich schon für die Antimaterie-AG eingetragen hatten. Da Billy-Joe und Tibor dort nicht mehr dabei waren, klaffte bereits zu Anfang eine große Lücke. Da wollte sie nicht auch noch die beiden abwerben. Das Vorhaben war so schon schwierig genug. Vielleicht ergab sich auf lange Sicht ohnehin eine Zusammenarbeit mit den Erforschern des Wurmlochs.

Eine dritte AG machte sich auf die Suche nach geheimen Sendern und Satelliten. Denn es gab die berechtigte Vermutung, dass die Schule womöglich aus der Ferne abgehört wurde. Oder dass sogar ein Sender irgendwo in der Reichweite versteckt war. Es bestand Grund zu der Annahme, dass die Berichte über alles Forschen und Lehren an der Schule auf diesem Weg nach außen gelangten.

Gerüchten zufolge gab es da draußen irgendwo sogar eine Einrichtung, die der Zeitmanipulation diente. Über deren Urheberschaft bestand nicht der geringste Zweifel. Möglicherweise arbeitete diese Anlage interaktiv und fiel damit in die Zuständigkeit der Sublimatioren, die unter der Leitung ihres Dekans, Moschus Mogoleia, daran gingen, die nähere Umgebung der Insel auf Störanlagen hin zu durchforschen.

Grisella regte eine metaphysische Ergänzungsgruppe an. Auch diese sollte sich vornehmlich mit Fragen der Zeit und der Zukunft und allem, was damit einherging, befassen. Dort würde auf die vorhandenen Möglichkeiten zurückgegriffen. Die AG bot sich besonders für Mädchen an, die vor der rauen Wirklichkeit der

Astrophysik zurückschreckten, die aber trotzdem etwas Sinnvolles beitragen wollten.

So kam es, dass Sagittarius A alsbald von zarten Seelen und von Somnioren-Schatten umlagert wurde. Freilich in gebührendem Abstand. Denn selbst für solch zarte Gebilde galt noch die ungeheuerliche Saugkraft des unendlich schnell kreisenden Nichts, in das alles eingesaugt wird, was in das Kraftfeld gerät. Die Zeit selbst kann nicht widerstehen. Auch sie verschwindet in dem Nichts. Erst dadurch kann der Eindruck entstehen, als stünde sie still. Während sie doch in Wahrheit bis zur Unendlichkeit gedehnt wird. Und es bedarf schon wahrhaft göttlicher Dimensionen, um das Vertropfen solch unendlicher Intervalle zur Kenntnis zu nehmen. - Denn Jahrmillionen werden Gott zu einem Tag und Jahrtausende verticken ihm in Sekunden. Zeit, die den Menschen alles ist, gilt ihm kaum mehr als nichts.

*

Auch die Schulleiterin lud zu einem Kurs ein. Ihre Gruppe sollte sich einzig mit der dreisten Bruderschaft befassen, die soviel Schwierigkeiten gemacht hatte. Ausgehend von den vielen Briefen, die in der finsteren Zeit gewechselt worden waren, wollte man daran gehen, Material zusammen zu tragen und die Machenschaften der Bruderschaft Infernalia zu durchleuchten. Möglichst von Anfang an.

Woher kamen diese Leute? Was waren ihre Ziele? - Die Gruppe sollte sich nicht auf die Analyse der Briefe beschränken, sondern darüber hinaus weltweit forschen – „auf allen erdenklichen Ebenen“, wie Marsha Wiggles-Humperdijk betonte.

*

Ausgerechnet Amadeus wollte mit Pooty zusammen ein Zauberseminar anbieten. Nicht Pooty, sondern der Zauberstein selbst hatte Amadeus ausgesucht. Seitens der Lehrkräfte zeigte sich Penelope M’gamba schnell bereit, die Leitung zu übernehmen, was dem Vorhaben zu dem richtigen Status verhalf.

Das Direktorium fand gerade diese Arbeitsgruppe besonders wichtig. Vielleicht fand sie heraus, was zur Errichtung der Barriere und zum Verlust der Zauberkräfte geführt hatte, und ob mit einer solchen Katastrophe in absehbarer Zeit wieder zu rechnen war.

Selbstverständlich war auch Arundelles Zauberbogen eingeladen. Auch Arundelle und Billy-Joe nahmen sich vor, so oft sie nur konnten, teilzunehmen. Doch schon der theoretische Teil ihres Weltraumunternehmens fraß so gut wie alle ihre Energien. Sie vermeinten unter der Fülle des Lernstoffs zusammen zu brechen:

Die befremdlichen Probleme des weiten Raums, die verschiedenen Ansätze und Modelle, die es dazu gab - Urknall,

Quanten, Quarks und Raumzeit und dergleichen mehr - wollten und mussten erst einmal berechnet und begriffen werden.

*

Adrian Humperdijk suchte unterdessen Interessenten für sein Unterwasserprogramm. Ihn ließ die Tatsache nicht mehr los, die ihn fast das Leben gekostet hatte. Wieso war die Zeit am Meeresgrund deutlich langsamer vergangen?

Die Antwort darauf glaubte er mittlerweile zu kennen. Aber verhielt es sich noch immer so? Es galt, noch einmal vergleichende Messreihen durchzuführen, und sich an eine gründliche Untersuchung dieses Phänomens zu machen.

Das gläserne Unterseeboot stand dazu wieder zur Verfügung, nachdem es im Dock gründlich überholt worden war. Zwar saß der Schock noch tief, den das Unglück hinterlassen hatte. Nur die Tatsache, dass am Ende doch alles gut geworden war, milderte das Grauen, das der Tiefe anhaftete.

*

Niemand wunderte sich allzu sehr, als die Angebote der Professoren auf ein recht unterschiedliches Echo stießen. Geschickte Lenkung und sanfte Gewalt führte in den folgenden Wochen jedoch zu einem ganz passablen Ausgleich, so dass die Lehrkräfte zufrieden sein konnten.

Eins war gewiss und bestätigte sich anhand der Einschreibungen: Niemand wollte abseits stehen. Das war die Hauptsache. Alle drängten sich, etwas zu tun, die Hände nicht in den Schoß zu legen, sondern kräftig anzupacken und dabei den Verstand zu benutzen.

Bald war selbst denen, die sich bereits mit ihm befasst hatten, der Gedanke an den Spion ferne gerückt. Die neuen Aufgaben nahmen einen jeden voll in Anspruch. Und alle legten sich mächtig ins Zeug.

Als sich dann die ersten bemerkenswerten Resultate einstellten, was nach solch gemeinschaftlicher Anstrengung nicht Wunder nahm, geriet der Spion vollends in Vergessenheit.

Für Dorothea war die Stunde gekommen. Endlich konnte sie ihre Falle stellen. Wie wollte sie ihn dazu bringen, sich zu verraten? Würde sich der Spion im Käfig der Eitelkeit verfangen?

„Könnte man“, begann sie eines Nachts mit sanfter Stimme – „könnte man unter bestimmten Umständen, selbstverständlich...“

„Ja, was denn, mein Schatz?“

„Könnte man, wenn man wollte und alle mitmachten, so tun, als bliebe bei uns die Zeit stehen? Irgend ein Spektakel – nur glaubhaft müsste es sein...“

„Wie meinst du das?“

„Na ja, die zentrale Uhr bleibt stehen, die Leute erstarren, irgend so was... spektakulär müsste es sein und alle müssten unmittelbar betroffen sein. Ein Schock, der alle trifft, an so was denke ich..."

„Wie sollte das denn gehen? Klar kann man die Uhr anhalten, aber das schockiert doch keinen. Da müsste schon gleichzeitig etwas passieren."

„Vielleicht ein Vulkanausbruch oder ein heißer Regen, ein Heuschreckenschwarm der niedergeht, was weiß ich..."

„Ein apokalyptisches Zeichen, das wir als Stillstand der Zeit interpretieren und..."

„Genau an so was denke ich und wie gesagt, der Überraschungseffekt ist das wichtigste, alle hier müssen davon völlig überrascht werden, nur so könnte meine Falle zuschnappen."

„Es geht also um den Spion, ist das richtig?" - fragte Scholasticus, der zwei und zwei zusammenzählen konnte.

„Davon darfst du eigentlich nichts wissen. Versprich mir, wenigstens diesmal, dicht zu halten!"

„Was heißt hier diesmal, als ob ich schon je..."

„Scholasticus, das ist doch nun wirklich kein Thema!"

„Hast ja recht, trotzdem möchte ich zu bedenken geben, dass deine Idee, soweit sie überhaupt durchführbar ist, vielleicht ein wenig weit geht. Man müsste also versuchen, diese Herausforderung an ihn heranzutragen, und zwar so, dass er nicht widerstehen kann, und die ihn, wenn er darauf eingeht, unweigerlich verrät?"

„Ganz genau! - Mir ist alles recht, solange es nur funktioniert."

Dorothea war mit allem einverstanden. Sie wusste sehr wohl, dass ihr Vorschlag zum guten Teil aus der Ratlosigkeit geboren war. Vergeblich hatte sie sich den Kopf zermartert, seit ihre zündende Idee wie ein Luftballon zerplatzt war und sich eine neue Idee einfach nicht einstellen wollte.

Auch die einzige Mitwisserin des Plans war nicht weiter gekommen. Im Gegenteil! Grisella konnte nur drängeln: „Wir müssen den Kerl endlich schnappen. Jetzt, wo hier wieder so viel los ist. Wer weiß, ob die nicht wieder eine Blöße finden, um uns zu schaden. Der funkt denen doch alles brühwarm rüber, was wir hier machen. Davon kannst du ausgehen."

Scholasticus hatte die Angewohnheit, seine physikalischen Probleme erst einmal mit seinem Assistenten zu besprechen. Denn der war so versiert in technischen Fragen.

Seine Frau schärfte ihm nochmals ein, zu niemandem ein Wort verlauten zu lassen, schon gar nicht zu jemandem aus dem Kreis der unmittelbar Verdächtigen. Mit Grisella hatte sie nämlich eine Liste aufgestellt und darauf fanden sich die Namen all derer, die möglicherweise als Spione in Frage kamen.

Immerhin war Peter Adams schon einmal unter Verdacht gestanden. Außerdem hatte er genügend Gelegenheit gehabt, Kontakt mit der Bruderschaft aufzunehmen. Das hatten andere auch. All zu viele, wie die beiden Schwestern fanden. Und so stand Peter Adams weiter unten auf ihrer Liste.

Ihre Hauptverdächtigen waren nach wie vor Moschus Mogoleia, wegen seines unfreundlichen Wesens und wegen seiner schrecklichen Ansichten, die zu denen passten, die aus den Briefen des Vorsitzenden der Bruderschaft herausgelesen werden konnten.

Auch Zinfandor Leblanc belegte unter den Verdächtigen einen der vorderen Plätze. Bei ihm stützte sich der Verdacht, neben dem Üblichen, vor allem auf das Gefühl der Schwestern. Beiden war Zinfandor Leblanc nicht geheuer.

Die Schwestern hatten ihre Listen zunächst unabhängig von einander erstellt und hatten dann die einzelnen Kandidaten diskutiert und sie in die endgültige, nun vorliegende Reihenfolge gebracht.

Da war Zinfandor eben zwei Mal aufgetaucht, obwohl doch auch einiges zu seinen Gunsten sprach. Außerdem wollten die Schwestern sich beide nicht ausmalen, was mit Penelope M'gamba passieren würde, wenn sich die Verdachtsmomente erhärteten.

Im Augenblick konnten sie darauf noch keine Rücksicht nehmen - wie sie überhaupt die Folgen der Entlarvung in keiner Weise überblickten.

Scholasticus überlegte nicht lange. Er hatte seine eigenen Ansichten, was die Liste der Verdächtigen betraf, von der er nun erfuhr. Doch das behielt er wohlweislich für sich:

„Ich finde, wir sollten Arundelle einschalten", meinte er.

„Sie soll diesen Advisor um Beistand bitten. Solch ein himmlischer Fingerzeig hätte im übrigen den Vorteil, objektiv zu sein. Wir können uns allemal irren. Nicht auszudenken, wenn wir den Falschen bezichtigen."

Er dachte natürlich an seinen Assistenten und Freund und wie schmerzhaft und peinlich eine falsche Verdächtigung in dessen Falle wäre. - Nicht dass ihm selbst nicht auch schon Ungereimtheiten aufgefallen waren!

Wieso verstand Adams sich mit Mogoleia so gut?

Seine zur Schau getragene Überlegenheit, mit Anfechtungen klar zu kommen, die andere vernichteten – was war damit? Was, wenn sich dahinter etwas völlig anderes als ein starker Charakter verbarg?

Überhaupt – könnte es nicht sogar um ein ganzes Komplott gehen? Wer sagte ihnen eigentlich, dass es sich hier auf der Insel nur um einen einzigen Spion handelte? Es könnten genauso gut mehrere sein, die womöglich nach und nach eingeschleust worden waren.

## 34. Die Falle

„Letztlich ist keiner ganz aus dem Schneider. Ich finde, wir können nicht einmal uns selbst ausnehmen. Wie war es denn mit Walter? Erinnert ihr euch? Der bedauernswerte Bursche wusste ja selbst nicht, was mit ihm los war. Von den armen Schweinen ganz zu schweigen."

„Bringst du da nicht etwas durcheinander, Scholasticus? Miserioren sind, finde ich, ein anderes Problem. Wir können nicht so tun, als gäbe es für das Böse auf dieser Welt keine Verantwortlichen mehr", gab ihm Grisella zur Antwort.

Es war heller Morgen und Sonntag dazu. Die drei saßen beim gemeinsamen Frühstück und da Scholasticus nun doch eingeweiht worden war, gab es keinen Grund mehr, ihn künstlich draußen zu halten. Dorrie hatte also nicht dicht gehalten!

Erst war Grisella etwas enttäuscht gewesen, doch nun sah sie auch die unverhoffte Chance, endlich weiter zu kommen. So pflichtete sie ihrer Schwester bei, deren Ansichten über das Böse sie teilte:

„Wenigsten müssen wir uns bemühen, diejenigen, die wissen, was sie tun, von denen, die zu einem willenlosen Werkzeug gemacht werden, zu unterscheiden. Walter wusste nicht, was er tat. Dessen sollten wir stets eingedenk sein, nicht wahr? – Aber lasst uns die Liste trotzdem noch mal durchgehen, vielleicht haben wir was übersehen?"

Alle nickten.

„Adams können wir nicht streichen, so leid es mir tut, Scholasticus", meinte Dorothea nachdenkliche. „Aber auch Arundelle nicht, so blöd das jetzt klingen mag. Wegen ihrer Verwandtschaft zu dem Vorsitzenden der Bruderschaft gehört sie nun mal auf die Liste. Weshalb es vielleicht keine so gute Idee wäre, sie in dieser Angelegenheit um Hilfe zu bitten. - Wir hatten objektiv sein wollen. Auch wenn wir selbst nicht glauben können, was wir manchen unterstellen. Aber man muss sich Tatsachen nun einmal beugen. Und Tatsache ist, dass der widerliche Mensch, der die unverschämten Briefe geschrieben hat, Arundelles leiblicher Vater ist. Daran führt nun einmal kein Weg vorbei."

„Arundelle können wir getrost ausklammern und von der Liste definitiv streichen. Schließlich war sie es, die das himmlische Licht zu uns brachte...“

„Wenn auch nicht allein...“

„Trotzdem, **ich** glaube jedenfalls nicht an irgendeinen Grund zur Verdächtigung“, platzte Scholasticus heraus:

„Wer so viel vermag, dem kann nichts und niemand mehr etwas anhaben. Arundelle ist vor Anfechtungen sicher, dafür würde ich meine Seele verwetten.“ - Scholasticus konnte sich nicht länger zurückhalten. Auf die Gefahr hin, seine Frau zu verärgern, was ihm viel mehr ausmachte, als sich mit Grisella herumzustreiten.

„Im Gegenteil, Arundelle müssen wir mit in das Aufklärungsteam einbinden, wir kommen ohne sie nicht weiter. Ist euch das nicht klar?“ Er wusste ja nun, dass die Schwestern mit ihrem Plan steckten geblieben waren.

Sein heftiger Einwurf verfehlte seine Wirkung nicht. Dorothea, die zunächst aufbrausen wollte, senkte stumm den Blick als ihre Schwester zu ihr hinüber blinzelte und ihr bedeutete, an sich zu halten.

„Was sollte das ursprünglich überhaupt für eine Falle sein?“ - fragte Scholasticus in die nachdenkliche Stille hinein, die sich über die Runde senkte.

„Siehst du“, rief Grisella an ihre Schwester gewandt. „Scholasticus legt den Finger auf die Wunde. Genau hier ist die Schwachstelle. Unsere Falle steht noch überhaupt nicht. Wir hatten gerade mal eine schwache Idee.“

„Nichts, was man sofort umsetzen könnte“, bestätigte Dorothea kleinlaut. „Ehrlich gesagt, haben wir auf Mithilfe gesetzt.“

„Trotzdem wollten wir natürlich möglichst niemand von den Verdächtigen dabei haben. Ist doch wohl klar. Was hätten unsere Pläne denn dann noch für einen Sinn?“

Scholasticus schüttelte innerlich belustigt den Kopf. Das sah den beiden ähnlich. Andererseits musste er zu geben, dass ihm selbst nicht viel mehr eingefallen war. Ja, dass er die Idee, den Spion aus der Reserve zu locken, eigentlich gut fand. Nur - wie sollte man dabei vorgehen?

„Irgend etwas müsst ihr euch doch vorgestellt haben,“ rief er aufmunternd.

„Nun ja, wir dachten an so etwas wie eine Herausforderung, eine Art Zweikampf. Etwas irgendwie Unwiderstehliches. Dorothea wollte sich quasi zu einer Art Köder machen oder so...“

„Von Köder war eigentlich nicht die Rede, aber wenn du es so sehen willst. - Irgendwie, scheint mir, hast du schon recht...“

„Jedenfalls müsste es eine Situation sein, der ein Spion nicht widerstehen kann, wenn er seine Aufgabe ernst nimmt..."

„...Und davon gehe ich aus. Unser Spion versteht sein Handwerk. Einer solchen Herausforderung, wie der, an die wir denken, freilich ohne genau zu wissen, worin sie besteht, könnte er gewiss nicht widerstehen..."

Die müssten sich nur mal selbst zuhören, dachte Scholasticus und verdreht innerlich die Augen. Und so jemand will den Stab über Adams brechen. Da war das letzte Wort noch nicht gesprochen. Einstweilen freilich würde er still halten.

„Ich bin deshalb besonders geeignet, weil alle mich für beschränkt halten", fuhr Dorothea fort. „Ich weiß sehr wohl, was hinter meinem Rücken - auch hier wieder - getuschelt wird..."

„Nun, vielleicht jetzt nicht mehr. Dein Einsatz für die Schule und ihren guten Ruf ist nicht unbemerkt geblieben...", widersprach Grisella.

„Trotzdem, aus dem Schatten meiner großen Schwester bin ich deshalb noch lange nicht raus..."

„Ich hab dich nie für dumm gehalten", beeilte sich Scholasticus unaufgefordert zu behaupten, was um so unglaubwürdiger klang, als er seinen Einwurf allzu hastig hervorstieß.

„Ich kenne meine Stärken selbst am besten – und meine Schwächen. Selbstbetrug gehört nicht dazu!" - konterte Dorothea mit blitzenden Augen.

Zweifellos tat ihr die erfahrene Aufwertung gut. Endlich wurde sie so anerkannt, wie sie nun einmal war. Sie besaß Einfühlungsvermögen und eine gehörige Portion emotionaler Intelligenz, von der sich so mancher eine Scheibe hätte abschneiden sollen.

Trotzdem befand sie sich in der Sackgasse. Manchmal freilich schien ihr die Sache völlig klar. Doch sobald sie konkret werden wollte, verschwamm alles wieder, und sie stand erneut mit leeren Händen da. Dann konnte sie noch nicht einmal darüber reden. Das waren die Augenblicke, in denen sie ihre Schwester beneidete, der anscheinend immer das Passende einfiel, auch wenn es schon geschehen konnte, dass die Worte mitunter seltsam leer wirkten, so wohlgesetzt sie auch daher kamen.

„Verstehe ich das richtig, einen Plan im eigentlichen Sinne habt ihr letztlich nicht?" - fragte Scholasticus zum wiederholten Male vorsichtig.

Die Schwestern nickten:

„Das sagten wir bereits... es bringt nichts das immer wieder breit zu treten." – Grisella ärgerte sich und fand Scholasticus nicht gerade einfühlend, doch Dorothea tat so, als habe sie davon nichts mitbekommen:

„Wie gesagt, mir ist so allerlei durch den Sinn gegangen und immer dachte ich, das wär's jetzt, doch dann verschwamm alles wieder und zerrann mir zwischen den Fingern."

Scholasticus wusste, dass alles Nachsetzen nun nicht helfen würde. Dorothea schaltete dann auf stur, reagierte hilflos oder geriet in Panik. Sie konnte sich wirklich nicht an ihre Gedankensplitter erinnern, sonst wäre sie damit längst herausgeplatzt. Vielleicht waren Dorotheas Eingaben auch gar keine geformten Gedanken, sondern eher Schemen, vergleichbar den dünnen Wolkenschleiern, die die Sonne für einen Augenblick verschwimmen lassen, um dann sogleich zu verfliegen und sich in Nichts aufzulösen.

„Und wenn ich einfach behaupte, ich könnte die Zeit anhalten?" - rief Dorothea plötzlich, als ob sie einer spontanen Eingebung folgte, dabei hatte sie mit dem Gedanken schon des öfteren gespielt, hatte ihn aber entweder verworfen oder er war ihr aus dem Sinn gekommen. Jetzt, wo sie ihn sogar schon mit Scholasticus diskutiert hatte, schien er ihr auf einmal sehr real.

Auch Grisella erinnerte sich wieder. Darüber hatten sie gesprochen. „Nicht, dass ich es könnte, die Zeit anhalten, meine ich", setzte Dorothea nach: „Aber vielleicht kann Arundelle... irgendwie... nur für den Fall dass ich... jetzt wo wir beschlossen haben sie einzuweihen..."

Grisella und Scholasticus sahen einander zweifelnd an. Neu war der Gedanken beiden nicht. - „Arundelle muss mir halt was beibringen... irgendwie von dem was abgeben, was sie mitgebracht hat, oder ich selbst..."

Vielleicht nimmt sie mich ja mit und ich fange auch zu leuchten an, dachte sie. Sie stellte sich das sehr schön vor.

„Immer vorausgesetzt, wir ziehen Arundelle wirklich ins Vertrauen", fügte sie hastig hinzu.

Keiner mochte in diesem Zusammenhang an Tibor oder an Billy-Joe auch nur denken. Wenn es um diese himmlischen Belange ging, verließen sie sich lieber auf Arundelle.

Dorothea würde sich nur Arundelle anvertrauen, das wusste sie. Deren Freunde mochten - auch als lichtumflossene Bundesgenossen - mit von der Partie sein oder auch nicht, ohne Arundelle verließe sie die feste Erde keinesfalls. Da war sie sich völlig sicher.

„Gut denn, Arundelle wird eingeweiht. Ich bin sicher, sie wird dir helfen", stimmte Grisella zu. Scholasticus nickte. Und Dorothea war es recht, wiewohl sie doch objektiv hatte sein wollen. Sie sah nun ein, wie absurd es gewesen war, Arundelle zu verdächtigen.

„Und ihr poliert inzwischen mein altes Image auf. Alle Welt soll von meinen schwachen geistigen Fähigkeiten überzeugt sein. Nur so bin ich eine verlockende Beute“, sagte sie.

„Aber wird der Spion auch anbeißen? Was, wenn er überhaupt nicht interessiert ist?“ - wollte Scholasticus wissen.

„In den Briefen stand es anders, die steckten voller anzüglicher Fragen“, antwortete Dorothea, die die Korrespondenz schließlich bearbeitet hatte. - „So bin ich ja überhaupt erst auf die Idee mit der Falle gekommen.“ – rief sie aus.

Scholasticus wurde es nun doch etwas mulmig, als er sah, dass es ernst wurde. Wie, wenn Dorothea ein Leid geschah? Er wagte sich nicht auszumalen, wie es ihm dann erst erginge, wo er schon derart unter dem vermeintlichen Verlust von Arundelle und ihren Freunden gelitten hatte. Seine eigene Frau zu verlieren, würde ihn gewiss um den Verstand bringen.

Er zog sie heftig an sich und Panik war ihm ins Gesicht geschrieben. Ihm zuliebe hätte seine Frau beinahe einen Rückzieher gemacht, als sie sah, wie es um ihn stand. Ein warmes Gefühl durchpulste sie.

Wie schön, nach all den Jahren, dachte sie zärtlich und schmiegte sich an die breite Brust ihres Mannes.

Grisella bemerkte die Veränderung bei Scholasticus, noch ehe einer der beiden etwas sagte.

„Würde es dir helfen, wenn dein Bruder Dorrie zur Seite stünde? Wir müssten ihn dann selbstverständlich auch einweihen. - Mit Arundelle wären wir dann schon fünf. Ich könnte mir vorstellen, dass Amadeus aus mehreren Gründen geeignet ist, an Dorries Seite oder vielleicht auch etwas im Hintergrund stehend, ihre Schritte zu überwachen.“

Scholasticus Miene hellte sich ein wenig auf. Und so wurde für den Nachmittag ein Treffen festgesetzt, zu dem Arundelle und Amadeus geladen wurden.

Was Dorrie gehofft hatte, trat ein. Arundelle lud sie und Amadeus zu einem Weltraumabenteuer ein, das auch sogleich in die Tat umgesetzt wurde.

Der Zauberbogen brachte die drei an den ihm nun schon wohl bekannten Ort im Zentrum des Universums, wo sich erwartungsgemäß der Advisor fand. Als dieser von den vergleichsweise nichtigen Sorgen erfuhr, konnte er sich eines Lächelns kaum erwehren.

Dennoch verweigerte er auch Amadeus und Dorothea die Erfahrung des allumfassenden Lichtes nicht. Mochten diese damit anfangen, was ihnen gemäß war, vielleicht sogar mehr als manch anderer, dem Erleuchtung zuteil wurde.

Wenn sich die Menschen um ihre Zukunft sorgten, und nicht nur sorgten, sondern für sie ihr Möglichstes taten, sollte es ihm recht sein. Wozu sonst waren sie mit Verstand, Vernunft und Willenskraft ausgestattet? Sollten sie ruhig ihr Äußerstes geben, so unzulänglich es auch erschien angesichts des großen Ganzen.

Die Geheimnisse des Universums lagen für sie bereit, harrten der Entdeckung durch sie, warteten darauf, aus Schlummer und Schlaf erweckt zu werden.

*

Arundelles Lichtgestalt, die bereits zu verblassen begann, wurde gleich noch einmal erneuert. So gestaltete sich die Rückkehr zu einem wahren Triumphzug.

Dorothea mühte sich nach Kräften, ihr Image der Naiven und Unbedarften zu bekräftigen und machte ihrem Spitznamen Dofienchen, der ihr von klein auf anhing, alle Ehre. Dies schien ihr der sichere Weg, den Agenten der Bruderschaft aus der Reserve zu locken.

Diesem konnte nicht gleichgültig sein, wenn selbst beschränkte Gemüter in den Genuss der Erleuchtung kamen.

Seine diesbezüglichen Berichte wurden denn auch postwendend mit dem Auftrag, den Geheimnissen des Lichts auf die Spur zu kommen, beantwortet. Zumal mit dem Auftauchen der Lichtgestalten die Rückschläge der eigenen Sache einher zu gehen schienen.

## 35. Der Zeit auf der Spur

Die hektische Betriebsamkeit auf der Insel, die sich bereits nach der ersten Rückkehr entfaltet hatte und nun noch einmal überboten wurde, war durchaus dazu geeignet, Einzelheiten in den umfangreichen Spionageberichten verschwimmen zu lassen. Sei es, dass sie übersehen oder in ihrer wahren Bedeutung verkannt wurden.

Sagittarius A etwa fand bei der Bruderschaft kaum Beachtung, obwohl die Forschungsarbeit daran in den Berichten des Spions immer wieder erwähnt wurde.

Die grundlegende Erkenntnis, die sich in der Forschungsgruppe von Professor Schlauberger allmählich herausschälte, galt nämlich den

Wirbeln, dieser Urform jeder Bewegung. Die Forscher von der Insel waren dabei, eine ganz neue Sichtweise zu entwickeln.

Die Forschungsgruppe entdeckte gerade den universellen Charakter des Wirbels. Statt dieser wirklich heißen Fährte Beachtung zu schenken, verfolgte der Vorsitzende der Bruderschaft verbissen die andere Spur. Immer ging es bei allen Rückfragen nur um die Lichtgestalten und um das Geheimnis der heimlichen Weltraumabenteuer. Das war die Fährte, auf die er seinen Agenten so erbarmungslos hetzte, bis der sich beinahe selbst verriet.

Nur seine Stellung innerhalb der Schulgemeinschaft verhinderte die vorzeitige Enttarnung.

Dabei mutete die Forschung an den Wirbeln wirklich bahnbrechend an! Was bedeutet es, wenn alles in Wirbeln unterwegs ist und möglicherweise auch das Licht, das uns aus fernsten Fernen erreicht, den Bahnen eines Riesenwirbels folgt?

Eine solche Fragstellung konnte im Ernst niemanden kalt lassen. Man brauchte kein Genie zu sein, um sich der Bedeutung inne zu werden, die darin steckte.

Sagittarius A im Zentrum der Milchstraße war eines jener geheimnisvollen Schwarzen Löcher, die deshalb so genannt werden, weil in ihnen, wie in einem riesigen Staubsauger, alles verschwindet, was sich in greifbarer Nähe befindet.

Der Sog ist so unvorstellbar groß, dass nicht einmal die Zeit dem Zugriff entkommt, vom Licht ganz zu schweigen, welches unterschiedslos darin verschwindet und nie wieder gesehen wird.

Hier geht es um Geschwindigkeiten von einer Größenordnung, die alles übersteigt, was die Menschen sich vorstellen können. Seit man Schwarze Löcher beobachtet, weiß man, wenn auch nur aus Schlussfolgerungen, dass dort Geschwindigkeiten erreicht werden, gegenüber denen die Lichtgeschwindigkeit wie die Fortbewegung einer Schnecke, verglichen mit einem Überschalljet anmutet.

Die Zeit selbst dehnte sich in rasendem Wirbel, welcher den Rand des Schwarzen Loches anzeigt.

Während draußen die Jahrhunderte, ja die Jahrtausende oder gar die Jahrmillionen verstreichen, vergeht im Innern des Wirbels womöglich nicht einmal eine ganze Minute. Die Zeit verharrt womöglich ganz und gar. Eine Vorstellung, der nur noch göttliche Maßstäbe genügen.

An einem Ort wie diesem wurde die Schöpfung vermutlich geplant und durchgeführt. - Sogar deren Einteilung in Tagesabschnitte macht Sinn. - Nicht irdische Tage, sondern göttliche Tage verstrichen, während das gewaltige Schöpfungswerk geschah und noch immer geschieht. - Und wir Menschen sind mitten drin, auch wenn wir unserer existentiellen Einbahnstraße ohne Umkehr zu folgen haben.

*

Arundelle war nun doch zu Professor Schlaubergers Arbeitsgruppe gestoßen. Die Interessensgebiete näherten sich einander deutlich an. Denn sie wähnte, durch ihren Aufenthalt im Zentrum der Galaxie, dem Charakter der Zeit näher gekommen zu sein. Ja ihr war, als habe sie ihn sogar auf eine begriffslose Weise verstanden – gewiss ein Widerspruch in sich.

Arundelle führte, wie sich denken lässt, alsbald das Wort:

„Wenn davon ausgegangen werden kann, dass sich die Geschwindigkeit gegen unendlich steigern lässt, dann muss auf der anderen Seite, die Zeit gegen Null weisen, insofern sie zwangsläufig immer mehr gedehnt wird. Vermutlich wird sie niemals den absoluten Nullpunkt erreichen können. Denn dann müsste auf der anderen Seite die Geschwindigkeit ja tatsächlich unendlich groß sein, was nun wirklich jeder Logik entbehrt und die ohnehin schon arg strapazierte Vorstellungskraft endgültig sprengt."

Scholasticus nickte begeistert: „Das ist es, du hast den Stein der Weisen einmal wieder umgedreht und hervor kommt eine wahrhaft epochale Folgerung. Die ich, wenn du gestattest, noch einmal in eigene Worte kleiden will, um sie auf eine griffige Formel zu bringen:

Der Geschwindigkeit, die gegen unendlich strebt, entspricht die Zeit, die gegen Null strebt. - Würdest du dem zustimmen?"

Arundelle nickte, auch wenn sie sich selbst nicht viel darunter vorzustellen vermochte. - Zeit gegen Null, - was bedeutete das? Nun ja, Null, Nichts... – Ach so! -„Reden wir da nicht unversehens von was ganz anderem?" - fragte sie in die Runde hinein, traf aber auf unverständige Gesichtsausdrücke oder verlegen niedergeschlagene Augen.

„Na, ist doch ganz einfach – der Tod! – Zeit, die sich Null nähert, ist ja wohl so was wie sterben. Da kommt doch dann das große Nichts und hält alles an. Die Lebenszeit des Körpers erreicht seinen absoluten Nullpunkt... Es reißt den Menschen aus der Zeit – und wirft ihn in die in jeder Hinsicht unendliche Ewigkeit."

Darauf wollte sie also hinaus. „Geht denn das", fragten die anderen. „Kann man so einfach den Bezugsrahmen wechseln?"

„Eben noch unvorstellbare Wirbel mit astronomischer, ja unendlicher Geschwindigkeit, und dann plötzlich vom Sterben reden, geht zumindest mir ein bisschen schnell."

„Mir auch!"

„Mir auch!"

Alle schienen sich einig. Sogar Scholasticus wiegte bedenklich den Kopf, der ihr zuvor noch so begeistert gefolgt war, als es um die Aufstellung der Gleichung selbst ging. Dabei war die Sache doch völlig eindeutig. Wann und wo immer die Zeitlinie den Nullpunkt erreichte, verließ man das Diesseits und überschritt die Schwelle zum Totenreich.

„Das geht sogar noch weiter", trumpfte Arundelle auf: „Zeit gegen Null heißt auch, dass andere Bedingungen herrschen, dass die bekannte Welt verlassen wird, in der bekanntlich die Zeit und die Lichtgeschwindigkeit als unser ganzes Bezugssystem gelten, weil die Lichtgeschwindigkeit die absolute Größe ist, von der sich letztlich alles ableitet und ohne die die Zeit überhaupt nicht vorhanden wäre. Am Nullpunkt angelangt sein, heißt auch, den Wechsel vollziehen. Es ist, als falle man in einen reißenden Strom. - Am Nullpunkt werden wir aus der Zeit in den Strom der Ewigkeit geschleudert. In dem nun einmal alles unendlich groß, unendlich klein, unendlich schnell und sogar unendlich unendlich ist..."

Arundelle setzte eben immer noch eins drauf. Niemand hatte recht die Gleichung verdaut und sich mit den Folgerungen für das Wesen der Zeit vertraut gemacht. Da kam plötzlich der Tod ins Spiel, der nun als eine endlose Reise im rasenden Wirbel unendlicher Geschwindigkeit erschien.

„Es wäre ja dann ganz so", griff Scholasticus Arundelle Gedankengang auf „als...", er stockte, was hatte er gleich noch sagen wollen? War plötzlich wie weggeblasen.

„Ach ja, ich hab's wieder: Was wir zum Leben brauchen, also unser uns umgebendes Universum, worin die Gesetze der Zeit gelten und alle dem Maßstab der Zeit untergeordnet sind. In diesem Lebensraum, will ich's mal nennen, wäre für uns die ganze Sache gleichsam runter gebremst worden. Bis ein Raum geschaffen war, in dem wir uns entwickeln konnten und worin die Gesetze der Natur, so wie wir sie kennen, Geltung haben. Während draußen" - Scholasticus wies mit einer vagen Gesten himmelwärts – „der Strom weiter rast. An dessen Rand dümpeln wir mit unserer lächerlichen Lichtgeschwindigkeit entlang. – Wir – will sagen unser Bezugssystem, vermutlich also die Milchstraße und einige tausend andere benachbarte Galaxien."

*

So also stand es um die Forschung, wegen der sich der Spion so weit aus dem Fenster lehnte, dass er das Übergewicht verlor und in die Tiefe stürzte – bildlich gesprochen selbstverständlich. In Wirklichkeit war da kein Fenster, aus dem er sich hätte lehnen können – nicht in dem abgelegenen Hörsaal, in dem für gewöhnlich die Vollversammlungen stattfanden. So wie auch heute wieder.

Es ging, wie sich denken lässt, um die bahnbrechende Forschung mit der sich Scholasticus Schlauberger und sein Forscherteam hervortat.

Der Raum befand sich in einer der tiefer gelegenen, unterirdischen Etagen, in die durch den Lichtschacht kaum noch ein oberirdischer Lichtstrahl zu dringen vermochte. Blickte man in den Schacht hinaus, dann fand sich schwarzer, harter Stein kaum anderthalb Meter weiter unten: das Ende der bebauten Zone war definitiv erreicht.

Die aufsehenerregende Sitzung, in welcher Arundelle ihre Einsichten zum Charakter der Zeit, des Lichts und der Bewegung zum besten gab, war nicht zufällig einberufen worden. Freilich hätte Arundelle womöglich zu keinem anderen Zeitpunkt über sich Auskunft zu geben vermocht. –

Gerade an diesem Tag war ihr wie eine Eingebung diese sensationelle Gleichung in aller Konsequenz zugeflogen. – Sie war urplötzlich da gewesen, so komplett und fertig, als habe man sie ihr in den Schädel gepflanzt, um sie selbst damit zu aller erst und allermeist zu überraschen.

Wie es vereinbart worden war, saß Dorothea ein wenig gelangweilt unauffällig in einer der hinteren Reihen. Neben sich - gleichsam zur unakademischen Verstärkung - hatte sie Dummi – so war Amadeus vor Urzeiten genannt worden – platziert. Er teilte ihre unüberwindliche Abneigung gegen die intellektuellen Drahtseilakte, wie vorn auf dem Podium vorgeführt oder doch von dort aus angeregt wurden.

Niemals - so drückten ihre Mienen aus - würden sie verstehen, wie man sich von derlei derart mitreißen lassen konnte. - Geschwindigkeit, die gegen unendlich strebt – na und? Kann sie doch und wenn dies zehnmal das Streben der Zeit gegen Null bedeutete. „Was soll's!“ – las man in Dummis Gesichtsausdruck.

Verstohlen stieß Dofinchen (die ihrem Spitznamen aus Kindertagen heute alle Ehre machte), ihrem Schwager den Ellbogen in die Rippen. Während Grisella als Mitverschwörerin vorn gleichwohl ihre glühende Bewunderung für die hohe Kür des Intellekts nicht verhehlen konnte. Die sich wie zufällig – und womöglich tatsächlich zufällig – gerade heute entwickelte.

Nur Dorothea und Amadeus also gelang das Kunststück, ganz und gar in der Rolle zu bleiben, die sie sich auferlegt hatten. Und es mag dahin gestellt sein, ob ihnen dies wirklich schwergefallen ist. Wichtig war jedenfalls, dass sie ihre Rollen überzeugend spielten.

Glaubten sie sich doch von scharfen Augen, die sie möglicherweise nicht eine Sekunde unbeobachtet ließen, überwacht. Während die – diesen Augen zugehörige Person aufmerksam der bahnbrechenden Disputation folgte oder wenigstens zu folgen versuchte, falls es hierzu nicht an der Voraussetzung mangelte.

Dorothea hatte seit Tagen lauthals bekanntgegeben, dass es ihr ein Leichtes sei, die Welt ihrer Schwester zu erobern. Sie habe bislang jedoch nicht daran gedacht, um dieser nicht auch noch das letzte Restchen Selbstbewusstsein zu rauben.

Voll der strahlenden Schönheit wie sie war, durfte sie der Aufmerksamkeit sicher sein. Sie löste zwar Kopfschütteln aus, besonders unter Grisellas älteren Studierenden, doch sie erntete auch Mitgefühl und sogar Bewunderung dafür, es so lange im Schatten der Schwester ausgehalten zu haben. Man war gespannt auf die Fortsetzung des Geschwisterstreits.

Dorothea, die sich als geschickte Strategin bei der Abwehr der Feinde der Schule einen Namen gemacht hatte, wirkte durchaus nicht unglaubwürdig und ließ Grisella im wahrsten Sinne des Wortes schlecht aussehen.

Eine schicksalhafte Auseinandersetzung schien sich anzubahnen, die nicht allein die Familien der Beteiligten, sondern darüber hinaus die ganze Schulgemeinschaft anging.

Marsha Wiggles, die Schulleitern, und Adrian Humperdijk, ihr verantwortlicher Stellvertreter, sahen sich - kaum dass sie ein wenig Luft holen und aufatmen konnten, von neuen düsteren Wolken umhüllt. Sie fielen in leise Verzweiflung zurück, der sie sich doch entronnen wähnten. Marsha sicherlich mehr als Adrian, den seine monatlichen Ausflüge in die bedeutende Tätigkeit als Regierungsvertreter der unterseeischen Republik von Australis nicht allein ablenkte, sondern auch mit Erfolgserlebissen bereicherte.

Überzeugend war die Sache inszeniert und die Schwestern mussten sich mitunter zwicken, um nicht ganz in ihren Rollen aufzugehen und tatsächlich an das, was sie zu vertreten hatten, zu glauben.

Grisella fühlte sich gelegentlich schon einmal vor Gram und Groll ganz grau und Dorrie pochte das Gewissen. Ihre Ehemänner hatten alle Hände voll zu tun. Deren Aufgabe bestand darin, immer wieder - durch Blicke und Gesten - verstohlen auf den Einsatz hinzuweihen. Denn vor versammelter Mannschaft hieß es nun einmal dicht halten. Zumal in dieser kritischen Phase.

Von klein auf schwelte zwischen den Schwestern der Neid untergründig und weitgehend dem Bewusstsein entzogen. Jede hatte auf ihre Weise versucht, damit klar zu kommen. Wirklich gelungen war es beiden nicht. Jede hatte für sich dasjenige immer weiter kultiviert, was sie der andern voraus zu haben glaubte.

Beide waren sie damit weit gekommen und doch spürten sie in aufrichtigen Augenblicken den Mangel, unter dem sie um so mehr litten, je strahlender die andere ihren Part vertrat.

Der rechte Zeitpunkt schien gekommen. Die Sitzung war in vollem Gange. Noch einmal wurden die Erkenntnisse präsentiert und mit den neuen Ergebnissen anderer Arbeitsgruppen angereichert. Arundelle legte ihre Formel dar, ergänzt durch Scholasticus, der es sich nicht nehmen ließ, der Versammlung die neue Sicht auf die Funktionsweise des Universums darzulegen.

Vor allem Arundelles furioser Auftritt, ihre unerhörte Sicht der Dinge, bereitete den Boden für die Falle, in welche der Spion gelockt werden sollte. Dorothea bildete ohne Zweifel den Köder. Ihr zu widerstehen gelang so schnell keinem, der von sich behauptete, ein Mann zu sein. Und sei er noch so standhaft. Sind es doch ohnehin meist die Standhaften, denen die Fallstricke durchtriebener Weiblichkeit zum Verhängnis werden.

Dorothea gedachte ihren Gegner nicht anders zu überwinden als Brunhilde den Nibelungenkönig in der Siegfriedsage, die ja bekanntlich auf ihre Körperkraft setzte.

Doch er musste sich ihr erst einmal stellen. Und das war gar nicht so einfach. Zumal Scholasticus mit Argusaugen jeden ihrer Schritte zu überwachen trachtete. Um sich auch hier, inmitten der - nun wirklich sicheren - Umgebung, durch einen prüfenden Blick von ihrer Unversehrtheit zu überzeugen.

Dabei spürte Dorothea ganz deutlich die Nähe ihres Gegners. Ja, sie glaubte, ihn erkannt zu haben und bereitete sich auf den Angriff vor. Genug hatte er wahrhaftig gehört. Aber ließ er sich auf einen Schlagabtausch ein? Warum sollte er das tun?

Dorrie setzte alles auf eine Karte. Sie stand plötzlich auf, zeigte mit drohendem Zeigefinger auf ihre Schwester, als diese gerade daran ging, die Ausführungen Arundelles in die Sprache der Philosophie zu kleiden. Sie zieh sie des fortgesetzten Diebstahls von geistigem Eigentum. Damit nicht genug liege es durchaus im Bereich des Möglichen, dass sie - von bodenlosem Ehrgeiz getrieben - nicht davor zurückschrecke, solch Diebesgut zum eigenen Nutz und Frommen zu veräußern.

Ihre flammende Rede verfehlte die beabsichtigte Wirkung nicht. Gleichwohl flackerte in den Augen der meisten doch Unglauben. Wenige hoben die Hände zu einer spontanen Beifallskundgebung. Der Kreis der Verdächtigen schien damit dingfest gemacht.

Doch ehe die mutige Frau auch nur den ersten ihrer geplanten Schritte tun konnte, wendete sich das Blatt. Der Hauptverdächtige – der sich durch heftiges Klatschen hervorgetan hatte – sprang, als er seinen Fehler bemerkte, auf, und stürmte, noch ehe jemand recht begriff, was geschah, aus dem Raum.

Die Verblüffung war echt, zumal die von Scholasticus Schlauberger, der eben diesem Menschen blind vertraut hatte. – Zu blind offensichtlich, wie sich zeigte. Der Flüchtige war niemand anders als sein eigener Assistent - Peter Adams.

## 36. Die Jagd geht weiter

Wer hätte das gedacht? Tumult entstand – jeder versuchte natürlich, den Flüchtigen einzufangen. Ein nicht ganz aussichtloses Unterfangen, zumal deshalb, weil dieser noch immer von den Folgen seiner Beinverletzung behindert wurde.

Doch wie es geschehen kann, wenn viele das gleiche Ziel anstreben – man behinderte sich gegenseitig dermaßen, dass es am Ende niemand schaffte, dem Fliehenden auf den Fersen zu bleiben. Hätte wenigstens jemand die Geistesgegenwart besessen und den Ordnungsdienst der Insel, der nun seit Wochen wieder aktiv war, einzuschalten.

Als die völlig überforderte Schulleiterin, auf Grisellas Hinweis, endlich daran dachte, waren kostbaren Minuten verstrichen. Scholasticus mühte sich unterdessen um seine Frau, von der nun all die Anspannung abfiel, und die überhaupt nicht mehr strahlte, sondern hysterische Tränen weinte. Sei es aus Enttäuschung über die misslungene Aktion, sei es wegen der nervlichen Anspannung, die sich nun löste.

Peter Adams – war es denn möglich? Ausgerechnet Peter! Scholasticus konnte und wollte es nicht glauben.

Was hatte diesen davonstürzen lassen - wenn nicht das schlechte Gewissen – vielmehr der Schreck darüber, sich verraten zu haben?

Konnte er nicht doch ganz andere Gründe für sein Verhalten haben? Peter war kein so intimer Vertreter der Insel. Vielleicht schämte er sich bloß, weil er den Worten einer schönen Frau falschen

Glauben geschenkt hatte, zumal es sich dabei um die Frau seines Chefs handelte?

Wenn Dorothea wieder bei Kräften und bei klarem Verstand war, müssten sie unbedingt reden. Scholasticus gestand sich ein, die Falle nicht recht verstanden zu haben. Auch oder gerade, weil sie funktioniert hatte. Die Flucht musste wohl als ein Schuldbekenntnis gewertet werden. Gab es wirklich keine andere Erklärung?

‚Weibliche Logik wird mir auf ewig rätselhaft bleiben,' gestand er sich ein. Hoffentlich vergaß Dorothea nicht, die Anschuldigungen gegen ihre Schwester öffentlich zurück zu nehmen.

Arundelle und Billy-Joe durchstreiften bereits die Insel, Tibor, Cori und Flo ebenfalls. Die Freunde teilten sich spontan in drei Trupps auf. Immer zwei und zwei, falls man auf den Flüchtling stieß und dieser handgreiflich wurde. Da war man dann wenigstens nicht allein. Cori freilich entbehrte der männlichen Begleitung, dafür gesellten sich zwei Mitschülerinnen – beides Sublimatioren - zu ihr.

Die Schulleitung berief derweil eine Krisensitzung ein zu der alle eilten, die sich nicht an der Suche beteiligten. Nun, so glaubte man wohl, brauchte man keinerlei Vorsicht mehr walten lassen. Der Spion hatte sich selbst enttarnt. Seine Flucht wurde allgemein als Schuldeingeständnis gewertet.

Ausführlich legten Grisella und Dorothea dar, was sie mit ihrem Plan beabsichtigt hatten:

„Wir dachten uns, dass meine falschen Anschuldigungen dem wahren Übeltäter gefallen müssten, also ließ ich meinen ganzen Charme spielen", erläuterte Dorothea ihr Vorgehen. Grisella bestätigte: „Nichts von dem, was zur Sprache kam, besitzt eine reale Grundlage..."

- „War alles nur ausgedacht", ergänzte Dorothea und die Schwestern schlangen einander demonstrativ die Arme um die Schultern, um ihre Einigkeit anzuzeigen. Sie blickten einander an. Tatsächlich, da war kein Falsch in den Augen der anderen.

Der Hausmeister berichtete dann, was sich gerade auf der Insel tat.

„Wir müssen die Suche auf eigene Faust unterbinden – ist viel zu gefährlich. Nicht auszudenken, wenn wieder einer unserer Schutzbefohlenen zu Schaden kommt", griff die Direktorin den Faden auf.

Der Hausmeister und sein Wachdienst wurde beauftragt, die Suche professionell in die Hand zu nehmen und gleichzeitig die über die Insel schwärmenden Jugendlichen in ihre Quartiere zu schicken. Das war unverfänglich, da sich inzwischen der Abend nieder senkte. Ein heranziehendes Sturmtief ließ ihn zudem bedrohlich aussehen.

Sobald die ersten Schauer über die Insel peitschten, würde es für Jäger und Gejagte ungemütlich.

Scholasticus versuchte, vorsichtigen Zweifel anzumelden, kam damit aber nicht durch. Und da er sich in keiner Weise sicher war, beharrte er nicht auf seinen Einwänden. Man unterstellte ihm natürlich Voreingenommenheit. Jeder wusste, wie freundschaftlich das Verhältnis zu seinem Assistenten war.

„Bedauerlich, sehr bedauerlich“, versuchte Adrian zu trösten. Scholasticus ärgerte sich mehr, als dass er sich verstanden fühlte.

„Als ob ich nicht meine Gefühle von den Tatsachen zu unterscheiden wüsste“, knurrte er ärgerlich.

„Kannst du auch nicht“, konterte Dorothea, als sie den kleinen Disput am Rand mitbekam. Scholasticus schluckte. Wenn sogar Dorothea das sagte. - Vielleicht hatte sie recht?

„Ich glaube, ich bin am Ende meiner Weisheit. Ich verstehe die Welt nicht mehr. Eben noch himmelhoch jauchzend, am Puls der Zeit sozusagen und dann dieser Abgrund..., und Adams hat unsere letzten Erkenntnisse auch noch mitgekriegt. Damit dürfen wir ihn keinesfalls ziehen lassen.“

„Ach, die sind doch längst im Äther, bei der raffinierten Abhörtechnik!“ - schaltete sich Moschus Mogoleia ein. Auch ein Freund des Flüchtigen und ebenfalls auf der Liste der Verdächtigen.

Misstrauen brandete in Scholasticus auf. Woher nahm dieser Mensch sein Wissen über die Abhörtechnik? Niemand kannte das Kommunikationssystem, das zweifellos existierte. Denn, wie sonst sollten Nachrichten schnell die Insel verlassen?

Die Dienstbesprechung neigte sich ihrem Ende zu. Scholasticus verließ zusammen mit seiner Frau das Konferenzzimmer. Er war sichtlich bedrückt und nachdenklich. Gerade er, der sonst nur so übersprudelte und seine Worte kaum im Zaum halten konnte.

„In dubio pro reo - im Zweifel für den Angeklagten“ meinte er, was wohl soviel heißen sollte, als genüge ihm die Beweislage noch lange nicht.

Dorothea fühlte sich ein bisschen enttäuscht. Immerhin war sie maßgeblich an der Enttarnung beteiligt gewesen, wenn sich die Umstände auch letztlich doch  ein wenig anders als vorgesehen entwickelt hatten. Sie hatte improvisieren müssen und hatte vermutlich dadurch um so glaubwürdiger geklungen. Außerdem hatte das Licht sehr geholfen, das sie und Amadeus sich bei ihrer Reise zu diesem Advisor im Zentrum des Universums abgeholt hatten - wenn es auch inzwischen schon wieder verblasste. Doch sie leuchtete mindestens so kräftig wie ihre Schwester.

Alle machten hier auf der Insel nun einmal viel Aufhebens um das Licht und die Farben. Des war nicht so, dass sie die Reise nicht weitergebracht hätte. Sie selbst und sogar Amadeus spürten nun, was es mit Licht und Zeit auf sich hatte. Dem Weg der Schwester wollte sie gleichwohl nicht folgen. Denn scheinbar kam man zu deren Zielen auch ganz anders. –

Dass sie sich den Zielen Grisellas näherte, spürte sie genau. Insofern besaß der Bluff nun doch eine solide Grundlage.

Hoffentlich blieb bei Grisella nur nichts von dem hängen, was sie so alles vom Stapel gelassen hatte. Sie hatte doch nie wirklich gemein sein wollen. - Wäre doch nur der Spion erst einmal gefasst. Danach könnte man in Ruhe daran gehen, den entstandenen Schaden, so gut es ging, zu reparieren.

Grisella, so glaubte sie zu fühlen, tat nur so unbekümmert. In Wirklichkeit steckte der vergiftete Pfeil, den sie zum Zwecke der Spionageabwehr abgeschossen hatte, tief in ihrem Herzen.

Und nun kam ausgerechnet Scholasticus mit Zweifeln daher. Als ob die Schuldfrage nicht völlig eindeutig war! Weshalb sonst hatte Adams Fersengeld gegeben? Ohne Grund nimmt doch niemand reiß aus!

*

Ein Mann und eine Frau machten sich in aller Eile reisefertig. Die Beiden wollten weg sein, bevor auffiel, dass sie sich an der allgemeinen Jagd nach dem Spion nicht mehr beteiligten.

Sollten die nur jagen, dachte Zinfandor. Er konnte sich ein Lächeln nicht verkneifen, das er vor Penelope M'gamba allerdings zu verbergen suchte - gerade vor ihr. Sie hatte den Köder geschluckt und sich ihm anvertraut. Denn Liebe macht blind, besonders, wenn sie in reiferen Jahren auftritt und die Betroffenen mit der Allmacht der Leidenschaften nicht mehr rechnen.

Eine Yacht würde sie in wenigen Minuten draußen vor der Küste aufnehmen. Zinfandor ruderte mit kräftigen Zügen durch die seichte Lagune. Schnell war die enge Passage erreicht, hinter der sie eine ziemlich kräftige Dünung erwartete.

Penelopes Hände verkrampften sich um die Griffe der Gepäckstücke. Nur jetzt nicht alles verlieren, dachte sie. Dabei ging es um nichts weniger als um ihr Leben, aber das schien ihr noch nicht klar zu sein.

Das kleine Boot wurde von Wind und Wogen ergriffen, kaum dass es die schützende Pforte durchstach. Zinfandor legte sich mächtig ins Zeug. Der Mann verstand sein Handwerk. Seemännisch war ihm nicht beizukommen. Und doch schlugen die Brecher mit gierigen Spitzen über das Dollbord und füllten das Bootsinnere alsbald.

Doch der mächtige Mann wagte es nicht, die Riemen aus der Hand zu legen. Noch verhinderten seine kräftigen Ruderschläge das Schlimmste. Sie hielten Kurs, der Bug stieß in den Wind.

Penelope schöpfte, was das Zeug hielt. Vergessen waren Koffer und Tasche.

„Ausgerechnet das Wetter spielt uns Streiche", knurrte der Mann wütend. „So nah am Ziel..."

Penelope fühlte Beklemmung in sich aufsteigen, die zuvor bereits gelauert hatte, die sie aber nicht hatte wahrhaben wollen. Etwas stimmte hier nicht. Was sollte das? Wozu dieser selbstmörderische Ausflug? Und was war das überhaupt für ein Schiff, das sie draußen vor der Küste aufnehmen sollte?

Durch Wind und Wellen vernahm sie nun das Geräusch eines starken Motors, das schnell näher kam. In wenigen Augenblicken erstand die Silhouette einer Hochseejacht in der Gischt des sinkenden Abends. Wenige Minuten später und sie hätten die Yacht in der Dunkelheit verfehlt.

Eine Leine flog. Zinfandor ließ die Ruder fahren, um sie zu erhaschen, was freilich misslang. Das Boot schlug vollends voll und war dabei zu sinken, als ein kräftiger Bootshaken sich in das splitternde Holz bohrte.

„Erst das Gepäck", schallte eine Stimme herüber. „Wir haben euch, keine Angst – jetzt du Leblanc... – die Frau auch noch? ...bist du verrückt?

Es war nun vollends dunkel. Die Motoren heulten auf, die Yacht nahm Fahrt auf und entfernte sich schnell. Penelope M'gamba saß bis zu den Hüften im Wasser.

Zinfandor war weg und mit ihm ihr Koffer – all die Berechnungen und Unterlagen – ihre gesamten Forschungsergebnisse!

Während das Wasser immer näher gurgelte und der Boden unter ihren Füßen schwand, wollte sie es noch immer nicht glauben: Zinfandor hatte sie reingelegt.

Die Einsicht traf sie wie ein Keulenschlag. - Wie gut, dass es wenigstens mit allem anderen nun auch vorbei ist, dachte sie im Angesicht des nahenden Todes. Dennoch schauderte sie unwillkürlich, als der nasse Tod seine gierigen Finger nach ihr ausstreckte.

Eben wollte sie sich hinein sinken lassen, in die bodenlose Ungewissheit, als sie sich von starken Armen ergriffen fühlte. Ein heftiger Wirbel entriss sie dem Meer. Schwindel überkam sie. Es ging aufwärts. Ehe sie es sich versah, stand sie wieder auf festem Grund und schaute in die erschrockenen Gesichter von Peter Adams und Moschus Mogoleia.

Auf dem Flugfeld wimmelte es alsbald von herbeieilenden Suchtrupps. „Wir haben ihn“, hörte man rufen. „Der Spion sitzt in der Falle!“

Peter Adams wurde ergriffen. Sein Protest verhallte ungehört im erregten Stimmengewirr. Immer neue Trupps eilten herbei und bald war der Landeplatz von Menschen übersät, die alle zur Mitte strebten, wo sich in einem dichten Knäuel der Gefangene, sein Helfer und Penelope M'gamba befand.

Die arme Frau zitterte erbärmlich, denn die Nachtluft wehte kühl über das Feld und sie war bis auf die Haut durchnässt.

Endlich drängte sich auch die Schulleiterin von ihrem Mann gefolgt durch die aufgeregte Menge. Beim Anblick der zitternden völlig verstörten Kollegin fuhr Marsha Wiggles-Humperdijk der Schreck in die Glieder.

Nur erst einmal weg von hier ins Warme, war ihr erster Gedanke. Entschlossen ergriff sie Penelopes Arm und zerrte sie in Richtung des inzwischen geöffneten Abfertigungsgebäudes.

„Erst einmal ein starker Kaffee, dann sehen wir weiter. Wir brauchen Decken und was zum Anziehen“, rief sie dem Personal zu, das vom Wachmann eiligst zusammen getrommelt worden war.

Auch Moschus Mogoleia und der gefangene Spion wurden nun hereingeschleppt. Man hielt den Dekan selbstverständlich für einen Komplizen des Übeltäters und gab auf seine Proteste eben so wenig wie auf die des vermeintlich Überführten.

Als dann Penelope M'gamba in trockenen Sachen und mit einer dampfenden Tasse wieder erschien, wurde eine provisorische Anhörung arrangiert. Platz war genügend da und inzwischen hatte sich nahezu die ganze Schulgemeinschaft eingefunden.

Stühle wurden herbeigeschafft und ein Tisch. Die Schulleiterin bestimmte ihre Beisitzer. Scholasticus, so wurde vereinbart, sollte die offizielle Befragung übernehmen.

Mangels ihres Hämmerchens pochte die Direktorin mit dem spitzen Absatz ihres Schuhs auf die Tischplatte. Das Stimmengewirr verebbte. Die Befragung konnte beginnen. Zunächst wandte man sich dem vermeintlichen Entführungsopfer zu. Doch die Vernehmung gestaltete sich nicht gerade einfach.

Penelope M'gamba brach immer wieder in Tränen aus und stammelte wirres Zeug. Was sie von sich gab, war ziemlich unverständlich. Sie bedurfte ohne Zweifel ärztlicher Hilfe, wurde alsbald klar. Sie weiter zu befragen, schien unverantwortlich. Also richtete sich das Augenmerk auf Moschus Mogoleia und Peter Adams, dessen Arme noch immer auf den Rücken gefesselt waren und dessen zornrotes Gesicht alles andere als schuldbewusst aussah.

Scholasticus ließ ihm zunächst die Fesseln abnehmen. Doch seine ersten Fragen galten dem Dekan der Sublimatioren. Der berichtete, wie Peter Adams auf ihn zustürzte, als er wie die anderen aus dem Saal rannte und ihn hastig um dringende Hilfe bat. - „Nicht für sich, beileibe nicht, denn Hilfe hätte ich ihm womöglich nicht gewährt, obwohl ich so meine Zweifel hatte“, führte Mogoleia aus.

„Nein, Peter bat um Hilfe für die verehrte Kollegin M’gamba. Höchste Eile sei geboten, man plane eine Entführung, wenn nicht schlimmeres. Er vertraue ganz auf die Kraft der Sublimation.

Ich ließ mich nicht zweimal bitten. Wir erhoben uns in die Luft. – Peter stellte sich gar nicht ungeschickt an. – Wir umkreisten die Insel, bis wir das kleine Boot bemerkten, welches der Ausfahrt zustrebte um alsdann draußen verzweifelt mit Wind und Wogen zu kämpfen.

Eine Hochseeyacht näherte sich. In höchster Eile wurden einige Gepäckstücke sowie Frau M’gambas Begleiter übergeholt. Das sinkende kleine Boot mit der Frau überließ man seinem Schicksal. Es gelang uns, die Sinkende zu ergreifen und aufs feste Land zu transportieren. Den Rest kennen Sie.“

Allgemeines Aufstöhnen folgte der Rede des Dekans. Erregtes Gemurmel kündete von Verwirrung. Scholasticus Schlauberger sah sich bestätigt. Er hatte gleich nicht recht an die Schuld seines Assistenten glauben wollen.

Aber wieso hatte dieser den Saal fluchtartig verlassen? Doch wohl nur, weil dort etwas vor sich ging, das ihn auf eine Idee brachte.

Die Befragung erbrachte das Vermutete. Peter Adams durchschaute schnell, was Dorothea und ihre Schwester im Schilde führten. Und als er sich zu deren Ziel gemacht sah, erinnerte er sich an ein Gespräch zwischen Zinfandor Leblanc und Penelope M’gamba, das er am selben Nachmittag gegen seinen Willen belauscht hatte.

Er gab alles, was er wusste, zu Protokoll und war selbst sehr betroffen, als er bemerkte, wie stark Penelope M’gamba dadurch belastet wurde.

An der Schuld Zinfandor Leblancs jedenfalls bestand keinerlei Zweifel mehr. In ihm fand sich der eingeschleuste Agent. Wann und wie er angesetzt worden war, müsste die Befragung aller Zeugen sowie die Kombinationsfähigkeit der Untersuchenden ans Licht bringen.

Alle hofften natürlich, dass seine Gefühle für die unglückliche Professorin dennoch echt gewesen waren. Doch wer konnte das wissen? Berufsspione wissen dergleichen selbst nicht zu unterscheiden. Gefühl und Beruf verschmelzen bei ihnen zu einer unauflöslichen Einheit. Gerade dies macht sie professionell.

Auch über das Ausmaß des Schadens ließ sich nicht viel in Erfahrung bringen. Solange der Zustand des bedauernswerten Opfers dieses scheußlichen Betruges zu einer Aussage nicht fähig war, würde man sich wohl oder übel gedulden müssen.

Hatte Penelope M'gamba wirklich überall Zutritt gehabt? Und war sie überhaupt in der Lage gewesen, alles, was dort geforscht wurde, zu protokollieren? Wäre dies nicht aufgefallen?

So wurden erst einmal Zeugen gesucht, die sich erinnern konnten. Wo hatte sich Penelope M'gamba aufgehalten? Hatte sie sich - außer selbstverständlich ihre eigene Arbeitsgruppe zu leiten, an anderen Forschungsprojekten beteiligt? - Man kam im Moment nicht weiter.

Peter Adams wurde in aller Form rehabilitiert. Er nahm die Entschuldigungen gelassen hin und trug keinem etwas nach. Im Gegenteil - er lobte den Eifer.

„Verdächtig war jeder, der, so wie ich, lange Zeit draußen war. Völlig richtig. Genauso wie die Neuen. Auf jeden Fall sollten wir sorgfältig nach Abhöranlagen schauen. Und alle Gebäude und Seminarräume sollten untersucht werden. Zinfandor hatte praktisch überall Zutritt und wenn nicht offiziell, dann dürfte es ihm ein Leichtes gewesen sein, heimlich einzudringen. Niemand kontrollierte ihn, solange er im Windschatten der bedauernswerten Penelope segelte."

Es war spät geworden. Der Arzt auf der Krankenstation schüttelte nur den Kopf, als die Direktorin noch einmal wegen eines Verhörs der Kranken nachsuchte. Man habe starke Beruhigungsmittel verabreicht. „Schlaf ist im Augenblick die beste Medizin", meinte er. Alles andere sei zweitrangig.

Wenigstens machten sich einige Techniker schon mal auf Wanzensuche, während sich die Versammlung auflöste und sich allmählich zur Ruhe begab. Noch lange tuschelte und rätselte es in den Schlafsälen. Was war wirklich geschehen? Wie würde es nun weitergehen? Würde ihre vom Unglück heimgesuchte Professorin wieder gesund? War der Spionagefall wirklich ausgestanden?

## 37. ($v \rightarrow \infty = t \rightarrow o$)

Erst allmählich im Laufe der folgenden Tage beruhigte sich die Lage etwas. Es galt, den Schulbetrieb neu zu ordnen.

Der Suchtrupp unter Führung des Hausmeisters konnte erste Erfolge vorweisen. Ein geheimer Sender, der möglicherweise mit einem Nachrichtensatelliten oben in der Erdumlaufbahn gekoppelt war, konnte unschädlich gemacht werden. Man hoffte so, die Hauptverbindung zum Spionagezentrum unterbrochen zu haben. Denn all die Miniwanzen aufzuspüren, die der findige Agent an den unmöglichsten Stellen überall auf der Insel angebracht hatte, erwies sich als wahre Sisyphos-Arbeit.

„Allzu viel kann eigentlich nicht über den Äther nach draußen geflimmert sein, bei so einer Anlage“, meinten die Techniker. „Die Empfangsstörungen sind in so einem Falle enorm.“

Daher also der dringende Auftrag, Unterlagen zu beschaffen. Allmählich rundete sich das Bild.

Grisella und Dorothea schämten sich ziemlich. Sie waren ihrer Sache so sicher gewesen. Vielleicht wollten sie Penelope unterbewusst schonen. Wahrscheinlich hatten sie sich deshalb allzu bereitwillig auf Peter Adams versteift. Im nachhinein freilich sah man alles mit anderen Augen. Hinterher war man immer klüger.

Scholasticus und Amadeus suchten ihre Frauen zu trösten: Immerhin habe die Aktion letztlich Erfolg gehabt, wenn auch anders als erwartet. Ohne die massive Verdächtigung wäre Peter Adams vielleicht nicht zu seiner Schlussfolgerung gelangt, die ihn auf die heiße Spur brachte.

Und doch war die Enttarnung letztlich nur Zufall gewesen. Hätte Peter Adams das entscheidende Gespräch nicht zufällig belauscht, dann wäre der Spion über alle Berge gewesen und die arme Professorin läge tot am Meeresgrund.

Aber auch so war nicht viel Staat mit Penelope M’gamba zu machen. Es sah gar nicht gut aus. Körperlich ging es so einigermaßen. Bleibende Schäden hätte die Unterkühlung wohl nicht zur Folge, meinte der Inselarzt.

Aber die Seele hatte gelitten. Das war viel schlimmer. Niemand wagte eine Prognose. Würde die so schmählich Betrogene jemals wieder aus dem Labyrinth der Verzweiflung finden?

Penelope M’gamba war keine sachliche Auskunft zu entlocken. Entweder blockierte sie, oder das Gedächtnis ließ sie im Stich. Der Arzt sprach gar von Amnesie. Scholasticus und Grisella gaben es bald auf, in sie zu dringen. Zumal andere Aufgaben auf sie warteten.

*

Die neue Erkenntnis über die Beziehung zwischen Geschwindigkeit und Zeit verhieß einen epochalen Durchbruch. So sah es jedenfalls mancher. Allen Widrigkeiten zum Trotz trieb die erweiterte Arbeitsgruppe die Forschung voran. Noch wusste man nicht, wohin die Reise führen würde. Nachdem die bestimmte Zukunft dem angestammten Nebel zurückgegeben war und alle Prognosen, Besuche und Spekulationen sich als äußerst beschränkt erwiesen hatten, erblühte die Phantasie aufs neue.

Freilich bereitete die Vorstellung starkes Befremden, dass da draußen womöglich eine nicht näher bestimmte Zahl paralleler Welten existierte, die alle zwar Berührungspunkte aufwiesen, die aber dennoch ihrem je eignem Geschick folgten. Und doch schien es so zu sein. Alle diese Welten sagten unter Umständen etwas übereinander aus. Von allen konnte man lernen. Doch wie weit jene Welten auch gekommen sein mochten, die eigene irdische Zukunft ließ sich aus ihren Schicksalen nicht ohne weiteres ableiten.

Möglicherweise wies die Entwicklung der Menschheit Ähnlichkeiten auf. Und vielleicht näherte man sich tatsächlich den Verhältnissen Laptopias an. Die Tendenzen in diese Richtung aber mussten nicht schicksalsergeben hingenommen werden. Widerstand lohnte sich. Noch war die Erde nicht verloren. Es war vielleicht sogar gut zu wissen, welche Gefahren drohten. Nur so konnten Gegenmaßnahmen erarbeitet und eingeleitet werden.

Man hatte zu folgender These gefunden:

Zeit entsteht, wo die unendlich schnellen Wirbel der Ewigkeit soweit abgebremst werden, bis die Gesetze unseres Universums und die konstante Lichtgeschwindigkeit eingeführt sind. Lichtgeschwindigkeit wird damit zum Maßstab der Zeit. Versuche, diesen Maßstab zu verändern, stören das Raum-Zeit-Gefüge. Es ist, als würden Fenster aufgerissen, die aus unserem Universum hinausweisen.

Es galt nun, sich die Folgen solcher Eingriffe klar zu machen. Die eifrigen Forscher entwickelten Szenarien in die eine und die andere Richtung und fanden zu erstaunlichen Schlüssen:

Eine Zeitmaschine, genauer, eine Art gigantische Bremse, verbarg sich irgendwo da draußen. So etwas konnte man eigentlich nur schwer verstecken, selbst im weiten All nicht.

Endlich glaubte Arundelle den Advisor **ganz** zu verstehen. Deshalb also die Reise durch das Licht! Was war ihr **noch** aufgefallen, außer, dass man sich dabei wie im siebenten Himmel fühlte, und sich vor Glück kaum lassen konnte?

So sehr sie auch ihr Hirn anstrengte, ihr wollte nichts einfallen. Und doch musste da etwas gewesen sein, sie war sicher. Wozu sonst die Reise - gerade jetzt? Der Advisor hatte noch nie etwas Unnützes offenbart. Man musste ihm nur erst auf die Schliche kommen.

Geradewegs freilich führte er einen nicht ans Ziel. Immer verlangte er Höchstleistungen. Ohne die Anstrengung des Begriffs ging bei ihm nichts. Oft genug fühlte Arundelle sich hoffnungslos überfordert. So wie jetzt wieder.

Ob sie noch einmal... ja, durfte sie das denn? Oder sollte sie sich lieber mit den anderen besprechen? Immerhin hatte sie einige Mitreisende gehabt, denen Gleiches geschehen war.

Was hatten sie erfahren? Freilich versagten einem die Worte. Aber umschreiben ließ sich die Erfahrung doch. Irgend etwas konnte noch jeder darüber aussagen und vielleicht kam sie ja dadurch weiter, fand einen versteckten Hinweis, irgend etwas, was sie selbst übersehen hatte.

Ob sie die Funktionsweise an sich nicht begriff? Wie verhielten sich Wirbel? Da musste es doch ganz herkömmliche Theorien geben, sei es in Physik oder Meteorologie.

Scholasticus wusste Rat und setzte ihr und dem Forschungsseminar bereitwillig gleich bis ins Kleinste auseinander, was es mit Wirbeln aller Art auf sich hat:

„Letztlich besteht die ganze Atmosphäre aus einer Aneinanderreihung von Wirbeln – mal größeren, mal kleineren – die mit unterschiedlichen Geschwindigkeiten ihrer Bahn ziehen“, erklärte er.

„Bisweilen gewinnen sie verheerende Stärke, dann werden sie Taifune, Tornados, Hurrikans oder Orkane und Windhosen genannt, je, nachdem, in welchem Teil der Erde man sich befindet. Besonders diesen großen Wirbelstürmen gilt das Interesse der Geophysiker. Man hofft, durch tieferes Verständnis, Einfluss auf Entwicklung und Verlauf dieser gefährlichen Winde gewinnen zu können.“

Arundelle bereute fast, Scholasticus auf diese Fährte gelockt zu haben. Denn dieser verstieg sich alsbald in haarkleine Erläuterungen. Er kam vom Hundertsten ins Tausendste. Bald wusste sie schon nicht mehr, was sie eigentlich hatte wissen wollen. Auch den Mitstreitern ihrer AG ging es ähnlich.

So war ihr Professor nun einmal. Man brauchte ihn nur antippen, schon sprudelte er munter wie eine Gebirgsquelle. Und ebenso wie diese, ließ er sich, einmal in Gang gekommen, weder eindämmen noch gar wieder verschließen. Allenfalls konnte man versuchen, den Fluss in eine bestimmte Richtung zu drängen. Doch auch das gestaltete sich äußerst mühsam.

Nur zu gerne verselbständigte sich sein zweifellos geschliffener Redefluss, der ihn ganz offensichtlich berauschte und ihm sichtliche Befriedigung verschaffte.

Verstohlen tippte Arundelle den vor ihr dösenden Tibor an. Als Sublimatior müsste der eigentlich in der Lage sein, sozusagen aus dem

Innern des Wirbels heraus, Auskunft zu geben. Immerhin wurden auch bei diesem Abheben recht kräftige Wirbel mit ordentlichen Geschwindigkeiten erreicht.

Tibor hatte allem Anschein nach abgeschaltet, und schien den Ausführungen des Professors nicht gefolgt zu sein. Vielleicht war das Gesagte allzu selbstverständlich für ihn.

Arundelle ärgerte sich ein wenig über sich selbst. Sie wäre gut beraten gewesen, Tibor gleich anzusprechen.

Scholasticus Schlauberger erläuterte soeben das Geschwindigkeitsgefälle, das zwischen der Mitte und den Rändern von Luftwirbeln klaffte. Danach gab es im äußeren Bereich eine schmale Zone von höchster Geschwindigkeit. Sie bildete zugleich die Grenze nach außen, wo die Luft zwar zunächst noch recht heftig mitgerissen wurde, sich allmählich aber schwächer und schwächer bewegte.

Das Innere bot ein ähnliches Bild. Stille herrschte im Zentrum, dem sogenannten Auge, das mitunter mehrere hundert Meter oder gar einige Kilometer Durchmesser besitzen konnte. Dessen Ränder wurden wiederum - diesmal abnehmend - mitgerissen. Die Geschwindigkeit steigerte sich dann bis zu einem Maximum von recht unterschiedlicher Stärke und Tiefe.

Alles in allem - irgendwie recht interessante, gleichwohl einigermaßen nichtssagende Einblicke, die zu nichts führten.

Arundelles Versuch, Tibor aus der Reserve zu locken, scheiterte. Der Junge zuckte auf ihre Frage hin verlegen die Schultern. Um so mehr als sie damit ziemlich unhöflich mitten in die Rede des Dozenten platzte.

Tibor erging es wie dem Tausendfüßler, der befragt, weshalb er mit seinen vielen Füßen nie ins Stolpern gerate - stolperte. Dinge, die sich einem in Fleisch und Blut geprägt haben, entziehen sich leicht der verstandesmäßigen Erläuterung.

Um so weniger hielt sie mit ihrem Unmut hinter dem Berg. Sie ließ Scholasticus, den sie nun einmal unterbrochen hatte, nicht wieder zu Wort kommen:

„So kommen wir nicht weiter“, rief sie an die ganze Gruppe gewandt.

„Da **ist** etwas, müsst ihr wissen. Es muss uns aufgefallen sein, doch wir verkannten seine Bedeutung. Der Advisor hat uns doch nicht umsonst alle durch dieses Auge geschickt. - Ja, ja, Sagittarius A ist natürlich ebenso ein Wirbel wie jeder andere, davon ist auszugehen. Die Erläuterungen, so bedeutsam sie auch sein mögen, führen zu nichts. Da kommt nichts heraus, schon gar nicht ein Ansatz zum Verständnis dessen, was wirklich geschieht.“

Scholasticus schaute betroffen drein. Arundelle hatte womöglich recht. Den Bezug zur eigentlichen Fragestellung hatte er aus dem Auge verloren. Seine Schilderung hatte sich verselbständigt, ohne dass es ihm aufgefallen war.

So war er nun einmal. In Gedanken entschuldigte er sich vor sich selbst: Immer leicht zu entzünden und sogleich Feuer und Flamme. Das konnte gelegentlich ins Auge gehen. Vielleicht mangelte es ihm an der Erfahrung. Sollte er etwa auch durch das Wurmloch, damit auch er von sich sagen könnte, er wisse?

Dorothea versuchte vergeblich, ihn an ihrer Erfahrung teilhaben zu lassen. Als Kopfmensch fiel es ihm besonders schwer, sich auf die emotionale Seite der Sache einzulassen. Er erinnerte sich an ihre Worte:

„Letztlich geht 's um nichts anderes. Was sich verändert, ist dein Fühlen. Das macht es ja so schwer, darüber zu reden. Die Gewissheit steckt zu tief in dir drin, als dass du sie in Worte kleiden könntest. Beschreib doch mal zum Beispiel wie du dein Atmen mitkriegst, oder versuche, dir klar zu machen, was die Sonne für Bilder hinter deinen geschlossenen Lidern auslöst. Damit bist du vermutlich nahe dran."

Vielleicht sollte er besser schweigen?

Doch wie schon Tibor nicht aus der Reserve zu locken gewesen war, senkte sich nun nachdenkliches Schweigen über die ganze Runde. Alle sannen und suchten. Doch ihre Gedanken drehten sich im Kreis. Da war etwas gewesen, etwas von Dauer, das gleichwohl kaum mehr gewesen war als ein jäher Blitz, der irgendwo hinter dem Augenwinkel feststeckte, und von dem man nur irgendwie glaubte, es sei geschehen.

Eben das musste der Punkt sein, an dem die Zeit erstarrte, oder anders herum, an dem man der Zeit davonflog. Wo sich einem der Augenblick streckte, um sich wie ein äußerst elastisches Gummiband zu dehnen. - Immer weiter zu dehnen, während um einen her die Konturen verschwammen und aus Lichtpunkten Linien wurden.

Arundelle ergriff wieder das Wort: „Ich glaube, ich spreche im Sinne aller, wenn ich DAS als absolut, als unbeschreiblich und unvergleichlich bezeichne. Man kann IHM keinen Namen geben, sich IHM nicht nähern, noch sich von IHM entfernen. Zum ersten Mal wird einem klar, wie nah die Menschen IHM immer sind, ganz gleich, wie weit sie sich innerlich auch entfernen. In dieser Dimension gelten weder Entfernung noch Nähe."

„Du redest wie eine dieser Mystikerinnen", ermunterte Grisella die ins Stocken Geratene. Sie selbst hätte freilich fortfahren können und nicht aus Gelehrtheit allein. Immerhin hatte sie die meisten Mystiker und Mystikerinnen fast aller Kulturen sorgsam studiert und kannte deren zahlreiche Versuche, in denen sie zu beschreiben suchten, was bei der sogenannten Unio mystica geschieht.

„Alles ist dann mit einem Male gut, liest man immer wieder. Und dabei ist alles so viel, dass es sich jeder Vorstellung entzieht."

Nicht allein Arundelle nickte zu Grisellas Worten. Alle drückten sie ihre Zustimmung aus:

„Man begreift, was man verlor..."

„Aber da ist es schon vorbei..."

„Mit nachhaltiger Wirkung..."

„Es ist ein bisschen, als ob ein Blitz eingeschlagen hat..."

„Und dann brennt es irgendwie..."

„Stimmt, man fühlt sich katastrophal..."

„Ja, es tut schrecklich weh hinterher..."

„Die Leere füllt einen mit Verzweiflung..."

„Und nichts wird wieder sein wie zuvor..."

Grisellas Beitrag schien eine Schleuse geöffnet zu haben. Jedem fiel nun doch etwas Sagbares ein, um dem an sich Unsagbaren wenigstens eine Nuance zu geben, wo man schon nicht danach greifen konnte, noch nicht einmal in Worten oder Gedanken. Auch wenn sich die Beschreibung vor allem auf den Verlust bezog, also der Leere Ausdruck gab.

Immerhin ließ sich am Grad der Leere, die Fülle ein wenig ermessen. Die Fülle, derer man teilhaftig gewesen war und um die es überhaupt zu gehen schien. Auch wenn kein Weg aufgezeigt werden konnte, der in die richtige Richtung führte. Denn alle Wege waren zugleich richtig wie falsch.

„So paradox es vielleicht klingt, ich finde, man spürt die Zeit dann am meisten, wenn sie stillsteht. Wenn man fühlt, dass sich ein Augenblick dehnt wie ein riesiger Kaugummi."

„Und für jeden ist es **der** Augenblick. Denn es ist ja beileibe kein beliebiger – weiß ich von Pooty. - Er sagt, es ist wie ein immer wiederkehrender Traum. Er erinnert sich zum Beispiel genau daran, wie es mit Walter war. Und seit ihm **DAS** passierte, erinnert er sich noch viel mehr. Denn da blieb für ihn etwas stehen, was mit seiner Erinnerung zu tun hat. Es ist ihm, als ob eben dieses Bild in ihn festgefroren ist." - erklärte Billy-Joe und fuhr sogleich fort:

„Ich kann dem, was Pooty berichtet, nur zustimmen, denn es deckt sich ebenfalls mit meiner Erfahrung, auch wenn ich etwas anderes im Sinn habe. Aber das ist wohl nur natürlich, dass sich da für jeden sein eigener Augenblick offenbart."

„Ich will nur noch mal klarstellen", meldete sich Scholasticus wieder zu Wort: „In einem schwarzen Loch von der Qualität wie Sagittarius A hat man sich das folgendermaßen vorzustellen..." - noch einmal erläuterte er wissenschaftlich präzise, wie sich eine solche Singularität verhält. Und was mit der Materie, die in deren Bann gerät, geschieht. Von einem unvergleichlichen Sog war die Rede, dem selbst das Licht nicht mehr entkommt, wo es einmal in den rasenden Wirbel geraten ist.

„Und hier endlich kommt unsere neue Formel zum Tragen", hakte Arundelle ein. - „Ihr habt sie auf eure Weise ja beschrieben. Sozusagen subjektiv. Das Ganze hat natürlich auch eine objektive Seite, da stimmt ihr mir gewiss zu."

Allgemeines Nicken. „Bis wir es nicht besser wissen, halte ich unsere Formel also für brauchbar. Danach wird die Zeit nicht etwa angehalten, wie man vielleicht glauben könnte. Die Zeit wird vielmehr durch die - sich immer weiter gesteigerte Geschwindigkeit auseinander gezogen, und zwar so weit, bis wir den Eindruck bekamen, sie sei zum gänzlichen Stillstand gekommen.

Als strebe (t), das heißt die Zeit, gegen Null:

also t→O. Zugleich muss sich dem entsprechend auf der anderen Seite, die Geschwindigkeit (v ) in Richtung unendlich erhöhen. Dadurch wird die Zeit in einem unvorstellbaren Ausmaß zerdehnt. Die Geschwindigkeit (v) also strebt gegen unendlich. Das sieht dann so aus: (v→∞) – (v), die Geschwindigkeit, strebt wie gesagt gegen unendlich. Beide Werte sind einander in ihrem Streben gleichzusetzen:

Also - (v→∞ = t→o) - klar soweit?"

- verhaltenes allgemeines Nicken. Selbst wenn es Vorbehalte gab, hätte sich niemand getraut, sie jetzt vorzubringen. Zumal Scholasticus sich vor Begeisterung kaum lassen konnte und wie wild mit dem Knöchel auf seinen Tisch klopfte.

Von den Empfindungen, über die berichtet worden war, wenn auch nur in unzulänglichen Andeutungen, war es ein weiter Weg hin zu einer solchen Formel.

Grisella sah die Kluft. Doch glaubte sie, diese überbrücken zu können.

Mit entscheidenden Augenblicken, die nach Ewigkeit verlangen, hatte sich die Menschheit schließlich seit Anbeginn auseinander gesetzt.

„Dem Augenblick, nur - ganz ergeben -
Fühlst du den Drang der Ewigkeit“,

- murmelte sie gedankenverloren. „Trifft es das vielleicht? In einem solchen Satz kann jedenfalls ich mich eher wiederfinden“, ergänzte sie und blickte in die Runde. Sie erntete Zustimmung.

Scholasticus dachte zwar, dass die Klarheit und Eleganz der von Arundelle aufgestellter Formel nicht zu überbieten war, ließ Grisellas Interpretation jedoch gelten. Sie mochte für weniger präzise Geister immerhin hilfreich sein.

Die veränderten Verhältnisse auf der Insel hatten die Zusammenlegung der beiden Forschungsrichtungen als sinnvoll erscheinen lassen. So kam es, dass sich nun die naturwissenschaftlich ausgerichteten Seminaristen Seite an Seite mit den Philosophen mühten.

Gleichwohl war die Gruppe durchaus überschaubar, gleichsam handverlesen. Nur die Besten der Besten seien gerade gut genug, meinte Grisella. Nur wer spezielle Kenntnisse oder Erfahrungen, gepaart mit überdurchschnittlicher Intelligenz besaß, war zu einem Ausleseverfahren zugelassen worden.

So leuchtete – wenn auch in allmählich ersterbendem Glanz - sogar Pootys Köpfchen aus Billy-Joes Medizinbeutel. Letzterer war, ebenso wie Tibor und Dorothea, mit von der Partie.

Ganz erstaunlich, fand Scholasticus immer wieder.

– „Ja, ja, den Seinen gibt ’s der Herr im Schlaf“, kommentierte das Schulleiterehepaar die ungerecht erscheinende Erleuchtung – möglicherweise ein wenig neidisch. Da es selbst nicht eingeladen worden war.

Ganz anders Moschus Mogoleia und Peter Adams, die beide, vornehmlich in ihrer Eigenschaft als Retter der armen Penelope M’gamba, gern gelitten waren.

*

Flo Hase galt wie Cori als besonders einfühlsam. Ihrer besonderen Obhut vertraute man denn auch das verstörte Opfer des infamen Anschlags an, als es sich dann wieder einzugliedern suchte. Immerhin war Penelope M’gamba von Anfang an dabei gewesen und war mit Dingen konfrontiert worden, von denen die meisten nicht einmal etwas ahnten.

Flo und Cori vertraten ihr gegenüber die These, dass auch Zinfandor, wie weiland Walter, gegen seinen Willen missbraucht worden war. Der Dämon habe letztendlich von Zinfandor dann völligen Besitz ergriffen. Anders sei der Mordanschlag im Boot letztlich nicht zu erklären.

Immerhin eine schonende Auffassung. Galt es doch, Penelope M'gamba zunächst aufzubauen, die, wie sich denken lässt, an ihrem Verstand ebenso zweifelte wie an ihren Gefühlen. Die Entwicklung der Ereignisse war noch immer völlig jenseitig für sie und ganz und gar außerhalb ihres Fassungsvermögens.

Alle hofften, dass die intellektuelle Herausforderung dazu beitragen könnte, die Professorin aus ihrer Depression zu holen.

Walters grausiges Schicksal vor Augen, mochten die Verantwortlichen die Arme keinen Augenblick unbewacht lassen. Arundelle spielte mit dem Gedanken, die Patientin und ihre beiden Fürsorgerinnen ebenfalls durch das Loch zu schicken.

Ein wenig Aufhellung täte ihnen gut. Ob allerdings der Advisor mitspielte? Sie ging davon aus, dass allzu reger Verkehr dort unerwünscht war. Ohne dass ihr jemand dies extra mitgeteilt hätte.

Dorothea hatte immerhin bei ihrer Rückkehr aus dem All bereits etwas von ‚außerordentlichen Ausnahmeumständen' berichtet, denen Lebende eigentlich nicht ausgesetzt werden durften. Eine Botschaft des Advisors, an die Arundelle sich gar nicht erinnerte. Vielleicht galten ihm die Beweggründe Dorotheas ja gering?

Wem die Verwaltung des ganzen Universums obliegt, der kann sich wohl nicht um alles kümmern. Mündige Menschen müssen wohl oder übel mit dem fertig werden, was ihnen ihr persönliches Schicksal auferlegt, Liebeskummer inbegriffen.

*

Der Zauberbogen beschränkte – „auf Rücksprache mit der höheren Instanz" – wie er sich ausdrückte, die Zahl der Reisenden , und „angesichts der besonderen Umstände", auf die fraglichen drei, was Arundelle in nicht gelinde Panik versetzte. So was hatte sie ja noch nie gemacht! Außer für Billy-Joe – und der war des Bogens enger Vertrauter.

Was meinte der Bogen überhaupt mit seinem ‚angesichts der besonderen Umstände'? Ihm ging es ja wohl nicht um Gewicht! Penelope wog so einiges. Kummerspeck kam jetzt hinzu. Doch der Zauberbogen hielt sich bedeckt. „Entweder allein mit denen oder gar nicht. Hat schon seine Gründe", ließ er sie lapidar wissen.

*

Der Zauberbogen nutzte die kurze Frühstückspause für die Reise zu Sagittarius A. Zeitreisen haben den Vorteil, praktisch so gut wie keine Zeit zu kosten. Wenn man schlampig war, konnte es passieren, dass man sogar Zeit gewann. Aber das war nicht gut. Und so kam es, dass Penelope M'gamba und ihre beiden Begleiterinnen - wie kleine Sonnen leuchtend - bereits wieder unter ihnen weilten. Während Scholasticus die Gelegenheit wahrnahm, ihnen seine Sicht noch einmal näher zu bringen.

Er versuchte sich zunächst in einer durchaus originellen Deutung dessen, was die Relativität genannt wurde. Ein Begriff, der seit Einstein durch die Welt der Astronomen geistert.

„Letztlich hängt alles mit der Krümmung des Raumes zusammen. Stellt euch vor, ihr zieht eine Gerade, die so lang wie euer Tisch ist. Stellt euch weiter vor, der Tisch wird dabei lang und länger und immer länger, noch länger und noch länger und ihr zieht unverdrossen eure Gerade. Ihr zieht und zieht und zieht; zieht tagelang, wochenlang, monatelang. Ihr werdet es schon erraten haben: Wenn man die Gerade nur lang genug zieht, dann kommt man eines Tages auf der andern Seite des Tisches an, denn dann hat man den Globus umrundet. Eure Gerade ist also in Wahrheit ein Kreis. Und jedes Teilstück daraus enthält eine unmerkliche Krümmung, die erst in sehr großen Dimensionen ins Gewicht fällt. Was wir also eine Gerade nennen, ist nicht wirklich gerade, sondern eben nur relativ gerade.

Nun mögt ihr einwenden, dass, wenn man schon waagrecht auf einer gewölbten Oberfläche keine wirkliche Gerade zustande bringt, dass man dann eben senkrecht in die Luft geht. Ihr errichtet also auf eurem Zeichentisch oder sonst wo, wo ihr eben wollt, eine Senkrechte. Ihr bemesst den 90° Winkel genau. Ihr sorgt dafür, dass die Ausgangsbasis nach menschlichem Ermessen völlig waagrecht ist.

Nehmen wir an, ihr schafft den rechten Winkel und die Senkrechte gelingt. So zeigt sich alsbald doch, dass ihr auch mit einer solchen Geraden nicht den Gesetzen der Geometrie treu bleiben könnt. Denn diesen zufolge müssten alle Parallelen, die ihr von eurem langen Zeichentisch aus herstellt, ebenfalls mit dem Winkel von 90° ausgestattet sein. Dies ist, wie ihr längst wisst, nicht möglich. Entweder die Senkrechten sind parallel, dann muss sich notwendig der Winkel verändern, je weiter wir über den Horizont hinausgelangen. Oder aber sie stehen wirklich alle lotrecht auf ihrem Bezugsgrund, dann starren sie vom Globus aus wie die Igelhaare ins All hinaus. Und sie sind alles andere als parallel, was zunächst nicht auffällt, was aber alsbald, wenn man genügend Abstand gewonnen hat, völlig klar wird.

Wir können unsere lotrechten Geraden nun durch Strahlen ersetzen, also durch Licht, von dem wir bereits einiges wissen. Licht weist dem Auge die Blickrichtung und zwingt sich dem Sehen in seiner Bahn auf. Was wir sehen, sind Strahlenbahnen, die unser Auge mit Lichtquellen verbinden. Es spricht vieles dafür, dass es diesen Geraden, nicht anders ergeht als der Geraden, die sich, wie wir oben gesehen haben, um den Globus zieht.

Es könnte uns also passieren, dass wir gleichsam unsere eigenen Rücklichter in gewaltigen Entfernungen zu sehen bekommen. Insofern unser Blick auf dem Lichtstrahl, der das Auge trifft, in einem gewaltigen Kreisbogen von vielen Millionen von Lichtjahren sozusagen in unseren Rücken gelenkt wird.

Es sieht so aus, als bräuchten wir nur hinter uns fassen oder unsern Kopf drehen, um uns dieser Rücklichter, (was immer wir uns darunter auch vorstellen mögen), inne zu werden. Das freilich ist uns nicht möglich und möglicherweise auch nicht gestattet.

Vielleicht begreifen wir nun, was es heißt, wenn man sagt, eine Gerade könne immer nur relativ gerade sein. In einem System voller Rundungen, hat die exakte Winkel-Geometrie einen schweren, ja einen eher unmöglichen Stand. Ihre Postulate werden im wahrsten Sinne des Wortes unhaltbar. Der Geometrie ermangelt es der unzweifelhaften Urgeraden, von der alles Geometrische auszugehen hat.

Wir sehen die Ursprünge unseres Universums in der Tat in riesigen Entfernungen von Millionen und Abermillionen von Lichtjahren. Die sogenannte Hintergrundstrahlung deutet die Ursprünge unserer Existenz an, also die Entstehung unseres Universums.

Wir blicken im weiten Kreisbogen auf unsere Rücklichter, sagten wir. Und wenn wir uns nur umdrehen oder hinter uns fassen könnten, dann würden wir sie womöglich mit Händen greifen können.

Noch haben wir zu diesem - in unserem Rücken liegenden - ‚Vorraum' keinen Zugang gefunden, der zweifellos in irgend einer Dimension existiert. Denn hier müsste sich unser Auge von der Vergangenheit ab- und der Zukunft zuwenden.

Unser Blick gilt den Jahrmillionen von Lichtjahren hinter uns. Wir vermögen den Blick nur in den Raum unserer Vergangenheit schweifen zu lassen. Die Wege sind folglich dort um so länger, je weiter die Zeit zurückliegt, aus der das Licht zu uns dringt.

Möglicherweise verhält es sich im ‚Vorraum' ganz anders. Logisch wäre dort, dass die am weitesten zurückliegenden Ereignisse, die uns nächsten werden. - Immer vorausgesetzt, wir blicken im Kreis.

Wir wissen von einem Ereignis oder nehmen es – wenn auch nicht unwidersprochen - an: dem Urknall, in welchem all das entstanden ist, was sich in der Folge entfaltete. Es führte zur Entstehung von unserem Sonnensystem, den Planeten und schließlich der Erde, dem Leben darauf und uns Menschen endlich und zu unserer Geschichte.

In unserem Modell nun bemerken wir, dass uns die Explosionsschockwelle des Urknalls in den Rücken bläst, und uns unaufhörlich aber auch uneinholbar (mit annähernder Lichtgeschwindigkeit) vorantreibt.

Wir – also unser Bezugssystem, das ist der Globus auf dem wir leben - können der Urexplosion nicht entfliehen. Die Lichtgeschwindigkeit ist uns allein schon deshalb verwehrt, weil wir das Licht ja noch sehen können, das bei dieser Vorgeburt unseres Systems aufflammte. Wenn es zu uns gelangen kann, dann deshalb, weil wir uns **nicht** mit der konstanten Geschwindigkeit des Lichts entfernen. Das Licht kann uns nur deshalb einholen, weil es schneller fliegt als wir.

Unsere Galaxie, die uns unvorstellbar gewaltig erscheinen muss, ist selbst wiederum nur ein kleines Phänomen irgendwo am Rande eines viel gewaltigeren Wirbels. Denn wir sind ja nur ein heruntergebremster Bereich, in dem die Zeit eine Rolle spielt. Eine Zone relativer Stille, gemessen an der vorherrschenden unendlichen Geschwindigkeit, mit der sich **alles Unendliche** bewegt.

Wir befinden uns inmitten einer kleinen heruntergebremsten Zone. Und das, was wir Urknall nennen, dürfte die Schockwelle in der Folge des Ausscherens aus dem Strom der unendlichen Geschwindigkeit sein."

„Schön und gut, mag ja so sein. Trotzdem, eine Gerade kann immerhin gedacht werden!" Arundelle ärgerte sich über die logische Falle, in die Scholasticus sie geführt hatte:

„Und sie kann nicht nur gedacht. Selbstverständlich kann eine Kreistangente an der Erde anliegen. Seht ihr, ich lege mein Lineal auf den Globus dort. Ganz einfach, oder etwa nicht?"

Das Lineal wippte, aber es ragte deutlich über die Rundung der Kugel hinaus. Ein Luftzug ließ es freilich ins Rutschen geraten. Es fiel klappernd zu Boden.

Arundelle hob es auf und schwenkte es mit triumphierendem Grinsen.

Alle blickten spätestens jetzt auf, auch die, die vielleicht abgeschaltet und den Monolog von Scholasticus über sich hatten ergehen lassen.

„Nun ja, der Mensch hat sich geometrisiert. Doch das ist wiederum ein Kapitel für sich“, sprang Grisella ihrem Schwager bei.

„Der Mensch ist das einzige Lebewesen, das sich einer geometrischen Ordnung unterzogen hat. Was immer davon auch zu halten ist“, ergänzte sie.

„Damit ist aber noch nicht bewiesen, dass der Schöpfer des Großen und Ganzen gleichfalls mit Lineal und Winkelmesser hantiert.

Was, wenn wir uns von dem scheinbar geradlinigen Licht optisch täuschen lassen?“

„Das müsste doch zu berechnen sein!“ - Arundelle gab sich so einfach nicht geschlagen. Andererseits wusste sie inzwischen, dass das menschliche Auge ein schwieriges Thema für sich war. Die kürzeste Verbindung zwischen zwei Punkten war zweifellos die Gerade. Aber nahm der Blick stets automatisch diesen kürzesten Weg?

Dinge, die einem selbstverständlich erscheinen, waren nicht immer selbstverständlich. Was war mit der Lichtbrechung? Wenn man ins Wasser schaut, dann sind plötzlich die eigenen Füße ganz wo anders. Auf das Auge ist – jedenfalls bezogen auf geometrische Exaktheit - wenig Verlass.

Mit Lichtbrechungen also musste gerechnet werden, zumal bei astronomischen Entfernungen. Anders, als vielfach gebrochen, vermochte man sich die Umrundung eines Äons denn auch nicht vorstellen. Um die Ecke schaute man nun einmal nicht.

Peter Adams meldete sich zu Wort. Er erbot sich, mit einigen Interessierten die Problematik des Sehens anzugehen. „Freilich werden wir uns wohl oder übel im Bereich traditioneller Optik zu bewegen haben“, schwächte er seinen Vorschlag ab, als von Seiten der Studierenden großes Interesse gezeigt wurde.

„Und ich könnte mir vorstellen, dass auch eine historische Betrachtung dessen, was man ‚die Geometrisierung des Menschen’ nennt, allerlei Interessantes ans Licht fördern wird. Noch weiß ich allerdings nicht, ob wir den Bogen zu der entstandenen Fragstellung schlagen werden. Aber darauf sollten wir es ankommen lassen.“ – fügte nun auch Grisella hinzu.

In einem wortlosen Dialog war sie mit Scholasticus, dem das Wegdriften einiger seiner Zuhörer sehr wohl aufgefallen war, überein gekommen, die nun doch recht stattliche Arbeitsgruppe wieder in Einzelteams aufzulösen. Die Probleme waren viel zu drängend, als dass man sich in der kritischen Phase, in der sie sich befanden, didaktische Schnitzer leisten konnte.

Dazu bedurfte es freilich zündender Themen, die zumindest denen einleuchten mussten, die sich mit ihnen befassen sollten.

Gesucht wurden neue Wege, sich das Universum zu erklären, das war das eine. Viel schwerer aber wog etwas anderes. Denn es galt, in eine ungute Entwicklung einzugreifen, die irgendwo da draußen gerade jetzt geplant und auch schon in die Tat umgesetzt wurde. Dieser Entwicklungsansatz würde die Welt in ein Chaos voller Leid und Not stürzen. Am Wegrand würden sich Berge von hingemeuchelten jungen, um ihre Lebenszeit betrogenen Menschen türmen. Wenn es nicht gelang, rechtzeitig in die Veränderung der Zeit einzugreifen.

Denn der Einsichten in die Relativität der Zeit bedienten sich skrupellose Machtmenschen, die vor keiner Teufelei zurückschreckten.

Penelope M'gamba war zweifellos eines ihrer jüngsten Opfer. Die Reise durch Zeit und Raum, der Sprung durch die Schranke des Lichts, den sie mit ihren Begleiterinnen hinter sich brachte, wandelte die schiere Verzweiflung zwar in abgeklärte Melancholie, denn auch ihr waren unaussprechliche Einsichten zuteil geworden. Sie konnten ihr gleichwohl den erlittenen Verlust nicht ersetzen.

Sie hatte ihre Fassungslosigkeit überwunden. Das war vielleicht das Wichtigste. Die Einsicht, dass es außerhalb der eigenen Befindlichkeit anderes gab, half ungemein, so banal diese Tatsache auch sein mochte. Man muss sie dennoch erst einmal an sich herankommen lassen.

Hier wirkte die Kraft des Lichts. Die Enttäuschung blieb davon unberührt. Nur die Fähigkeit, sie zu ertragen, schien gewachsen zu sein. Ungeahnte Kräfte wurden in der Betrogenen erweckt, die sie sich selbst am allerwenigsten zugetraut hätte. Die Starke nämlich war sie zuvor nach außen gewesen. Wie es drinnen aussah, ging keinen was an.

Mit dieser Haltung, die so gut zu ihrem Erscheinungsbild passte, war sie die letzten Jahre gut zurecht gekommen. Die Liebe erst brachte sie wirklich aus dem Gleichgewicht.

Wenigstens brauchte sie sich nun nicht länger an diesem Strohhalm festklammern, den die beiden Begleiterinnen ihr so bereitwillig hinhielten. Sie konnte sich nun eingestehen, wie sehr sie sich in Zinfandor getäuscht hatte, wie die Liebe zu diesem Mann sie blind und taub und für jede Kritik unempfänglich gemacht hatte.

Dabei hatte es die Stimmen der Kritik gegeben. Im Grunde hatte sie es schon lange geahnt:

Etwas stimmte mit Zinfandor nicht. All die befremdlichen Manöver von Anfang an; - warum hatte er darauf gedrängt mit ihnen durch den halben Pazifik zu segeln? Und noch dazu in einem kleinen Boot? Weshalb diese Einsilbigkeit? Was war der Grund für seine Verschlossenheit? Jetzt konnte sie das, was sie zuvor als Schüchternheit zärtlich in Schutz genommen hatte, als das begreifen, was es war: Feindselige Abwehr gegen die Welt, aus der sie stammte und in der sie zu Hause war.

Zähneknirschend nur hatte er sich den Gegebenheiten unterworfen, sich in ihren Schatten begeben und war ihr auf Schritt und Tritt gefolgt.

War denn gar nichts echt gewesen? Penelope M'gamba glaubte in sich eine Spur der Wahrhaftigkeit zu spüren. Sie klammerte sich an den letzten Halt. Wenigstens der Zweifel blieb ihr. Den mochte sie noch immer nicht preisgeben.

Zu tief wäre der Krater im übrigen gewesen, den dieser letzte Anker reißen würde, gestünde sie sich auch hier den Betrug ein. Es war auf alle Fälle besser, mit dem Zweifel weiter zu leben, als an der Wahrheit zu Grunde zu gehen. Denn in jedem Zweifel steckt immer auch ein winziger Funke der Hoffnung.

Das Ansinnen, ihre Beziehung zu Zinfandor Leblanc zum Gegenstand einer Arbeitsgruppe zu machen, erschreckte sie nun nicht mehr. Sie sah durchaus den Sinn in einer Untersuchung. Und vielleicht kamen andere auf Ideen, die ihr selbst verwehrt blieben. Vielleicht war sie zu nah dran, und es bedurfte der nötigen Distanz.

Als gar Moschus Mogoleia und sogar Peter Adams ihr Interesse bekundeten, stimmte sie dem Vorschlag Grisellas zu. Dies wäre eine sichere und womöglich aussichtsreiche Vorgehensweise. Jede andere verbat sich. Weil man von der Gefährlichkeit des Gegners nun überzeugt war, der gnadenlos über Leichen ging. Immerhin hatte die Korrespondenz mit der Bruderschaft gezeigt, womit man es zu tun hatte: Man sah sich einem international operierenden Großkonzern gegenüber, ausgestattet mit unerhörten Machtmitteln und geführt von Leuten, die zu allem entschlossen schienen.

Jeder, der sich auch nur eine ungefähre Vorstellung von diesem Gegner machte, drohte zu resignieren. Was konnten sie schon tun? Zumal jetzt, wo die Hydra gewarnt war und Bescheid wusste.

Es stand zu hoffen, dass die Professorin wenigstens halbwegs in der Lage war, ihre Forschungsergebnisse zu rekonstruieren. Dann wüsste man wenigstens, was dem Gegner alles in die Hände gefallen war.

*

So gingen die unterteilten Arbeitsgruppen unverzüglich an die Arbeit. Grisella sah ein, dass ihr Vorschlag, die Geometrisierung des Menschen zu untersuchen, zurückgestellt werden musste. Es galt, die neuen Wege zu beschreiten, die Scholasticus in Zusammenarbeit mit Arundelle gewiesen hatte. Die Zeitformel musste sich erst einmal beweisen, die Annahmen waren zu überprüfen. Das neue Bild vom Universum ließ sich bislang nur schemenhaft umreißen.

Scholasticus wies noch auf einen dritten Arbeitsschwerpunkt hin. Den Blick einzig nach draußen zu richten, genüge nicht. Man dürfe die Welt der Teilchen nicht links liegen lassen. Denn dort verberge sich womöglich das letzte und größte aller Geheimnisse. Überhaupt sei es sinnvoll, die bisherigen Ergebnisse noch einmal zusammen zu fassen. Man habe sich ja durchaus auch über Elementarteilchen und Wellen schon mancherlei Gedanken gemacht.

Doch alle ihre Bemühungen drohten ins Leere zu stoßen. Wenn es ihnen nicht gelang, die Machenschaften der Bruderschaft zu unterbinden, dann gäbe es bald überhaupt keine Freiheit der Forschung mehr. Sie mussten, koste es was es wolle, der Fehlentwicklung Herr werden und den finsteren Plänen der Bruderschaft einen Riegel vorschieben.

„Ich schlage vor, zweigleisig zu verfahren“, schlug Professor Schlauberger deshalb vor.

„Wir müssen in Erfahrung bringen, wie der Erkenntnisstand der Bruderschaft ist. Dazu bedienen wir uns am besten den uns zur Verfügung stehenden magischen Kräften. Aber auch unser eigener Wissensstand, unsere Sicht des Universums, die Einsichten in das Wesen von Zeit und Zukunft bedürfen der Zusammenfassung. Deshalb bitte ich Sie, zur nächsten Stunde all das mitzubringen, wovon Sie glauben, dass es helfen könnte, unsere Sicht der Dinge zu erweitern. Wir tragen all das zusammen, was wir wissen. Und schauen dann, ob es ausreicht, der drohenden Gefahr zu begegnen.“

## 38. Auf geheimer Mission

Die Bruderschaft Infernalia suchte man im Telefonbuch vergebens, wie es bei einer Geheimgesellschaft nicht anders zu erwarten war. Tibor und Billy-Joe fanden sich mitten auf dem Piccadilly Circus wieder, einst ‚Hub of the World' (Nabe der Welt) genannt. Und gerade wieder drehte sich diese Nabe, wenn auch mit deutlich geänderter Zielsetzung, inmitten der Londoner City.

Ein leiser Nieselregen ging aus grauem Himmel nieder. Mitten im Hochsommer kletterte das Thermometer an einem solchen Tag kaum über die 15 Grad Celsius Marke hinaus. Und obwohl die Beiden aus dem Winter auf der Südhalbkugel kamen, empfanden sie die kühle Nässe als sehr unangenehm. Zumal sie ratlos waren. Die Kraft des Zaubersteins hatte sie zwar hierher gebracht, aber nun schien dieser nicht mehr weiter zu wissen.

„Das Büro muss ganz in der Nähe sein, sonst wären wir nicht hier angekommen", versuchte Billy-Joe seinen Freund zu ermuntern. Pooty stecke den Kopf aus dem Medizinbeutel und bestätigte Billy-Joes Hinweis:

„Wir müssen zu dem großen Bürogebäude auf der anderen Seite rüber, dann in den dreiundzwanzigsten Stock, dort dann rechts in die dritte Tür zum zweiten Gang, dort wieder rechts, dann links ungefähr dreißig Schritte, dann müssten wir da sein."

„Wir können da doch nicht so einfach reinplatzen. Vermutlich ist das sowieso nur eine Briefkastenadresse", gab Tibor zu bedenken.

„Ich finde auch, dass wir uns tarnen sollten. Das Beste wird sein, wir kaufen uns erst mal unauffällige Kleidung. Zum Glück ist London ein internationales Pflaster, da fallen wir, richtig verkleidet, kaum auf."

Ihr Auftrag war so eindeutig wie unklar: ‚Findet heraus, was die Bruderschaft weiß, und was sie als Nächstes vorhat und fangt möglichst auch noch den Spion ab. Und vor allem, seht zu, dass ihr den Koffer mit den Geheimdokumenten zurückbekommt.'

Der Auftrag hätte besser gelautet: ‚Findet die Bruderschaft!' Die beiden Jungen zweifelten keinen Augenblick daran, dass sie an der bezeichneten Stelle auf eine freundliche Sekretärin treffen würden, die eine Firma mit klangvollem Namen repräsentierte. Sie würde sich ihr - noch zu erfindendes - Anliegen geduldig anhören und sie dann freundlich vertrösten.

Selbstverständlich konnten sie ihr nicht sagen, was sie wirklich wollten. Dass sie einen Spion jagten, der einen Koffer voller Geheimnisse gestohlen hatte und der vermutlich gerade auf dem Weg hierher war – falls es sich um die richtige Adresse handelte, was eher unwahrscheinlich war.

Spione mit gestohlenen Geheiminformationen gingen für gewöhnlich nicht geradewegs zur öffentlichen Deckadresse, um dort ihre heiße Ware abzuliefern.

*

Die Schulleitung der Zwischenschule hatte sich lange mit dem Kollegium beraten. Sollten sie die offiziellen Kanäle einschalten? Müssten sie dann nicht allzu viel offen legen? Staatliche Stellen gaben sich in der Regel mit vagen Anschuldigungen nicht zufrieden. Ganz sicher drohte ihnen auch von dieser Seite Gefahr. Die Aussichten der epochalen wissenschaftlichen Revolution, um die es hier ging, verführten eben nicht nur kriminelle Dunkelmänner. Auch Regierungen - so sie denn Wind von der Sache bekamen - würden sich kaum anständiger verhalten, war zu befürchten.

So wurde beschlossen, erst einmal einen unauffälligen Suchtrupp hinter dem Geflüchteten herzuschicken. Und was bot sich da besser an, als eine der gedankenschnellen Reisen, wie sie der australische Zauberstein bot?

Freilich war der wählerisch und beförderte längst nicht jeden. Außerdem war auch er ratlos. Die Yacht, auf der Zinfandor Leblanc entwischt war, ließ sich auch von ihm nicht orten. Vermutlich war der Passagier ohnehin längst mit einem anderen Verkehrsmittel unterwegs.

Immerhin glaubte der Zauberstein, den Sitz der Bruderschaft zu kennen, was im übrigen nicht weiter schwer war, denn auch Dorothea kannte ihn. Es war die Londoner Adresse, mit der sie korrespondiert hatte.

Der Zauberstein weigerte sich rundweg, Erwachsene zu befördern. „Nicht auf einer solchen Strecke", ließ er Billy-Joe über Pooty wissen, mit letzterem er sich Billy-Joes Medizinbeutel teilte.

Auf eine Begründung freilich wartete man vergebens. Er ließ in dieser Angelegenheit nicht mit sich handeln. So mussten die frustrierten Lehrer die beiden Jungen ein weiteres Mal ins Ungewisse hinaus ziehen lassen.

Besser diese beiden, die immerhin Erfahrung hatten, als jemand völlig Unbedarften. Außerdem legte sich der Zauberstein selbst fest. Er verhielt sich auf einmal völlig eindeutig.

„Die Reise selbst ist eine Sache von Sekunden. Wenn alles gut geht, sind wir in zwei, drei Stunden zurück", erklärten die Jungen nach Rücksprache mit ihrem Zauberstein und dessen ständigen Begleiter, der inzwischen zum Vertrauten aufgestiegen war.

Eine Rolle, die Pooty um so lieber wahrnahm, als er sich damit in die Fußstapfen seines dahingeschiedenen Freundes Walter begab.

„Und bloß kein unnötiges Risiko. Haltet den Stein immer bereit, so dass ihr jederzeit abhauen könnt, wenn's brennt...", schärfte ihnen Professor Schlauberger ein, der wenig von dem Großauftrag hielt, den die Schulleitung ausgearbeitet hatte.

„Wie sollen die Kinder das denn schaffen?" - tadelte er. Natürlich wäre es wunderbar, wenn es den beiden gelänge, den gestohlenen Koffer zurückzuerobern.

Auch Dorothea warnte: „Das sind ganz ausgebuffte Ganoven. Die gehen für ihre Ziele über Leichen, wenn 's sein muss."

*

Die Maschine aus Sydney landete pünktlich in London-Heathrow. Der Mann mit dem Koffer unter dem Arm blickte gehetzt um sich, so dass sogar die Zollbeamten aufmerkten, die ohne großen Eifer ihre Pflicht taten. Der Mann besaß einen südafrikanischen Pass und hatte sein Landedokument nicht richtig ausgefüllt.

„Sir, wo werden Sie während Ihres Aufenthalts wohnen? Sie müssen das da ausfüllen. Hat man Ihnen an Bord nicht die Bestimmungen erklärt?"

Im Rückstau ließ sich Murren vernehmen, bis der Beamte den säumigen Passagier aus der Schlange nahm und an die Seite zog. Dort durchsuchte man den Koffer, den dieser so sorgfältig behandelte, als seien rohe Eier darin. Doch es fanden sich nur Aktenmappen und einige Order voller mathematischer Berechnungen.

Das Formular war inzwischen ausgefüllt. „Haben Sie gar nichts zum Anziehen dabei?" - fragte der Beamte freundlich. Der Mann zuckte erneut zusammen, als sei er beim Ladendiebstahl ertappt worden.

„Ist das etwa verboten?" - fragte er völlig humorlos, wie's dem Zöllner erschien, der daraufhin ärgerlich abwinkte und sich grußlos dem nächsten Passgier zuwandte.

Voll war die Maschine nicht gewesen. Leblanc, um niemand anderen handelte es sich bei dem Mann, hatte die ganze Reihe für sich gehabt. Trotzdem hatte er kaum ein Auge zugetan. In seinem Kopf ging es zu wie in einem Bienenstock.

Nur mit Mühe hielt er die Panik in Zaum, die ihn immer wieder zu überwältigen drohte. Was hatte er getan? Er sah die schreckliche Szene wieder und wieder vor seinem geistigen Auge.

Er hätte sich nicht einschüchtern lassen dürfen. Alles war so schnell gegangen. Der anklagende Blick dieser verzweifelten, fragenden Augen. Das ungläubige Entsetzen darin... Ein letzter verzweifelter Aufschrei. - Ringsum brodelndes wildes Meer und ein vollgeschlagenes Boot - übervoll bis zum Dollbord, dabei zu sinken...

Er fühlte sich wie ein Tier in der Falle. Er war nur scheinbar frei. Die Stäbe seines Gefängnisses waren unsichtbar, deshalb aber keineswegs weniger wirksam. Er wusste, er konnte sich nirgendwo hin wenden. Er war seinen geheimen Führern auf Gedeih und Verderb ausgeliefert. Stück für Stück hatte er sich in dem raffiniert ausgelegten Netz verfangen. Erst als es kein Zurück mehr gab, erkannte er, worauf er sich eingelassen hatte.

Eilig strebte er dem Ausgang zu. Er folgte den Anweisungen des Agenten, der ihn in Sydney zur Maschine begleitet hatte.

„Pass und Zoll passieren, so unauffällig wie möglich“, hatte er ihm eingeschärft. – Das hatte er bereits gründlich verdorben.

– „Dann den Zubringen zum Cityterminal nehmen, von dort die U-Bahn zum Zentrum – Piccadilly aussteigen – Ausgang Westend – Lift 12 dreiundzwanzigste Etage...“

Zinfandor Leblanc wühlte in seinen Taschen. Wo war der Zettel doch gleich? Ihm fiel ein, dass er ihn hätte vernichten sollen. Auf dem Zettel stand der Name der Firma, an die er sich zu wenden hatte.

*

Zielstrebig steuerten die beiden Jungen das nächste Kaufhaus an. Dort erstanden sie Pullover und Regenmäntel und Schirmmützen, sowie Rucksäcke der modischen Art, worin Billy-Joe die verräterische Medizintasche verstaute, was Pooty gar nicht recht war.

„Willst du, dass ich ersticke“, ließ er sich dumpf vernehmen. „Was ist das nur für ein fürchterlicher Gestank?“

Neue Sachen rochen nun mal. „Ist ja nur für kurze Zeit. Bis wir wissen, was es mit dem Laden da oben auf sich hat“, flüsterte Billy-Joe und erntete verwunderte Blicke.

Sie waren nicht allein im Fahrstuhl, der sie zum dreiundzwanzigsten Stock hinaufbrachte. Dort angelangt, hielten sie sich genau an die Anweisung und standen alsbald vor einer milchigen Tür, die eine elegante Goldschrift zierte. **Tempora Media Ltd**. buchstabierte Tibor.

„Nun sind wir auch nicht schlauer als zuvor“, meinte Billy-Joe. Er fühlte sich sichtlich unbehaglich. Tibor erging es nicht besser. Dies war keine Umgebung für sie. Trotz ihrer Tarnung sahen sie reichlich fehl am Platz aus. Für ihren Auftritt hier oben wären sie zuvor besser zum Herrenausstatter bei Harrods gegangen.

Verstohlen schauten sie sich um. Der Gang war leer. Weit und breit entdeckten sie keine Menschenseele. Pooty wunderte sich wegen der plötzlichen Stille und streckte seinen Kopf aus dem Rucksack.

„Da ist doch die Klingel“, rief er und deutete neben das Messingschild, wo tatsächlich ein goldener Klingelknopf leuchtete.

„Ist zum Draufdrücken, nun macht schon.“ Als die Jungen zögerten, schlüpfte er blitzschnell aus dem Sack und sauste Billy-Joes Rücken hinab, dass die Funken sprühten und sich sein Fell elektrisierte. Billy-Joes Mantel war aus Kunststoff.

*

Der Stuhl des mächtigen Vorsitzenden der Bruderschaft Infernalia wackelte, bildlich gesprochen selbstverständlich. Denn in Wirklichkeit saß er gerade lässig und breitbeinig hinter einem pompösen Schreibtisch, paffte eine dicke Havanna und telefonierte mit Sydney.

„Endlich mal eine gute Nachricht“, rief er aus und knallte den Hörer auf die Gabel.

Die Dinge entwickelten sich längst nicht mehr so, wie geplant. Das ehrgeizige Projekt steckte fest. In den eigenen Reihen wurde Kritik an seinem Führungsstil laut. - Misserfolg war etwas für Schwache und Schwäche konnte er sich nicht leisten.

Es wurde Zeit für einen radikalen Richtungswechsel. Erste Kontaktgespräche mit den einstmals geschmähten Bionikern waren durchaus vielversprechend verlaufen. Deren Erfolgsaussichten nahmen sich freilich vergleichsweise bescheiden aus. Immerhin aber erwiesen sie sich als wirklichkeitsnah.

Obwohl ihm persönlich ja die Vorstellung unheimlich war, seine Körperorgane allmählich durch so etwas wie Biomechanische Maschinenteile ersetzen zu lassen. Oder gar sein Gehirn und damit seine Persönlichkeit in einen andern Körper verpflanzt zu wissen. Ein wenig eleganter, gleichwohl effektiver Weg, wenn auch hier die Misserfolge nicht ausgeblieben waren. Deshalb war der von ihm begünstigte Forschungszweig in den Reihen der Bruderschaft denn auch zunächst so willkommen gewesen.

Das war ja nun vorbei. Die Geheimnisse in dem Koffer, den er voller Ungeduld erwartete, stellten vielleicht seine letzte Chance in dieser Richtung dar.

Milliarden waren vergeudet worden und lagen nun in Form von Trümmern auf der Rückseite des Mondes. Bei dem Gedanken an die nächste Bilanz wurde ihm schlecht. Er stand unter Druck, kein Zweifel. Wenn er bis dahin nicht mit durchschlagenden Erfolgen aufwarten konnte, wäre dies das Aus für ihn. Er könnte von Glück sagen, wenn er mit dem nackten Leben davon kam. Einige seiner Geldgeber fuhren schon jetzt die Krallen aus. Statt Geld zu waschen, wie diese es sich vorstellten, ließ er Geld hinter dem Mond verschwinden.

Ein grimmiges Knurren vibrierte in seiner Kehle. Da er wusste, wie er selbst im umgekehrten Fall verfahren würde, machte er sich über sein Schicksal keine Illusionen.

Und dabei schien noch vor wenigen Wochen alles so glänzend, so einfach. Der Mond war tatsächlich aus seiner Bahn gebracht worden. Für Tage und Wochen eierte er beharrlich immer an der selben Stelle und löste nicht nur fürchterliche und durchaus unerwünschte Naturkatastrophen, sondern auch den gewünschten Effekt aus.

Die Erde tat regelmäßig einen kräftigen Sprung und beschleunigte ihre Rotationsgeschwindigkeit beträchtlich, was die Tage merklich verkürzte.

Außer Verwirrung und weltweiter Panik in den betroffenen Regionen - vor allem auf der Südhalbkugel - lösten die Veränderungen noch etwas anderes - nicht weniger Unerklärliches - aus. Jedenfalls vermochte von ihren Wissenschaftlern letztlich keiner diese merkwürdigen schwarzen Wirbel zu deuten, die sich aus Windhosen und Orkanen abspalteten und in bestimmten Regionen zu äußerst befremdlichen Erscheinungen führten.

Nun war der Satellit hinter dem Mond abgestürzt. Mond und Erde befanden sich beinahe wieder im gewohnten Abstand und die Zeit vertickte beinahe wieder so, wie eh und je.

Vom dritten Vorsitzenden der Bruderschaft, einem Südafrikaner namens Botho van Zyl, war vor geraumer Zeit auf dem Höhepunkt der Naturkatastrophen eine verzweifelte Nachricht ergangen, in der er um sofortige Beendigung der Experimente flehte. Ein Taifun hatte seine Farm hinweggefegt und mit ihr den Großteil seiner Familie.

- Was für ein Jammerlappen, befand Waldschmitt. Der hatte noch überhaupt nichts begriffen. Das Fax, so hoffte Walldschmitt, würde ihm möglicherweise noch einmal gute Dienste leisten. Immerhin könnte er – sollte es zum Ärgsten kommen - einmal so tun, als sei der Abbruch der Experimente auf diese Nachricht hin erfolgt. Damit wäre ein Sündenbock gefunden, dem die enormen finanziellen Verluste bequem angelastet werden konnten.

Das Beste wäre es gewesen, Botho van Zyl hätte sich zusammen mit den Seinen auch gleich selbst für immer davon gemacht. Doch was noch nicht war, konnte ja noch kommen.

*

Ehe ihn Billy-Joe daran hindern konnte, drückte Pooty auf den blankgeputzten Messingknopf, worauf ein melodisches Geläut einsetzte und kurz darauf ein Summer summte.

Zögernd und verlegen traten die Jungen einen Schritt vor. Pooty, erschrocken über seinen Mut, verkroch sich sofort wieder in dem

Rucksack und unterhielt sich flüsternd mit dem Zauberstein, der sich daraufhin in pulsierende Alarmbereitschaft versetzte.

Eine herbe Schönheit von unbestimmtem Alter saß malerisch hinter einem wundervollen Schreibtisch und schaute ihnen direkt in die Gesichter, als sie verlegen durch die geräuschlos beiseite gleitenden Türen stolperten.

Da standen sie nun und schauten betreten zu Boden. Die Frau räusperte sich, lächelte noch einmal sichtlich gezwungen. „Kann ich etwas für Sie tun, meine Herrn?“

Billy-Joe fühlte sich an seine Zeit als Hotelboy erinnert. Er wusste, was die Weißen von einem erwarteten. Deshalb hielt er seinen spontanen Einfall für eine gute Idee.

„Wir wollten bloß fragen, ob Sie eventuell Reinigungskräfte einstellen“, sagte er und beantwortete damit das zweite noch formellere: „Was kann ich für Sie tun?“, der Dame.

Diese stutzte einen Augenblick, dann zwang sie sich erneut zu einem gekünstelten Lächeln, als sie den Kopf schüttelte:

„Bedaure, nein. Auf absehbare Zeit benötigen wir kein weiteres Personal.“

Noch einmal blickte sie die Jungen prüfend an, überlegte kurz, schüttelte wieder den Kopf und sagte: „Ist noch was?“

Es schien, als habe sie jemanden erwartet und war sich nicht ganz schlüssig, ob sie wirklich die Falschen waren. –

„Bringt ihr etwa den Koffer?“ - fragte sie dann doch.

Den Koffer? - dachten die Jungen. Den Koffer!? – und schüttelten viel zu hastig gleichzeitig die Köpfe, drehten sich auf dem Absatz um und verschwanden durch die Tür, die sich sogleich wieder schloss.

*

Roland Waldschmitt schob die unbequemen Gedanken beiseite. Es klingelte. ‚Das wird er sein’, dachte er zufrieden. Dann hörte er Stimmen. War anscheinend doch noch nicht Leblanc. Doch der müsste jeden Augenblick kommen, wenn er die Zeit richtig überschlug. Man hatte Leblanc befohlen, sich auf direktem Weg in die Firma zu begeben. Und Gehorsam war Leblanc. Dafür hatte Waldschmitt schon gesorgt.

Man hatte den Kerl in der Hand, indem man ihm zu einer neuen Identität verholfen hatte, die man jederzeit auffliegen lassen konnte. Da genügte ein Anruf bei der richtigen Stelle und der Leblanc wanderte für den Rest seines Lebens hinter Gitter.

*

Als Billy-Joe und Tibor auf dem Weg zum Fahrstuhl um die Ecke bogen, wären sie beinahe mit jemand zusammen gestoßen, der es ebenfalls sehr eilig hatte. Die Beiden erkannten den Mann sofort und reagierten blitzschnell.

Billy-Joe warf sich nach vorn und brachte den Mann aus dem Gleichgewicht. Tibor schnappte den Koffer in dessen Hand, als der taumelnd nach Halt suchte, während Pooty den Stein anwarf. Und ehe der erschrockene Mann recht begriff, wie ihm geschah, war der Spuk vorüber.

Der Koffer war verschwunden – wie von Geisterhand entwendet. Das war das Ende, schoss es Leblanc durch den Kopf. Er könnte sich ebenso gut gleich aus dem Fenster stürzen. Doch selbst dazu fehlte jetzt die Gelegenheit. Durch dieses Panzerglas hier oben konnte man sich nur hindurch sprengen.

In seiner Panik rannte er ins Treppenhaus. - Nur weg hier. Wo fände er jetzt ein Schlupfloch? Die Besucherplattform fiel ihm ein - in diesem Büroturm gab es bestimmt eine Besucherplattform.

Noch war nicht alles verloren.

*

„Nennt es Zufall oder Fügung“, meinte Arundelle, die wenig später - nach ihrer eigenen Rückkehr - die Geschichte erfuhr. Die Kraft des Advisors erfüllte sie noch frisch und stark. Und ihr war klar, dass es in Wirklichkeit keine Zufälle gab. Um so lieber schloss sie die Heimkehrer in die Arme, die den erbeuteten Koffer alsdann im Triumphzug um die halbe Insel schleppten, bis die aufgeschreckte Schulleiterin ihnen Einhalt gebot. Noch immer sei Vorsicht angebracht.

Der kurze Blick in Zinfandor Leblancs verhärmte Züge ließen Billy-Joe dort andere Anzeichen als die üblichen Folgen eines Zweitagefluges erkennen.

„Das wird Frau Professorin M'gamba sicher sehr interessieren“, sagte Arundelle als er es ihr erzählte. Sie bestand auf einem Besuch. Auch Tibor ging auf ihr Drängen hin mit, obwohl er sich an das Gesicht des eblancs nicht erinnern konnte. Von einer Leidensmiene hatte er eigentlich nichts bemerkt. Zumal er sich ganz auf den Koffer hatte konzentrieren müssen, wie er meinte. Außerdem war der ganze Coup in kaum einer Sekunde vorüber gewesen.

„Der Koffer ist unberührt.“ - bestätigte Penelope M'gamba nach eingehender Kontrolle. Sie musste am besten wissen, was sich darin befand. Sie hatte ihn selbst gepackt.

Die Arme konnte gar nicht genug über Zinfandor Leblanc erfahren, und fragte Billy-Joe wahre Löcher in den Bauch. Der bereute fast, überhaupt von seiner Beobachtung angefangen zu haben. Er wusste ja nicht, welche Version sich Flo und Cori zurecht gelegt hatten, um die arme Frau aus der Krise zu leiten. Da passte ein solcher Hinweis natürlich wie die Faust aufs Auge.

Erst allmählich begriff der Junge, worauf die Fragerei hinauslief. Und je länger er nachdachte, um so eindeutiger schienen ihm die Umstände. Zumal der furchtbaren Macht von Malicius Marduk schon so mancher gegen seinen Willen verfallen war.

Zinfandor Leblanc – ein willenloses Werkzeug in Händen der Macht des Bösen! So schrecklich diese Vorstellung auch war, so tröstlich erschien sie der gepeinigten Seele doch: Penelope M'gamba fand zu ihrer Tatkraft zurück.

Es gelang ihr, die schwarzen Schleier der Melancholie zu zerreißen, in denen sie sich verfangen hatte. Sie sann, wie sich denken lässt, nun mit ganzer Kraft auf die Rettung ihres Mannes.

## 39. Das All ist überall

Der Anlass schien Arundelle diesmal mehr als wichtig, so dass sie sich nicht zurückhalten konnte. Zumal der Zauberbogen durchaus geneigt schien, sie ohne Murren zum Advisor zu bringen.

„Carpe diem" (nutze den Tag), schnarrte er vielmehr, als die Jungen nach London aufbrachen und er Arundelle beinahe gewaltsam zurückhalten musste, die unbedingt mitwollte. - Seit sich ihre Beziehung erneuert hatte, gab das Mädchen auf seinen Ratschlag wieder viel mehr Acht.

„Lass sie nur ziehen, uns ruft das All", ließ er Arundelle wissen. Er machte sich bereits daran, die Koordinaten einzustellen. Irgendwie schien sich der Bogen die Reise zum Advisor richtig zu wünschen.

– Im Grunde hatten **beide** ihren Besuch erwartet und geplant, wie sich herausstellte. Denn auch der Advisor begrüßte sie bei ihrer Ankunft aufs herzlichste. Da war Arundelle durchaus anderes gewöhnt.

„Am besten, du erzählst erst einmal ein bisschen", eröffnete der Advisor das Gespräch.

„Und keine Angst, diesmal verschwinde ich nicht. Ich werde dir geduldig zuhören. Nimm dir nur soviel Zeit, wie du brauchst."

Der Advisor hatte nämlich die schlechte Angewohnheit, während einer Unterredung plötzlich zu verschwinden. Er löste sich einfach auf. Seine Stimme erstarb, seine ohnehin durchscheinende Gestalt verschwamm, und dann war er verschwunden.

Arundelle berichtete also, was sich auf der Erde bei ihnen so tat. Doch das schien den Advisor nicht sonderlich zu interessieren. Schon gar nicht die Geschichte von dem entwichenen Spion. Sie lockte ein amüsiertes Grinsen auf seine Züge. Er hielt ganz offensichtlich an sich, um nicht loszuprusten.

„Kenn ich, kenn ich alles“, winkte er ab. „Du hast dir aber doch so deine eigenen Gedanken gemacht, mein liebes Kind“, lockte er, als Arundelle verstummte, der nicht entging, wie ihr Bericht aufgenommen wurde.

Den Zauberbogen über ihrer Schulter überlief ein Schauder. Arundelle war es, als ginge von ihm zugleich Kraft auf sie über.

Sicher machte sie sich Gedanken. Ihre Gedanken kreisten meist um das Wesen von Zeit und Sein, und was sie so an Forschung in ihren Arbeitsgruppen betrieben. Sie konnte sich schon gar nicht mehr vorstellen, wie es früher gewesen war.

Worüber hatte sie sich da eigentlich den Kopf zerbrochen? Vielleicht war sie - indirekt - diesen Fragen immer schon nachgegangen, jedenfalls seit sie Laptopia kannte. Nur, als sie ganz neu in der Zwischenschule war, hatte sie ihren Schwerpunkt für kurze Zeit verlagert. - Damals, als es um die Lehre vom rechten Sehen ging. Aber als dann wieder all die Dinge geschahen und die Serie der Unglücksfälle überhaupt nicht mehr abreißen wollte, da war sie gleichsam mit der Nase wieder auf ihr eigentliches Thema gestoßen worden.

„Nun denn, so lass doch hören, wir sind ganz Ohr“, ließ sich der Advisor vernehmen. „Genier dich nicht, wir sind unter uns“, setzte der Bogen nach, als Arundelle noch immer zögerte. Wo nur anfangen? Es gab so vieles.

„Der Weltraum ist nicht leer, jedenfalls nicht so leer wie wir denken“, begann sie und merkte sogleich, wie hohl und nichtssagend ihr dieser Satz im Kopf widerhallte.

‚Sei’s drum’, rief sie sich in Gedanken zur Ordnung und fuhr fort:

„Des Nachts wird ein Teil der Fülle sichtbar, indem uns die Strahlen vieler Sterne erreichen, während man bei Tage den Wald vor lauter Bäumen nicht sieht. Ich will damit sagen - die Strahlen unserer Sonne baden uns in wahren Orgien des Lichts, besonders dann, wenn die Sonne auch wirklich scheint.“

Wieder hielt sie inne. Doch der Advisor nickte nur aufmunternd. Er hatte verstanden, was sie sagen wollte.

„Nur zu“, sagte er.

„Licht verbreitet sich - wie so viele andere Energieformen - wellenförmig. Inzwischen wissen wir, dass die unsichtbare Strahlung um vieles umfangreicher als die sichtbare ist. Wir können also davon ausgehen, dass das uns umgebende All mit dahineilenden Wellen aller Art und jeder Richtung angefüllt ist.

Wir haben uns das Universum als ein vergleichsweise grenzenloses Meer vorzustellen, bis zum Bersten angefüllt mit strömenden, Energie-geladenen Wellen.

Das All ist also keineswegs leer, selbst für uns nicht, die wir mit unseren Sinnen wenig mehr als das Licht wahrnehmen können. Beherrscht wird dieses Meer zweifellos durch die konstante Geschwindigkeit, mit welcher sich die Wellen überall hin ausbreiten. Es sei, sie stoßen auf Hindernisse und werden geschluckt und verwandelt. Dann tritt eine Zustandsänderung ein. Ganz ähnlich, als wenn Wasser zu Eis gefriert. Die Wellen verlieren ihren flüssigen Charakter und werden zu fester in sich ruhender Materie. Die Energie bleibt zwar erhalten, doch bedarf es der ‚Verflüssigung' um sie freizusetzen."

„Das ist interessant", unterbrach der Advisor den Redefluss des engagierten Mädchens.

„Ja, Einstein, einer unserer größten Physiker, hat dazu eine berühmte Formel aufgestellt", erläuterte Arundelle:

„Er fand heraus, dass Energie eine Form von Materie ist; beziehungsweise umgekehrt, dass Materie eine Form von Energie darstellt.

Energie entspricht dem Quadrat aus dem Produkt von Masse und Lichtgeschwindigkeit. Seither wissen wir, warum die Sonne das uns belebende Licht aussendet. Sie tut es, indem sie sich gemäß dieser Formel umwandelt und sich allmählich selbst verbrennt.

Der Doppelcharakter des Lichts wie ihn die Quantentheorie beschreibt, kommt ins Spiel, insofern Licht eine flüchtige und eine substantielle Seite besitzt. Gewinnt die substanzielle Form der Energie die Oberhand, dann kommt es zu einem Gerinnungsprozess und Materie entsteht.

Vorstellbar ist die Materialisation der Energie immerhin, auch wenn der Vorgang selbst sich der Analyse entzieht, sieht man von den bekannten Umwandlungen einmal ab, wie sie laufend auf der Erde vor sich gehen. In der Photosynthese zum Beispiel wird aus Licht pflanzliches Wachstum. Licht wird auf diesem Wege also in Materie umgewandelt.

Doch kehren wir zurück zu dem das All durchflutenden Energiemeer. Ist es ewig oder endlich**, - entstanden** oder **vorhanden**? - Das ist die Frage von Belang. Ist es doch die Zeit selbst, der wir auf die Schliche kommen müssen."

Der Advisor nickte, diesmal mit ernster Miene. Vieles von dem, was er zu hören bekam, bedurfte der Erläuterung, konnte so nicht stehen bleiben. - Immerhin ein ganzheitlicher Ansatz. ‚Man sieht, da versucht sich jemand ein Gesamtbild zu machen, statt angesichts der unvorstellbaren Dimensionen, um die es geht, zu verzagen.'

„Wenn der Raum, in dem dieses Energiemeer wogt und lebt, den Gesetzen der Zeit unterworfen ist, dann ist dieser Raum zwangsläufig **endlich**. Und die Tatsache, dass eine konstante Geschwindigkeit die Bewegung des Meeres grundsätzlich bestimmt, weist uns den Weg.

Dieses Energiemeer **entstand**! Es entstand als Herunterbremsung der unendlichen Geschwindigkeit auf das Niveau des Lichtes. Mit diesem Akt war auch die Zeit geboren.

Die Zeit entsteht zusammen mit der Lichtgeschwindigkeit, - genauer - die **Zeit entsteht aus dem Licht. Die Zeit ist eine Folge der Entstehung des Lichts**.

Denn die Ewigkeit ist in **jeder** Hinsicht unendlich, ausgenommen hinsichtlich der Zeit, insofern die Zeit ihrer Natur nach ‚Verendlichtung' schlechthin bedeutet. Wo Zeit herrscht, da gibt es immer einen Anfang und daraus folgt notwendig immer auch ein Ende.

An der Ewigkeit interessiert uns besonders die Unendlichkeit der Geschwindigkeit, denn dieser ist die unendliche Dehnung des Augenblicks geschuldet.

- Der Augenblick sei die Zeit als kleinstmögliches **Jetzt,** möchte ich anmerken und dazu auf Aurelius Augustinus verweisen, dem bereits im 7. Jahrhundert ein tiefer Einblick in das Wesen der Zeit gelang.

Der Augenblick (**das kleinstmögliche Jetzt**) gerinnt zur Ewigkeit, indem er in den Sog der Unendlichkeit und der dort herrschenden unendlichen Geschwindigkeit hineingerissen wird.

Der letzte Augenblick ist also zugleich der ewige Augenblick. (Wir Menschen also sollten nach einem genehmen letzten Augenblick trachten! Ist er doch das, was uns auf ewig bleibt.)"

Der Advisor riss erstaunt die Augen auf. „Der Tod erscheint in einem ganz andern Licht, - interessant und durchaus originell. Nur weiter so", lobte er.

„Im letzten Augenblick reißt es das Seiende ins ewige Nichtsein hinüber", griff Arundelle den Faden auf: „Oder sollte es statt Nichtsein besser Pleroma - also die unendliche Fülle – heißen?"

„Du bist auf der rechten Spur, mein Kind!"

Arundelle fühlt sich erröten, des Lobes wegen. Dabei hatte die Gleichsetzung von Sterben und Zeitdehnung zu heftigen Auseinandersetzungen in ihrer Arbeitsgruppe geführt. Konnte man wirklich Ereignisse, wie sie an den Rändern dieser schwarzen Löcher beobachtet wurden, zur Veranschaulichung des Sterbens heranziehen? Handelte es sich dabei tatsächlich um gleichartige Vorgänge?

Die Zustimmung des Advisors bestätigte Arundelles Überlegung, mit der sie sich nicht hatte durchsetzen können.

„Kehren wir noch einmal zum Licht zurück", fuhr sie fort:

„Denn meine Überlegung zum Wesen der Endlichkeit, bedarf gewiss der Klärung. - Licht verbreitet sich gleichförmig und geradlinig, nicht wahr?"

Wieder blieb dem Advisor nichts anderes übrig als zu nicken, wiewohl ihn doch ein Widerwort kitzelte. Er war gespannt, was nun kommen würde.

„Betrachter und Quelle sind durch eine Gerade einander verbunden", fuhr Arundelle fort.

„Geraden sind grundsätzlich den Gesetzen der Geometrie unterworfen. Gleichwohl steht ihrer Entstehung gleichsam das ganze Universum entgegen, das, sobald man den Zeichentisch verlässt, die geometrische Basis verliert, insofern Einflüsse anderer Art zu wirken beginnen.

Erdrotation ist vielleicht der augenfälligste Einfluss. Was ist das für eine Gerade, die zwischen Stern und Auge gebildet wird, wenn weder der Beobachter auf der Erde noch der Stern draußen im All stille steht, vielmehr zusammen mit der Erde davon rotiert? Und doch tut man so, als stehe er still. Es muss so sein, damit man die optische Verbindung zwischen Stern und Auge, als Gerade bezeichnen kann.

Eine solche Gerade muss notwendig relativ gerade, also nicht völlig gerade sein. Gleichwohl blickt der Betrachter an dieser Linie entlang auf die Lichtquelle und sei diese noch so fern. Er tut es längst nicht mehr nur mit bloßem Auge, sondern mit Instrumenten, die es erlauben, Millionen und Abermillionen von Lichtjahren zu durchdringen.

Das Schema aber bleibt das nämliche: er schaut an einer gedachten Linie zwischen sich und der Lichtquelle entlang – das heißt an der relativen Geraden, die sich – und sei die Krümmung noch so gering – in den Jahrmillionen, die das Licht durcheilte, letztlich zu einem Kreisbogen krümmen muss, denn wie lässt sich eine gleichförmig gekrümmte Gerade anders auflösen als in einem Kreis?

Jede Gerade, die nicht völlig gerade ist, wird irgendwann einmal ihr Ende im eigenen Anfang finden. (Oder doch wenigstens in dessen Nähe gelangen!)

Daraus folgt: Der Blick in die Ursprünge des Universums ist zugleich der Blick auf das Ende des Universums. Je weiter der Blick zu schweifen vermag, um so kürzer wird der Rest des Kreises. Oder anders gesagt:

Je weiter der Anfang entfernt ist, um so näher rückt das Ende, insofern der Kreis endlich ist und irgendwann einmal geschlossen werden wird.

Die Tatsache, dass die Entstehung von Zeit und Licht sehr weit zurück liegt, ist – bezogen auf den Wunsch der menschlichen Selbsterhaltung – keineswegs beruhigend. Denn je weiter der Anfang zurück liegt, um so kürzer wird die Distanz in unserem Rücken. Gelänge es uns, über unsere Schulter zu schauen, dann flackerte das Feuer der Ewigkeit womöglich bereits fürs bloße Auge sichtbar - womöglich nur noch wenige Lichtjahre von uns entfernt..."

Wieder schien der Advisor zufrieden.

„Im Großen und Ganzen leuchtet deine Sichtweise schon ein. Allein da wäre eine Kleinigkeit, die mir zu schaffen macht. Du sagst, der Betrachter vermeint nur, stille zu stehen, während er in Wahrheit seinen Standort wegen der Erddrehung laufend verändert. Es wäre zu überprüfen, ob sich nicht auch der Blickwinkel der Geraden zwischen Auge und Lichtquelle laufend verändert. Denk nur an die Sonnenuhr. Du müsstest nach besseren Gründen für deine zweifellos gewagte Ansicht suchen."

Arundelle nickte. Scholasticus hatte die Krümmung des Lichts ebenfalls erklärt, war noch gar nicht lange her. Damals war sie es gewesen, die widersprochen hatte. Und noch immer sträubte sich alles in ihr bei der Vorstellung im Kreis zu sehen.

Doch halt. Das Auge folgt doch nur der Bahn des Lichts. Tut es das nicht immer? Die Verbindung zwischen zwei Punkten musste einige Bedingungen erfüllen, um als Gerade zu gelten. Was, wenn diese Bedingungen erfüllt werden und bei der direkten Verbindung dennoch ein Kreisbogen zustande kommt?

Wieder blickte sie der Advisor durchdringend an. Und der Bogen gebärdete sich wie toll. Wieder schien es dem Mädchen, als könne der Advisor ihre Gedanken auch dann verstehen, wenn sie diese nicht in Worte kleidete.

Es war zweifellos an der Zeit, sich wegen dieser Raumkrümmung den im All wirkenden Kräften zuzuwenden. Ganz oben auf der Liste stand die Frage nach jener Kraft, der die Herunterbremsung der unendlichen Geschwindigkeit auf das Niveau von Licht und Zeit geschuldet war. Die Bibel machte es sich da einfach. Da genügte das Wort. Gott sagt: „Es werde Licht."

„Die Macht des Wortes ist gewaltig", stimmte der Advisor zu.

„Sehen Sie, es ist doch so", setzte Arundelle entschlossen an:

„Unter Energie versteht man nun mal viel mehr als all das, was sich wellenförmig um uns her verbreitet. In der Geistesgeschichte währt der Streit beinahe von Anfang an, was es mit den Kräften des Geistes auf sich hat. Es wäre endlich an der Zeit, all die metaphysischen Energieformen mit in die Überlegung einzubeziehen.

Würde die Trennwand zwischen geistiger (noch nicht messbarer) und physikalischer (meist messbarer) Energie erst einmal durchbrochen, dann läge vor uns ein weites blühendes Feld. Wir können uns davon kaum eine Vorstellung machen. Deshalb flüchte ich mich wohl oder übel in die Metapher des Feldes.

Und doch bin ich überzeugt davon, auf dem richtigen Weg zu sein. Wenn aus dem Licht Materie entsteht, dann kann aus dem Wort ebenso gut Licht werden..."

„Ach du liebe Zeit!" - rief der Advisor aus. Und schlug die Hände über dem Kopf zusammen. Wie Arundelle fand, war seine Überreaktion reichlich fehl am Platz. Oder sollte das ein weiterer Hinweis sein?

Die Zeit war ihr tatsächlich ganz abhanden gekommen. Zweifellos war es die Zeit, die bei allen Überlegungen, die sich die Menschen über die Entstehung der Welt machten, (den Urknall, wie ihn manche nannten), verrückt spielte. Erst presste sich eine unvorstellbare Ereignisfülle in ein unermesslich kleines Zeitquantum – man konnte getrost von Nullzeit sprechen. Dann aber ging es ziemlich nahtlos über in die Millionenrechnung. Plötzlich wurde Zeit in Hülle und Fülle verbraucht. Nun ließ sich die Entwicklung vergleichsweise unendlich viel Zeit, die dem einzigartigen Ereignis folgte.

Wieder war es Arundelle, als lese der Advisor ihre Gedanken. Denn er nickte stumm, enthielt sich aber sonst jeder Äußerung. Sichtlich bemüht, sie nicht über Gebühr zu beeinflussen.

Das hatte sicher wieder mit einer dieser Direktiven zu tun: ‚Anstoßen ja, Vorsagen nein' vermutlich – und sie **wollte** ja von allein drauf kommen!

Um die entscheidende Frage hatte sie sich bis jetzt herum gedrückt. Mit der Zeit geschah in diesen Tagen etwas, was nachhaltigen Einfluss hatte.

Wieder fühlte sie sich bestätigte. Auch ohne Worte gelang es dem Advisor, sich bemerkbar zu machen.

„Einstweilen wissen wir nur, was hilft", sagte sie deshalb und dachte an den Anti-Materie-Käscher mit dessen Hilfe es gelungen war, ein Serum gegen Versteinerung zu gewinnen.

„Wir vermuten, dass irgendwo da draußen eine Maschine versteckt ist, die dazu führt, dass die Zeit für manche Menschen gleichsam Aussetzer hat oder aber insgesamt schneller verstreicht. Und möglicherweise handelt es sich dabei um Vorgänge, die auf ganz unterschiedliche Weise ausgelöst werden."

„Beides lässt sich ja nun verstehen mit all den Erkenntnissen, die ihr gewonnen habt, nicht wahr?" - ergänzte der Advisor.

Arundelle nickte. Es musste sich hier in der Tat um Einflüsse handeln, die auf verschiedenen Ebenen wirkten. Denn Aussetzer bedeuteten ja wohl, dass die Zeit sich dehnte, was wiederum nur dann möglich sein konnte, wenn sie weit über das Maß der Lichtgeschwindigkeit hinaus beschleunigt wurde. Schneller hingegen verstich sie, wenn das Gegenteil eintrat, wenn das Licht weiter abgebremst wurde.

Denn **‚je langsamer sich das Licht bewegt, um so schneller verstreicht die Zeit'**, folgerte sie sehr zur Freude des Advisors.

„Nun müsst ihr eigentlich nur noch herausfinden, wie man das Licht dazu bringt, die konstante Lichtgeschwindigkeit auch wieder zu entdrosseln."

„Sonst noch was?" - rief Arundelle ärgerlich.

„In der Tat, das ist keine leichte Aufgabe", stimmte der Advisor zu.

Arundelle überwand sich: „Immerhin scheint die andere Aufgabe halbwegs gelöst", sagte sie – „theoretisch jedenfalls. Im Schwarzen Loch dehnt sich die Zeit bis fast zum Stillstand, wenn 's sein muss..." - Sie hielt inne und stutzte.

„Sie meinen?" - rief sie aus und schaute den Advisor verdutzt an. Dieser nickte. „So könnte es doch funktionieren, nicht wahr?"

„Winzige schwarze Löcher, das ist es, aber wie kriegt man die hier herunter?"

„Immer eins nach dem andern, junge Dame..."

„Kleine schwarze Löcher... faszinierend...", murmelte Arundelle noch einmal. Sie hatte da so eine Idee.

Der Advisor lächelte erneut und schien zufrieden. So wie immer, wenn alles nach Plan lief.

„Mir dreht sich alles", rief Arundelle in komischer Verzweiflung aus. „Wie komme ich denn jetzt auf Joghurt? - Rechts drehend - links drehend! – Welche waren noch gesünder?"

Aber darauf kam 's jetzt wohl nicht an, oder doch? Wieder blickte sie zum Advisor hinüber. Wenigstens in der Joghurt-Frage sollte er ihr aushelfen können, dergleichen war nun wirklich kein streng gehütetes Geheimnis mehr. Sie konnte sich nur gerade nicht erinnern.

Es gab sie jedenfalls, die Twister rechts herum und die Twister links herum. Die einen waren gut, die andern eher nicht so gut für die

Gesundheit, glaubte sie sich zu erinnern. Ob man das verallgemeinern durfte? Steckte im Joghurt etwa das Modell für die Funktionsweise des Alls?

„All ist überall“ – witzelte sie und lachte los. Der Advisor reagierte ganz anders. Seine bedeutungsvolle Miene ließ sie stutzen. War sie da etwa ganz nebenbei über eine wichtige Erkenntnis gestolpert?

Wie rum drehten sich schwarze Löcher? Taifune drehten auf der Nordhalbkugel genau entgegengesetzt als auf der Südhalbkugel – war es nicht so?

Ob die Richtung bedeutsam war? - Alles war bedeutsam! Da konnte so was Auffälliges wie die Richtung nicht unbedeutend sein!

Vaters Tick – der Traum von der ewigen Jugend. Ewiges Leben - dieser Spinner. Mit Joghurt hatte es bei ihm angefangen! Er hatte das Rauchen aufgegeben und die Ernährung umgestellt. Von da an war er dann in diesen Club gegangen. Erst schien es, als besserte sich mit der Gesundheit auch sein Charakter. Doch der Schein trog. Seine Selbstsucht verlagerte sich nur. Wie Mama das bloß ausgehalten hat?

Die Stimme des Advisors drang durch ihren Tagtraum. Es war diesmal mehr als eine Stimme. Die Kindheitsgefühle überwältigten sie. Sie fühlte Liebe und verzweifelte Sehnsucht – ausgerechnet nach ihrem Vater. Wann war das Band endgültig gerissen? War es denn zerrissen? Hielt so ein Blutsband nicht ewig?

Sie glaubte den väterlichen Ruf in den Genen zu spüren – jedenfalls ganz tief drinnen – dort, wo man sich nicht wehren kann. Dort, wo man ganz und gar ausgeliefert ist und offen und verletzlich – nichts als Mensch - ein Geschöpf nach geformten Bildern.

Hier etwa auch – rechtsdrehend, linksdrehend? Wirbelte das Blut dem individuellen Twister gemäß? Folgten die Ströme in den Nervenbahnen dem allmächtigen Befehl? Dachte man auch rechts und linksherum? Tickte die biologische Uhr ebenfalls gemäß dieses Befehls?

Hinter was waren diese Männer her, was wollte die Bruderschaft wirklich erreichen? Allen voran Vater, der nun wieder zu dem verschlingenden Monstrum wurde, das sie um ihrer Selbstachtung Willen aus ganzem Herzen ablehnte, so weh es da drinnen auch tat.

Weg und Ziel waren ohne Zweifel gleichermaßen verwerflich, oder etwa nicht? - Ewiges Leben!

Sie spürte den Kitzel wieder. Sie wusste, etwas war grundsätzlich falsch daran, und doch!

Da war noch lange nichts ausgestanden. Nicht in ihr. Der Traum vom ewigen Leben, besser wohl von einem sehr, sehr langen, gesunden und fruchtbaren Leben – war an sich ja nicht von vorn herein verwerflich, oder doch?

„Ach, Advisor, gib mir Rat. Du weißt, was recht ist!“, Flüsterte sie und fühlte sich leer und allein. Die überwältigenden Erinnerungen hatten ihr nicht gut getan.

„Es ist an den Menschen, ihre Bestimmung zu suchen. Überall ist All, völlig richtig!“ - sagte der Advisor ungerührt und ziemlich unzusammenhängend.

Ob sie ihm bereits wieder auf die Nerven ging? So endete es meist. Wenn die Ratlosigkeit ihren Höhepunkt erreichte, dann zog er sich für gewöhnlich zurück. Nur diesmal hatte er etwas anderes versprochen. Notfalls würde sie ihn daran erinnern.

Sie fühlte den Bogen, der sich gegen ihren Rücken drückte, als wollte auch er ihr etwas bedeuten, das auch für ihn offensichtlich war und nur ihr die größten Skrupel bereitete.

„Wann ein Bogen für das Licht die kürzeste Verbindung zum Auge des Betrachters darstellt, dann gibt es immer noch die Sehne, oder etwa nicht?“ - fragte der Bogen herausfordernd.

„Außerdem gilt es zu bedenken – wie schnell das All auseinander fliegt“, stimmte sie ihm zu, denn sie glaubte zu wissen, worauf sein Einwurf hinauslaufen sollte.

„Richtig - doch wohl mit sehr großer Geschwindigkeit, kaum langsamer jedenfalls als das Licht, welches von dem großen Knall kündet.“ Ziemlich viel Bewegung auf einmal für eine schlichte Gerade!

... Und womit all das begann, was sich in Jahrmillionen vollzog und vermutlich weitere Jahrmillionen dauern wird, bis, ja bis... - bis sich der Kreis vollendete. Dann wäre die Menschheit am Ende angelangt oder aber am Ziel.

Passte zu diesem Ziel das ewige Leben nicht wunderbar? Ein ganz anderes ewiges Leben freilich als das der Toten.

War ihr eigener Vater ‚ein Teil von jener Kraft, die stets das Böse will und doch das Gute schafft’*? Was, wenn sie sich in ihrem Bemühen, die Bruderschaft aufzuhalten, gegen das Rad der Zeit stemmten?

Erfüllten sie kleinliche, nichtige Ängste? Nahmen sie die eigenen Nöte viel zu ernst? Ging es letztlich darum, die Kontrolle zu behalten? Konnten sie es nicht ertragen, dass andernorts Fortschritte gemacht wurden, die aus anderen als ihren Quellen schöpften?

Vielleicht lag der größte Fehler bereits darin, dass sich die Zwischenschule vom Rest der Welt abschottete.

Der Advisor lächelte milde. Er nickte dann und wann versonnen. Wie es schien, nahm er lebhaften Anteil an ihren unzusammenhängenden Gedanken.

„Aber wenn letztlich alles, auch das abgrundtief Böse, nur dem einen Ziel dient, dann...“, rief Arundelle empört.

Der Advisor fiel ihr ins Wort „...dann kommt es noch immer darauf an, sich selbst nicht an das Böse zu verlieren - zu retten, was zu retten ist. Vollendung liefert ja das Vorzeichen nicht automatisch mit, nicht wahr?“

„Sie meinen?“

„Ganz recht. Uns sind so manche Zyklen verloren gegangen. Ihr Menschen wäret beileibe nicht die Ersten.“

## 40. Verweile

Scholasticus war geneigt, von einem Sieg zu sprechen. Er konnte sich gar nicht genug darüber auslassen, wie diese Teufelskerle es geschafft hatten. „Mitten aus der Höhle des Löwen. Das soll euch erst mal einer nachmachen.“

Wieder und wieder mussten die beiden Helden erzählen. „Nein, diese Kaltblütigkeit. Also, ich hätte mir vor Angst in die Hose gemacht...“

Für gewöhnlich winkten Billy-Joe und Tibor bescheiden ab. So schlimm sei es gar nicht gewesen. „Wie's so schön heißt: ‚Gelegenheit macht Diebe.' Als der da mit dem Koffer stand, funkte es einfach – bei uns beiden. War wie 'n Reflex. Ich werfe mich vor, schubse den Kerl beiseite. Tibor reißt ihm den Koffer aus der Hand. Und wenn Pooty nicht gewesen wäre, dann hätten wir ohnehin alt ausgesehen. Der nämlich schmeißt den Zauberstein an, der uns gerade im richtigen Augenblick rausreißt. Nicht auszumalen, wenn uns Leblanc zwischen die Finger gekriegt hätte.“

Billy-Joe konnte das verhärmte Gesicht Zinfandor Leblancs nicht aus dem Gedächtnis tilgen. Etwas Furchtbares hatte er darin gelesen. Ein so grauenvolles Entsetzen, das ihn auch im Widerschein gepackt hielt und nicht loslassen wollte. Wie war es da wohl erst dem Mann selbst ergangen?

„Mitten aus der Etage. - Muss man sich mal vorstellen! Normalerweise macht der Zauberstein ein ungeheures Aufhebens, wenn 's an den Start geht. Prüft hier, prüft da. Ein Stück nach links, drei Schritte vor... Nein, doch lieber gleich da drüben... Aber diesmal!

War ein echter Notstart. Ein Kunststück, wie Pooty uns wissen ließ – hinterher. Ein Kunststück, bei dem allerhand hätte schief gehen können. Wir hätten uns zum Beispiel total verfliegen können...

Einzig die Zeitachse hat er nicht ganz geschafft. Aber das macht gar nichts, wir sind ein paar Minuten zu früh zurück gewesen. Wenn man's genau nimmt, einen Tick früher, als wir abdüsten.

Was passiert ist, ist also eigentlich gar nicht passiert. Und wenn denen der Koffer nicht fehlen würde, dann wüssten die von überhaupt nichts."

Das aber war der Unterschied. Die wussten, dass der Koffer verschwunden war. Und vor allem wussten sie, wem er abhanden gekommen war. Dazu noch dessen offensichtliche Leidensmiene - es sah nicht gut aus für Zinfandor Leblanc.

Arundelle nickte verstehend. „Wäre schön, wenn wir denen auch Zinfandor entreißen könnten", überlegte sie. Billy-Joe nickte. „Ich glaube, Pooty und Penelope M'gamba arbeiten bereits an einer geheimen Entführung, von der - wie immer - mal wieder keiner wissen darf. Der Zauberstein ist natürlich auch dabei. Angeblich schmachte der Mann wegen seines Versagens im Kerker. Da haben wir schön was angerichtet. Aber der Zauberstein wird's schon richten."

„Denk ich auch, mach dir deswegen bloß keine Vorwürfe!"

Und so war es auch. In eben dem Augenblick, als die Beiden dort im Gras ausgestreckt lagen, platzte eine reichlich unförmige Zauberblase drüben auf dem Hubschrauberlandeplatz und Penelope und Zinfandor traten hervor.

***

Billy-Joe lag auf dem Rücken, kaute nachdenklich auf einem Grashalm herum und schaute ins weite Blau des Himmels. Zufällig hatte es sich ergeben, dass die Beiden auch einmal allein miteinander waren.

Der Wind säuselte mild aus Nordwest und schickte die ersten Frühlingsboten vorbei. Am Himmel oben zogen Schwärme von Wandervögel dahin - auf dem Weg zu ihren Sommernistplätzen.

Auch das Mädchen streckte sich lang. Eine eigenartige Scheu ließ sie sich schüchtern fühlen. Doch der Junge schien davon nichts zu bemerken. Er war allzu tief in seine Erzählung verstrickt, die zu wiederholen er nicht müde wurde. Zumal erst jetzt die ganze Bedeutung des Koffers erkannt wurde.

Auch Arundelle war ja nicht mit leeren Händen vom Advisor zurück gekehrt.

„Ich weiß jetzt, dass nichts ohne Grund geschieht. Sogar für die Zeit gibt es einen guten Grund, habe ich gelernt.“

„Welcher könnte das wohl sein, sag’s mir, Arundelle.“

„Erst musst du raten.“

„Du meinst doch nicht etwa das Licht?“ - fragte Billy-Joe und blickte schelmisch zurück.

Sie hatte alles Mögliche mit dem Advisor durchgesprochen. Es sah jetzt ganz so aus, als sei ihre Welt gerade noch einmal mit einem blauen Auge davon gekommen – jedenfalls auf absehbare Zeit und in dieser Sache, - obwohl die Entscheidung eigentlich immer auf Messers Schneide stand. Gerade dann, wenn man sich sicher wähnte.

„Das Licht, nicht schlecht, wäre durchaus denkbar. Wenn ich auch glaube, dass Licht und Zeit gemeinsam geboren wurden. Es geht nicht so sehr darum, wovon etwas abstammt oder wodurch es hervorgebracht wird. Du rätst es sowieso nicht... Oder vielleicht doch? Betrachte es mal philosophisch...“

Billy-Joe überlegte, wie war das gleich noch mal gewesen? - und schaute, fand Arundelle, ziemlich verdattert drein.

Sie lachte. „Na gut, ich sag’s dir. **Entwicklung** ist der Grund für die Zeit. Es gibt da ein schönes Beispiel. Man betrachte eine Eichel und stelle sich die dazu gehörige uralte, mächtige Eiche vor, die aus dieser winzigen Eichel einmal werden kann. Dann bekommt man eine Vorstellung davon, was die Entwicklung ist.

Entwicklung ist viel mehr als nur verstreichende Zeit. Und sie gilt überall, besonders dort, wo Menschen das Ihre beitragen. In der Geschichte verwirklicht sich der Geist, dessen Wort zur Wirklichkeit wird, gerade so wie...

Billy-Joe ließ sich zurückfallen. Das ging nun doch ein bisschen flott. Eine Eichel war, vermutete er, der Same einer Pflanze aus einer ihm fremden Welt.

„Hör auf, das kitzelt“, wisperte Arundelle. Billy-Joes Grashalm zitterte an ihrem Ohr. Lachte der etwa? Sie blinzelte hinüber. Billy-Joe warf den Grashalm von sich und stützte sich auf den Ellenbogen. Sein Gesicht war so weit offen, wie nur Billy-Joes Gesicht sein konnte. Immer wieder überraschte er sie damit. Wie kann ein Mensch so ganz ohne Arg sein?

„Oh, Billy-Joe, wie lieb ich dich dafür habe“, flüsterte sie unhörbar und fühlte, wie sie errötete.

Wie friedlich die Welt doch war. Ganz anders die Welt dort drinnen.

‚Könnte nur alles immer so bleiben', dachte sie und wusste schon, was sie meinte, darüber brauchte sie nicht zu rechten. ‚Die Zeit können wir nicht festhalten, nicht, solange wir leben. Menschen haben über etwas anderes Macht und damit können sie den Himmel auf die Erde holen und das ist vielleicht nicht gar so wenig.'

„Wir werden uns immer erinnern, nicht wahr?" - fragte sie. Billy-Joe nickte lächelnd, und umfasste das Blau des Himmels und die grüne Landschaft mit weiter Geste. „Daran auch", sagte sie. Sie schauten einander in die Augen:
„Sag jetzt!" - „Jetzt!" - „Daran!"

Printed in Poland
by Amazon Fulfillment
Poland Sp. z o.o., Wrocław

72842942R00164